KB118478

밤의 책

LE LIVRE DES NUITS
by Sylvie Germain

Copyright ⓒ Éditions Gallimard, 1985
Korean Translation Copyright ⓒ Munhakdongne Publishing Corp., 2020

This Korean edition was published by arrangement with
Éditions Gallimard through Sibylle Books Literary Agency, Seoul.
All rights reserved.

이 도서의 국립중앙도서관 출판예정도서목록(CIP)은
서지정보유통지원시스템 홈페이지(http://seoji.nl.go.kr)와
국가자료종합목록 구축시스템(http://kolis-net.nl.go.kr)에서 이용하실 수 있습니다.
(CIP제어번호: CIP2020013911)

Le
livre
des
nuits

Sylvie Germain

밤의 책

실비 제르맹 장편소설
김화영 옮김

문학동네

앙리에트 제르맹과 로맹 제르맹에게

Le livre des nuits

아니NON는 나의 이름,

아니 아니 이름

아니 아니 그 아니

르네 도말, 『반反하늘』

야훼의 천사는

"어디라고 내 이름을 묻는 거냐?" 하며

자기 이름은 비밀이라고 잘라 말했다.

「판관기」 13장 18절

"9월 어느 날 저녁,

어머니의 외침을 통해서

그의 어린 시절을 독차지한 밤은 재와 소금과 피의 맛과

더불어 그의 가슴속으로 밀어닥쳐

연년세세 그의 삶을 가로지르며—그리고

역사를 거슬러 그의 이름을 부르며,

다시는 그를 떠나지 않았다."

그러나 그의 기억에 영원히 두려움과 기다림의 형틀을 씌워

그를 붙잡은 그 밤은, 그의 살 속으로 들어와 뿌리를 내리고 싸

움을 치르는 그 외침은, 이미 그보다 무한히 더 먼 곳으로부터 오는 것이었다.

그의 조상들이 살아온 저 원양遠洋의 밤, 그 밤 속에서 그의 족속들은 대대손손 잠자리에서 일어났고, 길을 잃었고, 살았고, 사랑했고, 싸웠고, 상처를 입었고, 잠자리에 들었다. 외쳤다. 그리고 침묵했다.

그 외침 또한 그의 어머니의 광기보다 더 먼 곳에서 솟아오르고 있었으니, 그것은 시간의 저 밑바닥으로부터 오고 있었다. 무수히 많되 누구의 것도 아닌 외침의 반향, 언제나 되살아나고 언제나 도중에 있으며 산산이 조각나 있는 메아리였다.

외침과 밤이 그를 어린 시절에서 뜯어내고 그의 혈통에서 유괴하여 고독의 낙인을 찍어놓았다. 그러나 바로 그렇게 하여 그를 그의 모든 혈족들에 돌이킬 수 없이 결속시켜놓았다.

서로 분간할 수 없게 혼합된 밤과 외침의 입들이, 망각의 거센 발작 속에 얼굴들을 가로지르며 입을 벌린 상처들이—돌연 이 세상보다 더 아득한 태곳적의 또다른 어느 밤을, 어느 극단의 외침을 추모한다.

세상의 출현을 주재한 시간 밖의 밤, 그리고 바람과 불이 그 낱장을 넘겨본 어떤 거대한 육신의 책인 양 세상의 역사를 연, 전대미문의 침묵의 외침.

샤를빅토르 페니엘, 후일 모두가 '호박琥珀색 밤'이라 부르게 될 그는 이제 자신의 차례가 되어 밤 속에서 싸울 운명이었다. 밤의 한밤에.

첫 번째 밤

Nuit de l'eau

물의 밤

I
물의 밤

그 시절 페니엘 가족은 아직 민물의 사람들이었다. 그들은 잿빛 하늘에 눌려 질펀해지고 침묵으로 기진맥진한 어떤 세계에 가로누운, 거의 아무런 움직임도 없는 운하들의 흐름을 따라 살아가고 있었다. 그들이 땅에 대하여 아는 것이라고는 오리나무, 버드나무, 자작나무, 백화나무가 늘어선, 예선로曳船路를 낸 제방들이 고작이었다. 그들 주위의 대지는, 무진장 인내심을 다하여 기다리는 몸짓으로 하늘을 떠밀듯 펼쳐 든 기막히게 밋밋한 손바닥처럼 열려 있었다. 마찬가지로 어둡고 인내심 가득한 그들의 가슴 또한 그렇게 펼쳐져 있었다.

대지는 그들에게 영원한 지평선이었다. 언제나 그들의 시선에 닿을 듯이 미끄러지는, 언제나 하늘에 닿을 듯이 사라져가는,

언제나 그들의 가슴을 붙잡지는 못한 채 스치기만 할 뿐인 고장. 대지는 무한을 향해 열린 들판, 묽은 모르타르 같은 안개와 비 속에 푹 적셔진 숲과 늪과 평원의 영지였고, 이상할 정도로 멀고 도 친숙하게 표류하는 풍경이었다. 그 속에서 강은 그 느린 물줄 기를 시침질하듯 흘려보냈고 그들의 운명은 강줄기를 따라 더욱 느리게 새겨지고 있었다.

도시들에 대하여 그들이 아는 것이라고는 기항지에서 마주친 뭍사람들의 메아리를 통해 전해들은 그것들의 이름, 전설, 시장, 그리고 축제 들이 고작이었다.

그들이 아는 것이라고는 도시의 실루엣들이 고작이었다. 끊 임없이 변하는 하늘과 빛을 배경으로 대충 그린 그 환상의 판화 들은 아마와 밀과 히아신스, 밀짚 그리고 홉이 자라는 들판 위로 높이 솟아 있었다. 광산 도시, 포목 도시, 장인들과 상인들의 도 시 들은 저멀리 바다에서부터 솟아오른 바람 속에 그 첨탑과 종 루들을 보란듯이 뻗쳐올리면서 역사의 면전에, 그리고 신의 면 전에 진지하고 근면한 사람들의 고장임을 증명해 보였다. 마찬 가지로 그들의 심장 또한 현재의 광대함 속에 보란듯이 우뚝 솟 아 있었다.

그들이 아는 사람들이라고는 두 수문 사이의 운하에서, 혹은 수문이나 선착장에서 마주친 사람들이 고작이었고, 그들과 주고받은 것은 관습과 필요에 의하여 다듬어 깎은 단순한 몇 마디 말이 고작이었다. 물과 바지선과 석탄과 바람과 그들의 삶, 그 모든 것의 척도에 따라 다듬어진 말들.

그들이 인간들에 대하여 아는 것이라고는 그들이 자신들에 대하여 알고 있는 것, 헤아릴 수 없이 어두운 역광 속에서 만들어진 얼굴과 몸에 대낮의 빛을 쏘여 드러낸 험한 단면들이 고작이었다. 그들이 저희들끼리 주고받는 말은 더욱 적었고 자기 스스로에게 하는 말은 전혀 없었다. 그만큼 그들의 말은 언제나 너무도 깊은 침묵의 조화되지 못한 메아리로 반향했다.

그러나 그들은 그 누구보다도 하늘의 밝음과 흐림을, 바람의 기미를, 빗방울의 크기를, 대지의 냄새와 성운들의 리듬을 잘 알았다.

그들 민물의 사람들은 서로를 저마다의 고유한 이름보다는 기꺼이 그들 각자가 소유한 배의 이름으로 불렀고 그렇게 통했다. 그리하여 누구는 '라 쥐스틴' 사람들, 누구는 '생텔루아' 사람들, 누구는 '리베르테' '벨라무르' '랑젤뤼스' 사람들, 또 누구는 '리롱델' '라마리로즈' '쾨르드플랑드르' '본누벨' 사람들, 혹은 '플뢰르드메' 사람들이었다. 페니엘 가족은 '알 라 그라스 드 디외'*

사람들이었다.

<hr/>

* 프랑스어로 '하늘에 운을 맡기고'라는 뜻.

1

비탈리 페니엘은 일곱 명의 아이를 낳았지만 세상은 그중 오직 하나, 막내만을 선택했다. 나머지 아이들은 모두 울음소리 한 번 크게 내지르지 못한 채 태어난 그날로 죽었다.

일곱째 그 아이는 태어나기 전부터 큰 소리로 울어댔다. 해산 전날 밤 비탈리는 그때까지 한 번도 맛보지 못한 심한 통증을 느꼈고, 벌써 뱃속에서 깜짝 놀랄 정도의 고함소리가 터져나왔다. 밀물 때 고기잡이에서 돌아오는 배들이 안개 속에서 내는 소리 같은 외침이었다. 그녀는 그 외침을 익히 알고 있었다. 지난날 어머니의 몸에 매달린 채, 해변에서 아버지와 오빠들이 고기잡이하러 타고 나갔던 로즈뒤노르호와 라뇨드디외호가 돌아오는 광경을 지켜보며 너무도 자주 들었던 것이다. 그렇다, 그녀

는 안개 속에서 솟아오르는 그 외침을 잘 알고 있었다. 두 차례
나, 아주 오랫동안 그 외침을 기다렸으나 기대와는 달리 외침은
어머니의 광란하는 몸속에서 환상의 메아리가 되어 돌아왔을 뿐
이었다. 그녀는 너무 사나운 그 물의 세계를 버리고 어느 민물의
사내를 따라왔고 그 외침들을 기억에서 몰아냈다. 그런데 바야
흐로 어떤 새로운 메아리가 이제 막 그녀의 몸과 망각의 저 깊은
밑바닥에서 솟아오른 것이었다. 싱싱한 물로 된 바다의 엄청난
외침이었으니 자기 아이가 이번에는 생명을 부지하리라는 걸 그
녀는 알 수 있었다. "여보, 아이가 지금 막 큰 소리로 울었어. 배
밖으로 나와서 살려고 해!" 그녀는 자기 허리께에 몸을 붙이고
잠들어 있는 남편에게 말했다. 사내는 벽 쪽으로 돌아누우며 대
답했다. "시끄러워. 불쌍한 것, 당신 배는 아무것도 낳지 못하는
무덤일 뿐이야!"

　이른 새벽, 남편이 벌써 자리에서 일어나 말들을 돌보러 가고
없을 때 비탈리는 선실 저 안쪽에 베개를 여러 개 쌓아놓고 기대
앉아 혼자 아이를 낳았다. 아들이었다. 아이는 어머니의 몸을 빠
져나오면서 전날 밤보다도 더 거세게 울어댔다. 그 소리에 아직
밤의 어둠에 잠겨 있는 제방 위의 말들이 서로 몸을 문대며 날뛰
었다. 그 외침을 듣자 아버지는 무릎을 꿇고 주저앉아 울기 시작

했다. 일곱 번에 걸쳐 아이가 큰 소리로 울었고 일곱 번에 걸쳐 말들이 고개를 하늘로 쳐들고 머리를 흔들어대면서 날뛰었다. 아버지는 계속 울었고 일곱 번에 걸쳐 그는 심장이 멈추는 것을 느꼈다.

자리에서 일어나 선실로 돌아간 그는 흐릿한 어둠 속에서 아내의 몸이 백악질의 하얀 광채로 빛나는 것을 보았다. 그녀의 두 다리 사이에 놓인 아이는 아직도 양수와 피로 흠뻑 젖어 있었다. 그는 침대로 다가가서 피로와 고통과 기쁨으로 일그러진 비탈리의 얼굴을 어루만졌다. 그 얼굴을 그는 간신히 알아볼 수 있었다. 얼굴은 그 자체로부터 분리되어 나와 몸의 저 깊은 밑바닥에서 쇄도하듯 솟아오른 빛의 힘에 떠들리고, 반달의 빛보다 더 몽롱한, 허옇게 빛나는 미소로 녹아 있는 듯했다. 이윽고 그는 아들아이를 품에 안았다. 그 발가벗은 작은 몸이 엄청나게 무거웠다. 세상과 은총의 무게였다.

그러나 그는, 조금 전 흘린 눈물이 언어를 다 씻어버리기라도 한 양, 산모를 위해서도 아이를 위해서도 아무런 할말을 찾아낼 수가 없었다. 그리고 그날부터 다시는 말을 되찾지 못했다.

비탈리는 성호를 긋고 나서 갓 태어난 아이의 몸 전체에도 똑같이 성호를 그었다. 아들의 피부 구석구석으로부터 불행을 물리치기 위해서였다. 그녀는 선박 축성식을 상기했다. 그 의식을 진행하는 동안, 흰색 겉옷과 금빛 영대를 걸친 신부는 높아진 바닷물이 배를 들어올릴 때 절대로 죽음이 범접하는 일이 없도록 새로 지은 배의 어느 한 구석도 빼놓지 않고 골고루 성수를 뿌렸었다. 그러나 고향 마을의 갯가에서 행해졌던 그 축제들을 다시 머리에 떠올리다보니 그녀는 그만 잠을 부르는 그 기억 속으로 슬그머니 미끄러져들어갔고, 아이의 이마 위에 마지막 성호를 마저 그리기도 전에 그녀의 손은 아래로 떨어졌다.

　이렇게 페니엘 집안의 막내는 제 몫의 생명을 얻었고 그 대가로 테오도르포스탱이라는 이름을 받았다.

　사실 아이는 마치 제 형들에게서 훔친 모든 힘을 한데 모으기라도 한 듯 제 몫 이상의 힘을 가진 것 같았다. 아이는 어린 나무처럼 힘차게 뻗어나갔다.

　부계의 조상들이 모두 그러했듯 아이는 대번에 뱃사람이 되어 어머니의 빛나는 미소와 아버지의 난공불락의 침묵 사이에서 바지선을 타고, 혹은 제방 위에서 세월을 보냈다. 아버지의 침묵에는 엄청난 고요와 부드러움이 배어 있었기에 그의 곁에서 아이는 사람들이 노래를 배우듯 말을 배웠다. 아이의 목소리는 그 침묵의 바탕 위에 엄숙하면서도 가벼운 음색과 물결의 일렁임과도 같은 억양을 만들어냈다. 언제나 금방이라도 침묵 속으로 사그라지려는 것 같았고, 제 숨결의 수런거림 속으로 자취를 감추려는 듯 기이한 울림을 지닌 목소리였다. 말을 마칠 때면 아이가 방금 막 입 밖에 내놓은 마지막 말들은 잠시간 어떤 지각하기 어려운 메아리를 한 알 한 알 빚어냈으니, 그 메아리는 일곱 번에 걸쳐 어렴풋하게 침묵을 흔들었다.

아이는 배의 앞머리에 앉아서 물을 바라보며 놀았다. 물에 어리는 빛과 그늘을 그 무엇보다도 더 잘 알았다. 종이로 새들을 만들어 알록달록하게 물들인 다음 공중으로 날리면 새들은 잠시 동안 빙글빙글 돌다가 물위로 떨어졌고 색을 입힌 날개는 물에 풀려 분홍색, 청색, 녹색, 주황색 가느다란 줄기를 이루며 흘렀다. 아이는 또 제방 위에서 주워 온 나무껍질과 잔가지들로 작은 바지선을 만들어 커다란 돛을 꽂고 거기에 손수건을 매단 다음 비어 있는 선복船腹에다가 자신의 모든 꿈의 무게를 실어 물길에 띄웠다.

비탈리는 더이상 다른 아이를 낳을 생각을 하지 않았다. 밤마다 남편은 온통 미소와 함께 내맡겨진 그 하얀 몸에 마음을 빼앗겨 그녀를 꼭 껴안고 하나가 되곤 했다. 그녀의 몸안에서 그는 꿈도 생각도 없는 망각의 깊은 잠 속으로 빠져들었다. 그리하여 새벽이 오면 항상 아내의 몸과 하나가 된 자신의 몸이 다시 세상으로 빠져나오는 모습에 놀라는 것이었다. 아들이 태어나고부터 그녀의 가슴에서는 끊임없이 마르멜루 열매와 바닐라 맛이 나는 젖이 흘렀다. 그는 그 젖으로 목을 축였다.

아버지는 배의 키를 잡았고 테오도르포스탱은 말들을 돌보았다. 걸어가면서 줄곧 머리를 흔들어대는 커다란 검은색 암말 로브드쉬프와, 각각 뢰즈르보르뉴와 뢰즈글루통*이라는 별명을 가진 적갈색 말 두 마리였다. 테오도르포스탱은 해가 뜨기도 전에 나와서 말들에게 여물을 주고 저녁까지 예선로로 데리고 다녔다. 수문에서나 짐 싣는 선착장에서 잠시 멈출 때면 그는 용기를 내어 수문지기, 카페 주인, 상점 주인 등 뭍사람들이 있는 곳으로 나가보았지만, 언제나 그 모든 사람들에 대한 막연한 두려움이 있었기에 절대로 그들과 어울리는 일은 없었다. 그는 감히 그들에게 말을 걸어볼 엄두가 나지 않았다. 그만큼 그의 억양이 이상하게 들렸으므로 사람들은 놀란 나머지 그 목소리에서 막연히 느껴지는 혼란을 물리치려는 듯 자꾸만 그를 놀려댔다. 쉬는 시간에도 그는 말들 곁을 떠나지 않은 채 그 묵직한 머리와 두 눈

---

* 프랑스어로 '로브드쉬프'는 비계로 지은 옷, '뢰즈르보르뉴'는 애꾸눈 뢰즈, '뢰즈글루통'은 식충이 뢰즈라는 의미.

의 보들보들한 눈꺼풀을 쓰다듬어주기를 좋아했다. 말들은 별 것 아닌 것에도 깜짝깜짝 놀라는 그 커다란 눈방울로 그에게 아버지의 시선이나 어머니의 미소보다 훨씬 더 정다운 시선을 보냈다. 말들의 눈은 쇠붙이나 광택을 지운 유리의 표면처럼 탁해서 반투명이면서도 윤기가 없었다. 그 자신의 시선은 그 속으로 빠져들어가서 아주 깊숙이 더듬을 수 있었지만 무엇도 분간해낼 수는 없었다. 시선은 그곳에 금빛 도는 적갈색 개흙처럼 쌓인, 모래로 뒤덮인 빛과 진흙 섞인 물과 연기 자욱한 바람의 퇴적층 속으로 빠져들었다. 그에게는 거기가 바로 세상의 감춰진 이면, 죽음 속으로 흘러드는 삶의 신비스러운 몫, 그리고 아름다움과 고요와 행복이 깃드는 항구라고나 할 신의 거처인 것 같았다.

그의 아버지는 몇 달 전에 장만한 새 바지선의 키를 잡고 있다가 죽었다. 늘 삯을 내고 빌려 쓰기만 했던 그가 처음으로 주인이 된 배였다. 뱃머리에 큰 글씨로 '알 라 그라스 드 디외'라고 써놓은 그 바지선의 이름을 지은 것은 바로 그 자신이었다.

죽음은 아무 예고도 없이, 아무 소리도 내지 않고, 그의 심장 속으로 들어왔다. 어찌나 슬그머니 들어왔는지 그는 놀라서 펄쩍 뛰지도 않았다. 그저 키에 손을 얹고 두 눈을 크게 뜬 채 에스코 쪽을 똑바로 바라보며 가만히 서 있었을 뿐이다. 제방 위에서 말들을 몰던 테오도르포스탱은 아무것도 알아차리지 못했다. 말 세 마리가 이상하게 행동하면서 다 같이 한동안 발걸음을 멈춘 채 주인이 있는 쪽으로 머리를 돌렸는데도, 테오도르포스탱은 자신 역시 말들이 향하는 쪽을 돌아볼 뿐 조금도 이상함을 눈치채지 못했다. 그의 아버지는 평소와 마찬가지로 키를 똑바로 잡고 서 있었다. 눈치를 챈 것은 비탈리였다. 그때 그녀는 배의 뒤쪽에서 커다란 대야에 담아 적셔놓았던 빨래를 짜느라 여념이 없었다. 그녀는 몸으로 위험을 느꼈다. 격렬한 오한이 돌연 그녀를 사로잡으면서 뼛속 깊이까지 살을 파고들었다. 양쪽 가슴이 단단하게 굳어졌다. 그녀는 벌떡 일어나 정신없이 배 앞쪽으로 달려갔다. 눈먼 사람처럼, 지나가는 바닥에 널려 있는 것이 모조리 다 발에 걸렸다. 가슴이 아프고 숨이 차서 남편의 이름을 부를 수가 없었다. 마침내 남편 옆에 이르렀지만 그의 어깨에 손을 올려놓자 모든 격정이 딱 멈추어버렸다. 손이 닿는 순간, 요지부동이던 남편의 몸이 섬광처럼 눈부시도록 투명해지면서 그녀의 눈앞에서 번쩍 빛났다. 높은 유리벽 같은 그 몸 저편으로 예선로의 앞쪽에서 느리고 단조로운 걸음걸이로 말들을 끌고 가는 아들이 보였다. 이윽고 눈앞이 캄캄해지더니 남편의 몸이 칠흑 같은 어둠에 젖어 납빛으로 변했다. 그렇게 그는 둔탁한 소리를 내면서 무너져 비탈리의 품안으로 쓰러졌다. 그 몸의 무게는 그가 그녀의 몸 위에 올라 그녀를 포옹하고 그녀의 사지를 휘감았던 모든 밤들이 한데 쌓인 만큼이나 무겁게 느껴졌다. 돌연 무기력하고 싸늘한 하나의 덩어리로 표변해버린 한 생애 전체의 무게, 그 많은 욕망의 무게, 온 사랑의 무게. 무너져내리는 힘에 떠밀린 그녀는 그의 몸 밑으로 넘어져 깔렸다. 아들을 향해 소리치려 했지만 벌써 눈물이 앞을 가려 부를 수가 없었다. 마르멜루 열매와 바닐라 맛이 나는 하얀 눈물이었다.

테오도르포스탱이 바지선 위로 달려갔을 때 그는 아버지와 어머니 두 사람이 진액 같은 젖에 흥건하게 젖은 채 갑판 위에서 마치 소리 없는 사나운 싸움을 치른 양 서로 부둥켜안고 있는 모습을 보았다. 그는 무서울 정도로 무거운 두 사람의 몸을 서로에게서 떼어내 나란히 눕혀놓았다. "어머니, 좀 일어나보세요." 마침내 그가 말했다. "이렇게 아버지와 똑같이 누워 계시면 안 되죠." 그 목소리에 비탈리는 순순히 따랐고, 그는 시신을 선실로 모셔다가 침대 위에 눕혔다. 그녀도 겨우 선실로 내려와서 한동안 문을 닫고 혼자 들어앉아 고인의 몸을 단장했다. 자신의 눈물 진액으로 남편의 몸을 씻기고, 옷을 입히고, 그의 두 손을 가슴 위에 포개놓은 뒤, 침대 주위에 초 네 개를 불붙여 세우고서 아들을 불렀다.

어머니가 창문을 가려놓은 방안으로 들어선 순간, 테오도르포스탱은 흐릿한 어둠 속에 가득한, 거의 역겨울 정도의 들척지근한 냄새에 놀랐다. 통풍이 되지 않는 실내공기 속에서 시큼한 마르멜루 열매와 바닐라의 독하고 상한 냄새가 뿜어져나오고 있었다. 그 냄새가 테오도르포스탱의 가슴 밑바닥을 뒤흔들었다. 그는 자신의 살 속과 입안에서 그 냄새의 맛을 느낄 수 있었다. 그리고 낯설면서도 충격적일 만큼 익숙한 그 맛은 섬뜩하고도 동시에 매혹적이어서 그의 내면에 형언할 수 없는 욕망의 충동을 일으키는 것이었다. 그는 어머니를 부르려 했지만 그 부름은 단숨에 그의 입속 가득 고인 끈끈한 침에 젖은 듯 막혀버렸다. 비탈리는 두 손을 펴서 바싹 붙인 두 무릎 위에 얹은 채 침대 옆 의자에 꼿꼿이 앉아 있었다. 숨소리가 기이하게 거칠고 단속적인 헐떡임으로 새어나오고 있었지만 그녀의 가슴은 움직임이 없었다. 춤추는 촛불 빛 속에서 그녀의 얼굴은 단속적으로, 들쑥날쑥하게 빛나며 어둠 속에 모습을 드러냈다. 조각조각 분리된 듯 보이는 그 얼굴은 살과 살갗으로 되어 있다기보다는 잘라냈다가 여러 방향으로 다시 붙인 종잇조각들의 유동적인 조합에서 생겨나는 모습 같았기에, 테오도르포스탱은 문득 어릴 적 자신이 접어서 물위로 날리곤 했던 종이새들을 떠올렸다. 그러나 이 새의 옆얼굴은 날지도 떨어지지도 않았고, 아무런 색깔도 없었다. 그저 부재의 경계에서 요지부동으로 멈추어 있을 뿐이었다.

마침내 그는 침대 가까이로 다가가서 아버지의 이마에 입맞추려 몸을 수그렸다. 그러나 허리를 구부리던 그는 반쯤 열린 고인의 두 눈을 보자 문득 동작을 멈추고 말았다. 아버지의 시선은 그 어느 때보다도 더 말들의 시선을 닮아 있었다. 불꽃의 광채가 홍채의 호박빛 갈색 저 깊숙한 곳으로 빠져들어갈 뿐 반사되지는 않은 채 그 스스로의 빛으로 머물러 있었다. 화석이 된 빛, 층층이 쌓인 물, 움직임 없는 잿빛 바람. 시선의 이 얄팍한 빛줄기를 통해서 이렇게 엿보이는 조망은 비가시적인 신비의 세계 속으로 무한히 뻗어가고 있었다. 그렇다면 신이 머무는 곳은 바로 거기, 부드러움과 침묵과 부재의 고통 속이란 말인가? 테오도르포스탱은 아버지의 얼굴에 세 번 입을 맞추었다. 양쪽 눈꺼풀과 입술에. 그리고 양어깨와 두 손에도 네 번 입을 맞추었다. 이윽고 그는 어머니 곁에 무릎을 꿇고는 이마를 그녀의 무릎에 얹은 채 그 치맛주름 속에 조용히 눈물을 흘리기 시작했다.

2

그날부터 테오도르포스탱은 아버지의 자리에서 바지선의 키

를 잡았고 비탈리는 아들을 대신하여 말을 몰았다. 그러나 테오
도르포스탱 그만이 계속하여 말들에게 먹이를 주고 돌보았으며,
여전히 짐승들의 눈 속에 비친 아버지 시선을 찾았다.

이제 겨우 열다섯 살이건만, 화물창에 석탄을 가득 실은 채 조
금도 동요하지 않고 에스코 운하를 따라 미끄러져가는 무거운
바지선 알 라 그라스 드 디외호 선장의 책무가 벌써부터 그에게
맡겨진 것이었다. 그러나 그 배는 그의 소유물 이상이었다. 그
것은 여전히 아버지의 배였다. 심지어 아버지의 제2의 몸이었
다. 수천수만 년에 걸친 몽상들의 부산물인 양 대지의 저 신비로
운 동공으로부터 캐낸 검은 응고물들을 뱃속에 가득 싣고 있는
거대한 사후의 몸. 그리고 그는 그 몽상의 덩어리들을 뭍에 사는
사람들, 저기, 돌로 지은 집들 속에 칩거하는 저 이방인들의 불
아궁이께로 실어다주었다.

그는 아직 주인이 될 수 없었으니, 기껏해야 환영으로 변한 어
떤 몸을 물에 닿을 듯, 하늘을 스칠 듯, 땅의 심장에 닿을 듯, 신
의 무시무시한 은총을 받으며 쉬지 않고 예인하는 모습을 지켜
보는 뱃사공에 불과했다.

이렇게 하여 날이 가고 달이 가고 해가 갔다. 어느 날 저녁식
사를 하던 중 비탈리가 옆을 돌아보며 아들에게 물었다. "대체

넌 아직도 아내를 취할 생각을 한 번도 안 해보았느냐? 결혼을 하여 가정을 꾸릴 때가 되었다. 나는 이미 늙었고, 머지않아 아무짝에도 쓸모없게 될 거야." 아들은 대답이 없었지만 어머니는 그가 무슨 생각을 하고 있는지 알았다. 얼마 전부터 그의 마음속에 전에 없던 혼란이 일고 있음을 알아차린 터였다. 그녀는 아들이 자면서 어떤 여자의 이름을 중얼대는 소리를 들었다.

그 여자를 그녀도 알고 있었다. '생탕드레' 선주네 딸들 열하나 중 맏이였는데, 나이 열일곱이 다 차가고 있었다. 금발에 사철 눈에 띄게 창백하고 연약하며 제방을 따라 돋아난 골풀같이 호리호리했지만 부지런하고 일머리가 있는 아이였다. 제 동생들과 달리 공상이 많고 쉽게 우울해진다는 소문이 있었지만 제 동생들보다 온순하고 말수가 적었다. 필시 그런 까닭으로 아들의 알 수 없는 마음을 건드린 모양이었다. 그리고 아들의 그런 감정이 그 아이에게도 충분히 전달되었으리라 비탈리는 믿었다.

다만 그녀가 짐작할 수 없는 것은 너무나 오랫동안 삭막해져 있었던 아들의 마음속에 그 감정이 어느 정도로 자리하고 있는가 하는 점이었다. 여러 수문들과 배가 닿는 장소들에서 우연히 사람들을 마주치는 가운데 테오도르포스탱은 그 여인의 모습에 마음이 산란해졌고, 매혹되었다가, 결국엔 감미로움과 고통에 이를 정도로 번민하게 되었다. 그 모습이 어찌나 강렬하게 새겨졌는지 그의 시선 자체에 들어앉아 눈을 뜰 때나 감을 때나 모든 사물을 투과하였고, 심지어는 밤중에도 보였다. 그 모습은 그의 살 속에 녹아들어서 밤마다 그녀의 살갗이 그를 불태우는 듯 몸 전체가 숨막히는 욕망으로 걷잡을 수 없게 되었다. 그래서 그는 이제 말들 곁에 서면 그 짐승들의 눈 속에 어린 신비를 꿰뚫어보려고 애쓰는 대신, 사랑 때문에 얼얼해진 자신의 머리를 말들의 뜨겁게 고동치는 목에 대고 마구 비벼대려고만 들었다.

"애야, 난 네가 아내로 맞이하고 싶어하는 아이를 안다." 비탈리가 말을 이었다. "그녀가 내 맘에도 드니 모쪼록 우리집에 와서 함께 사는 모습을 볼 수 있으면 좋겠구나. 그런데 넌 그녀를 찾아가서 청혼하지 않고 뭘 꾸물대는 거냐?" 테오도르포스탱은 손에 쥐고 있던 유리컵을 어찌나 세게 움켜쥐었는지 컵이 깨져서 손바닥에 피가 흘렀다. 식탁의 나무판에 떨어지는 피를 보고 어머니가 그에게 다가갔다. "손을 베었구나, 붕대를 감아야지." 그녀가 말했지만 그는 부드럽게 어머니를 밀어냈다. "괜찮아요, 아무것도 아닌걸요." 그가 대답했다. "마침내 내 여자가 되는 날까진 그 여자의 이름을 입 밖에 내지 말아주세요." 그는 자신이 내뱉은 금기의 표현에 스스로 더 놀랐으니, 비탈리는 별로 놀라는 기색도 없이 그 말을 수긍했다. "그래, 알았다. 그 아이가 우리집 식구가 되기 전에는 그 이름을 입 밖에 내지 않으마."

테오도르포스탱은 몇 주 뒤, 하류로 내려가는 자기의 배와 에스코 운하를 거슬러올라오는 생탕드레호가 엇갈려 지나가던 날 청혼을 했다. 아주 멀리서부터 그 바지선이 다가오는 것을 알아본 그는 즉시 키를 놓고 선실로 들어가 축제 때 입는 옷을 서둘러 꿰입고는 문을 열기에 앞서 일곱 번 성호를 그은 뒤 생탕드레호가 자기 배의 옆구리를 스치기를 기다렸다. 두 바지선이 서로 엇갈리는 순간에 그는 생탕드레호의 갑판으로 건너뛰어, 짧은 검은색 파이프를 오리 주둥이처럼 입에 문 채 키를 잡고 서 있는 오르플람 영감에게로 곧장 걸어갔다. 그러고서 거두절미하고 말했다. "니콜라 오르플람 씨, 댁의 따님을 제게 주십사고 청혼하러 왔습니다" "어느 딸 말인가? 딸이 열하나씩이나 되니 말이야." 영감이 눈살을 찌긋하며 물었다. "맏딸 말입니다." 그가 대답했다. 영감은 한동안 생각에 잠기는 듯하더니 대답했다. "그렇지. 순서대로 시작하는 게 옳겠지." 그러고는 마치 아무 일도 없었다는 듯이 다시 파이프 담배 연기 속에 파묻혔다. "그럼, 허락하시는 겁니까?" 잠시 생각에 잠겨 있던 오르플람 영감이 한숨을 내쉬었다. "맏딸이라 없으면 서운할 것 같아서 말이야. 내 딸들 중에서 제일 배운 것 없이 자랐고 넋 빠진 아이이긴 하지만 또 제일 정이 많거든. 그러니 여간 서운하지 않겠지……" 생탕드레호는 여전히 3월의 밝은 햇빛을 받아 연보라색과 은빛으로 반짝이는 물 위를 미끄러지면서, 반대편으로 흘러가는 알 라 그라스 드 디외호로부터 천천히 멀어지고 있었다. "아직 제게 답을 주시지 않았는데요." 테오도르포스탱이 니콜라 오르플람 영감의 세 발짝 앞에 붙박인 듯 버티고 선 채 말했다. "내가 대답할 일이 아니라서 말이네. 그러니 딸아이한테 직접 물어보게나."

그녀는 이미 거기 와 있었다. 그는 그녀가 다가오는 소리를 듣지 못했다. 돌아서니 그녀가 있었다. 그를 태연하게 바라보는 그녀는 어느 때보다도 멍한 표정이었다. 그는 고개만 푹 숙일 뿐 할말을 찾을 수가 없었다. 그의 두 눈은 자신이 입은 셔츠의 눈부신 흰빛 속으로 빨려들어가고 있었다. 어디다 두어야 할지 알 수 없는 두 손이 서툴기만 한 두 팔 끝에서 끔찍이 무겁게만 느껴졌다. 푸줏간의 진열대에 매달린 죽은 날짐승처럼 허공에 한심한 몰골로 늘어져 있는 그 두 손에 몸서리가 쳐질 지경이었다. 그의 시선은 갑판의 판자 위로 미끄러졌다. 그때 두 눈이 젊은 여자의 두 발에 붙박였다. 석탄가루가 잔뜩 묻은 두 발에서는 빛을 받아 보랏빛이 감도는 어두운 물결무늬 같은 것이 희미하게 반짝이고 있었다. 그 반짝이는 작은 발에 대한 격렬한 욕망이 그를 사로잡았다. 그는 두 주먹을 꼭 말아쥐고 앞치마를 두른 그녀의 검은 옷을 따라 이리저리 시선을 옮겼다. 앞치마의 격자무늬들이 여자의 배 위에 현기증 나는 미로의 구획을 만들고 있었다. 이렇게 어깨까지 올라온 시선은 그녀의 얼굴을 똑바로 향하지 못한 채 그 자리에서 멈추었다. "좀 도와주시면⋯⋯" 드디어 그가 거의 애원조로 중얼거렸다. "저는 여기 있는데요." 그녀가 툭 잘라 대답했다. 그제야 그는 고개를 들고 용기를 내어 그녀를 쳐다보았다. 그러나 또다시 말문이 막혀버렸다. 그는 차가워진 두 손을 그녀의 얼굴 쪽으로 천천히 올려 머리카락을 어루만졌다. 그녀가 지어 보이는 미소가 어찌나 정다운지 그는 정신이 나가버릴 지경이었다. 그들에게 등을 돌리고 있던 여자의 아버지가 갑자기 한마디 내뱉었다. "그 무슨 벙어리 청혼이란 말인가! 원, 말문이 아주 막혀버린 건가? 그렇게 입을 꾹 다물고 있으면 우리 애가 어떻게 대답을 하겠어. 말을 하라고, 이 멍청한 사람아." 딸이 대답했다. "제가 대답을 할게요. 대답은 '네'예요." 그 "네" 소리가 힘차게 축제를 알리는 성당의 차임벨보다도 낭랑하게 울리며 황홀해진 테오도르포스탱의 머릿속에서 반향했다. 그는 여자의 손을 잡아 자신의 손안에 꼭 보듬어 쥐었다. "이 사람아, 자네 배를 좀 보게. 주인도 태우지 않고 저 혼자 강물을 따라 떠내려가려고 있잖나." 니콜라 오르플람이 말했다. "그렇긴 하지만요, 이제 그 배로 돌아갈 주인은 세상에서 제일 행복한 놈인걸요!"

그가 소리쳤다. 테오도르포스탱은 배를 향해 돌아섰다. 그러고 는 미처 인사를 할 사이도 없이 뱃전을 건너뛰어 제방 위로 올라 서서는 저 혼자 떠내려가는 자기의 바지선을 향해 헐떡이며 뛰 어갔다. 온통 불덩어리처럼 벌건 얼굴에 두 눈을 번뜩이며 돌아 오는 아들을 보자 비탈리는 웃으며 물었다. "그럼 이젠 네 애인 이름을 말해도 되는 거냐?" 테오도르포스탱은 숨이 턱끝에 차서 대답했다. "말해도 되고 큰 소리로 떠들어도 돼요!"

3

결혼식은 6월 중순에 거행되었다. 캉브레강 상류 에스코 운하 기슭에 있는 어느 시골 음식점에서 올린 소박한 혼례였다. 노에 미는 목 칼라와 소맷부리를 기퓌르레이스로 장식한 상아색 예복 을 입고 허리띠 한가운데엔 은빛 진주를 박은 망사 장미꽃을 달 고 있었다. 손에는 동생들이 꺾어 온 열한 송이의 높다란 황새풀 꽃다발을 들었다. 테오도르포스탱은 자기 말들의 꼬리를 흰색 거즈 리본으로 엮고 바지선의 돛대는 5월의 나무처럼 장식했다. 정오 무렵에 비가 오기 시작했지만 그 비가 해를 쫓아내지는 않 았다. 비는 햇빛 속에서 흐릿한 호박빛의 가늘고 반짝이는 물방울들로 톡톡 튀었다. 니콜라 오르플람은 신랑 신부의 건강을 위하여 잔을 높이 들어 건배하며 큰 소리로 즐겁게 외쳤다. "햇빛과 비라! 심술쟁이가 딸내미를 시집보내는 모양이야!"

그날 노에미는 오르플람이라는 성 대신 페니엘이라는 성을 얻었다. 아버지, 어머니, 열 명의 동생들과 어린 시절을 떠나 테오도르포스탱의 아내가 되었다. 억누를 수 없는 울적함이 마음 한구석 어딘가에 여전히 남아 있긴 했지만 그녀는 후련했다, 말할수 없을 만큼 후련했다. 그녀가 이제 막 남편으로 택한 사내의 어떤 점이 좋은지는 꼬집어 말하기 어려웠다. 다만 그 사내에게서 멀리 떨어져 산다면 분명 미쳐버리리라는 것만 알 수 있었다.

비탈리는 놀라움과 고마움이 한데 섞인 막연한 행복을 느끼며 자기 아들 옆에 앉은 신부를 물끄러미 바라보았다. 마침내 그녀가 한 번도 가져보지 못한 딸이 찾아온 것이었다. 이 딸아이는 너무나도 순결해서, 그녀 자신이 그 숱한 아들들을 사산아로 낳으며 받아야 했던 저주로 얼룩질 위험이 없으리라고 그녀는 생각했다. 그러나 난생처음으로 그녀는 또한 과부의 고독이 주는 써늘하고 삭막한 심정을 헤아릴 수 있었다. 벌써 늙어버린 그녀의 육신은 이제 저 광란하는 사랑의 시간으로부터 제외되었음을 깨달으며 몸서리를 쳤다. 그녀는 기억에 그토록 생생하고 몸에도 여전히 격렬하게만 느껴지는 지난날의 그 밤들을 생각했다.

그 시절 남편의 몸에 휘말린 그녀의 몸은 시트 속에서 마르멜루 열매와 바닐라 맛이 나는 우윳빛 진액 속에 잠겨 허옇게 빛나고 있었다.

당사자인 테오도르포스탱은 아무 생각도 할 수 없었다. 그는 자신의 옆에서 어렴풋한 고동이 느껴지는 심장의 두근거림에 리듬을 맞추려고 애쓰며 노에미를 꼭 껴안고 있었다. 그는 하객들의 떠들썩한 목소리와 웃음소리와 노랫소리 너머, 에스코 운하 기슭에서 아늑한 저녁 공기 속에 솟아오르는 목이 까만 물새들의 날카로운 지저귐과 알락해오라기의 기묘한 울음소리에 귀를 기울였다. 그리하여 아버지의 과묵함이 자신의 마음에 얼마나 깊은 자취를 남겼으며 자신의 목소리를 얼마나 여린 침묵의 떨리는 탄식으로 바꿔놓았는지, 그는 처음으로 가늠할 수 있었다. 그때 그는 자신에게 한 번도 말을 건넨 적이 없는 아버지의 시선을 받으며 예선로를 따라 말들을 이끌고 걸어가던 지난날의 시절을 생각했고, 한순간 욕망으로 어찌할 바 모르던 그의 몸은 저 멀리 강기슭에 깃든 새들의 울음소리를 들으면서, 마치 그 소리를 통해 아버지가 자신의 부재를 표현하기라도 한 듯 공허함에 전율하기 시작했다. 그는 갑자기 노에미의 손을 잡고 거의 아플 정도로 꼭 쥐었다. 노에미는 눈을 내리깔았지만, 다시 고개를 들었을 때 그녀의 얼굴은 차분하고 믿음이 가득한 미소로 환하게

빛나고 있었다. 그러자 그는 곧 모든 번민을 씻고 사내로서의 힘
과 동시에 어린아이 같은 행복감을 되찾았다.

　이듬해 초봄, 노에미가 아들을 낳았다. 그 아이는 오노레피르
맹이라는 이름을 얻었고 의젓하고 거침없이 알 라 그라스 드 디
외호에 자리를 잡았다. 분노도 고통도 모르는 듯 조용하면서도
명랑한 아이였다. 그에게는 만사가 다 행복이며 즐거움이었으니,
말을 하기도 전에 노래를 배웠고 걷기도 전에 춤을 배웠다. 삶에
대한 열의가 어찌나 대단한지 주위의 모든 사람들에겐 하루하루
가 저녁이면 어김없이 성취하게 되는 기쁨의 약속인 양 느껴졌
다. 그리고 또 어느 날 에르미니빅투아르라는 이름의 여자아이
가 태어났다. 그 아이는 어머니의 온화함을 이어받았을 뿐 아니
라 모든 면에서 어머니를 닮았지만, 오빠는 언제나 그 아이가 슬
픔이나 두려움을 잊어버리도록 마음을 썼다. 두 아이는 저녁에
잠들기 전 비탈리가 들려주는 신비스러운 이야기들을 좋아했다.
그 가운데는 무시무시한 프티페르비두에게 붙잡혀 포로가 된 왕
의 세 공주들을 해방시키기 위하여 숲속으로 들어간 겔르겔롱의
아들 장루르송 이야기, 대지의 저 깊숙한 곳에서 불타는 돌을 발
견해낸, 마르모트라는 별명을 가진 장 윌로 이야기, 그리고 잔혹
한 피나르트에게 사로잡힌 아름다운 에메르가르트의 고생담, 그
밖에도 틸 오일렌슈피겔과 그의 부랑자 동지들의 숱한 모험담이

있었다. 비탈리가 요정, 식인귀, 악마, 거인, 물과 숲의 정령 들이 우글대는 이 전설들을 들려줄 때면 두 아이는 침대에 쪼그려앉아 귀를 기울이며 자기들 옆, 침대 한 귀퉁이에 걸터앉은 할머니의 얼굴에서 돌연 자기들 잠자리 위로 허연 분필 같은 나직한 빛이 퍼지는 것을 보았다. 그리하여 그들에게 할머니는 에스코 운하의 저 뻥 뚫린 입 같은 구멍들에서 불쑥 솟아난 늙은 여자, 기이하고 무시무시한 위력을 가진 존재로만 보였다.

그녀는 불타는 배를 타고 난바다에서 길을 잃거나 여인의 목소리로 노래 부르는 상상의 물고기들을 그물로 낚는 어부들 이야기, 바다 저 깊숙한 곳에서 살아 돌아와 산 사람들을 찾아다니며 정의로운 이들에게는 햇빛의 진주들과 달빛과 별빛의 가루로 만든 반지들을 가져다주고 악독한 이들에게는 무시무시한 주문을 거는 익사자들의 이야기를 들려주었다. 그 모든 이야기들은 잠 속에서도 오랫동안 반향하며 그들의 꿈을 광란하는 이미지들의 소용돌이 속으로 실어가서, 잠에서 깨어난 그들에게 세상은 두려우면서도 그 못지않게 마음을 매혹하는 신비로 보였다. 에르미니빅투아르는 늘 어떤 악마나 잔인하고 시기심 많은 거인과 싸우는 땅 위의 저 하찮은 사람들 가운데 섞여 살지도, 그보다도 더 미개한 바닷가의 사람들 가운데 섞여 살지도 않는 민물 세계의 딸아이인 것이 기뻤다. 그러나 두 가지 이야기가 그녀의 마음을 괴롭혔으니, 그것은 말에 올라 황홀한 목소리로 노래하며 나뭇가지마다 긴 머리칼을 늘어뜨린 여인들의 가녀린 몸 사이를 지나고 달빛에 젖은 숲을 가로지르는 위대한 알뱅의 이야기, 그리고 수천 켤레의 신발이 다 닳도록 한 걸음 한 걸음 자신을 뒤따라오는 죽음을 피하기 위해서 온 세상을, 그리고 또다른 세상들을 헤매고 다니는 젊은 캥카모르의 이야기였다. 그녀는 절대로 자라지 않으리라 굳게 마음먹었다. '그러면 언제나 남의 눈에 띄지 않고 지낼 수 있을 거야. 나는 어린애로 남아 있을 테야. 심지어 점점 더 어려질 거야. 하도 조그맣고 하도 눈에 띄지 않아서 죽음조차도 나를 찾아내지 못할 거야. 제아무리 많은 신발이 닳아 없어지도록 나를 뒤쫓는다 해도 소용없어. 게다가 나는 아예 꼼짝도 하지 않을 거야. 나는 이 바지선을 절대로 떠나지 않을 거야. 내가 존재한다는 걸 삶도 알지 못할 지경이라면 죽음은 절대로 나를 잡을 수 없을 거야!' 그렇게 그녀는 눈에 보이지 않는 불변의 밤송이 안에 들어앉듯 제 어린 시절에 틀어박혔다.

반면, 오노레피르맹은 아무 일도 일어나지 않는 이 부유하는 연극무대를 떠나 온 세상을 누비며 바다들을 주름잡고 싶어서 견딜 수가 없었다. 그는 하늘과 돌 사이로 우뚝 솟아 거리마다 사람들이 우글거리는 그 모든 도시들을 구경하고, 사나운 짐승들과 사악한 식인귀들이 출몰해도 도무지 무섭지 않은 숲들을 가로질러 가보고 싶었다. 너무 느리게 흐르는 이 운하들, 밋밋한 고장을 가로지르는 이 강들이 그에게는 따분하기만 했다. 음산한 색깔의 석탄이 아니라 향신료, 과일, 번쩍거리는 천, 무기, 황금―또한 노예들을 넘치도록 실은 거대한 배를 타고 여행하기를 꿈꾸었다. 그는 불그레한 석양빛 속에서 사람들과 뿔나팔들과 새들이 내지르는 소리로 떠들썩한 항구에 들어서는 자신의 모습을 그려보았다. 위대한 종지기 안처럼 그 또한 악마에게 영혼을 팔아서라도 자신의 소원이 현실의 축제로 폭발하는 모습을 보고 싶었다.

4

그러나 모험에 목마른 아이들의 영혼이야 악마에겐 알 바 아니었다. 한편 사람들은, 얼굴도 없고 이름도 없지만, 반면에 집요한 입과 배는 갖춘 신들을 기려, 저희들끼리 이제 막 마녀 집회를 연참이었다. 신들의 배가 꾸르륵거리는 소리를 내더니, 둥둥거리는 북소리와 요란한 나팔소리를 따라 돌연 그들의 소굴에 배고픔의 함성이 울렸다. 이리하여 테오도르포스탱은 너무도 고요한 그의 배를 떠나 황제들이 차려놓은 테이블에 합류하라는 권유를 받았다. 지난날 군복무를 해야 할 나이가 되었을 때 그는 전무후무한 행운을 입어 좋은 번호를 뽑았다. 그러나 그토록 가난한 처지였으면서도 그는 이 운명의 특혜가 얼마나 대단한 것인지조차 헤아리지 못했다. 그만큼 당시의 그는 또다른 행복에 흠씬 빠져 있었던 것이다. 그저 자신을 지켜준 것이 사랑의 힘이라고 생각했을 뿐이었다. 그렇게 그는 자신만만하게, 동시에 거침없는 태도로 그 사랑의 마법 속에 안주했다. 그러나 영원할 줄 알았던 그 행운이 단번에 끝장나버렸다. 그의 사랑이 힘을 잃어서가 아니라, 그저 제비뽑기 바퀴가 제멋대로 미쳐 날뛰며 부름을 받은 이들과 잊힌 이들, 사랑에 빠진 이들과 그렇지 않은 이들, 행복한 이들과 절망한 이들을 뒤죽박죽으로 지명한 탓이었다.

그래서 바야흐로 그는 이제 막 태어나려고 하는 셋째 아이의 출생을 기다릴 틈도 없이, 그리고 무엇보다도 아무런 예고도 어찌해볼 도리도 없이, 제게 주어진 꼭두서니빛 바지와 방울술 달린 군모 차림의 역할이 대체 무엇인지 전혀 알지 못한 채 전쟁의 길을 떠났다.

그가 떠나고 바로 다음날로 노에미는 몸져누웠다. 비탈리는 며느리가 며칠 뒤, 혹은 그 이후 언제쯤 출산하리라 생각했다. 산달이 다 찼으니 말이다. 그러나 시간이 흘러도 날이 흘러도 젊은 여인은 해산할 기미를 보이지 않았다. 그리고 여러 주가 지나도록 아무 일도 없었다. 노에미는 동산 같은 자신의 배에 눌린 채 꼼짝 않고 침착하게 누워 있었다. 밤낮으로 쉬지 않고 우는 소리가 들렸지만 눈물이 흐르는 것은 볼 수 없었다. 다만 그녀의 옆을 지날 때면 뭔가 속에서 가녀리고 끝없이 흐르는 소리가 나직하게 들려올 뿐이었다. 이제 그녀의 배는 속이 빈 채 부풀어오른 듯 보였다. 물이 방울져 새어나오는 양철통의 속 빈 울림이 느껴졌다.

마땅히 있어야 할 아버지가 없었기에 오노레피르맹은 힘을 열 배는 더 썼다. 나이는 비록 열세 살밖에 되지 않았지만 단숨에 권위와 능숙함을 과시했다. 한편 비탈리와 에르미니빅투아르는 각자 나름대로 나이를 잊어야 했다. 한쪽은 몸을 혹사하여 원기와 인내심을 새삼 발휘했고, 다른 한쪽은 더이상 어린아이로 몸을 쪼그리고만 있을 수 없었다. 이리하여 아버지가 저쪽, 해안에서 멀리 떨어진 전선에서 싸우는 동안 알 라 그라스 드 디외호는 계속 그 역할을 다했고 어머니는 어두컴컴한 방구석에서, 자신의 몸속에 틀어박혀 제자리걸음하며 태동하는 아기를 완강하게 끌어안은 채 누워 있었다.

테오도르포스탱은 그 모든 야전 장비와 아울러 어깨에 닿아 피부를 쓰라리게 하고 엉덩이를 건드리며 덜렁거리는 소총을 둘러멘 채 오랫동안 걸었다. 어찌나 오래 걸었는지 두 다리가 후들거렸다. 마침내 숙영지에 이르러 잠시 쉴 때면 장딴지와 허벅지의 살이 불에 덴 것만 같았고 무릎은 흐물흐물해진 스펀지 같았다. 그는 지금까지 이렇게 땅을 밟으며 걸어본 적이 한 번도 없었다. 자신이 거쳐가는 도시며 들판이며 다리며 숲을, 그는 처음으로 두려움 반 놀라움 반의 막연한 감정을 추스르며 발견해갔다. 때는 여름이요, 화창한 날씨에 밀이 익어 길을 따라 출렁거렸고, 풀밭가의 비탈길에는 강렬한 빛깔의 예쁜 꽃들이 온통 수놓인 듯 피어 있었다. 흙냄새는 구수했고 동료들은 활기가 넘치는 기이한 노래를 불러댔지만 그는 너무나 마음이 서글퍼 웃을 수도 노래할 수도, 심지어 말을 할 수도 없었다. 마치 자기 것이 아닌 몸을 끌고 다니는 듯한 느낌이었고, 점호 때 부르는 자기 이름이 너무나 낯설어서 도무지 알아차릴 수가 없었다. 그는 가족들을, 특히 지금쯤은 벌써 막내를 출산했을 아내를 생각했다. 틀림없이 아들일 것이다. 근래에 노에미는 오노레피르맹을 출산할 무렵과 똑같이 또다시 송악과 나무껍질 냄새를 풍겼으니 말이다. 에르미니빅투아르를 뱃속에 가졌을 때는 그녀의 피부에서 호밀과 꿀 맛이 났다. 새로 태어날 아들에게 그는 자신의 아버지의 이름을 줄 작정이었다. 재회와 새로운 시작의 자식이 될 테니까.

그는 특히 밤이 괴로웠다. 그만큼 여러 해 전부터 혼자서 자는 데 길이 들지 못하고 지내온 터였다. 노에미의 몸이 끊임없이 그의 꿈을 어지럽혔다. 눈앞에서 그 몸이 커지고 그의 주위를 돌며 뒤틀고 꼬았다. 그 몸이 헐떡거리고 그의 품속으로 미끄러져 들어오는 것을 느낄 수 있었지만 결코 그 몸을 껴안을 수는 없었다. 그리하여 그는 옆에 누워 있는 수많은 낯선 사내들 가운데서 땀을 흘리며 얼빠진 모습으로 잠에서 깼다. 그럴 때면 그 사내들도 자면서 몸을 뒤채고 신음소리를 냈다.

떠난 지 이 주도 채 되지 않았는데 그는 벌써 멀리 떠나 지낸 긴 시간이 두려웠고, 자신의 몸이 고독에 지친 나머지, 아버지가 돌아가신 뒤 어머니의 몸이 그랬듯이 돌처럼 단단하고 거칠거칠해져버리는 것은 아닌가 자문했다. 그러나 전쟁이 한창이었고 적이 바로 코앞에 있었으므로 테오도르포스탱은 이내 자기 생각과 향수의 실마리를 잃어버리고 다른 생각들에 젖어들었다. 사실 그 생각들이라는 것도 날이 갈수록 그가 매 순간 부딪히는 모진 암초같이 거칠고 날카로운 단 하나의 생각으로 압축되었다. 죽음, 즉 그 자신의 죽음에 대한 두려움이 마음속에서 솟구쳐 일어나면서 그의 기억과 몽상과 욕망을 단번에 흩어버렸다. 적들은 진지 주위로 점점 더 바짝 포위망을 좁혀오고 있었다. 벌써부터 주변의 농사꾼들은 모두 농가와 들판을 내버린 채 도망쳐, 덜

컹거리는 수레에 가난한 가구와 식기와 옷 보따리와 그 모든 잡동사니 가운데 어지럽게 엉겨붙은 어린것들과 늙은이들을 싣고 숲속 깊은 곳을 향해 발길 닿는 대로 들어갔다. 그러나 그는 도망칠 수가 없었다. 전투의 한복판에 휩쓸려 들어간 그는 벌써 여러 날 전부터 한시도 벗어날 수 없는 위험 속에 살고 있었다. 낮인지 밤인지조차 분간할 수 없을 지경이었으니, 지평선의 사방팔방에서 끊임없이 쏟아지는 총탄과 피와 비명들이 범위를 점점 조여오며 공간과 시간, 하늘과 땅을 거대한 수렁으로 변화시켜놓고 있었다. 8월의 지독한 더위가 엄습할 무렵 늘 그러하듯, 간혹 저녁 무렵 엄청난 폭우가 퍼부어대기 시작하면, 보랏빛 광선과 사나운 노란색 얼룩무늬로 투닥거리는 빗소리와 기관총소리가, 쿵쾅거리는 천둥소리와 대포 소리가 한데 뒤섞였다. 그럴 때면 세계의 혼란이 극에 달하면서 사람들과 말들과 나무들과 천지의 온갖 원소들을 서로 분간할 수 없게 한데 뒤엉킨 대파산의 도가니 속으로 처넣었다.

누가 자기를 부르면 테오도르포스탱의 귀에는 자신의 이름이 더이상 어떤 엉뚱한 소리처럼 들리는 것이 아니라 위험을 알리는 끔찍한 말같이 들렸다. 매번 누가 자기를 죽음에 고발하는 것만 같았기 때문이다. 그래서 그는 생각할 시간을 가질 사이도 없이 기가 막히게 빨리 대답했다. 그렇게 함으로써 자기의 이름이 두 번 반복되어 죽음이 그 이름을 기억하는 일이 없도록 하는 것이었다. 이번에도 또 누가 그를 불렀다. "페니엘!" 그는 무슨 수를 써서라도 그 견딜 수 없는 소리를 잠재워야겠다는 생각에 급히 달려갔다. "페니엘, 이번엔 네가 물 당번이다. 이 물통들 가지고 가서 알아서 물을 떠 와. 꼭 물통을 가득 채워 와야 해." 저쪽 사람이 말했다. 그는 물통들을 허리춤에 주렁주렁 매달고 서로 부딪치며 요란스레 덜컹거리는 양철 소리를 내면서 도무지 있을 것 같지 않은 물을 찾아 나섰다. 어디로 가야 좋을지 통 알 수가 없었다. 주변에는 온통 전투가 한창이었고 우물들은 진흙 아니면 시체들로 가득차 있었으며 강은 적진 저 뒤에 숨어 있었다. 그는 오랫동안 땅 위 도처에 널려 있는 시체들 사이를 무턱대고 더듬고 다녔다. 총알이 끊임없이 주위로 휙휙 날아다녔지만 어느 것 하나 그의 몸에 맞지 않았다. 그렇게 너무나 오랜 시간이 흐르다보니 그는 시간개념을 완전히 잃고 말았다. 그런데 갑자기 믿기지 않는 비현실적인 침묵이 전장을 뒤덮었다. 그는 걸음을 멈추고 그 기적 같은 침묵에 더 귀를 기울여보려고 숨을 참았다. 헐떡거리는 소리와 외치는 소리가 도처에서 스며나왔고 흐느끼는 소리까지 들렸다. 그러나 무수히 죽어가는 병사들의 신음과 고통의 웅얼거림은 오히려 침묵을 더욱 준엄하게 부각시킬 뿐이었다.

 긁힌 자국 하나 없이, 그리고 죽고 부상당한 수백 명의 사람들 가운데서 오로지 혼자 무사하다는 것을 느끼자 그는 갑자기 너무나 사납고 대단한 경이로움과 행복감에 빠져든 나머지 문득 웃음을, 이성을 잃을 정도로 터져나오는 웃음을 참지 못했다. 더이상 웃음을 멈출 수가 없었다. 그는 누워 뒹굴면서 그 정신없는 폭소를 통해 피로에 지친 몸이 활력을 되찾게 두었다. 머리 위에서 빛나는 8월의 광대한 하늘을 마주보며, 사람들과 말들의 피에 흥건히 물들어 온통 뒤집어진 땅에서 뿜어나오는 냄새에 취한 채 웃어댔다.

 메아리처럼 강으로부터 이렇게 전속력으로 달려 되돌아오는 것은 그의 웃음이었을까? 어쩌면 웃음이 그렇게 내달리며 그에게 물을 가져다주려는지도 몰랐다. 그 소리는 점점 더 가까워졌고, 그때마다 아주 규칙적인 다른 소리가, 매번 흐리고 여린 소리로 자지러드는, 빠르게 찍찍거리는 어떤 소리가 박자를 맞추어주고 있었다. 모든 것이 너무나도 빠르게 진행되었다―웃음만큼이나 빠르게.

 그는 자신의 머리 위로 땀으로 지르르한 회색 점박이 말의 배가 휙 지나가고, 어떤 사람이 기막히게 유연한 동작으로 그 짐승의 옆구리에서 몸을 굽히는 것을 보았다. 또한 말에 올라탄 사람이 팔을 움직이며 보여주는 너무나도 자신만만하고 우아함이 넘치는 몸짓도 보았다. 길고 굽은 그 팔은 정말 경이로워 보였다. 그 팔은 얼마나 멋지게 공기를 갈랐으며, 그 팔놀림에 기수의 잘생긴 얼굴은 얼마나 대단한 젊음과 생기로 돋보였던가! 테오도르포스탱은 폭소에 사로잡힌 채 그 모든 것을 순간적으로 목격했다. 심지어 그 기수가 미소 짓는 것까지 보았다―몽상에 빠져든 청소년의 미소와도 같은, 약간 멍하고 막연한 미소였다. 그 미소로 인하여 뾰족한 금발의 콧수염이 더욱 두드러져 보였다. 그는 또 말이 자기 쪽으로 고개를 돌리고 그 크고 둥그런 눈으로 자신을 굽어보았다는 사실에 주목했다. 그러나 그 눈은 텅 빈, 그저 헛돌기만 하는 커다란 공에 불과했다. 어느새 말과 기수는 사라지고 없었다. 그뿐 아니라, 모든 것이 사라져버린 후였다. 심지어 밀려드는 피에 뒤덮여 있던 하늘마저도.

테오도르포스탱은 웃음을 딱 멈췄다. 불어나고 있는 하늘이 그의 두 눈과 입에 가득 피를 쏟아부었다. 한마디 말이 그의 입가로 올라오다 말고 금세 속으로 가라앉았다. 아버지의 이름이었다. 그가 노에미에게 소리쳐 말하고 싶었던 이름, 그녀가 자신의 아들에게 주기를 바랐던 그 이름이었다. 기수는 여전히 휘파람 같은 소리와 함께 그 넉넉하고 지칠 줄 모르는 몸짓으로 유연하게 춤추듯 안장 위에서 몸을 흔들며 곧장 앞만 보며 나아가고 있었다.

　이렇게 병사 페니엘의 전쟁은 끝났다. 한 달 조금 못 되게 이어진 전쟁이었다. 그러나 그때의 전쟁은 희생양의 몸속에 자리 잡고 들어앉아 거의 일 년을 더 끌었다. 테오도르포스탱은 의무실 깊숙한 곳의 철제 침대에 드러누워 두 눈을 감은 채 사지를 꼼짝 않고 너무나 오랫동안 지냈기 때문에 마침내 자리에서 일어났을 때는 걷는 법을 다시 익혀야 했다. 그의 모든 것이 달라져 있었다. 특히 목소리가 그랬다. 목소리는 무게 있는 음색과 그토록 부드럽던 억양을 잃었다. 그는 이제 너무 강하고 귀에 거슬리는 억양에 날카롭고 모가 난 소리로 말했다. 마땅한 표현을 찾지 못해 힘들게 말했고, 막상 할말을 찾으면 거의 앞뒤가 맞지 않을 정도로 뒤죽박죽인 문장으로 내뱉었다. 무엇보다 그는 한 줌 조약돌을 흩뿌리듯 문장들의 잔해를 상대방의 머리 위로 내던지며 난폭하게 말했다. 그러나 가장 끔찍한 것은 그의 웃음이었다. 하루에도 일곱 번씩이나 전신을 흔들어 일그러뜨리는 고약한 웃음. 그것은 웃음이라기보다 녹슨 도르래의 삐걱임에 가까웠다. 그렇게 웃음이 폭발할 때마다 그의 얼굴 윤곽은 주름과 찌푸림으로 일그러졌다. 그러나 가만히 있을 때도 그의 얼굴 전체가 흉하긴 마찬가지였다. 창기병의 칼질이 그의 두개골과 안면의 반을 으깨어놓아, 커다란 상처 자국이 머리 위쪽에서 턱까지 피부를 대각선으로 긋고 지나가면서 얼굴을 비대칭한 두 면으로 갈라놓았다. 이 상처로 그의 두개골 꼭대기는 기이한 원형 탈모 같은 몰골이 되어 웃음이 터질 때마다 거기서 물렁한 밀랍 조각처럼 지나치게 여린 살갗이 부풀어오르며 떨리는 모습을 볼 수 있었다.

그는 찬양하는 말을 들었고 심지어 훈장까지 받았다. 그는 귀가 조치되었다. 한여름이었다. 일 년 전에 거쳐갔던 들판을 건넜다. 들은 뒤죽박죽이었고 다리들은 무너졌고 마을들은 잿더미로 변했으며 도시들은 점령당했고 도처에서 사람들은 쫓기는 표정으로 애도와 수치심에 잠긴 채 경계심을 늦추지 못했다.

그는 혼자 돌아왔다. 떠날 때 함께 갔던 모든 사람들 가운데서 남은 이는 아무도 없었다. 대다수가 죽었고 다른 사람들은 이미 오래전에 가족들 품으로 돌아와 있었다. 그는 혼자서, 뒤늦게 돌아왔다. 그는 귀향길에 접어든다는 기쁨을 느낄 수 없었고 서두르지도 않았다. 아무 느낌이 없었다. 그의 뒤늦음은 돌이킬 수 없는 것이었다. 이제부터 그는 영원히, 너무 늦은 것이었다.

5

 그는 가족들을 다시 만났지만 그들에게 인사도 하지 않았다. 그리고 가족들은 그를 알아보지 못했다. 그를 본 가족들은 본능적으로 자기들끼리 바짝 몸을 붙인 채 아무 말이 없었다. 몸은 경련하듯 연신 움찔대고 두 쪽 난 얼굴을 마구잡이로 꿰맨 사내의 모습을 보고 겁에 질린 터였다. 비탈리는 두 아이를 꼭 끼고 있었다. 세 사람은 그 낯선 이를 말없이 바라보기만 했다. 그 낯선 이가 그들이 그토록 기다리던 사람이었다. 에르미니빅투아르가 갑자기 울음을 터뜨렸다. 아버지는 불쾌한 표정으로 아이를 빤히 노려보더니 발을 구르면서 소리쳤다. "조용히 해, 멍청한 것아!" 오노레피르맹은 제 누이를 품에 꼭 안고 보듬었다. 마침내 비탈리가 아들 쪽으로 나섰지만 뭐라고 해야 할지 알 수가 없었다. 그녀는 서투른, 거의 애원에 가까운 몸짓으로 그에게 두 팔을 벌렸다. 테오도르포스탱은 고개를 돌려 날카롭고 짧게 끊어지는 목소리로 물었다. "노에미. 아이. 다 어디 있지?" 비탈리가 뒤로 물러섰고, 두 아이는 두려웠던 그 물음 때문이라기보다는 강아지가 낑낑대는 듯한 끔찍한 목소리에 놀라 소스라쳤다. 오노레피르맹은 마침내 묻는 말에 대답하고 그의 아버지를 마주할 힘을 얻었다. "저기 선실에 있어요. 아버지가 떠난 때부터 자

리에서 일어나지 않았어요." 그러고는 잠시 후 덧붙였다. "해산
을 못했어요." 테오도르포스탱은 더이상 묻지 않고 선실 쪽으로
갔다. 그는 쓰러져 누운 채 꼼짝 않고 있는 노에미를 보았다. 팽
창한 배 주변의 몸 전체가 무서울 정도로 야위어 있었다. 푸르스
름하게 멍이 든 것처럼 그늘진 눈을 크게 뜬 채, 그녀는 멍하니
천장을 뚫어지게 바라보고 있었다. 그녀에게서는 희미한 초산염
냄새 외에는 그 어떤 특별한 냄새도 나지 않았다. 테오도르포스
탱은 돌연 피가 머리 쪽으로 맹렬하게 몰리는 것을 느꼈다. 그를
자주 괴롭히던 통증이 금세 최고조에 달했다. 그렇게 그는 무시
무시한 폭소의 발작에 사로잡혔다.

노에미는 천천히 소리가 나는 쪽으로 고개를 돌려 그렇게 웃
어대는 사람을 철저히 무감한 표정으로 오랫동안 바라보더니,
이윽고 아주 미약한 반응을 내보였다. 사실 반응을 보인 것은 얼
굴이 아니라 배였다. 곧 그녀는 갑작스러운 경련에 사로잡혔다.
그러나 그녀의 배는 몸의 나머지 부분들과 무관한 요소인 듯 보
였으니, 머리도 사지도 마치 출산의 수고로움을 거들기에는 너
무 허약하다는 듯 아무런 움직임도 내비치지 않는 와중에 그녀
의 배만 홀로 동요하고 있었다.

앞서 두 차례 직접 아내의 분만을 도왔던 테오도르포스탱은
이번엔 꼼짝도 하지 않았고 그녀를 도우려 들지도 않았다. 이 장

면은 그와 무관했다. 그에게서 너무 가깝거나 혹은 너무 먼 곳에서 벌어지고 있어서 그로서는 끼어들 수가 없었다. 그래서 그는 웃음과 머리를 가로지르는 통증 속에 못박힌 듯 방 한구석에 가만히 들어박혀 있었다.

이 년에 걸친 잉태 기간 끝에, 아기는 극도로 허약해진 어머니의 건강상태에도 불구하고 어려움 없이 밖으로 나왔다. 혼자서 분만을 주재한 것은 비탈리였다. 사실 그녀가 할 일은 별로 없었다. 그만큼 모든 일이 빨리 진행되었다. 다만 노에미의 배에서 나온 것은 아기가 아니라 조그만 소금 조상彫像이었다. 온통 몸을 꼬부려 웅크린 신생아는 두꺼운 소금 외피에 완전히 싸여 있었다. 산모는 벌어지고 있는 일에 아무런 관심을 기울이지 않았다. 심지어 자신의 분만 사실조차 알아채지 못한 듯했다. 그토록 오랫동안 팽창되어 있던 뱃가죽이 마른 헝겊 소리를 내면서 푹 꺼졌다. 그녀는 피도 양수도 잃은 것이 없었다.

비탈리는 영문도 모른 채 그 이상한 사람 형체를 두 손으로 들고 있었다. 그녀는 맑은 물이 담긴 대야와 아기를 씻긴 뒤 몸을 싸주려고 준비해놓은 옷가지들을 하찮은 물건들인 양 바라보았다. 그럼에도, 결정화되어 온통 뻣뻣해진 어린 몸뚱이를 아주 부드럽게 흔들며 나직하게 자장가를 흥얼거리기 시작했다. 지난날 사산아로 태어난 자신의 자식들을 위해 그토록 자주 부르던 바로 그 자장가였다. 테오도르포스탱이 문득 무감각한 상태에서 벗어나 구석에서 불쑥 몸을 일으켰다. 그는 비탈리에게 다가가 그 품에서 아기를 빼내어 허공으로 번쩍 쳐들었다. 소금으로 된 어린 몸뚱이가 무지갯빛을 발하는가 싶더니 한순간 거의 투명해졌다. 테오도르포스탱은 자신의 갓난아기를 바닥에다가 거칠게 내팽개쳤다. 아기 조각상은 그 자리에서 깨져 일곱 조각의 소금 수정으로 흩어졌다. 비탈리는 노에미의 침대 가장자리에 앉아 계속해서 죽은 아기들을 위한 자장가를 불렀으나, 이제 그것은 아주 미약한 속삭임에 불과했다. 테오도르포스탱이 갑자기 그녀 쪽을 돌아보며 소리쳤다. "그것 봐, 난 아이한테 아버지의 이름을 주려고 했었어. 하지만 아버지는 죽은 사람들 나라에 남아 있겠다는 거야. 거기 망각 속에 머물고 싶어서 산 사람들에게 자기 이름을 다시 붙여주길 원하지 않았어. 하긴, 아버지 생각이 옳지!"

비탈리가 자신의 말에 귀를 기울이는 것 같지 않았는지 그는 그녀에게 달려가서 양어깨를 잡아 흔들기 시작했다. 그러더니 그녀의 얼굴에다 대고 고함치며 말을 이었다. "그래, 맞아, 아버지 생각이 옳아! 왠지 알아? 왜 아버지가 자기 이름을 망각과 침묵 속에 간직하려는 건지 알아? 왜냐하면 말이지, 아버지는, 아버지는 알고 있기 때문이야. 아버지는 신이 존재하지 않는다는 걸 알고 있어. 아니, 아버지는 심지어 신이 말이 없고 심보가 못됐다는 걸 알아! 아버지는, 아버지는 죽었어, 완전히 죽었어, 그리고 아버지의 이름도 죽었어. 그러니 그 이름을 말하면 안 돼. 말하면 불행한 일이 생겨. 아버지의 이름은 오직 죽음만이 아는 거야. 그렇기 때문에 죽음은 그 이름을 줬다가 금방 도로 가져가는 거라고. 그리고 또, 당신 알기나 해? 신의 은총이란 건 없어. 없다고. 오직 신의 분노가 있을 뿐이야. 분노 말이야. 더 말할 것도 없지 뭐!" 이윽고 그는 그의 어머니의 발밑에 무너지듯 쓰러지더니 그녀의 무릎에 머리를 얹고 치마폭에 엎드려 흐느끼기 시작했다.

노에미는 의식도 건강도 회복하지 못했다. 그녀는 그 누구도, 자기 자신도 의식하지 못한 채 잠자리에 늘어져 누워 있었다. 비탈리가 병든 짐승을 대하듯 숟가락으로 그녀에게 먹을 것을 떠먹였지만 그 어떤 음식도 보살핌도 소용이 없었다. 이내 노에미의 피부에 보랏빛이 도는 이상한 검은 반점들이 나타났다. 이어 그 반점들이 터지더니 끈적끈적한 연녹색 물집으로 변했다. 물집은 전신으로 퍼져 점점 더 깊숙한 곳에서 누르스름한 살꽃으로 피어나며 끈질기게 썩은 냄새를 풍겼다. 병석에 누워 지내는 사람을 더는 오래 바지선에 태워 보살필 순 없는 형편인데도 불구하고 테오도르포스탱은 그녀를 육지의 어느 요양병원으로 데려가기를 거부한 채 한사코 곁을 떠나지 않으려 했다. 좀처럼 끝날 것 같지 않은 기세로 날카롭게 죽음이 달려드는 육신의 그 지독한 냄새를 모든 사람들에게 강요하면서까지 자기 아내를 옆에 데리고 있겠다는 그의 고집은, 자신이 그토록 사랑했던 여자 곁에 머물고 싶은 욕망이라기보다는 참을 수 없는 분노 때문이었다. 이 세상이 한갓 구렁텅이에 지나지 않고 신은 그 속에 빠져 몸부림치며 괴로워하는 인간들을 보며 즐거워하고 있으므로, 그는 마땅히 신의 그 모든 악의를 고발하고 도처에서 인간들의 악취가 난다는 사실을 높이 소리칠 것이었다.

그는 더이상 알 라 그라스 드 디외호의 주인이 아니었다. 이제부터 그는 신의 분노와 잔혹함의 전달자였다.

이내 오노레피르맹과 그의 아버지 사이에 점점 더 사나워지는 갈등이 폭발했다. 그는 아버지의 변덕과 격노, 그리고 특히 미친 듯이 터지는 웃음을 견딜 수가 없었다. 그러던 어느 날 두 남자는 결국 서로 맞붙어 싸우게 되었다. 나이에 비해서 놀라울 정도로 키가 크고 힘이 센 오노레피르맹은 금방 아버지를 제압했다. 그는 아버지를 바닥에 메어치고는 높은 돛대 아래쪽에다가 비끄러맸다. 그러고는 선실 안으로 들어가 병석에 누운 사람을 돌보느라 여념이 없는 비탈리를 확 밀치고 자기 어머니의 시신을 이 불에 말아 품에 안은 채 바지선을 떠났다.

　오노레피르맹이 어디로 떠났는지, 그가 자기 어머니의 시신을
어떻게 했는지 아무도 알지 못했다. 그는 사라졌다. 아마도 그는
마침내 삶에 대한 자신의 열정에 상응하는 더 넓고 더 모험에 찬
세상을 찾아 떠났을 것이다.

　에르미니빅투아르는 오빠가 떠나버린 것이 슬퍼서 오랫동안
울었다. 그러나 오빠를 찾아 모험을 떠나기에는 뭍에 사는 사람
들이 너무 무서웠다. 뭍에 대한 상상은 오직 할머니가 들려준 이
야기들과 운하를 따라 흘러다니며 얻어들은 막연한 메아리들로
만 채워졌으며, 아버지가 가족과 멀리 떨어져 지낸 일 년 동안
무시무시하게 변해버린 모습에 큰 충격이 더해져 그녀는 현실과
가장 불가사의한 꿈을 분간할 수 없을 정도로 괴로워했다. 신의
은총이 갑자기 격렬한 분노로 표변하고, 젊은 여자의 몸이 미처
죽을 사이도 없이 늙은 짐승의 사체처럼 부패하기 시작하고, 정
다움이 넘치고 근엄하면서도 다정한 목소리를 가진 아버지가 자
취를 감추었다가 거칠고 시끄러운 이방인의 모습으로 돌아오는
이 세상에서는—최악의 일을 비롯해 무슨 일이나 다 가능할 것
같아 보였다.

　그러나 페니엘 집안의 삶에는 어느 정도 고요함이 되살아났

다. 아들이 떠나고 노에미가 세상을 떠난 이후 테오도르포스탱은 덜 공격적인 모습을 보였고, 불신과 위협도 누그러진 것 같았다. 사실 그는 자신을 돌보는 두 여자에게 아무런 관심도 보이지 않았으니, 일하는 데 꼭 필요한 의사 교환 외에는 거의 한 마디 말도 건네지 않았다. 반면에 그는 아주 빈번히 혼잣말을 중얼거렸다. 적어도 그가 하루종일 혼자서 말하는 모습을 본 사람들이 생각한 바는 그랬다. 그러나 실은 그가 말을 건네는 상대는 그 자신이라기보다는 그의 또다른 자아였다. 그의 얼굴을 지그재그로 가르는 상처 자국은 그의 존재를 끝에서 끝까지 절단해놓았을 더욱 깊은 어떤 상처와 관련이 있는 듯했다. 그래서 그는 이제 하나의 존재 속에 둘이었다. 더이상 둘을 잇는 연결부호도 없이 한쪽은 테오도르요 다른 한쪽은 포스탱이었으니, 끊임없는 대화가 그 두 덩어리를 서로 대면시켰다. 한편 그 대화는 아무런 결말에도 도달하지 못했는데, 그만큼 부조리와 모순으로 가득한 대화였으며 그나마도 어김없이 격렬한 폭소로 점철되면서 토론을 산산조각으로 무산시켰다. 그리고 그 웃음은 그 자신의 또다른, 제삼의 존재로부터 솟아나오는 듯 보였다.

6

어느 화창한 봄날 점심식사 뒤의 휴식시간이었다. 강기슭에서 검은머리쑥새들이 우짖는 소리와 오리나무숲 속에 깃든 검은방울새들이 재잘대는 소리가 들려오고 있었다. 선실 문에 기대어 파이프에 담배를 채워넣는 데 골몰하던 테오도르 포스탱은 다시금 대지를 뒤덮으며 되살아나는 이 분방함과 생기의 정경을 물끄러미 바라보았다. 에르미니빅투아르는 둑 위의 말들 곁에서 무릎 위에 시트를 펼쳐 깁고 있었다. 갑자기 이 젊은 여자의 형상이 일그러지더니, 파이프의 불꽃 때문에 한순간 앞이 보이지 않게 된 테오도르 포스탱의 시선으로 달려들었다. 불꽃은 꺼졌지만 그 형상은 계속 달려들고 흔들리면서 그의 얼굴과 양손을 지져댔다. 젊은 여자를 소유하고 싶은 미칠 듯한 욕망이 갑자기 테오도르 포스탱을 사로잡았다. 그는 벌떡 일어나더니 바지선에서 내려 에르미니빅투아르에게서 한순간도 눈을 떼지 않은 채 그녀에게로 걸어갔다. 주위에 펼쳐진 시트의 하얀빛이 그녀의 얼굴과 목에 거의 푸른빛이 도는 광채를 반사하고 있었다.

아버지가 다가오는 소리를 듣지 못한 그녀는 자기 바로 앞에 와서 버티고 선 그의 모습을 보고 소스라쳐 놀랐다. 아주 꼿꼿이 서 있어서 평소보다 키가 더 커 보였다. 자신을 뚫어져라 바라보는 그의 눈길에 그녀는 몹시 당황했다. 눈길은 너무도 강렬하고 그녀를 꿰뚫는 듯했다. 그녀는 반짝이는 바늘 끝에 뀐 실을 잡아당기던 한쪽 손을 허공에 가볍게 멈춘 채 멍하니 그를 쳐다보았다. 그는 파이프를 풀숲에 집어던지고 자신의 딸 앞에 무릎을 꿇더니 그녀의 양어깨를 부여잡고 머리를 뒤로 젖히며 키스를 했다. 그녀는 소리쳐서 비탈리를 부르려 했지만 공포보다도 더 큰 어떤 힘이 그녀를 만류하면서 아버지의 욕망에 아무런 저항조차 하지 못하고 몸을 맡기게 만들었다. 그는 몸 위로 시트를 덮고는 그들을 축축한 땅바닥에 밀어붙인 그 우윳빛 그늘 속에서 자신의 딸을 덮쳤다. 아버지의 포옹으로부터 스스로를 방어하려 할수록 그녀는 무서우면서도 그만큼 황홀한 알 수 없는 쾌락을 느끼며 몸을 맡겼다.

테오도르 포스탱이 다시 자리를 뜬 뒤에도 그녀는 오랫동안 시트로 몸을 감은 채 풀 위에 누워 있었다. 몸속에 어떤 공허가 입을 벌리고 있는 느낌이었고, 그녀에게 그 공허는 경이로울 정도로 감미로웠다—그녀는 두려움을 잊었다. 그녀를 일으켜세운 것은 비탈리였다. 막 낮잠에서 깨어나 선실에서 나오다가 젊은 여자가 흙과 피로 더럽혀진 시트에 둘둘 감긴 채 풀 위에 누워 있는 광경을 보고 즉시 달려왔던 것이다. "아니, 애야, 이게 웬일이냐? 어디 다쳤냐?" 에르미니빅투아르는 상자 속에서 튀어나온 마분지 악마처럼 단번에 벌떡 일어서더니 쾌활한 표정으로 할머니를 쳐다보며 내뱉었다. "아뇨. 전 이제 아버지의 여자가 되었어요." 비탈리는 그 대답과 에르미니빅투아르의 뻔뻔스러운 어조에 너무나 놀라서 당장은 얼이 빠진 채 아무 말도 할 수 없었다. 그러다 마침내 정신을 차렸다. "아니, 얘가, 그게 무슨 소리냐?" "할머니가 상관할 일이 아니에요!" 에르미니빅투아르가 맞받아치고는 시트를 걷어 뚤뚤 말아 옆구리에 끼더니 재빠른 걸음으로 바지선 쪽으로 되돌아갔다. "가련한 것! 한심하고 가련한 것 같으니라고……" 비탈리는 그저 신음할 뿐이었다.

그날부터 에르미니빅투아르는 실제로 자신을 제 아버지의 여자라고 여겨 밤마다 그의 침대로 들어갔다. 그녀가 아이를 가진 것은 그렇게 지내던 어느 날 밤이었으니, 그녀는 자랑스럽고 즐거운 표정으로 아이를 뱃속에 담고 있었다. 갑자기 너무나도 힘이 솟구치고 진정으로 생기가 충만함을 느꼈다. 한편 테오도르 포스탱은 딸과의 관계에서 생긴 결과를 알고도 지극히 무심했다. 오직 비탈리만이 그 일로 불안에 떨었다. 그토록 야만적인 사랑의 결실이 그녀는 두려웠다.

에르미니빅투아르는 어느 겨울밤 해산했다. 밖은 꽁꽁 얼어붙는 혹한이었고 반짝이는 작은 금빛 별들이 달라붙은 거대한 검은 유리창처럼 드리운 하늘은 추위에 단단하게 굳어버린 것 같았다. 해산이 너무나 어려울 것 같다는 느낌이 들자 비탈리는 테오도르 포스탱에게 가장 가까운 마을로 가서 의사를 불러오도록 했다. 그녀는 혼자 에르미니빅투아르 곁에 남아 금세 다시 그 가없은 여자에게 덮쳐든 두려움을 진정시키려고 애를 썼다. 공포가 되살아나서 흔치 않은 격렬함으로 그녀의 마음을 휘둘러대는 참이었다. 뱃속에 아이를 가진 것을 그리도 자랑스러워하고 행복해했건만, 그 아이를 낳는 순간 그녀는 돌연 출산에 대한 두려움으로 제정신이 아니었다. 공포와 고통 속에서 자기 어머니를 불러대며 어서 와서 자신을 해방시켜주고 위로해달라고 애원했다. 심지어 어서 와서 그녀의 자리를, 자신이 빼앗은 이 자리를 되찾아달라고 애원하기까지 했다. 창문 너머 반짝이는 별들을 바라보던 그녀의 시선은 마침내 그중 하나에 고정되었다. 그녀가 보기에 그 별은 민첩한 속도로 그녀를 향해 날아오는 것도 같았고, 동시에 밤의 저편으로 멀어져가는 것도 같았다.

아이는 아버지가 돌아오기 전에 태어났다. 어찌나 큰지 나오면서 어머니의 몸을 찢었다. 남자아이였다. 태어나자마자 숨이 끊어질 듯이 큰 소리로 울어댔고 저 스스로 탯줄을 끊을 정도로 몸부림을 쳐댔다. 놀랍도록 숱이 풍성한 멋들어진 적갈색 머리털은 온통 헝클어져 있었다. 이 어린아이는 적어도 백 살까지는 살 만큼 체격이 건장하구나, 하고 비탈리는 아이를 물속에 담그면서 생각했다. 그리고 또 생각했다. 이 아이는 테오도르 포스탱이 그랬듯 제 몫 이상을 차지한 게 분명하니 이는 곧 숱한 불행과 인생의 부침의 예고이기도 하지만, 어쩌면 커다란 기쁨들의 예고인지도 모른다고. 이렇게 추억들과 상념들을 되씹다 말고 돌연 그녀는 이 신생아에 대하여 전에는 한 번도 느껴보지 못한, 심지어 자신의 아들에 대해서도 그토록 격정적으로 느껴보지 못한 사랑의 충동을 실감했다. 그녀는 아연실색하여 아이를 바라보면서, 이제 막 삶의 세계로 나온 그 작은 존재가 단번에 내뿜는 매혹에 경탄을 금치 못할 정도로 크게 감동했다.

테오도르 포스탱이 마침내 의사와 함께 돌아왔을 때 아이는 벌써 포대기에 감싸인 채 젊은 어머니 옆에 누워 쉬고 있었다. 아이 어머니는 출혈이 어찌나 심했는지 의식을 잃고 쓰러져 누워 있었다. 그녀의 회복과 관련해서 의사는 그리 낙관적이지 않았다. 게다가 그녀가 피를 흘리면 흘릴수록 그 피는 검은색, 번쩍번쩍 윤기가 나는 검은색으로 변했다. 마치 별의 부스러기들이 점점이 박힌 밤 그 자체의 피가 밀물처럼 쏟아져나오는 듯했다. 그러는 사이 그녀는 다시 한번 눈을 반쯤 떴지만, 아이 쪽으로 시선을 돌리지는 않았다. 그녀가 아이였다. 이 땅의 유일한 아이였다. 그녀는 간신히 창문 쪽으로 눈길을 주었다. 저 높은 곳에서 반짝이는 저 모든 작은 별들! 그러니까 저게 바로 죽음이 그녀를 따라다니느라 신고 버린 수천수만의 신발들이었나? 그녀는 아주 잠깐 미소를 지었다. 죽음은 그녀를 따라잡고 그녀로 하여금 자신의 뒤를 따르도록 권유하고자 수많은 황금빛 신발들을, 진짜 무도회용 신발들을 신었던 것이다. 그러니까 죽는다는 것은 그렇게 끔찍한 게 아니었다. 그녀의 눈꺼풀이 다시 내려앉았다. 눈꺼풀을 닫으면서 그녀는 들릴까 말까 한 소리로 중얼거렸다. "그럼 이제 난 맨발로 춤을 출래……"

테오도르 포스탱은 어렴풋한 적의를 느끼며 아이를 두 팔로 안았다. 그러나 너무나도 우스꽝스러운 모양으로 머리칼이 헝클어진 그 조그만 존재를 들어올리는 순간, 갑자기 분노의 감정이 사라지면서 어떤 심원한 매혹에 사로잡히는 느낌이었다. 그는 정말 여러 해 만에 처음으로 미소를 짓기 시작했다.

에르미니빅투아르는 자신이 세상에 낳아놓은 아이를 보지도 못한 채 해가 뜨기 전에 죽었다. 테오도르 포스탱의 눈에는 그의 딸이 그때처럼 아름다운 적이 없었던 것 같았다. 그녀는 죽어서도 그 기막힌 미소를 머금고 있었고, 가까스로 드러나 보이는 치아는 그의 키스에 입 벌리던 그 밤들보다 더한 광채로 빛나고 있었다. 그녀는 자신의 아들이 삶의 세계로 진입할 때와 똑같은 매혹을 담뿍 지니고서 죽음의 세계로 넘어갔다.

그녀의 아름다움이 어찌나 당당하고 고즈넉한지 상喪의 슬픔을 물리칠 정도였다. 에르미니빅투아르는 죽었다기보다는 세상과 밤과 별들과 에스코 운하의 물과 플랑드르의 땅을 경이롭게 잠재우고 있는 듯 보였다.

테오도르 포스탱은 아들을 두 팔에 안은 채 이번에도 에르미니빅투아르의 머리맡에 앉아 있는 비탈리의 발치에 와 앉더니 머리를 그녀의 무릎에 얹었고, 그 자세 그대로 그가 자신의 아내로 만들어버린 어린 딸의 기이한 잠을 말없이 지켰다.

7

페니엘 집안의 마지막 사내아이는 빅토르플랑드랭이라는 이름을 얻었다. 늘 헝클어져 있는 그의 빽빽하고 더부룩한 머리털은 구릿빛 광채를 띠었고, 푸른 기가 도는 검은색 두 눈은 왼쪽 눈의 절반을 무지갯빛으로 반짝이게 하는 놀라운 금빛 반점 때문에 서로 구별된다는 특징이 있었다. 그 반점은 어찌나 광채가 유난한지 밤에도 반짝였고 덕분에 아이는 가장 짙은 박명 속에서도 대낮이나 다름없이 앞을 볼 수 있었다.

테오도르 포스탱은, 마치 쫓기는 짐승이 마침내 숨을 곳을 발견한 것인지 아니면 또다른 덫을 만난 것인지 알 수 없어하며 어느 집 주위를 맴돌듯 아들의 주위를 맴돌았다. 아이의 매혹에서 벗어나지 못하는가 하면, 동시에 감히 자신의 마음속에서 들썩이는 그 사랑의 충동에 스스로를 내맡기지도 못하는 탓이었다. 다시 한번 그 충동으로 인하여 고통을 받을까봐 그는 겁이 났다. 이미 스스로의 그림자에 불과했던 자신의 어머니를 제외하면 그가 사랑했던 사람들은 모두가 죽었거나 사라져버렸으니, 사실 그가 그들에게 품었던 사랑은 언제나 저주로 변한 터였다. 전쟁이 그를 숱한 고통과 절망의 낙인이 찍힌 일종의 괴물로 만들어버렸다. 그 고통과 절망이 너무도 심하여 그는 무엇에건 누구에게건 가까이 가기만 하면 창기병의 칼날이 끊임없이 옆을 스치며 지나가는 듯 여겨질 만큼 상대를 파괴하게 되는 것이었다.

게다가 그 전쟁은 다시 시작될 수 있었다. 새로운 제왕들이 몇 년 후 그의 아들을 그들의 전장으로 소집할 수도 있는 일이었다. 그 생각이 테오도르 포스탱을 괴롭히면서 그의 내면에 강박으로 고착되었다. 그는 자기 아들이 절대로 병정이 되지 않게 그를 구해주고자 끊임없이 생각을 거듭해보았다.

그리하여 마침내, 그는 그 무시무시한 구조 작업을 완수하기로 결심했다.

　당시 빅토르플랑드랭은 다섯 살이었다. 그가 부르자 아이는 즉시 아버지를 향해 깡충깡충 뛰어왔다. 둘은 바지선을 벗어나 한동안 거무스름한 곡식 짚단들이 여기저기 널려 있는 들판가의 진흙길을 걸었다. 아이는 이렇게 아버지와 함께 들판을 산책하는 것이 기쁜지 쉬지 않고 재잘거리며 그의 주위를 깡충깡충 뛰어다녔다. 길가에 커다란 돌이 툭 튀어나온 지점에 이르자 테오도르 포스탱은 걸음을 멈추고 아이 앞에 쭈그려앉아 아이의 두 손을 억세게 잡고는 말했다. "아가, 하나뿐인 우리 아가, 이제 내가 하는 행동이 네게는 무시무시하게 여겨지고 너를 아프게 할 거다. 하지만 내가 하려는 행동은 너를 위한 것이고, 너를 전쟁과 미친 제왕들과 잔인한 창기병들에게서 구해내기 위한 것이란다. 나중이 되면 너는 이해할 거다. 그리고 아마 나를 용서하게 될 거다." 아이는 아무것도 이해하지 못한 채 제 아버지가 처음으로 그렇게 험악한 얼굴로 들려주는 그 말에 귀를 기울였다. 테오도르 포스탱은 다시 손을 펴 자신의 손바닥 위에 아들의 통통하고 조그만 두 손을 올려놓더니 문득 눈물을 흘리면서 그 손가락들에 입맞춤을 퍼부었다. 아이는 움직이지도 손을 빼내지도 못한 채 자신도 울음이 터져나오려는 것을 참느라 몸이 뻣뻣해졌다. 이윽고 아버지가 벌떡 일어서더니 빅토르플랑드랭을 돌이 있는 쪽으로 이끌고 가서 아이의 오른손을 잡아 검지와 엄지만 빼고 모든 손가락을 오므리게 한 다음 펼친 두 손가락을 돌 위에 올려놓았다. 그러고는 주머니에서 얼른 조그만 손도끼 하나를 꺼내어 아들의 두 손가락을 내려쳐서 잘랐다.

처음에 아연실색한 아이는 용접해놓은 듯 돌에 주먹을 그대로 얹은 채 굳어 있었다. 이윽고 아이는 놀라 펄쩍 일어나 울부짖으며 들판을 가로질러 도망쳤다. 테오도르 포스탱은 아들의 뒤를 쫓아갈 수 없었다. 격렬한 통증이 그의 머리로, 원형탈모의 정수리로 들이닥치는가 싶더니 순식간에 부풀어오른 살갗이 거세게 펄떡거렸다. 그는 엄청난 폭소의 발작을 억누르지 못한 채 돌 위에 털썩 주저앉았다.

빅토르플랑드랭은 저녁이 되어서야 돌아왔다. 한 농부가 자기네 밭에서 기절한 그를 발견하고 데려왔다. 상처는 화농을 막기 위해 태워서 소독했고, 붕대로 싸맨 손은 아이의 가슴에 꽉 붙여 매어놓았다. 아이가 단 한 마디도 말을 하려 들지 않았으므로 농부는 아이가 어디서 왔는지를 알아내려고 종일토록 찾아다녀야 했다. 그 남자가 밖으로 나가자마자 비탈리가 어린것에게로 달려갔지만, 그녀에게도 마찬가지로 그는 아무 말도 하려 들지 않았고 다친 손을 좀 보자고 해도 그녀를 밀쳐냈다. 그는 손을 가슴에 꽉 눌러 붙인 채, 방 한가운데서 고개를 숙이고 시선은 방바닥을 향해 내리깐 상태로 꼼짝도 않고 가만히 서 있었다. 무슨 일이 있었는지 도무지 알 수가 없는 비탈리는 그저 탄식만 할 뿐이었다. 그녀는 끙끙 앓는 소리를 내며 방안을 빙빙 돌다가 가구란 가구에는 죄다 가서 부딪쳤다.

테오도르 포스탱은 아들과 마찬가지로 뻣뻣하고 말없이, 두 팔을 축 늘어뜨린 채 아들과 마주한 벽에 기대서 있었다. 머리에는 붕대를 감고 있었다. 비탈리는 마침내 아이에게 어찌된 영문인지 물어보라고 말할 생각으로 그를 향해 돌아섰지만, 아들 쪽으로 눈을 들자마자 말을 꺼내는 것을 포기했다. 갑자기 그녀는 알아차렸던 것이다. 더이상 아무 할말이 없었다. 회색빛 도료가 베일처럼 그녀의 눈을 가리는 느낌이었다.

그날부터, 주인이 관심도 보이지 않고 보살피지도 않는 낡은 배 라 콜레르 드 디외* 선상에는 온통 침묵과 고독만이 가득했다. 이제 페니엘 집안에는 어수선하게 흩어진 몇 명만이 남아 있을 뿐이었다. 비탈리는 그녀의 눈을 뒤덮는 어둠 속으로 점점 더

* 프랑스어로 '신의 분노'라는 뜻.

깊이 빠져들어갔다. 점점 더 먼 옛날의 기억을 다시 드러내놓음에 따라, 현재는 흐릿하게 풀어헤쳐져 그녀에게 거의 보이지도 않게 되었다. 그녀는 저멀리 광대한 잿빛 바다로 가서 몸을 던지려고 에스코 운하의 느린 물을 따라 매일 더욱더 아래로 내려갔다. 그녀는 자기 어머니의 검은 치마들이 기다림의 찬바람에 펄럭거리는 텅 빈 해변을 다시 찾곤 했다. 그러다 저녁이 되면 손자의 침대 옆에 앉아서 전설적인 광채며 메아리로 가득한 얼굴들과 이름들이 우글거리는 기억의 꼬불꼬불한 골목길들로 함께 들어가보자고 아이에게 권하는 것이었다. 그러면 아이는 개흙과 햇빛이 가득 들어찬 죽은 물처럼 부드럽고 아늑한 그 기억의 주름들 속에서 잠이 들었다. 어떤 여자가 항상 그의 꿈속에 나타났다. 어머니인 동시에 누이인 그녀는 달콤한 미소를 짓고 있어서 그 역시 잠을 자면서 미소를 짓게 되었다.

그 미소, 밤마다 아이를 찾아와 몰래 살펴보는 테오도르 포스탱에게 남은 것은 오직 그 미소가 전부였다. 아들아이의 두 손가락을 절단함으로써 그는 동시에, 그리고 돌이킬 길 없이, 자신에 대한 아이의 사랑과 믿음 또한 절단해버린 것이었다. 종일토록 빅토르플랑드랭은 아버지의 눈을 피했고 절대로 그에게 말을 건네지 않았다. 그는 아버지의 명령에 복종했으며 말 한마디 없이, 아버지의 얼굴 쪽으로 눈길 한번 드는 일 없이 자신에게 부과되는 일을 수행했다. 그러나 아버지가 저만큼 물러나거나 그에게서 등을 돌리기만 하면 즉시 아이는 더할 수 없이 사나운 눈길로 그를 노려보았다. 테오도르 포스탱은 그 눈길을 알고 있었지만 차마 마주할 수가 없었다. 그 눈길을 의식할 때면 어김없이 등뒤에서 뭔가가 자신을 후려치고 이어 머릿속으로 세차게 돌진해오는 듯, 그 치유할 길 없는 상처의 아픔이 되살아날 때까지 매번 그 눈길이 살 속 깊숙이 파고드는 느낌이었다. 그는 여전히 이마의 붕대를 풀지 못한 채 그대로 감고 있었다.

그렇지만 테오도르 포스탱은 절대로 아이 쪽으로 돌아서서 그를 쫓아버리거나 제자리에 멈추도록 하지는 못했다. 그렇게 하다가는 아들의 눈초리에서 가느다란 금발 콧수염을 기른 창기병이 불쑥 튀어나올 것만 같아 너무나 두려웠다. 증오와 폭력으로 가득한 인간들의 광기어린 눈, 바로 거기가 신이 거주하는 곳이었으니 말이다. 그래서 그는 웃음을 터뜨리곤 했다. 날카롭고 발작적인 웃음, 아이에게 힘과 기쁨의 느낌을 주는 동시에 아이를 섬찟하게 하는 웃음이었다.

그러나 밤이 되어 잠으로 누그러진 아이의 얼굴이 반쯤 펴지면서 경탄을 자아내는 미소가 서릴 때면, 테오도르 포스탱은 그 미소에서 스며나오는 노에미와 오노레피르맹과 에르미니빅투아르―그리고 때로는 자기 아버지의 옆모습을 알아볼 수 있었다.

이렇게 그는 잠든 아들의 침대 옆 그늘진 곳에 웅크린 채 지나가는 과거의 시간들을 바라보고, 또한 지나가는 망각을 바라보며 자신의 밤들을 보냈다. 그러면서 때로는 아이의 구릿빛 더벅머리를 손가락 끝으로 가볍게 건드려보고 떨리는 손으로 그 얼굴을 쓰다듬어보았다.

페니엘 집안의 사람들은 결국 라 콜레르 드 디외호를 버리지 않으면 안 되었다. 사실 그 바지선은 오래전부터 신의 은총을 벗어났을 뿐 아니라 이젠 신의 분노를 딛고 일어설 능력마저도 잃은 터였다. 그 배는 모든 것을 저버렸고, 그저 신과 인간들의 무관심 속에서 녹슬어갈 뿐이었다.

그리하여 그들은 이제 조그만 수문 가옥에 자리잡았다. 그들은 이미 진정한 민물 사람들이 아니었지만 그렇다고 아직은 결코 육지 사람들도 아니었다. 발이 묶여 지내는 것에 익숙지 않고 그런 것을 좋아하지도 않지만 어쩔 수 없이 발이 묶여 거북하게 지낼 수밖에 없게 된 그 좁은 제방 위에서, 그들은 뿌리내릴 곳 없는 물가의 사람들이었다. 그들은 물과 땅의 가장자리, 모든 것의 맨 끝자락 사람들이 되어 세상 끝과도 같은 곳에 살고 있었다.

여러 해 동안의 정착 생활이 지난 뒤 테오도르 포스탱이 목숨을 끊은 곳이 바로 그 수문이었다. 아침에 수문에 걸린 채 푸르스름한 물에 쓸려 빈 물통처럼 흔들거리는 그의 시신이 발견되었다. 마치 그 수문들을 영원히 닫아놓고 세상의 흐름까지는 아니더라도 모든 바지선들의 흐름을 거기, 자기 몸의 원점에 정지시키고자 하는 듯, 그는 그렇게 물위에 가로누워 있었다.

그의 시신을 발견한 것은 빅토르플랑드랭이었다. 그는 즉시 그 사실을 알리기 위해 아직 자고 있는 비탈리에게로 갔다. 그녀의 방으로 들어가 침대 앞에 버티고 서서는 그녀의 어깨를 부드럽게 흔들며 무심한 목소리로 알렸다. "할머니, 일어나세요. 아버지가 물에 빠져 죽었어요."

사람들이 아들의 시신을 메고 와서 침대 위에 눕히자 비탈리는 지난날 그녀의 남편이 죽었을 때처럼 혼자 있게 해달라고 했다. 그녀의 눈은 더이상 아무것도 보지 못하게 되었지만 두 손은 지난날의 눈보다도 잘 볼 수 있었으니, 그녀는 놀라우리만치 능란한 손더듬이로 시신을 수습했다. 사십 년도 더 지난 그 옛날 자신이 낳은 외동아들의 몸을 씻길 때 보여준 바로 그 솜씨가 되돌아와 있었다. 그리고 그녀는 모든 것을, 온 세월의 무게와 온갖 죽음과 전쟁과 또다른 출생들을, 그 모든 것을 다 잊었다. 그녀는 오로지 어린아이가 자신의 뱃속에서 고고의 소리를 질러대던 그 기막힌 밤만을, 자신의 사랑과 욕망과 믿음이 마침내 결실을 맺어 그 몸이 세상에 태어나던 새벽만을 기억할 뿐이었다. 아이는 일곱 번에 걸쳐 얼마나 크게 고함쳤으며 그 소리는 얼마나 기이하게 울려퍼졌던가! 그 같은 부름의 메아리가 마침내 잠잠해지다니 그게 어디 있을 법한 일인가? 있을 수 없었고 있을 법하지도 않았다. 그만큼 그것은, 그 메아리는 울리고 또 울렸다. 자신의 몸에서 태어난 그 생명의 놀라운 메아리, 비록 떠나는 길이지만 영원의 어디쯤에 제자리를 차지한 그 메아리가, 자신의 내면에서, 내장과 마음의 가장 깊은 밑바닥에서 여전히 진동하고 있음을 그녀는 느꼈던 것이다.

하여 그녀는 아들의 죽음을 슬퍼하며 울지 않았다. 지금 그녀 자신이 지키고 있는 문턱에서 눈물과 탄식은, 세상 저쪽을 향해 이미 그토록 어려운 통과 과정에 있는 망자들을 당황하게 하고 지체하게 만들 뿐임을 알고 있기 때문이었다. 그녀는 그 통과 과정을, 수문에서 수문으로 미끄러지며 운하를 따라 내려가는 바지선들의 이동과 비슷한 것으로 머릿속에 그려보았다. 그러므로 그 배들과 마찬가지로 망자들을 끌며 기슭에서 한 걸음 한 걸음 그들과 동행하여, 그들을 기다리고 있는, 바다보다도 더 넓고 더 낯선 저쪽 세상으로 인도해야 하는 것이었다.

빅토르플랑드랭이 방으로 돌아왔을 때 할머니는 바로 그렇게 아들의 머리를 당신의 무릎에 올려놓은 채 침대에 앉아 있었다.

그는 그토록 태연하고 결의에 찬 늙은 여인의 모습을 보고 놀랐다. 그녀는 돌아온 새들이 피리처럼 작은 소리로 재재거리는 열린 창문 쪽으로 고개를 돌린 채였다. 매우 청량하고 밝은 기운이 방안에 서려 있었다. 비탈리는 아주 미약하게 고개를 흔들며 허공에 대고 미소를 지었다. 그러면서 가볍고 쾌활하기까지 한 어조로 무슨 멜로디를 흥얼거렸다. 죽은 아이들을 위한 자장가였다. 빅토르플랑드랭은 어쩌면 아무 일도 일어나지 않은 것인지도 모른다고, 그의 아버지는 정말 죽은 것이 아니라 그냥 저기 자기 어머니 무릎에서 쉬고 있을 뿐인지도 모른다고 생각했다. 그래서 여러 해 만에 처음으로 그를 불렀다. "아빠!"

그에게는 할머니의 미소가 아버지의 얼굴에 반사되고 있는 듯 느껴졌다. 아버지의 입에도 점차 그와 닮은 미소가 번져가고 있었다. 그리하여 그가 침대 옆으로 다가가자, 망자의 감은 눈에서 일곱 방울의 우윳빛 눈물이 흘러나와 얼굴에 가만히 고였다. "아빠……" 그가 또 불렀다. 그러나 아버지도 비탈리도 그의 존재를 알아차리지 못하는 것 같았다. 그래서 그는 아버지의 얼굴 쪽으로 손을 뻗어 눈물을 닦으려 했지만, 그의 손이 얼굴을 스치자마자 일곱 방울의 눈물이 미끄러져 바닥으로 떨어지면서 유리같이 낭랑한 소리를 내며 튀어올랐다.

그는 손바닥에 눈물방울들을 주워 담았다. 무지갯빛이 어려

매우 윤이 나고 만지면 차가운 이 흰색의 작은 진주들에서는 희미한 마르멜루 열매와 바닐라 향이 났다.

빅토르플랑드랭은 아직 너무 어렸고 비탈리는 너무 연로하여 단둘이서 수문을 계속 돌보는 것은 불가능했다. 그래서 또다시 그들은 떠나야 했고, 물과 멀어져 내륙 안쪽으로 더욱 물러나야 했다.

그들은 내륙 안쪽으로 나아가는 정도가 아니라, 그곳에 깊숙이 틀어박혔다. 지난날 그 수수께끼 같은 땅에서 캐낸 석탄을 바지선에 싣기 위하여 그저 멀찍이 접안했을 뿐이었던 그 시커먼 도시들로 추방된 꼴이었다. 그러나 이제 그들에게 제 수수께끼 같은 모습을 열어 보인 그 땅은 끈적하고 어두컴컴하고 끔찍한 한낱 동공에 불과했다.

빅토르플랑드랭은 벌써 호리호리하면서도 탄탄한 사내아이가 되었기에 나이를 속였다. 그리하여 손에 상해를 입었음에도 광산에 취직되었다. 열두 살이 채 되지 않은 나이였다.

그는 우선 광물 선별 작업부터 시작하여 석탄을 골라내고 쉼 없이 이어지는 광차에 퍼 담는 일로 세월을 보냈다. 그다음에는 견습 갱부가 되어 꼬불꼬불 끝없이 이어지는 갱도의 구석구석으로 쥐처럼 쫓아다니고 좁고 가파른 연락갱을 기어오르며 나무토막이며 연장이며 송풍관 따위를 올려주는 일로 세월을 보냈다. 그다음에는 광차 운반부가 되어 삽으로 석탄을 퍼서 싣고 때로는 가득하고 때로는 텅 빈 채로 영원히 이어지는 광차를 밀고 당기는 일로 세월을 보냈다. 그다음에는 굴착 작업을 맡아 석탄을 파내고 갱목을 대고 채굴하고 대지의 저 밑바닥 깊숙하고 어두운 곳에서 끝없이 싸우는 일로 세월을 보냈다.

그동안 비탈리는 어느 작은 집 중이층에 빌린 거처에 살았다. 광산의 흙을 버리는 곳 발치에서 끝없이 이어지는 다른 작은 집들과 줄지어 선 집이었다. 그녀는 집 뒤의 손바닥만한 정원에 닭을 몇 마리 키우면서 그럭저럭 빅토르플랑드랭을 도우려 애를 썼다.

테오도르 포스탱이 죽은 이후 그녀는 늘 미소와 냉정을 잃지 않았다. 빅토르플랑드랭은 그녀가 더이상 잠을 자지 않고 뜬눈으로 밤을 새우고 있는 게 아닐까 의심했다. 그리고 그건 사실이었다. 비탈리는 더이상 잠을 자지 않았다. 너무나도 깊숙이 밤에 깃들어 있었기에 이제 그녀 자신이 가볍고 부드러운 밤의 중요한 일부가 된 터였다. 그 밤 속에서는 인내가 죽은 아기들을 위한 그녀의 자장가를 끝없이 속삭이며 휴식했다.

어느 날 저녁 광산에서 돌아온 빅토르플랑드랭은 할머니의 얼굴에 미소가 평소보다 더 넉넉하고 밝게 감돌고 있음을 눈여겨보았다. 그녀는 식탁에 앉아 사과를 깎고 있었다. 그는 그 맞은편에 가 앉아서 그녀의 손을 잡고는 말없이 꼭 쥐었다. 그런 미소를 보며 뭐라고 말을 해야 할지 그로서는 알 수가 없었다. 비탈리가 그 미소 속으로 거의 녹아들어 영영 사라져버리는 것만 같았다. 잠시 후 먼저 입을 연 것은 그녀였다. 그녀가 말했다. "내일, 광산에 가지 마라. 다시는 거기 가지 말거라. 너는 그만 이곳을 떠나야 한다. 어디든 네게 좋다고 여겨지는 곳으로 가라, 어쨌든 떠나라, 꼭 그래야 한다. 세상은 넓다. 그러니 필시 네 삶과 행복을 건설할 수 있는 곳이 어딘가에 있을 거다. 어쩌면 아주 가까운 곳일 수도 있고, 어쩌면 아주 먼 곳일 수도 있다.

보다시피 우리는 아무것도 가진 게 없다. 한때 내가 가졌던 얼마 안 되는 걸 다 잃었구나. 난 네게 줄 게 아무것도 없다. 내가 죽은 뒤에 남겨질 얼마 안 되는 것이 고작이다. 내 미소의 그림자뿐이다. 그 그림자를 가지고 가라. 가벼운 것이라 짐이 되지 않을 거다. 그러면 나는 너의 곁을 떠나지 않을 것이며 너를 가장 변함없이 사랑하는 이로 남을 거다. 그래, 그 사랑을 네게 유산으로 주마, 그건 나보다 훨씬 더 크고 훨씬 더 넓은 것이란다. 그 속으로는 바다도 강들도 운하들도, 남자, 여자, 아이 할 것 없이 그 많은 사람들도 다 들어간다. 그런데 말이다. 오늘 저녁엔 그들이 모두 다 여기 와 있구나. 내 주위에서 그걸 느낄 수 있다."
이윽고 그녀는 눈에 보이지 않는 어떤 존재 때문에 주의가 산만
해져 갑자기 입을 다물었고, 마치 아무 말도 하지 않았다는 듯,
아무 일도 없었다는 듯 자신의 기이한 미소 속으로 빠져들었다.

빅토르플랑드랭은 그녀를 붙잡고 질문을 하고 싶었다. 그녀가
이제 막 다정하면서도 냉정한―마지막 작별인사 같은 어조로
꺼낸 이상한 말들을 이해할 수 없었던 것이다. 그러나 걷잡을 수
없이 잠이 밀려드는가 싶더니 곧장 탁자 위로 무겁게 그의 몸이
무너졌고, 여전히 할머니의 두 손을 잡은 채 그의 머리는 감자
껍질들 사이를 굴렀다. 잠에서 깨어났을 때 그는 혼자였다. 비탈
리가 있던 자리에는 떠오르는 햇빛을 받아 금빛으로 물든 안개
처럼 가벼운 빛이 떨리고 있었다. 그가 의자에서 일어나 할머니
를 부르자 즉시 그 빛은 바닥으로 미끄러지더니 방안을 가로질
러 돌아와 그의 그림자 속으로 녹아들었다.

빅토르플랑드랭은 비탈리가 시킨 대로 했다. 광산으로 돌아가
지 않았다. 그는 떠났고, 어딘지도 모른 채 대지를 가로질러 곧
장 앞으로 나아갔다. 가지고 가는 유산이라곤 아버지의 눈물방
울 일곱 개와 그의 그림자를 황금빛으로 물들이는 할머니의 미
소가 전부였다. 그의 얼굴에는 여전히 석탄가루가 자욱이 박혀

있고, 왼쪽 눈에는 별모양으로 찍힌 금빛 반점이 광채를 발하고 있어서 그는 가는 곳마다 사람들로부터 '황금의 밤'이라는 별명을 얻었다.

두 번째 밤

Nuit de la terre

땅의 밤

II
땅의 밤

그 시절, 싸늘한 겨울밤이면 아직도 늑대들이 들판을 가로지르며 헤매고 다녔고, 마을에까지 먹이를 찾아 내려와 가금과 염소와 양은 물론 노새나 암소나 돼지를 잡아죽였다. 부득이 개와 고양이를 잡아먹는 일도 있었지만, 기회가 생기면 기꺼이 사람 고기로 성찬을 즐겼다. 사실 그놈들은 주린 배를 채우기에 안성맞춤인 아이들과 여자들의 연한 살을 무엇보다 유난히 좋아했다. 게다가 그놈들의 허기는 정말로 굉장한 것이어서 추위, 기근 혹은 전쟁의 궁극적인 메아리요, 가장 당돌한 표현인 듯했고, 그 것들과 서로 경쟁이라도 하려는 듯 증대되는 것이었다.

이렇게 땅의 사람들 중 어떤 이들은 영원히 되살아나는, 채워지지 않는 허기의 위험신호 속에서 살았고, 그래서 자신들의 두려움과 적들을 동시에 공인하는 하나의 이름으로 늑대를 지칭했다. 그 이름인즉 '짐승'이었다.

다중의 몸을 가진 이 짐승을 두고, 그들은 가난한 자들을 시험하기 위하여 땅으로 보내진 악마의 작품이라고 했다. 심지어 어떤 이들은 짐승을 가리켜 바로 감히 세상의 질서에 도전했다가 저주의 고통을 당하게 된 어느 인간의 복수에 찬 혼이거나, 아니면 피에 굶주린 불길한 마법사의 변신이라고 주장했다. 또다른 사람들은 진노한 신이 인간들을 가리키는 손가락 그 자체라고 여기며, 이처럼 신은 이미 현세에서부터 인간들의 불복종과 죄를 벌하는 것이라고도 했다. 그래서 짐승의 발자취를 추적하기 위해 몰이를 나갈 때면 농부들은 성당의 계단 위에서 축성받은 장총에 성모와 성자의 메달을 녹여 만든 총알을 장전했다.

그러나 짐승은 사냥꾼들의 눈과 손아귀가 미치지 않는 곳에 머물고 있었다. 짐승은 숲의 가장 빽빽한 어둠 속에 살고 있어서 가끔씩 어렴풋하게 으르렁거리기만 할 뿐, 제 허기가 선택한 대상들의 눈앞에만 모습을 드러냈다.

짐승으로부터 피해를 입은 이들 중 몇몇이 산 채로 발견되는 일도 있었지만, 짐승에게 조금이라도 물리면 그 사람은 결국 죽음에 이르게 되는 것 같았다. 식초에 담근 마늘쪽으로 상처를 피가 나도록 문지르거나, 찧은 양파에 꿀, 소금, 오줌을 섞은 반죽으로 찜질을 하며 부상자들을 치료해보기도 하고, 그들의 몸에 부적을 잔뜩 붙여보기도 했지만 아무 소용이 없었고, 얼마 후 그들은 결국 참혹한 고통을 받으며 죽어갔다.

죽음이 가까이 다가올수록 짐승에게 당한 그 희생자들이 점점 더 늑대로 변신하는 것 같았다. 그들을 사로잡는 난폭한 기운이 어찌나 끔찍한지 두 눈에는 짐승의 삐딱한 두 눈에서 볼 법한 그것처럼 불꽃이 활활 타올랐고 손톱과 이빨은 언제든 공격할 태세인 맹수의 발톱과 송곳니로 변해버리는 것이었다. 그럴 때면 광란하는 자의 가족들은 거품을 물고 광기로 죽어가는 가엾은 사람을 두 개의 매트리스 사이에 넣고 질식시켜서 그 무시무시한 변신에 종지부를 찍기도 했다. 그런 뒤 침대에 얌전하게 다시 눕혀놓고는, 그의 혼백이 짐승이 설치는 숲속으로 들어가 헤매다가 되돌아와서 나직한 신음소리를 내며 집 주위를 배회하는 일이 없도록 지극히 기독교적으로 그를 감시하는 것이었다.

그들이 그런 식으로 돌아오지 않게끔 하고, 무엇보다도 그 짐승을 농가에서 멀리 쫓아버리기 위하여 농부들은 마침내 늑대 한 마리를 때려눕히는 데 성공할 경우에 헛간 문마다 동물의 다리, 아니면 머리나 꼬리를 관습적으로 매달아놓았다. 짐승이 멀찍이서라도 산 사람들에게 접근하는 일이 있어서는 안 되기 때문이었다. 실제로 짐승의 눈길이 슬쩍 닿기만 해도 사람들은 목소리를 내지도 움직이지도 못한다고들 했고, 특히 그 숨결이 내뿜는 부패의 냄새는 그걸 맡은 사람에게 독이 될 위험이 있다고들 했다. 누군가는 집시들을 가리켜, 사실 저들은 늑대와 너무나도 닮은 데가 있는 사람들로, 가끔씩 마을에 찾아와 공터에 야영을 하며 머물곤 하는데, 그들이 불에 말린 늑대의 간을 담배에 섞어서 파이프에 담아 피우는 것은 가축을 돌보는 개들이 그 고약한 냄새에 질려 다가오지 못하도록 하기 위함이라고 주장하기도 했다.

그러한 것이 당시 숲속에 출몰하여 뭍에 사는 사람들을 공포에 떨게 하는 진짜 식인귀들이었다. 짐승이라 불리는 그들은 전설이나 동화에 나오는 악귀, 거인, 용보다도 더 무시무시했다.

그러나 그 시절 빅토르플랑드랭은 아직 그가 어린 시절에 살아왔던 운하의 순정하고 느릿한 물, 그리고 칠 년 동안 그가 따라서 내려가야 했던 대지의 검은 내장에 대해서 말고는 아무것도 기억하는 것이 없었다.

1

이십 년이 지난 뒤 빅토르플랑드랭은 그의 아버지가 거쳐갔던 길, 그를 그의 가족들과 돌이킬 수 없이 갈라놓았던 길을 다시 찾아 오랫동안 걸었다. 그는 어깨에 총을 메지도 않고 향수에 애달파하는 일도 없이 혼자서 걸어갔다. 그에게 남은 오직 둘뿐인 가족과는 이제 더이상 헤어지려 해도 그럴 수 없었다. 할머니의 미소는 그의 그림자에 영원히 결합된 채 한 걸음 한 걸음 뒤를 따라왔고, 아버지의 눈물방울들은 끈에 꿰여 셔츠 속 그의 목에 둘러져 있었다.

그는 지난날 그의 아버지가 발견해갔던 것들과 같은 여러 도시와 들판과 다리와 숲을 통과했다. 그러나 놀라움도 두려움도 느끼지 않았다. 겨울이었다. 날이 어찌나 추운지 나뭇가지들이

아주 메마른 소리를 내며 유리처럼 부러지곤 했고 그 소리는 오
랫동안 침묵 속에서 메아리쳤다. 그가 짚고 가는 지팡이는 얼음
으로 반짝이며 얼어붙은 길 위에서 기묘한 소리로 울렸다. 그는
마음이 가벼웠다. 즐거워서가 아니라 이제부터는 완전히 혼자였
으니, 그의 앞에 끝 간 데 없이 열린 그 인적 없는 세계가 감미로
울 정도로 낯설었기 때문이다.

눈이 어찌나 단단하게 차곡차곡 쌓였는지 전혀 발자국이 남지
않았고, 정오 무렵의 모래보다 더 연한 황색 해가 하늘을 뚫고
나오자 주위의 들판 전체가 부재의 빛으로 충만했다. 그 공허와
침묵의 눈부심 속에서 빅토르플랑드랭은 자신의 몸에서 배가하
는 힘과 존재감을 느꼈다. 마침내 자유자재한 젊음의 기운을 맛
보게 된 것이다. 다리도 무너뜨릴 것 같고 돌도 깨뜨릴 것 같고
굶주림에 시달린 늑대들마저 숲 밖으로 내몰 것 같은 추위였지
만 그는 그 추위가 고통스럽지 않았다.

그는 떡갈나무, 너도밤나무, 전나무 들로 뒤덮인 어느 야산 밑
에 이르렀다. 삭풍이 날카로운 휘파람소리를 내며 휘몰아쳐 눈
밭을 쓸었다. 그는 점점 더 꼬불탕하게 산허리를 돌아가는 좁은
길을 따라 올라갔다. 거대한 눈더미로 변하여 아주 희미한 빛밖
에 스며들지 않는 그 숲속에서 방향을 가늠하기란 불가능했다.

빅토르플랑드랭은 힘겹게 앞으로 나아갔다.

그는 숨이 차 견딜 수 없을 지경이 되어 숲속 어느 빈터 가장
자리의 툭 튀어나온 돌 위에 잠시 앉았다. 벌써 해가 기울고 있
어서 빅토르플랑드랭은 출발한 이후 처음으로 밤에 어디서 잠을
잘지 걱정이 되었다. 그는 날카로운 바람소리로 가득한 미로의
포로가 된 채 완전히 길을 잃은 터였다.

그런데 그 바람은 아주 이상한 가락으로 소리를 내며 불어대
는 것이 마치 미칠 듯한 고통을 호소하며 다급하게 고함치는 사
람의 목소리 같았다. 빅토르플랑드랭은 갑자기 몸을 부르르 떨
었다. 그 목소리는 어딘가 그의 아버지의 고통스러운 웃음소리
를 닮아 있었다.

바야흐로 그 바람이 지각할 수 없을 만큼 조금씩 가까워지면
서 숲속의 빈터 주변을 배회하기 시작했다. 그는 거기, 돌 위에
못박힌 듯 앉아 있었다. 움직일 엄두가 나지 않았다. 심지어 고
개도 돌릴 수 없었다. 어둠이 짙어지면서 사위가 어슴푸레해졌
다. 벌써 밤이 되어, 수많은 별들 가운데 아주 작고 하얀 쉼표처
럼 빛나는 가느다란 초승달이 하늘 저 높은 곳에서 숲속의 빈터
한가운데만을 비추고 있었다. 그러나 그 얼마 안 되는 빛이 빅토
르플랑드랭의 주의를 끌었다. 몸이 뻣뻣해지는 느낌이 들기 시
작했으므로 그는 드디어 돌에서 일어나 마치 그 얼마 안 되는 한

뺨의 빛이 안전한 피신처를 제공해주기라도 할 것처럼 빛을 향하여 걸어갔다. 다른 흐린 불빛 두 개가 어둠을 뚫어주고 있었다. 그는 그 흐린 빛들을 달의 원광을 향해 걸어가다가 발견했다. 아직 상당히 먼 거리에 있었지만 그의 왼쪽 눈을 고양이 시력만큼이나 밝게 해주는 황금빛 반점 덕분에 그 빛들을 분간해낼 수 있었다. 황색으로 반짝이는 그 가느다란 두 빗금은 그를 빤히 바라보고 있는 것 같았다. 그는 발걸음을 늦추었다. 그의 심장도 따라서 뛰는 속도가 느려지기 시작했다. 저쪽이 마침내 어슴푸레한 박명을 벗어나 모습을 드러냈지만 곧장 빅토르플랑드랭을 향해 다가오지는 않았다. 그것은 그에게서 눈을 떼지 않은 채 빈터의 가장자리를 따라 돌기 시작했다. 그 걸음걸이는 놀라울 정도로 유연했으며 그것의 허리가 얼마나 날씬한지를 여실히 드러냈다. 반면에 가슴팍은 넓고 툭 튀어나와 있었는데, 서리를 맞아 은빛이 도는 회색 털이 특히 밝은 뭉치를 이루며 거기 비죽 솟아 있었다.

빅토르플랑드랭은 동물이 하는 대로 했다. 동물의 박자에 맞추어 빙 돌면서 마찬가지로 동물의 눈에서 시선을 떼지 않았다. 그리고 곧 동물이 으르렁거리는 소리에 마찬가지로 거친 소리로 응답했다. 그런 측대보側對步의 원무는 오랫동안 계속되었다. 이윽고 늑대가 갑작스레 방향을 틀었고 그러자 빅토르플랑드랭도 즉시 따라 했다. 이렇게 둘은 이내 아주 가까이 다가들어 점점 더 좁아지는 원을 그리며 돌았다.

그들은 이제 달무리 한복판을 거닐면서 각자의 그림자가 스칠 정도로 바싹 붙어 서로의 뒤를 따르고 있었다. 원무는 늑대가 빅토르플랑드랭의 그림자를 발로 밟는 바로 그 순간 멈추었다. 즉시 동물은 제자리에 멈춰 섰고 동시에 날카로운 신음을 내지르면서 두 귀를 머리에 딱 붙인 채 땅바닥에 엎드렸다. 빅토르플랑드랭은 허리띠를 빼내어 떨고 있는 짐승의 목에 감은 다음 봇짐의 끈을 허리띠에 맸다. 늑대는 목끈을 매도록 순순히 몸을 맡겼다.

빅토르플랑드랭은 더이상 아무런 두려움도 느끼지 않았다. 두려움이 그의 발밑에 엎드린 짐승의 몸속으로 완전히 옮겨가서 갇혀버린 것 같았다. 그러나 엄청난 피로가 그를 덮쳤다. 그래서 그는 날이 새기를 기다렸다가 다시 길을 나서기로 했다. 그는 외투로 몸을 감싼 뒤 눈 위에 누워서 늑대의 몸에 붙어 바싹 웅크린 채 짐승의 체온에 묻혀 잠이 들었다.

그는 꿈을 꾸었다. 아니, 어쩌면 그를 통해서 꿈을 꾼 것은 바로 늑대였는지도 모른다. 숲의 꿈이었다. 그가 숲을 가로질러 걸어가는데 이내 나무들이 반짝이는 금속 갑옷으로 덮이면서 모습이 뚜렷해졌다. 기이한 옷을 입은 나무들은 천천히 움직이며 팔을 뻗듯 가지들을 내밀더니 사방으로 비비 꼬기 시작했다. 그러고는 머리들을 쳐들었다. 둥글고 무겁고 모자를 쓴 머리들. 나무들은 그 머리들을 어깨에서 어깨로 굴렸다. 그리고 저희들을 붙잡아 끌어안고 있는 땅에서 고통스럽게 몸을 빼내더니 걷기 시작했다. 마치 바람을 거슬러 나아가듯 몸을 굽히면서 헤엄치는 사람들처럼 팔을 휘저었다.

갑옷을 입은 나무들은 이제 바닥이 평평한 긴 배들에 올라 있었다. 밑바닥에 붉은 불빛이 스치는 배들은 잿빛 강물을 따라 내려갔다. 맨머리인 또다른 사람들이 물속에서 횃불을 들고 물살을 거슬러 걷고 있었다.

갑옷을 입은 나무들이 배에서 내린 모양이었다. 이제 그들은 매우 길고 낮은 어느 대형 건물 쪽으로 나아가고 있었다. 나무들이 건물에 가까이 갈수록 건물은 점점 더 푸른색으로 변했다. 그들은 건물 안으로 들어가고 싶어했다. 그러나 문턱을 넘어서는 즉시 나무들은 마치 벽 안쪽을 가득 채운 깊은 그늘 속으로 용해된 듯 사라져버리는 것이었다.

텅 빈 방. 열린 창문으로 바람이 들어와 커튼을 흔들어 비튼다. 방 한가운데에는 커다란 철제 침대가 하나. 침대 한가운데에는 흰옷을 입은 여자가 하나. 금방이라도 아기를 낳을 듯 배가 엄청나게 불러 있다. 문득 이상한 소리가 난다. 여전히 반듯하게 누위 있던 여자가 천천히 허공으로 몸을 일으키더니 방안을 이리 저리 떠다니기 시작한다. 그녀가 발뒤꿈치에 두 손이 닿을 만큼 몸을 뒤로 젖힌다. 그리고 바람은 그녀를 창밖으로 날려보낸다.

어느 도시의 회색과 검은색 지붕들이 흐린 하늘을 배경으로 모습을 드러낸다. 놀라울 정도로 높은 굴뚝들 사이에 두 개의 눈이 불쑥 나타난다. 아주 검고 푸르스름하게 그늘진 두 눈이 흐린 광채를 발한다. 도시는 천천히 표류하기 시작하면서 두 눈에 바싹 붙어 지나간다. 갑옷 입은 나무들이 여전히 긴 팔로 공기를 휘저으며 도시로 들어와 두 눈 속으로 파고든다.

두 눈은 집들을 가로질러 미끄러지는 두 마리의 거대한 물고기에 불과하다. 그들이 지나감에 따라 집의 벽들은 차츰 물로 변해버린다.

어느 다리의 초입에 늑대가 한 마리 앉아 있다. 늑대는 강물 쪽으로 고개를 돌린 채 톱을 연주한다.

저쪽 강둑 위에서 어느 집의 정면 창문이 열린다. 누군가가 몸을 내밀고 창턱 위로 양탄자를 휙 던져 흔들어대기 시작한다. 양탄자에 찍힌 무늬가 보인다. 사람 얼굴을 닮은 무늬다. 얼굴은 그렇게 자꾸만 흔들리다못해 양탄자에서 분리되어 강물로 떨어진다.

늑대는 사라졌다. 그러나 다리 입구에 여전히 세워져 있는 톱이 계속 진동하면서 멜로디를 들려준다.

새벽빛이 밝아오자마자 빅토르플랑드랭은 잠이 깼다. 날카롭게 쉭쉭거리는 소리를 내며 바람이 불었다. 늑대는 제자리에 그대로 있었다. 하늘은 맑았고 숲은 몸을 덜 웅크리고 있는 것 같았다. 전날엔 미처 알아보지 못한 길들이 드러나 보였다. 빅토르플랑드랭은 잠시 망설이다가 곧 왼쪽으로 빠지기로 결심했다. 그가 자리에서 일어났고 늑대도 따라 일어났다. 이윽고 둘은 출발했다.

숲을 가로질러 오랫동안 걷자 넓은 개활지가 나타났다. 그 아래쪽으로는 집들이 줄줄이 층을 이루고 있었다. 풍경의 도처에 얼룩처럼 퍼져 있는 얼어붙은 습지와 늪들이 떠오르는 햇빛 속에서 금속 같은 광채를 발했다. 골짜기 저 안쪽으로는 강이 넓고 구불구불한 잿빛 선을 그려놓고 있었다. 빅토르플랑드랭은 들판의 발치 여기저기에 흩어진 마을을 보며 안도감을 느꼈다. 그 단순함과 엄격함 때문에 이곳이 마음에 들었다. 운하와 비슷한 이곳의 고적함이 좋았다. 땅에 단단하게 뿌리박고 있으면서도 들과 숲을 지키는 개들처럼 저 아래에 엎드려 있는 농가들은, 하늘에 바짝 붙어서 표류하는 듯 보이기도 했다. 바지선들의 표류보다도 한없이 더 느린 표류였다.

그는 우윳빛 도는 가느다란 회색 연기가 지붕들 저 위로 풀어지다가 나중에는 바람에 머리카락처럼 헝클어지는 모습을 바라보았다. 그 풍경을 물끄러미 바라보는 동안 비탈리의 말소리가 기억 속에 되살아났다. "세상은 넓다. 그러니 필시 네 삶과 행복을 건설할 수 있는 곳이 어딘가에 있을 거다. 어쩌면 아주 가까운 곳일 수도 있고, 어쩌면 아주 먼 곳일 수도 있다."

그 장소는 가깝지도 멀지도 않았으며, 어느 곳에도 속해 있지 않았다. 그 장소는 바다가 조각한 연안 지대의 찬란함도, 산들이 구축한 풍경의 절대적인 위엄도, 햇빛과 바람이 평평하게 다져놓은 사막의 웅장함도 누리지 못했다.

그곳은 영토의 끄트머리에 올라앉은 그런 장소들 중 하나였으니, 모든 경계 지역이 다 그러하듯 세상 저 끝의 무관심과 망각 속에 처박혀 있는 듯한 곳이었다―왕국의 주인들이 전쟁놀이를 하며 그곳을 성스러운 곳으로 선언하는 경우를 제외하고는.

2

늑대가 앓는 소리를 내며 끈을 잡아당기는 바람에 빅토르플랑드랭은 몽상에서 깨어났다. 그는 자기 앞에 웅크리고 있는 짐승을 빤히 바라보다가 돌연 자유롭게 풀어주기로 결심했다. 동물은 한동안 꼼짝도 않고 가만있더니 몸을 똑바로 일으켜서 두 앞발을 빅토르플랑드랭의 상체에 올려놓았다.

늑대의 주둥이와 사람의 얼굴이 아주 가까이서 서로 마주보았다. 그러자 늑대가 마치 자신의 몸에 생긴 상처를 핥듯이 빅토르플랑드랭의 얼굴을 아주 부드럽게 핥기 시작했다. 그러고는 몸을 내려 네발로 똑바로 서더니 돌아서서 천천히 숲길로 들어섰다. 빅토르플랑드랭은 늑대가 완전히 사라져 보이지 않을 때까지 멀어져가는 모습을 바라보았다. 그런 뒤 이번에는 자신도 다시 길을 떠났다.

그가 작은 마을에 도착했을 때는 해가 높이 떠 있었다. 아직 아무와도 마주치지 않았다. 그는 그곳을 면밀히 살펴보았다. 한번 쓱 훑어보면서 주변 집들의 수를 세었다. 모두 열일곱 집이었는데 반 이상이 버려진 곳 같았다. 그는 그중 다른 집들과 아주 멀리 따로 떨어진 곳에 자리잡은 가장 넓은 한 집을 눈여겨보았다. 그 집은 산비탈 양쪽의 작은 전나무숲 사이에 있었다. 지형이 너무나 험한 곳이라 같은 높이에 집을 두 채씩이나 지을 수는 없었으리라. 그는 무리를 짓고 둘러선 다섯 집 가운데에 자리한 우물 테두리에 걸터앉았다. 배가 고팠다. 배낭 속을 뒤져보았지만 완전히 눅눅해진 빵덩어리 하나밖에 나오는 것이 없었다. 개가 짖기 시작했다. 그러자 이내 다른 개들이 따라 짖었다. 드디어 그 집들 중 한 곳에서 어떤 남자가 나왔다. 남자는 우물 곁을 지나치며 호기심어린 시선을 몰래 던지면서도 빅토르플랑드랭을 못 본 척했다. 빅토르플랑드랭이 그를 불러 세웠다. 상대는 갑갑하다 싶을 정도로 느리게 돌아보았다. 빅토르플랑드랭은 그에게 이 마을 이름이 무엇인지, 그리고 혹시 이 근처에서 뭐든 할일을 구할 수 없겠는지 물었다. 상대는 여전히 그를 곁눈질하면서, 그리고 이 낯선 사람의 말씨에 전보다 더 경계하는 표정으로 대답했다. 겨울철에는 '검은 땅'에서 할일이 아무것도 없지만 그래도 저쪽 '높은 농장'의 발쿠르 가족의 집에 가서 알아보면 좋겠다는 것이었다. 빅토르플랑드랭은 사내가 가리키는 쪽을 바라보았다. 양쪽의 전나무숲 사이에 있는 큰 집이었다. 그는 곧 그 농가를 향해 길을 나섰다.

농가는 생각했던 것보다 더 멀었다. 길은 끝이 없었다. 아마도 길이 끊임없이 지그재그로 굽어 있기 때문이리라. 사실상 길이라기보다 우회로들이 온통 뒤엉킨 기이한 소로였다. 그는 심지어 가는 도중에 잠시 쉬기도 했다. 배고픔이 점점 더 그를 괴롭혔다.

마침내 그가 농가에 도착하여 인적 없는 넓은 뜰 안으로 들어서자 또다시 개 짖는 소리가 터져나왔다. 이곳에는 모든 구석에 개들이 숨어 있는 것만 같았다. 그는 마당 한가운데까지 걸어가 큰 소리로 불렀다. "여보세요! 계세요?" 개 짖는 소리가 더욱 요란해졌지만 아무도 대답하는 이가 없었다. 한편 개들은 침입자에게서 늑대 냄새를 맡기라도 한 듯 이내 신음소리를 내기 시작했다. 잠시 후 드디어 어떤 여자가 나타났다. 어찌나 두꺼운 모직물로 몸을 감싸고 있는지 나이를 가늠하기조차 어려웠다. 그는 겨우 그녀의 두 눈을 알아보았다. 사과씨처럼 작고 윤이 나는 검은색 두 눈이 날카로운 시선을 던지고 있었다. 여자는 빅토르 플랑드랭이 자기소개를 하고 사정을 설명하는 동안 아무 말 없이 있다가 갑자기 발길을 돌려 중앙의 건물 쪽으로 걸어갔다. 문턱에 이르자 여자는 고개를 돌리고 소리쳤다. "자, 이리 오세요!"

주방에는 양배추와 고기 기름과 튀긴 양파 냄새가 가득 밴 습한 열기가 넘쳐났다. 여자는 그를 식탁 앞에 앉히고 행주로 식탁을 쓱 한번 문질러 닦더니 두르고 있던 커다란 숄을 벗고서 자기도 맞은편에 앉았다. 빅토르플랑드랭은 그녀가 젊고 체격이 건강하다는 것을 확인할 수 있었다. 나이는 스물다섯 살쯤 먹은 듯 보였다. 짙은 갈색 머리에 아주 동글동글한 얼굴에는 광대뼈가 눈에 띄게 튀어나왔고, 딸기처럼 붉고 포동포동한 입술이 예뻤다.

그들 두 사람은 한동안 말없이 서로 쳐다보기만 했다. 여자는 빅토르플랑드랭의 눈에서 시선을 떼지 않았다. 특히 그의 왼쪽 눈을 자세히 뜯어보았다. 금빛 반점 때문인 것 같았다. 결국 그가 눈을 내리깔았다. 여자의 끈질긴 시선이 불편해서라기보다는 열기와 배고픔 때문에 차츰 마비 상태에 빠져들었기 때문이다. 여자가 마침내 결심한 듯 침묵을 깬 순간, 그는 완전히 무너지듯 주저앉아 있던 의자에서 거의 펄쩍 뛰어 일어나다시피 했다. "그래, 그러니까, 일을 찾고 있다는 거죠?" 그는 질문을 이해하지 못했다는 듯 놀란 표정으로 그녀를 쳐다보았다. "무슨 일을 할 수 있지요?" 하고 그녀가 말을 이었다. 빅토르플랑드랭은 여자의 목소리가 얼굴만큼이나 동글동글하다고 생각했다. 그녀가 입 밖에 내는 말들이 신선하고 큼직한 빵덩어리처럼 공기 속에서 구르는 느낌이었다. 그는 대답 대신 그저 미소만 지었다. "이상한 분이네요." 그녀가 지적했다. "너무 피곤해서 그래요." 그는 변명하듯 말했다. "오랫동안 걸어온데다 어제부터 아무것도 먹지 못했거든요." 그러고서 이렇게 덧붙였다. "힘든 일에 길이 들었답니다."

여자는 식탁에서 일어나 주방 귀퉁이에 있는 짙은 색 나무로 된 커다란 반죽통 옆에서 한동안 분주히 움직이더니, 빅토르플랑드랭 앞으로 돌아와 칼을 가는 회전 숫돌만큼이나 큰 빵덩어리와 치즈 한 조각, 그리고 소시지 한 토막을 내놓았다. 그러고는 결심한 듯 말했다. "일이야 있고말고요. 겨울철이잖아요. 그런데 아버지는 병이 나서 허리가 잔뜩 굽으셨고, 걷는 게 꼭 늙은이들 같아요. 조수가 둘이 있긴 해도 별 도움이 안 된답니다." 그러고 나서 그녀는 그들이 기르는 암소, 황소, 돼지의 머릿수를 말하고, 이어 그들 소유의 들과 목장도 두루 헤아려 소개했다. 발쿠르 집안의 농장은 검은 땅에서 가장 규모가 컸지만 이미 마을의 다른 수많은 농장들이 그랬듯이 쇠퇴기로 접어들지 않도록 하려면 제대로 정리를 할 필요가 있었다. 또 그녀는 이십 년도 더 전에 전쟁이 검은 땅을 휩쓸고 지나가면서 모든 것들에 얼마나 큰 피해를 끼쳤는지 설명했다. 여러 농가가 불탔고 들이 망가진 것은 물론, 너무나 많은 사람이 죽어서 이젠 늙은이들밖에 남지 않았다고 했다. 마을의 가옥들 중 절반 이상이 빈집이었다.

"집을 세어보니 열일곱 채더군요." 빅토르플랑드랭이 말했다. 그 숫자를 들은 여자는 마치 그가 무슨 몰상식한 말을 내뱉기라도 한 듯 펄쩍 뛰었다. 그런 뜻밖의 반응에 그가 덧붙여 말했다. "아마 제가 잘못 센 건지도 모르지만……" "아뇨, 그게 아니고, 뭐냐 하면……" 그녀는 하던 말을 끝맺지 못했다. "뭔데요?" 하고 빅토르플랑드랭이 재촉했다. "그 반점들 말예요, 당신 눈에……" 그녀는 또다시 하던 말을 멈추었다. 의외라는 듯

이번에 놀라는 쪽은 빅토르플랑드랭이었다. "반점들이라고요? 반점은 하나뿐인데요." 그는 마치 거울이라도 되는 양 무의식적으로 손을 눈앞으로 가져갔다. 여자는 그렇지 않다고 고개를 젓다가 다시 일어나 자리를 뜨더니 거울을 하나 가지고 돌아와서 빅토르플랑드랭에게 내밀었다. 그러나 그가 거울을 얼굴 높이로 쳐들자 금세 거울면이 어두워지면서 마치 거기 칠해진 주석과 수은 합금이 사라져버리기라도 한 듯 완전한 불투명으로 변해버렸다. 죽는 날까지 그는 영원히 자기의 얼굴을 바라볼 수 없을 터였으니, 이제부터는 오로지 다른 사람들의 시선이라는 거울 속에서 살아야만 했다.

그러나 멜라니 발쿠르는 그런 현상을 두려워할 여자가 아니었다. 그녀는 거울을 집어서 탁자 서랍에 넣고 탁 소리를 내며 다시 닫았다. 그녀의 행동은 사과씨 같은 그 작은 눈이 쏘아 보내던 시선만큼이나 민첩하고 정확했다. 시커멓게 변한 얼굴에다 금가루가 잔뜩 퍼진 눈을 가진 이 낯선 사람을 마당에서 마주치는 순간에 그녀의 마음은 이미 정해진 터였다. 그가 농장에 있는 모든 거울의 도금을 없애는 한이 있더라도, 그를 잡아두고 내 사람으로 만드리라고 그녀는 생각했다. 어쨌든 그녀 자신의 두 눈이 납으로 봉인한 듯 흐려질 염려는 없을 것이었다. 그녀의 눈은 제대로 볼 줄 알았고, 순식간에 모든 것을, 특히 사람들의 무게와 가치를 가늠할 줄 알았다. 이 사내는 젊고 힘이 넘쳤다. 그리고 별들이 가득한 겨울밤 같은 아름다움을 지녔다. 이리하여 빅토르플랑드랭은 바로 그날로 높은 농장에 고용되었다. 사실 고용은 임시적인 것이었으니, 그다음날 당장 그는 자신이 이곳의 주인이 되리라는 것을 알았고, 머지않아 실제로 그렇게 되었다.

그의 떠돌이 생활은 그저 한 계절 동안 이어졌을 뿐, 그의 정착생활은 한 세기 가까이 이어질 예정이었다.

3

아닌 게 아니라 발쿠르 영감은 어찌나 허리가 굽었는지 걸을 때는 두 손이 거의 땅바닥에 닿을 지경이었다. 그러나 사실은 그 자신만큼이나 앙상하고 뒤틀린 지팡이에 의지하여, 걷는다기보다는 종종걸음을 쳤다. 대부분의 시간을 온통 몸을 쭈그린 채 졸며 지냈다. 무감각 상태에서 깨어나기만 하면 언제나 황제 얘기를 꺼냈다. 그는 황제를 보고 심지어 말까지 걸어본 적이 있었다. 그런 뒤 당장 그다음날 황제와 함께 패배의 굴욕을 맛보았다. 이십 년도 더 전의 세상에서였다. 그리고 세월이 흐름에 따라 사실상 권력을 잃은 그의 황제이자 매혹적인 전설의 주인공은 그 딱한 전투와 더불어 그의 상상 속에서 점점 더 환상적인 모습으로 변모했다. 그는 나폴레옹 3세에 대한 전설에 점점 더 반짝반짝 광을 내는 한편, 늙은 빌헬름*의 전설에는 더욱 시커멓게 먹칠을 해댔다. 그는 격렬하게 외치고 지팡이로 땅바닥을 내려치며 단언했다. 그 형편없는 사기꾼 빌헬름은 하느님의 하늘과 프랑스의 하늘—사실 그의 마음속에서 둘은 결국 같은 것이었다—을 할 수 있는 한 확실하게 갈기갈기 찢어놓기 위해 다름 아닌 악마가 두개골을 뾰족하게 깎아놓은 놈이라고.

그 늙은이가 큰 소리로 고함치며 명예의 광채로 번쩍거리는 자신의 전쟁용 쇠붙이들을 보여줄 때면 빅토르플랑드랭은 일절 언급을 삼갔다. 그에게 전쟁의 그림이란 악마가 뾰족한 모양으로 깎은 것이 아니라 아예 산산조각내놓은 그의 아버지의 얼굴이 보여주던 그림으로 요약되었다.

그와 마찬가지로 농장에 고용된 다른 두 남자는 마티외라프랑부아즈와 장프랑수아티주드페르였는데, 그들은 나이를 가늠하기가 어려워서 서른 남짓해 보이는가 하면 또한 예순이 넘어 보이기도 했다. 둘 다 생김이 무슨 죽은 나무토막을 하나는 넓게, 다른 하나는 높게 대충 다듬어 만들어놓은 것 같았다.

---

* 독일제국 황제 빌헬름 2세.

두 사람은 농가의 경내에서 살았다. 마티외라프랑부아즈는 외양간의 절반까지 차오른 건초 더미에서, 그리고 장프랑수아티주드페르는 광에 딸린 누추한 방에서. 둘 중 어느 한쪽도 다른 장소는 원하지 않았다. 특히 제일 안 좋은 곳을 차지한 마티외라프랑부아즈가 그랬다. 그는 가축들의 퀴퀴한 냄새와 오줌, 쇠똥, 엎질러진 우유에 빠진 채 썩은 짚의 눅눅한 냄새가 진동하는 외양간의 훈훈한 습기를 좋아했다. 여자를 한 번도 접해본 적이 없기에, 여자 대신 자기 소굴의 벽에 단순하지만 효과적인 구멍을 여러 개 뚫었다. 물컹한 곰팡이가 슬었을지언정 치수에 맞추어 다듬은 그 돌섬기들 중 하나와 하루도 빼먹지 않고 짝짓기를 했다. 봄철이 되면 물렁해지고 표면에 부드러운 풀이 덮인 맨땅과 결혼하는 일도 있었다. 한편 장프랑수아티주드페르로 말하자면, 어느 날 숫양 한 마리가 그의 아랫도리에 정통으로 박치기를 한 방 먹여 성생활을 영원한 정지상태로 마감시킴으로써 문제를 해결해버렸다.

빅토르플랑드랭에게 주어진 두 동료는 이런 인물들이었다. 그 자신은 첫날 저녁 주방 한구석에 있는 고미다락을 하나 배정받았다. 그러나 이튿날 저녁부터는 더 넓고 더 푹신한 침대가 주어졌으니 그것은 바로 멜라니의 침대였다. 그토록 오랫동안 답보상태로 남아 있던, 살이 발그레하고 풍미 그윽한 그녀의 더없이 기쁨으로 넘치는 몸은 마침내 만족감과 그 진가를 발견하게 되었다.

빅토르플랑드랭은 그때까지 두 여자밖에 경험하지 못했다. 광산에서 만난 첫번째 여자는 선광 담당이었다. 그녀의 이름은 솔랑주였다. 온통 야윈 몸에 입술과 손이 어찌나 거친지 그녀와의 키스와 애무는 치즈 가는 강판을 쓰다듬는 것 같다고밖에 달리 말할 수가 없었다. 두번째 여자는 무도회에서 만났다. 그는 그녀의 창백한 안색과 늘 푸르스름하게 무리진 큰 눈이 맘에 들었다. 그러나 그 여자는 사랑에 대한 열의와 취미가 너무나 부족하여 처음 몇 번의 키스만으로도 혼수상태에 빠진 듯 매번 자리에 눕자마자 곧장 잠이 들었다. 사실 틀림없이 하품을 하면서가 아니고는 말해줬을 리가 없는 그녀의 이름을 그는 더이상 기억하지 못했다.

이렇게 빅토르플랑드랭은 마침내 진정한 사랑의 맛, 즉 미칠 듯 한없이 살을 떨리게 만드는 어떤 극심한 감미로움의 맛을 발견하게 되었다.

늙은 발쿠르는 "황제 만세!"라는 외침과 함께 죽었다. 사실 그는 그 환호성을 마저 다 끝맺지 못했다. 죽음이 그의 말을 도중에 끊는 바람에 "황제 만……" 하고 소리를 내지르다가 턱이 내려앉아 입을 헤벌린 채 쓰러졌고 환상의 시대는 막을 내렸다.

멜라니는 군복을 입은 채 자신의 소총을 포함한 장비 일체와 함께 묻히고 싶다는 아버지의 마지막 뜻을 존중했다. 그러나 류머티즘 때문에 이 늙은 보병의 몸이 너무나도 가루가 되어버려서 옛 제복을 입히는 것은 불가능했다. 그래서 멜라니는 제복을 완전히 뜯어서 반쯤 미라가 되어 커다란 벌레처럼 웅크린 아버지의 시신에 덮은 다음 다시 꿰매려고 해보았다. 그러나 시신을 입관하려는 순간 그런 신중한 조치가 무용한 것임이 밝혀졌다. 시신을 관속에 제대로 눕히자면 모든 뼈를 쇠막대로 두드려 깨뜨리지 않으면 안 되었고, 그렇게 하자면 단번에 제복의 바느질한 자리가 사방에서 터져버리는 것이었다. 어찌되었건 자신의 황제에게 끝까지 충성했던 그 성실한 병사 발쿠르는 누더기가 된 전투복 차림으로 자기 옆에서 덜렁거리는 녹슨 구식 소총과 함께 네 개의 판자 사이에 뻣뻣한 차려 자세로 누워 땅에 묻혔다.

얼마 뒤 마티외라프랑부아즈도 주인의 모범을 따랐다. 마찬가지로 죽음은 그가 즐겨 하던 활동 도중에 그를 덮쳤다. 장프랑수아티주드페르가 어느 날 아침 외양간 지붕 밑에서, 바지는 나막신 위로 흘러내리고 두 팔은 몸을 따라 늘어진 상태로 벽을 마주한 채 요지부동인 그를 발견했다. 장프랑수아티주드페르는 벽과 교미중인 그를 떼어낼 수 있도록 도와달라고 빅토르플랑드랭을 부르지 않으면 안 되었다. 마티외라프랑부아즈의 마지막 여자가 한사코 애인을 놓아주지 않으려 했으므로 톱을 동원해야 했다. 그리하여 그는 자신의 몸 가운데 관심을 가졌던 유일한 부분만큼의 무게를 덜고 땅속에 묻혔다. 그 유일한 부분은 외양간의 벽 속에 삽입된 상태로 남아 있었는데, 사실 장프랑수아티주드페르가 자기 동료의 유물을 보호하기 위하여 약간의 회반죽으로 구멍을 메우면서 지적했듯이 그곳이 육신의 나머지 부분이 누워 있는 땅 밑보다는 훨씬 낫다고 할 수 있었다.

계절이 거듭될수록 빅토르플랑드랭은 땅에 취미를 붙였다. 눈이 녹으면서 그는 겨울 추위에 쫓겨갔던 세떼들이 서서히 되돌아오는 못과 시내와 습지를, 그리고 농가 주변의 해토된 들과 목초지를 발견했다.

발쿠르 집안은 검은 땅에서 가장 넓은 들을 소유하고 있었고, 그 들은 또한 가장 햇볕이 잘 드는 땅이었다. 사람들은 그 들을 '기름진 창공'이라 불렀다. 그만큼 땅이 비옥하여 쟁기질을 하고 나면 밭고랑들은 마치 태양의 기름을 바른 듯 빛을 받아 번쩍거렸다.

검은 땅에는 단 한 뙈기라도 그 성질과 역사를 규정하는 어떤 고유한 이름을 가지지 않은 땅이 없었다. 그래서 그곳에는 '달빛의 못' '늑대 목욕' '연기 나는 늪' '산돼지 우물' '변덕 개울'이 있었다. 집들 근처 모험 가득한 숲의 몇몇 자락들은 '사랑 구멍' '아침의 작은' '죽음의 메아리' 등의 이름으로 불렸다. 빅토르플랑드랭이 늑대를 만난 것은 바로 셋 가운데 가장 빽빽하고 깊은 죽음의 메아리에서였다. 열일곱 채의 집들 하나하나에도 마찬가지로 이름이 있었다. 심지어 폐허가 되어버린 집들도 그랬다. 한편이 모든 곳의 주민들 또한 대부분이 자신들의 이름에 덧붙인 이명 혹은 별명이 있었다. 높은 농장은 '황제 만세 발쿠르'의 집이었다가 '황금의 밤'이라 불리는 페니엘의 집이 되었다.

황금의 밤은 자기 주위에 펼쳐진 땅을 보았다. 그 땅은 운하의 민물보다 더 고요하고 느렸으며, 그가 매일같이 싸워야 했던 투쟁 속의 광산 못지않게 준엄하고 거칠었다. 그러나 애써 익혀 그 땅에서 뽑아내는 모든 결실들은 그의 것이었으니, 그는 땅의 어둠에서 어렵게 끌어낸 그 결실들을 빛의 세계로 가져갔다.

빅토르플랑드랭은 멜라니에게 자신의 과거를 절대로 말하지 않았고 그리하여 이방인으로서 그녀의 삶 속에 자리잡았다. 사실 그녀도 그의 그림자가 그토록 금색인 점과, 우윳빛 도는 흰색 진주 일곱 개로 된 차갑고 이상한 목걸이를 그가 한결같이 목에 걸고 다니는 것이 의아하기는 했지만 절대로 질문하는 법이 없었다. 단 한 번의 눈길로 거울의 주석 도금을 지우는 이 사내가 그런 질문에 더욱더 이상한 대답밖에는 하지 못하리라는 것이 그녀의 짐작이었다. 게다가 이 사내가 어디서 왔는지를 아는 게 뭐가 그리 중요하단 말인가—중요한 것은, 그가 지금 거기 그녀와 함께 있다는 사실이었다. 그의 곁에서 그녀는 자기의 농장이 다시 살아나고, 가축들과 땅이 번성하고, 또 그녀 자신의 몸이 기름지게 변하는 것을 볼 수 있었다. 바야흐로 그녀의 뱃속에서 이제 막 무언가가 꿈틀거린 참이었다.

4

그것이 다시 나타난 건 어느 여름날이었다. 그것이 왜 그 계절에 숲을 벗어나 벌건 대낮 오후에 마을로 들어오는 무모한 모험을 감행했는지 아무도 알지 못했다. 그것이 검은 땅의 거리를 가로지르자 농부들은 우선 아이들과 가축들을 마당 저 안쪽에 몰아넣고 출입을 막은 다음, 쇠스랑과 도끼와 낫으로 무장하고 개들의 호위를 받으며 짐승의 추격에 나섰다. 그러나 늑대는 목장이나 마당으로 먹이를 찾으러 가지도 않고, 고함치며 자기 뒤를 쫓아 밀려드는 사람과 개의 무리들엔 아랑곳도 않은 채 곧장 앞으로 달려나갔다. 어찌나 빠른 걸음으로 내달았는지 아무도 따라잡지 못했고, 놈이 밭을 가로질러 지름길로 높은 농장에 이르렀을 때 그것을 뒤쫓아가던 사람들은 아직도 야산 발치에서 우글대고 있었다.

빅토르플랑드랭은 늑대의 울음소리를 즉시 알아들었다. 그러나 이번에는 그 짐승의 소리가 미치도록 괴로워하는 웃음이라기보다는 긴 신음처럼 들렸다.

늑대는 마당 한가운데에 이르렀다. 빅토르플랑드랭이 배를 깔고 엎드린 그 짐승을 발견한 곳이 바로 거기였다. 비록 숲에서 밤을 보낸 후 이 년이라는 세월이 흐르기는 했지만 그는 늑대를 보아도 무섭다거나 뜻밖이라 놀랍다는 느낌이 들지 않았다. 그는 이 동물 옆에 와 쭈그려앉아서 그 얼굴께로 고개를 천천히 쳐들어올렸다.

이미 늑대의 신음은 그쳤고 이제 들리는 것은 오직 소리를 죽인 채 여전히 헐떡대는 심장의 단속적인 박동음뿐이었다. 빅토르플랑드랭은 동물의 눈에서 섬광이 강렬하게 타오르다가 마치 어둠 속에서 멀어져가는 도깨비불처럼 눈동자의 검은 구멍 쪽으로 아주 천천히 역류하는 광경을 볼 수 있었다. 그러더니 곧 모든 빛이 사라졌다. 가느다란 한줄기 눈물이 늑대의 두 눈에서 흘러나왔고 빅토르플랑드랭은 짐승의 머리를 감아 껴안은 팔에 더욱 힘을 주면서 쓰도록 강렬한 맛이 나는 눈물을 혀로 핥았다. 늑대의 머리가 그의 무릎 위로 무너지듯 떨어졌다.

한 무리의 사냥꾼들이 그의 농가 쪽으로 돌격하듯 몰려 올라오는 것을 본 빅토르플랑드랭은 짐승을 두 팔로 안아서 헛간으로 데리고 들어간 다음 그 안에 가두었다.

마을 남자들이 모두 거기에 있었다. 그중 몇몇은 아내들과 함께였다. 마당 안으로 들어서자마자 황금의 밤이 와서 그들을 맞았고, 늑대는 죽었으니 모두 집으로 돌아가라고 알렸다. 그러나 그들은 짐승을 보아야겠다고, 그 시체를 개들에게 던져주어야겠다고 했다. 황금의 밤은 거절하며 아직 그들에게 늑대를 보여줄 때가 되지 않았다고 말했다. 그러고는 그들을 마당 밖으로 쫓아냈다.

얼마가 지나 날이 어두워진 지 오래되었을 때, 갑자기 높은 농장으로 올라가는 길에서 굉장히 소란스러운 소리가 들렸다. 냄비, 항아리, 솥 같은 것들이 서로 부딪히는 쾅음과 조화롭지 못한 노랫소리 사이사이로 튀어나오는 남녀들의 외침, 발구름, 불길한 웃음소리였다. 그 소리는 구르는 거친 파도처럼 부풀어오르며 농가를 향해 쳐들어왔고, 끊임없이 가까워지면서 점점 위협을 더해갔다.

개들이 짖어대기 시작하더니 이내 가축이 나직하게 울어대며 그 모든 개 짖는 소리들에 합세했다. 벌써 배가 많이 불러 있던 멜라니는 침대에서 벌떡 일어나 두 손으로 자기 배를 꼭 눌렀다. "우리에게 망신을 주려고 오는 거야! 우리를 벌하려고." 잔뜩 겁을 먹은 그녀가 소리쳤다. 황금의 밤은 그 말이 무슨 뜻인지를 금방 알아차리지 못했다. "대체 우리가 뭘 어쨌기에?" 그가 물었다. "저들은 우리가 맘에 들지 않는 거야." 그녀의 대답은 간단했다. "당신은 외지 사람인데 나와 결혼했잖아. 그런 법은 없거든. 그런데다 늑대 문제가 생겼으니……"

빅토르플랑드랭이 자리에서 일어나 옷을 입고 말했다. "당신은 여기 있어. 내가 가서 저들에게 말할게." "안 돼." 멜라니가 말했다. "저 사람들 술 먹었어. 취했고 잔뜩 화가 나서 미움이 가득해. 당신 말은 듣지도 않을 거야. 여기 나랑 같이 있어. 무서워……" "아냐. 난 안 무서워. 나가볼 거야."

소란스러운 패거리는 점점 더 심한 소동을 일으키고 우스꽝스러운 곡조로 황금의 밤과 멜라니를 향한 욕설이며 조롱을 읊조리면서 마당으로 밀려들었다. 그들은 벽과 문과 창문에 돌을 던지고 횃불을 흔들어대며 협박의 소리들을 내뱉기 시작했다. 그 무리의 한가운데에는 늙은 노새 한 마리가 짚과 헝겊으로 만든 페니엘의 허수아비 인형을 엉덩이에 올려놓은 채 낯짝을 꼬리 쪽으로 돌리고 있었다. "어이, '늑대 아가리!' 어디 이리 좀 나와봐, 더러운 짐승아, 실컷 두들겨패서 늙은 말처럼 등줄기를 확 꺾어놓을 테니! 우! 우! 늑대 아가리!" 그들이 냄비를 두들기면서 소리쳤다.

문이 열리더니 황금의 밤이 혼자 나타났다. 그는 발목까지 내려오는 늑대 가죽을 온몸에 뒤집어쓰고 있었다. "나 여기 나왔다!" 그가 말했다. 그 모습을 보자 모두가 입을 다물었고, 이어 아우성이 더욱 음험하고 무섭게 이어졌다. "늑대 인간이다!" 몇몇 사람들이 뒤로 물러나며 소리쳤다. 황금의 밤은 그들을 향해 한 발 다가섰다. "원하는 게 뭐요?" 그가 물었다. 그러나 그의 귀에 대답이라고 들리는 것은 와글와글하는 욕설뿐이었다. "노새에 태워! 노새에 태워!" 누군가가 소리쳤다. "몸에 거름과 깃털을 처발라!" "자, 이게 네 모자다!" 다른 한 사람이 그에게 더러운 찌꺼기들이 잔뜩 처발린 낡은 짚바구니를 내밀었다. 그때 누군가가 소리쳤다. "악마! 늑대 귀신! 이놈을 태워 죽이자! 태워 죽이자!" 이내 모두가 일제히 그렇게 외쳐댔다.

그러나 사람들이 횃불 빛에 일그러진 얼굴들을 그에게 가까이 들이대는 순간에 노새가 그들 한가운데로 달려드는 바람에 허수아비 인형이 기우뚱하면서 땅바닥으로 굴러떨어졌다. 노새는 빅토르플랑드랭의 주위를 한 바퀴 빙 돌고는 도망쳐버렸다. 아무도 노새를 붙잡지 못했다. "저주받은 개 같으니라고! 짐승들까지도 널 무서워해!" 사람들이 그에게 소리쳤다. 그러나 공격하려는 사람들은 황금의 밤 주위를 에워싼 포위망을 더 좁힐 수가 없었다. 노새가 막 도망가기 직전에 그의 주위를 한 바퀴 돌며 아무도 넘을 수 없는 보이지 않는 원을 그려놓은 것만 같았다. 사람들은 발을 굴려대면서 그에게 주먹을 내지르거나 달려들려고 해보았지만 아무것도 그 선을 넘어서 그에게 닿지 못했다. 그러자 그들은 땅바닥에 굴러떨어진 허수아비 인형에 화풀이를 할 셈이었는지 인형을 쇠스랑 끝에 꼿꼿이 찔러서 마당 한가운데 세워놓고는 불을 붙였다.

짚으로 만든 그 인형은 좌중의 요란한 환호 속에 금세 불탔다. 그러나 불이 이미 다 꺼졌는데도 갑자기 잿더미에서 거의 흰빛에 가까운 가느다란 노란 불꽃 일곱 개가 사람 키만큼 높이 솟아올라 흔들흔들하더니, 마침내 어둠을 가르고 지나가는 도깨비불처럼 번뜩이며 사라졌다.

농부들의 분노는 불꽃이 그랬듯 이내 가라앉았다. 그들은 겁을 먹었다. 다들 수군대면서 뒷걸음쳐 천천히 멀어져갔다. 그들 모두 침묵 속에 높은 농장을 떠나 집으로 돌아갔다.

그날 이후 사람들이 빅토르플랑드랭에 맞서서 소란을 떠는 일은 없었다. 그러나 이제부터 황금의 밤이라는 그의 별명에는 '늑대 낯짝'이라는 더욱 불명예스러운 별명이 하나 더 붙게 되었다.

멜라니는 가을에 해산했다. 그 일은 어느 날 저녁 두 차례에 걸쳐 이루어졌다. 분만이 진행되는 동안 빅토르플랑드랭은 줄곧 방문 뒤에 서 있었다. 멜라니가 해산을 도와주러 온 마을 여자 셋 이외에는 아무도 곁에 오지 못하게 했기 때문이다. 그의 귀에는 오로지, 때로는 큰 소리로, 때로는 아주 나직한 소리로 끊임없이 명령하고 충고하고 이상한 소리를 내는 세 여자들의 목소리밖에 들리지 않았다. 그 부산한 소리에 그들이 몸을 움직이고 걸어다니며 내는 소리가 섞였다. 오직 멜라니만이 아무 말도 하지 않았다. 그래서 빅토르플랑드랭은 그 여자들이 아무도 없는 빈 침대 주위에서 쓸데없이 분주하게 움직이고 있다는 느낌을 받게 되었고, 어두운 층계참에서 기다리던 끝에 급기야는 멜라니가 그 무슨 이상한 마술을 부려 그녀를 없애버리고자 애를 쓰는 세 마녀들의 희생양이 되었다고 생각하기에 이르렀다. 그는 거세게 문을 두드리면서 여자들에게 문을 열라고 명령했다. 그러나 여자들은 그를 들이지 않았다.

고통의 절규보다 더욱 그를 괴롭히는 그 침묵과 의혹을 견디다못해, 급기야 그는 멜라니가 드러내기를 거부하는 그 복통을 스스로 느꼈다. 그리하여 이번에는 그가 울부짖기 시작했다. 해산하는 그 어떤 여자보다도 더 크게, 수많은 사람이며 짐승 할 것 없이 그 소리를 듣는 이는 모두가 다 고통에 사로잡힐 정도로 크게 울부짖었다. 그는 갓 태어난 아이의 울음소리가 높아질 때에야 비로소 울음을 멈췄다. 그리고, 처음으로, 눈물이 흘러나왔다. 기진의 눈물이자 동시에 해방과 행복의 눈물이었다. 두번째로 태어난 아이의 울음소리에 그는 미소를 지었고 그 자신이 다시 어린아이가 되었음을 느꼈다.

갑자기 세상이 그에게는 무한히 가벼워진 듯했다. 마치 모든 것이, 그리고 그 자신이 종이로 만들어지기나 한 것처럼. 그는 지난날 에스코 운하를 거슬러올라가는 바람에서 느껴지던 맛과 저녁이 내릴 때 봄날 강둑에서 장밋빛 수증기로 떨리던 땅냄새를 다시 느꼈다. 그는 여름날 청록빛 파리떼에 뒤덮인 말똥들이 잔뜩 널려 있는 예선로를 따라 달려가는 자기 자신의 모습을 그려보았다. 또한 밤마다 이야기를 들려주며 아름다운 꿈들을 마련해주고, 그 속에서 따뜻하게 잠들라고 시트를 끌어올려주던 비탈리의 손이 자신의 뺨을 부드럽게 스치는 것을 느꼈다. 또다른 무엇, 그보다는 불분명한 무언가가 바로 그 자신의 몸안에서 올라와 스쳐지나가는 것도 느꼈다. 그것은 외부의 어떤 시선 같은 것이면서도 동시에 어찌나 가까이서 느껴지는지, 마치 슬그머니 그의 내면으로 들어와 잠의 세계를 탐사하고 그의 꿈을 애무하는 듯했다. 그러나 그 시선을 분명하게 규정할 수가 없었다. 자신을 찾아온 어머니인 동시에 누이의 것으로 짐작하며, 동시에 그를 몰래 염탐하는 아버지의 것이 아닐까 그는 의심했다.

마침내 여자들이 방에서 나와 그가 들어갈 수 있게 되었을 때, 그는 아직도 몽상과 놀라움 때문에 제정신이 아니었다.

멜라니는 베개에 기대 고개를 뒤로 젖힌 채 침대 한가운데 누워 쉬고 있었다. 풀어헤쳐진 그녀의 머리칼이 베개 위에 펼쳐져 있었다. 그는 다가가서 갓 낳은 두 아들을 꼭 껴안고 잠든 아내를 오랫동안 물끄러미 바라보았다. 아내는 거의 무서울 정도로 아름다워 보였다. 창백해진 얼굴과 푸르스름한 잿빛으로 그늘진 두 눈. 그리고 평소보다 더 부풀어오른 입술을 약간 벌리고 있는 그녀의 입은 짙은 까치밥나무 열매처럼 반투명의 붉은색이었다. 여전히 땀에 젖어 굽이치는 긴 머리채가 그녀의 얼굴을 감싼 채 석양을 받아 불그스레한 빛을 띠며 번뜩였다. 이어 그는 그녀의 양쪽 팔오금에 웅크리고 있는 갓난아이들을 바라보았다. 서로 완전히 닮은 모습이었다. 그러고 보니 멜라니의 몸이 하나뿐인 갓난아이를 둘로 만드는 거울이 된 것 같았다. 그래서 이번에는 그 반사 기능을 가진 몸에서 그 자신의 모습을 찾아보았다.

그러나 어느 거울을 들여다보든 간에 맞닥뜨리게 되는 것은 예의 불투명한 어둠이었다. 그는 자신이 어떤 공통의 잠 속에 빠진 그 세 사람의 몸으로부터 제외되었다는 느낌을 받았다. 그리하여 잠을 함께 나누지 못하는 그는 침대 가장자리에 앉아 그 잠을 지키며 밤을 새웠다.

5

빅토르플랑드랭은 자신의 반영을 결코 눈으로 볼 수 없었지만, 반대로 주변에는 그 자신의 흔적들을 잔뜩 늘어놓았다. 그렇게 그의 금빛 그림자는 그가 지나가고 오랜 시간이 지난 뒤에도 흔히 그 자리에 남아 있었으니, 검은 땅 사람들은 길을 가다가 그의 그림자를 마주칠 때면 언제나 더할 수 없을 정도로 경계하면서 그것을 멀리했다. 모두가 황금의 밤 늑대 낯짝의 실제 존재보다 더 두려워하는 그의 그림자를 절대로 밟지 않으려고 주의를 기울였다.

그는 또한 두 아들 오귀스탱과 마튀랭의 눈 속에 황금의 밤의 흔적을 남겼다. 과연 그의 아들들은 둘 다 왼쪽 눈에 금빛 반점이 있었다. 그 반점은 쌍둥이 인자와 마찬가지로 그가 낳는 자식들의 혈통을 표시하게 될 터였다.

그는 두 아들에게 자신의 힘과 활력을 더더욱 과시하며 점차 검은 땅의 들과 숲과 연못의 주인으로 행세했고, 머지않아 그의 명성은 주변의 부락들로, 심지어 매달 장이 서는 마을에까지 퍼져나갔다. 그러나 그 명성은 그의 그림자와 늑대 가죽처럼 존경 못지않게 경계심을 불러일으켰으며, 그 명성의 광채는 혼란을 자아냈으니, 겨울 하늘 저 높이 떠 있는 보이지 않는 해가 눈부시게 하얀 구름들 속에 제 빛을 녹여 약화시키는 것과 마찬가지였다.

아무도 그가 어디서 왔는지, 왜 그리고 어떻게 그곳에 오게 되었는지 알지 못했다. 석탄가루로 시커멓게 된 안색, 이제는 자신의 후손들에게까지 물려주기 시작한 황금빛 눈 반점, 저 혼자 따로 떨어져서 길바닥에 출몰하는 금빛 그림자, 늑대들과의 교제, 이 지방의 억양과는 딴판인 목소리, 거울의 빛을 바래게 하는 눈빛, 그리고 손가락이 잘려나간 손을 에워싼 더할 수 없이 제멋대로인 전설들과 험담들이 돌아다녔다.

이 고장 출신이 아니었기에 그가 땅을 정복하여 주인 행세를 하고자 애를 쓴다 할지라도, 이곳에서 백년을 산다 할지라도, 그는 결코 이 고장 사람이 되지 못할 것이었다. 모든 사람들에게, 그리고 영원히 이방인으로 남게 될 터였다.

그러나 여러 계절과 여러 땅들을 한결같고 침착한 걸음으로 가로지르는 사이, 오랫동안 컴컴하기만 했던 그의 가슴은 서서히 대낮의 싸늘하고 맑은 빛을 향하여 열려갔다. 그리고 그가 아내와 아들들과 농장과 들과 가축들과 숲을 향해 바치는 사랑은 목초지의 무성하고 싱싱한 풀처럼 자라났다. 그가 만약 높은 농장에 다른 이름을 지어야 했다면, 그의 할아버지와 아버지가 그들의 바지선에 붙였던 이름처럼 지어 부르지는 않았을 것이다. '알 라 그라스 드 디외'도 아니고 '콜레르 드 디외'도 아닌, 그 이름은 '알 라플롱 드 디외'*였으리라.

실제로 그의 믿음은 일체의 이미지와 감정이 배제된 것이었다. 사실 그는 종교의 신비나 교회의 의식들이며 설화들을 전혀 이해할 수가 없었다. 그에게는 단 한 가지만이 확실했다. 즉 신이 어린아이가 되어 세상에 올 수는 없다는 것이었다. 만약 그랬다간 세계는 더이상 매인 지점에 수직으로 매달려 있지 못하고 무너져내려서 혼돈 속에 납작해져버렸을 것이다. 그리고 또 신은, 설혹 어린아이라 해도 땅 위로 내려오기에는 너무 무거웠고, 땅바닥을 밟고 걸어다녔다가는 지나가면서 모든 것을 다 납작하게 짓눌러버릴 터였다.

이런 생각에 푹 빠져 있었던 터라 그는 일 년에 한 번밖에 미

---

*프랑스어로 '신과 수직을 이루어'라는 뜻.

사에 나가지 않았다. 그러다보니 그에 대한 흉흉한 소문들만 더 심해질 뿐이었다. 황금의 밤 늑대 낮짝은 신앙심이 없는 사람으로 통했다.

일 년 중 그가 미사에 가는 유일한 날은 성령강림대축일이었다. 그날은 그가 신에게 어울린다고 인정하는 유일한 행동을 기리는 날이기 때문이었다. "갑자기 하늘에서 세찬 바람이 부는 듯한 소리가 들려오더니 그들이 앉아 있던 온 집안을 가득 채웠다. 그러자 혀 같은 것들이 나타나 불길처럼 갈라지며 각 사람 위에 내렸다. 그들의 마음은 성령으로 가득차서 성령이 시키시는 대로 여러 가지 외국어로 말을 하기 시작하였다……"*

신은 그의 자리에 그대로 머무른 채 인간들의 머리 위로 과다한 풍성함을 쏟아붓는 방식으로만 모습을 나타낼 뿐이었다. 이리하여 균형이 유지되며, 상충하는 그 둘 사이의 관계가 강화되는 것이었다. 그는 하늘 저 끝에서 땅까지 수직으로 쏟아지는 환상적인 비를 그려보았다. 그 빗방울들은 아래에서 맨머리로 서있는 사람들의 이마와 어깨 위로 떨어져 부서지는 유리구슬들처럼 온통 투명하게 빛나는 가느다란 불꽃이었다. 이렇게 비를 맞은 사람들이 말하기 시작하는 언어는 다름 아닌 바람, 그것의 소

---

* 「사도행전」 2장 2~4절.

리였다. 하늘과 땅으로 미친듯이 몰아치는 아주 거센 바람의 소리. 황금의 밤 늑대 낯짝은 그 어떤 것도 바람만큼 좋아하지는 않았으니, 바람이 윙윙거리거나 울부짖으며 달리는 소리라면 아무리 들어도 싫증나지 않았다. 그가 생각하는 죽음은 사람의 심장을 단박에 쥐어뜯어서 저 높이, 아주 높이, 하늘의 갈라진 틈새로 싣고 가는 바람의 최후의 일격과 다르지 않았다.

오귀스탱과 마튀랭은 서로 어찌나 닮은꼴인지 오직 그들의 부모만이 둘을 구별할 수 있었다. 항상 헝클어져 있는 불그스레하고 더부룩한 머리털이며 왼쪽 눈의 그 황금빛 점이 아버지를 닮았다면, 어머니에게서는 툭 불거진 광대뼈와 포동포동한 뺨을 물려받았다. 행동이나 표현 중 어느 것 하나 그 두 사람이 함께 나누어 가지지 않은 것이 없었다. 그러나 그 나눔이 언제나 동등한 것은 아니어서 아주 근소한 차이로 다른 점이 감지되기도 했다. 예컨대 그들의 목소리와 웃음은 똑같은 음색이었지만 늘 같은 방식으로 변조되지는 않았으니, 소리는 같으면서도 모종의 변주를 드러내 보였다. 마튀랭의 목소리, 특히 그의 웃음소리에는 언제나 쾌활하고 밝은 느낌이 더 많이 느껴지는 반면, 오귀스탱의 목소리와 웃음은 뭔가 망설이는 것 같은 느낌에 힘을 잃었다. 그리고 이런 면은 그들의 숨소리에서도 발견되었다.

숨소리의 이런 미세한 뉘앙스야말로 빅토르플랑드랭이 가장 민감하게 느끼는 일면이었다. 저녁마다 그는 두 아들의 침대 발치에 와 앉아서 지난날 비탈리가 그를 재우기 위하여 속삭이듯 들려주었던 바로 그 이야기들을 해주었다. 그럴 때면 두 소년은 이내 잠 속으로 빠져들어가며 신기한 영상들과 모험들에 흠뻑 매료된 나머지 꿈속에서도 오랫동안 그 영상과 모험을 이어갔다. 그러면 그는 한동안 자리를 떠나지 못한 채 아들들이 잠자는 모습을 들여다보고 숨소리에 귀를 기울이면서, 평온과 무사태평함으로 가득한 그 얼굴들에서 그가 그토록 일찍, 그토록 갑작스럽게 떠나야만 했던 자신의 어린 시절 한 자락을 되찾아보려고 애를 썼다. 그런 다음엔 멜라니가 두꺼운 털이불 속에서 몸을 웅크린 채 기다리고 있는 침대로 가서 몸을 파묻었다. 동그랗게 말린 그녀의 몸은 시트의 포근한 음영 속에서, 가을 소나기가 지나간 뒤 덤불숲에서 나는 것 같은 부식토 냄새를 풍겼다. 그는 그런 숨막히는 열기 속으로 기어들어가 베개 위에 풀어헤쳐진 머리칼 속으로 머리를 굴려 넣고 아내의 접힌 무릎 사이로 자신의 다리를 힘차게 확 밀어넣기를 좋아했다. 언제나 그가 이렇듯 그녀의 몸에 자신의 몸을 포개는 것을 시작으로, 유연하면서도 신속한 얽힘의 유희에 따라 두 사람의 몸은 포옹하면서 상대의 사지를 끊임없이 묶고 풀기를 반복하다가 이윽고 서로 맺어져 완전하게 하나가 되곤 했다.

사랑에 관한 한 멜라니는, 마치 열정으로 가득한 자신의 관능이 내성적인 수줍음과 겨루어야 한다는 듯 격정만큼이나 침묵으로 일관했다. 그러다보니 그들의 몸부림은 의례적인 격투와도 같은 외양을 갖게 되었다. 그러나 멜라니의 내면에서는 모든 것이 다 이처럼 침묵과 절제였다. 아닌 게 아니라 그녀는 아주 드물게밖에는 말을 하지 않았고 무엇보다 몸과 시선으로 의사 표현을 했다. 그녀에게는 어떤 거대한 불덩어리가 깃들어 있는 것 같았다. 뱃속 깊숙한 곳에 숨어 있는 그 불덩어리가 말들을 다 태워버리고, 반면 그녀의 몸짓들과 두 눈 속에 높은 불꽃을 우뚝 솟구어 타오르게 하는 것이었다.

세기가 그 막바지에 닿았다. 세기의 전환점에서, 마치 세계의 새봄맞이에 경의를 표하려는 듯 멜라니가 또 출산을 했다. 이번에는 여자아이 둘을 낳았다. 지난번과 마찬가지로 왼쪽 눈에 황금빛 표시가 있는 쌍둥이 여아였다. 앞서의 형제들과는 반대로 이 여자아이들은 어머니에게서 숱 많은 검은 머리를, 아버지에게서 보다 각진 얼굴을 물려받았다.

다시 한번 빅토르플랑드랭은 마치 거울에 비친 듯 둘로 갈라진 단 하나의 인물을 대하고 있다는 그 이상한 느낌을 받았다.

그러나 이 거울 속에서도 마찬가지로 거울 놀이에 끼어든 미세한 균열들을 분간할 수 있었다. 한쪽 마틸드의 경우는 모든 것이 다 단단한 바위를 깎아서 만들어놓은 것 같은 반면, 다른 한쪽 마르고의 경우는 부드러운 점토로 빚어놓은 것 같았다. 이처럼 실체를 알 수 없는 차이를 바탕으로 쌍둥이 남자아이들과 여자아이들의 친밀감과 애착은 가장 강력하게 서로 결속되어 있었고, 그들 각자는 자신에게 결여된 거의 아무것도 아닌 그 무엇을 자신의 분신에게서 찾으려 애쓰며 사랑했다.

　검은 땅 사람들은 페니엘 집안의 이 사인조 아이들이야말로 언제나 만사를 과도함과 몰상식함으로 일관하고자 고집하는 황금의 밤 늑대 낯짝의 이상한 면을 보여주는 새로운 징표라고 여겼다. 그들의 경계심이 대번에 이 아이들에게도 다소 미치긴 했지만 적어도 아이들은 각자 왼쪽 눈에 단 하나의 황금 반점만을 가졌을 뿐, 특히 제 아버지처럼 길거리를 돌아다니는 그 끔찍한 금빛 그림자를 달고 있지는 않았다. 한편 멜라니는 불안해하지도 놀라지도 않았는데, 그녀는 자기가 수행해야 하는 것이라면 다른 모든 쌍둥이의 출산도 감당해낼 수 있다고 느꼈다. 사실 그녀는 그 어느 때보다도 임신중일 때 가장 아름다웠고 가장 건강했다. 그녀를 항상 그 자신의 땅과 삶과 빅토르플랑드랭에게 더욱 단단하게, 더욱 깊게 뿌리박도록 해주는 그 환상적인 무게가 자신의 몸속에서 성숙해가는 걸 느끼는 것이 그녀는 좋았다. 그녀가 느끼기에 이 세상에 존재하는 좋고 아름다운 모든 것은 풍만함의 절정에 속했다. 풀과 밀의, 빛과 행복과 욕망과 힘을 수태했을 때의 풍만함. 가족에 대한 그녀의 애정은 생명과 이 땅위의 만물이 보여주는 충만하고 고요하고 관능적인 그 풍만함을 본뜬 것이었다.

그녀의 아이들이 자라고 그녀의 들이 풍요로워지는 한낮의 풍만함 다음에는 더욱 넉넉하고 장엄한 밤들의 풍만함이 이어졌다.

한편 빅토르플랑드랭은 세계의 균형을 변질시키는 일이 없도록 허공 저 너머를 끊임없이 지향해야 마땅한, 부재까지는 아니라 해도 멀리 존재하는 신과 수직을 이루며 머물러 있었다. 그리고 아이들은 그가 이 땅 위에서 더욱 안정된 토대를 확보할 수 있게끔 그 자신의 몸에 접목된 시계추들이나 마찬가지였다.

6

검은 땅에서 가장 가까운 마을은 높은 농장에서 길을 따라 약 6킬로미터쯤 떨어진 곳에 있었다. 그러나 농가가 있는 야산의 능선에서 꺾이는 그 길은 가시덤불 가득한 작은 늪들, 바위가 많은 돌출부, 작은 협곡들을 끝없이 돌고 또 돌았다. 그러다가 그 길은 저 아래쪽에 몸을 숨기고 있는 작은 마을을 가로질렀고, 사랑 구멍 숲 가장자리를 따라 꼬불꼬불 돌아서 한동안 캥퇴강의 구불거리는 흐름을 따라간 다음 다시 들판과 초원을 가로지르며 내달아 마침내 몽르루아 마을에 닿았다.

그래서 빅토르플랑드랭은 아들들이 학교에 다닐 나이가 되자 그의 들을 가로지르는 지름길 하나를 손수 닦기로 마음먹었다. 그 지름길은 이어서 몽르루아 쪽을 향하는, 보다 짧고 덜 꼬불거리는 다른 길로 꺾어질 수 있을 터였다. 이렇게 하여 그의 아이들은 매일 아침과 저녁에 단지 3킬로미터만 걸으면 되었다.

오귀스탱은 곧바로 학교에 재미를 붙여서 읽고 쓰기를 배우는 데 열을 올렸다. 책에 엄청난 호기심을 느꼈고 거기 쓰인 말들을 보완해주는 그림들 못지않게 책을 손에 들 때 느껴지는 무게, 그 구수한 냄새, 종이의 질감, 흰 바탕에 검은색으로 찍힌 글씨들 때문에 책을 좋아했다. 그리고 금방 책들과 그림들을 통해서 꿈을 꾸기 시작했는데, 특히 책 한 권과 그림 두 개가 그의 상상력을 달아오르게 했다. 그것은 브뤼노의 책『두 어린이의 프랑스 일주』와 칠판 양쪽에 붙여놓은 커다란 지도 두 장이었다.

칠판의 오른쪽에는 프랑스가 수천 년을 이어온 그 육각형 균형을 자랑하며―그렇지만 한쪽은 잃어버린 국토인 알자스와 로

렌을 보라색 궤양처럼 파먹힌 채—당당히 자리잡고 있었다. 그 광대한 공간은 마치 짐승의 가죽처럼 펼쳐져 있었는데, 거기에는 여러 개의 강들이 숲과 경작지에 해당하는 녹색 지역들을 가로질러 구불거리는 청록색 선으로 그려져 있었고, 녹색 지역들 여기저기에는 도청 소재지들과 군청 소재지들이 크기가 다른 검은 점들로 별처럼 흩어져 있었다. 그는 뫼즈강*의 강줄기가 지나가는 곳을 모두 다 기억했고 그 강물 가까운 곳에 건설된 모든 도시들의 이름을 호칭기도처럼 암송할 수 있었다.

그와 짝을 이루어, 칠판의 왼쪽에는 쪽빛 대양들을 배경으로 옅은 잉크 반점처럼 여러 대륙들이 펼쳐진 평면지도가 배치되어 있었다. 수많은 진청색 화살표들로 표시된 거센 물결이 굽이치는 그 대양들 중 몇몇 이름이 그를 황홀하게 했다. 태평양, 북극해, 홍해와 흑해, 발트해, 오호츠크해, 오만, 파나마, 캄페체 그리고 벵골만. 그 모든 이름들이 그에게는 아무것도 의미하지 않았다. 그것들은 그저 말, 경이롭고 공기처럼 자유로우며 새들의 노래처럼 생기로운 말이었다. 그는 그 이름들을 그저 입안에서 울리는 소리를 즐기기 위해 읊어보곤 했다.

---

* 프랑스 랑그르고원 북쪽에서 발원하여 벨기에, 네덜란드를 거쳐 북해로 흘러드는, 950킬로미터에 이르는 강. 지구상에서 가장 오래된 강 중 하나로 알려져 있다.

바다 위로 솟아난 땅들은 황갈색을 띠었고 아직 탐사되지 않은 지역들은 흰색으로 비어 있었으며—한편 프랑스가 정복한 영토들은 강렬한 분홍색을 매력적으로 과시하고 있었다. 이 식민지들의 분홍색을 자 끝으로 짚으며 가리킬 때 교사는 여간 자랑스러운 표정이 아니었다. "여기는 프랑스령 아프리카!" 이어 평면지도의 한가운데 어렴풋한 원을 그리면서 말했다. "그리고 여기는 프랑스령 안남!" 그러고는 자를 동쪽으로 옮기며 이어갔다. 이렇게 먼 곳들로 종횡무진 건너뛰어 다니는 지리 공부는 어린 농촌 소년 오귀스탱에게 혼란스럽기 짝이 없었지만, 그래도 그는 그것을 자신만의 몽상과 상상의 모험을 위한 무대로 삼았다.

마튀랭은 학교생활에 심취한 그의 형과는 전혀 딴판이었다. 그는 초원을 달리거나, 나무 위로 기어올라가 새집에서 새를 꺼내거나, 나무를 깎고 다듬어 온갖 물건들을 만들어내는 것 외에는 무엇도 좋아하지 않았다. 그에게 책은 따분한 것이어서 오직 거기 그려진 그림들만 좋아했다. 그는 다른 것, 즉 자기 주변의 땅바닥을 판독하는 법을 배우는 쪽이 더 좋았다. 그리고 그 땅만 있으면 족했으니, 먼 곳의 프랑스, 사탕처럼 분홍색을 입힌, 발음할 수도 없는 이름을 가진, 유색인종이 우글대는 그런 프랑스 따위는 그에게 아무짝에도 쓸모없는 것이었다.

그는 짐승들, 특히 소들을 좋아했다. 장날이면 언제나 아버지를 따라 마을로 갔다. 마을의 큰 마당에는 가축들이 울타리 안에 모여 있었다. 그곳에서 이 지역의 가장 멋진 소들을 볼 수 있었다. 그는 느리고 한가로운 힘, 뜨겁고 부드러운 숨소리를 내는 커다란 몸집의 아름다움, 그리고 특히 그들의 눈에 비친 극도의 유순함에 반해서 그 동물들을 좋아했다. 농가에서 황소들을 돌보는 것은 그의 몫이었다.

마튀랭은 아버지의 도움을 받아 조그만 이륜마차를 하나 만들었다. 날씨가 좋은 날이면 그는 농장의 황소들 중 한 마리에 마차를 걸치고 동생과 누이들을 태워서는 아버지가 저희들을 위해 야산의 서쪽 비탈에 닦아준 좁다란 길을 따라 소풍을 나가곤 했다. 심지어 비 오는 날에 혼자서 그렇게 산책을 나갈 때도 있었다. 소형 마차는 진창길로 흔들흔들 나아갔고, 그는 고전하는 황소의 비 젖은 엉덩이 뒤편에 앉아 폭풍우에 휘말린 배의 키를 잡고 있는 선장처럼 마차에 연결된 고삐를 잡고 있었다. 그럴 때면 그를 둘러싼 세계는 마치 탁 터진 공간과 고독으로 빛나는 해방된 영토처럼 열렸다.

이런 탈주 행각을 마치고 돌아올 때면 언제나 어머니가 농가의 대문간에 서서 그를 기다리고 있었다. 비에 흠뻑 젖고 진흙투성이가 되어 돌아오자마자 어머니는 투덜대면서 그를 붙잡아 부엌 아궁이 옆으로 데리고 가서는 몸을 문지르며 물기를 말려주었다. 그러나 멜라니의 질책에는 노한 마음보다는 무모한 행동으로 걱정을 끼치는 아이에 대한 애정이 더 많이 담겨 있었다. 모든 아이들 가운데서 그녀에게는 마튀랭이 가장 가깝게 느껴졌다. 그녀의 집안사람들 특유의 땅에 대한 어떤 감각과 사랑을 그애는 가지고 있었던 것이다. 오귀스탱도 마찬가지로 마튀랭을 기다리고 있었지만 그에게 아무 말도 하지 않았다. 그저 자기만 혼자 버려둔 것을 비난하는 듯 슬픈 표정으로, 비에 젖은 채 말없이 돌아오는 형제를 바라볼 뿐이었다. 그가 유난히 소들을 좋아하거나 빗속의 산책을 좋아해서가 아니라 자신의 형제 없이는 지낼 수가 없기 때문이었다. 사실 마튀랭이 학교를 그만두자 오귀스탱은 공부를 계속하고 싶은 마음이었음에도 그를 따라 학교를 그만두었다.

한편 빅토르플랑드랭은 말들에 대한 향수를 버리지 못했다. 말들은 그의 고독한 어린 시절의 유일한 동무들이었다. 그래서 어느 장날 그는 멜라니의 머리칼만큼이나 숱이 많고 윤이 나는 멋들어진 검붉은 꼬리에 적갈색 털이 난, 짐수레 끄는 말 한 필을 이끌고 돌아왔다. 그는 아직 뭍으로 완전히 올라오지 않았던, 그래서 그 자신만이 기억하는 지난날의 삶에 대한 기념으로 그 말에 에스코라는 이름을 붙였다. 그의 아이들은 모두 그가 거의 이십 년이나 걸려서 도달한 이 땅에서 태어났고, 그러다보니 이미 그들의 기억은 전혀 다른 것이 된 터였다.

그러나 그는 또한 마을에서 다른 것도 가져왔다. 훨씬 더 환상적인 그 무엇, 시간과 공간에 구애받지 않는 이미지들을 일깨우면서 모든 사람의 기억을 조화시키는 물건이었다.

그것은 어떤 상자, 헝겊을 씌운 큼직하고 검은 종이상자였다. 그 상자에는 아래쪽에 분홍색과 황색의 작은 장미꽃들 모양 장식띠를 두르고 자두색 니스칠을 한 천을 씌운, 더욱 복잡한 형태의 다른 상자가 들어 있었다. 마치 하나는 수평, 하나는 수직인 두 개의 파이프가 장착된 일종의 모형 난로 같았다. 전자는 짧고 넓은 모양에 끝은 둥그런 들창으로 마감되어 있었으며, 후자는 훨씬 더 길었고 그 꼭대기는 톱니모양이었다.

빅토르플랑드랭은 이 신비스러운 상자를 농가로 가지고 와서는 아무 말도 없이 다락방에다 가져다두고 여러 날 저녁나절 동안 거기서 아주 비밀스럽게 혼자서 작업을 했다. 마침내 어느 날 저녁, 그가 온 가족과 장프랑수아티주드페르를 불러들이더니 그가 갖다놓은 장의자에 앉으라고 했다. 장의자들 맞은편에는 속이 비치는 하얀 무명천의 휘장이 드리워 있었고, 그 뒤로 테이블 위에 놓인 예의 상자가 윤곽을 드러내고 있었다. 그가 휘장 뒤로 슬쩍 들어가 한동안 상자 주위에서 부산하게 움직이자 상자에 뚫린 구멍으로부터 갑자기 세찬 빛이 쏟아져나오면서 천을 환하게 비추더니 흐릿한 연기가 톱니모양의 굴뚝에서 새어나왔다. 그 순간, 다락방의 어둠 속에 환상적인 동물들이 불쑥 나타났다. 우선 하늘에서 정신없이 작은 구름을 뜯어먹는 오렌지색 기린, 다음에는 푸르스름한 빛이 도는 검은색 갑옷을 입은 듯한 코뿔소, 바나나나무 가지를 한쪽 팔로 붙잡고 허공에 대롱대롱 매달린 원숭이, 거드름을 피우는 공작새, 청록색 파도 위로 솟아오르면서 커다란 꽃 모양의 물보라를 하늘로 내뿜는 고래, 요란스러운 복장을 한 보헤미안의 손에 잡힌 채 목줄을 매고 바퀴 위에 올라앉아 균형을 잡고 있는 하얀 곰, 초록색과 노란색 줄무늬 텐트 옆에서 별빛 가득한 하늘을 이고 잠이 든 단봉낙타, 상체를 청동 갑옷처럼 불룩하게 구부린 해마, 코끼리의 쳐들린 코 위에 달랑 올라앉은 분홍색과 붉은색의 앵무새, 그리고 어린아이들의 넋을 빼놓는 또다른 여러 가지 동물들. 이어 검은 연기를 꽃장식처럼 매단 기차들, 눈에 덮인 풍경들, 조그맣고 괴상망측한 인물들의 희극적인 장면과 쇠스랑으로 무장한 개구쟁이들이 등장하는 한층 무시무시한 장면들, 혀를 빼물고 왕방울 같은 눈을 부라리며 달빛 아래 날아가는, 날개와 뿔과 날카로운 손발톱을 가진 온갖 종류의 괴물들이 지나갔다. 이 진풍경은 오랫동안 계속되었고 겨우내 자주 되풀이되었다.

이렇게 온 가족과 함께 다락방의 어슴푸레한 빛 속에서 문을 닫고 들어앉아 그들을 위하여 환등기를 조작할 때면, 빅토르플랑드랭은 더할 수 없는 기쁨을 맛보았다. 그럴 때면 자신이 빛을 쏘아 비춰 보이는 것이 다름 아닌 그 자신의 꿈들, 바로 그의 몸속에 새겨진 영상들인 것 같았고, 그렇게 하여 자신이 사랑하는 모든 사람들과 함께 오직 그들만이 알고 있는 내면의 풍경 속으로 여행을 떠나는 듯했으며, 오로지 색채와 빛의 반점들로만 이루어진 이 지리적 풍경들이 그들을 더욱더 먼 곳, 시간과 어둠의 무대 뒤쪽, 죽은 사람들이 머물고 있는 곳으로 데려가는 것 같았다. 사실 기름 램프에 불을 켜서 환등기의 캄캄한 상자 속으로 밀어넣을 때마다 그는 언제나 할머니 생각을 했으니, 매번 이 모든 영상들에 생명을 불어넣는 그 가느다란 불꽃은 다름 아닌 비탈리의 미소인 것만 같았다. 마침내 그는 자신만의 영상들을 스스로 제작하기 위하여 유리판 위에다 말들이 끄는 바지선들의 소박한 그림을 그려서 그가 아이들에게 그토록 자주 들려주었던 이야기들의 삽화로 삼았다.

7

봄이 되어 다시 농사일이 시작되면서 환등 상연의 기회는 차츰 드물어졌다. 그러나 대자연이 그 특유의 마법을 재개했다. 자연은 눈을 뚫고 솟아오르며 다시 꽃피우고 열매를 달고 싹을 틔우기 시작했다. 새들은 지저귀면서 하늘을 가로질러 오랜 유배 생활에서 돌아와 나무와 덤불숲 혹은 시냇가 언덕과 늪 깊숙이 숨겨둔 둥지로 깃들었다. 가축들은 외양간 속 무기력한 상태에서 벗어나 새로운 허기로 부풀고 욕망으로 울부짖는 몸뚱이를 밖으로 내밀었다. 교미할 암말이 없는 에스코는 다른 모든 가축들보다 더 억세고 사납게 울부짖었다.

봄의 마법이 몸속에서 어찌나 격렬하게 요동치는지 녀석은 이제 더이상 가만히 죽치고 있을 수가 없는 모양이었다. 어느 날 아침, 말은 자기 몸에 수레를 매는 데 골몰하고 있던 빅토르플랑드랭과 장프랑수아티주드페르의 손에서 벗어나버렸다. 장이 서는 날이라 빅토르플랑드랭은 아들들과 같이 마을로 떠날 차비를 하던 참이었다.

에스코는 수레와 함께 두 남자를 넘어뜨렸다. 수레는 뒤집혔고, 말이 마당 한가운데로 내닫자 닭과 오리들이 요란한 소리를 내며 사방으로 흩어졌다. 이윽고 말은 집의 계단 앞 공간에서 마치 주술에 걸려 정신없이 춤을 추듯 땅바닥에 발굽을 쾅쾅 구르고 무거운 머리를 뒤흔들어대면서 법석을 떨기 시작했다. 녀석이 내지르는 울음소리가 너무나도 걸걸해서 마치 그의 것이 아닌 어떤 다른 몸뚱이, 팽창된 그의 가슴속 저 깊은 곳에 감춰져 있던 태곳적 몸뚱이에서 나오는 것 같았다. 이 모든 소동에 놀라 멜라니가 허리께까지 쳐들린 앞치마에 밀가루로 뒤덮인 두 손을 닦으면서 허둥지둥 부엌에서 뛰쳐나왔다. 그녀로서는 미처 뒤로 물러설 틈도 없었다. 말이 뒷발질을 하더니 그녀가 막 내려선 계단으로 달려들었다. 그녀는 해체된 허수아비처럼 두 팔을 벌린 채 벌렁 자빠졌고, 그 바람에 앞치마가 내려앉으면서 그녀의 얼굴을 덮었다. 에스코는 다시 한번 허공에 대고 뒷발질을 하더니 더욱 격렬하게 울어대며 헛간 쪽으로 내달았다.

이번에는 황금의 밤이 계단 쪽으로 몸을 날렸다. 장프랑수아 티주드페르가 절뚝거리면서 그 뒤를 따랐다. 멜라니는 계단에 몸을 걸치고 누워 꼼짝도 하지 않았다. 몸의 윗부분은 엷은 보라색 꽃무늬가 찍힌 회색 앞치마에 가려 보이지 않았고, 밀가루투성이인 양손은 허공에 축 늘어져 있었으며, 신통찮은 나막신을 걸친 두 발은 우스꽝스럽게 공중으로 뻗친 채였다.

네 명의 아이들 역시 달려와 계단 밑에서 서로 몸을 꼭 붙이고, 입은 헤벌리고, 놀라움과 두려움으로 두 눈이 똥그래져서는 어머니를 빤히 쳐다보았다. 황금의 밤이 멜라니의 얼굴을 덮고 있는 앞치마를 걷어냈다. 그녀 역시 입을 헤벌린 모습이었지만 작고 까만 두 눈은 평소보다도 더 생기 있고 날카로운 시선을 던지고 있었다. "아…… 아파……" 그녀가 머리를 움직이지 않으며 신음했다.

마르고가 울기 시작했다. 그러나 그의 자매가 이내 그녀를 거칠게 흔들었다. "뚝 그쳐, 바보야! 엄마는 괜찮아! 이제 일어날 거야." 마틸드가 못박듯 말했다. "그럼, 너희 엄마 곧 일어나셔. 끄떡없다니까 그래……" 티주드페르가 맞받아 말했다. 그러나 그의 목소리는 어두웠고 두 눈은 벌써 눈물로 흐려져 있었다.

황금의 밤이 멜라니의 양어깨를 아주 부드럽게 붙잡고 티주드페르가 두 다리를 붙잡아 둘이서 그녀를 위로 들어올렸다. 그녀가 어찌나 날카롭게 비명을 내지르는지 하마터면 두 사람은 손을 놓아버릴 뻔했다. 마르고는 눈물을 참지 못하고 마당 반대편 끝으로 달아났다. 오귀스탱은 손가락이 으스러지도록 그의 손을 꼭 쥐고 있는 형제 옆에서 말뚝처럼 뻣뻣하게 서 있었다. 두 남자는 어렵사리 멜라니를 방으로 들어 옮겨서 침대에 눕혔다. 그녀의 얼굴이 어찌나 창백한지 밀가루를 뒤집어쓴 듯 보일 정도였다.

멜라니는 애원하는 듯한, 동시에 불타는 듯한 눈길을 빅토르플랑드랭에게 고정한 채 시선을 떼지 않았다. 그러나 분노, 욕망, 두려움, 절망 혹은 고통, 그중 어느 것 때문에 그 시선이 그리도 뜨겁게 달아오른 것인지 빅토르플랑드랭은 알 수가 없었다. 어쩌면 그 모두 다인지도 몰랐다. 그녀는 말을 하고 싶었지만 아무리 입을 커다랗게 벌려도 끔찍한 헐떡임만 흘러나올 뿐 말이 나오지 않았다. 황금의 밤은 그녀의 얼굴에 바싹 다가가 땀에 젖은 이마를 닦아주었다. 머리카락이 그녀의 관자놀이와 뺨과 목에 달라붙어 있었다. 처음으로, 그는 흰머리 몇 가닥이 아내의 무거운 갈색 머리채에 줄을 긋고 있다는 것을 알아차렸고 처음으로, 자신이 검은 땅에 온 이래 흘러간 그 기나긴 세월을 의식했다. 또한 그의 삶과 그녀의 삶이 서로 분간되지 않을 정도로 자기가 이 여인과 하나로 묶여 있다는 사실을 헤아릴 수 있었다. 그러므로 지금 자기가 붙잡고 있는, 거기 누워 신음하는 존재는 얼마간 그 자신이요, 그 자신의 놀라운 일부였다. 그녀는 그에게로 고개를 들어보려 애를 썼지만 이내 다시 무너져내렸다.

그녀는 몸이 베개 위에 놓이는 게 아니라, 진창과 침묵으로 흐물흐물해진 마치 바닥 모를 우물 속으로 빠져드는 것 같은 기이한 느낌을 받았다. 황금의 밤이 그녀의 양어깨를 단단하게 떠받쳐보았지만 그녀는 계속하여 어둡고 포근한 그 진흙탕 속으로 천천히 침몰했다. 그는 그녀의 상체 밑으로 두 팔을 밀어넣어 다시 천천히 들어올리면서 자신의 몸 쪽으로 끌어당겼다. 그녀는 그의 목 오목한 곳에 고개를 묻고 어깨에 꽉 매달리면서, 자신을 끌어당기는 그 진창으로부터 벗어날 피난처를 남편의 몸에서 나는 힘과 냄새 속에서 찾으려 했다. 그러나 진창이 어찌나 끈적거리는지 빠져나오는 건 불가능해 보였다.

창가 안쪽까지 들어온 참새 한 마리가 낮고 가냘픈 소리로 짹짹거리면서 즐거운 듯 이리저리 팔짝팔짝 뛰어다녔다. 아침이라 방안은 푸르고 신선한 빛으로 가득했다. 멜라니는 문득 참새가 자기 가슴속으로 들어온 것만 같다는, 그 새가 바로 자신의 심장이라는 느낌을 받았다. "짹짹짹……" 새는 줄곧 더 활기차게 팔짝팔짝 뛰면서 지저귀었다. 아주 부드럽고 빛나는 초록색 반점들이 마치 하루살이떼처럼 새의 눈에 뿌려져 있었다. "짹짹짹……" 마치 그 심장이 그녀의 내장 깊숙한 곳까지 굴러들어오기라도 한 것처럼 이제 새는 그녀의 뱃속에서 지저귀고 있었다.

그렇게 소스라치기를 거듭하다보니 마침내 모든 것이 다 풀어지면서 허벅지와 아랫배에 온통 칠갑을 한 거대한 피범벅 속으로 쓸려 들어가버렸다. 그녀는 더욱더 완강하게 빅토르플랑드랭에게 매달렸다. 몸을 추스르기 위해서가 아니라―그러기에는 이제 때가 너무 늦은 터였으니, 그녀는 자신이 이 끈적거리는 침전

물의 소용돌이 속으로 걷잡을 수 없이 빨려들어가는 것을 느끼고 있었다―그를 이 침전물 속으로 함께 데려가기 위해서였다.

그녀는 그를 놓아주고 싶지 않았다. 그녀에게 그는 자기 자신의 생명 이상이었기에, 그를 두고 혼자 죽는 것은 마치 구원받을 기회를 잃어버리는 것이나 마찬가지였다. 너무나도 치열하고 너무나도 육체적인 애정으로 그를 사랑했기에, 그녀는 사별하여 사라지는 이 종말의 순간에 공포와 질투를 느끼지 않을 수 없었다. 그녀는 모든 것을 다 잊었고 심지어 그녀의 자식들도, 그녀의 땅도, 특히 그녀를 향하여 입을 벌리고 있는 내면의 무시무시한 신비 같은 것마저 생각하지 않았다. "날 버리지 마! 날 두고 가지 마!" 하고 그녀는 소리치고 싶었다. 그러나 입안에 고인 피의 맛이 독약같이 썼고 어느새 죽음이 목구멍을 침묵으로 틀어막았다. 그녀가 너무나도 억세게 매달리는 바람에 그의 셔츠가 찢어졌고 목이 손톱에 긁혔다. 그녀의 몸은 참을 수 없는 사랑의 파열밖에는 아무것도 느낄 수 없었고, 그 고통은 이내 격노로 변하여 질투에 물든 사랑을 대번에 단말마의 증오로 몰아넣었다. "짹짹짹……" 참새가 햇빛 속에 팔짝팔짝 뛰면서 계속 지저귀었다.

심장이 고동을 멈춘다고 느끼는 순간, 그녀는 더욱 격렬하게 빅토르플랑드랭을 끌어안으며 그의 목에 손톱을 깊이 박고 어깨를 깨물었다. 그러나 손톱과 이빨이 긁고 깨물며 살을 찢어놓는 아픔 이상으로 그는 자신의 살 속에 와서 박힌 채 갑작스레 석화된 멜라니의 손톱과 이빨의 무감각 상태를 느꼈다. 그 포옹에서 몸을 빼내려 해보았지만 그녀는 꺾을 수 없는 저항으로 맞섰다. 죽음이 그녀에게 살아서는 한 번도 가져보지 못한 더 큰 힘을 부여하고 있었다.

황금의 밤은 돌연 공포에 사로잡혔다. 그가 지금 그 가죽을 입고 있는 늑대의 영상이 그의 기억을 생생하게 스쳐지나갔다. 금방이라도 물어뜯을 듯 송곳니를 드러낸 주둥이, 꿀빛으로 발광하는 삐딱한 두 눈으로 숲속의 빈터를 어슬렁거리는 늑대의 모습이 눈에 선했다. 그는 그때 벌이지 못한 싸움이 이제 이루어진다는 느낌을 받았다. 그때껏 그는 정말이지 단 한 번도 무서움을 느껴본 적이 없었다. 심지어 그 늑대의 밤에도 무서운 줄 몰랐다. 아버지가 그의 두 손가락을 절단했던 날, 아버지는 무서움이라는 그 알 수 없는 감정까지도 뿌리에서부터 바싹 잘라버렸던 것이다. 그 대신 어떤 다른 감정이 돋아났으니, 그건 바로 반항의 감정이었다. 죽음이 규칙적으로 급습해오던 탄광의 막장에서 일할 때도 그는 한 번도 무서움을 느끼지 않았다. 동료들의 몸뚱이들이 가연성가스의 폭발로 산산조각나 무너진 토사에 깔리는 광경을 코앞에 보면서도 오직 분노와 반항심을 느꼈을 뿐 전혀 무섭지 않았다. 그는 한 번도 목숨을 두려워해본 적이 없었다. 그런데 새들이 지저귀는 어느 봄날 아침에 문득 두려움이 자신의 방안으로 급습해 들어와서 그의 반려요 아내요 사랑하는 사람이었던 여자의 몸을 통해 불쑥 그 모습을 드러낸 것이다.

그러니까 아버지의 광기가 그의 두려움을 바싹 잘라버리긴 했어도 그 뿌리를 근절하지는 못한 셈이었다. 그리하여 이제 두려움이 무성한 개밀처럼 급격하게 마구마구 자라나고 있었다. 심지어 그것은 너무도 신나게 꽃을 피우고 번식하기 시작하여 추억과 슬픔과 상념 같은 것의 씨를 말리면서 일체의 다른 감정은 숨도 못 쉬게 했다. 멜라니는 더이상 이름도 내력도 갖지 못했고, 이제는 막 얼굴마저 잃었다. 그녀는 송곳니와 발톱으로 그를 억류한, 죽음을 수태한 암컷 늑대에 불과했다. 그는 다시금 그 손아귀에서 벗어나려 애를 썼지만 그녀는 도무지 놓아주려고 하지 않았다.

목에 긁힌 데가 아파오기 시작했고 깨물린 어깨는 점점 더 통증이 심해졌다. 포식성의 사자死者가 보이는 고집스러운 저항에 짜증이 난 그는 참다못해 신고 있던 무거운 나막신을 벗어 들고는 자신에게 꽉 달라붙어 있는 두 손과 턱을 격렬하게 후려쳤다. 손가락들이 불속에 던진 나뭇단 같은 메마른 소리를 내며 부서졌고 턱은 그보다 더 흐릿한 소리를 냈다. 그 소리들은, 마치 몸속의 석고로 된 어떤 기관이 부서지기라도 하듯 그녀의 몸안에서 반향했다.

그를 감고 있던 팔이 결국 느슨해졌고, 그는 즉시 패배한 몸뚱이를 거칠게 밀어내며 벌떡 일어났다. 그는 다시 신을 신고 좀더 신선한 공기를 마셔야겠다는 듯이 침대에서 멀어져 창가로 갔다. 새는 아직 날아갈 틈이 없어 여전히 짹짹거리면서 창턱 위에서 팔짝팔짝 뛰어다니기만 하고 있었다. 황금의 밤은 새를 붙잡아 손안에 가두었다. 어떤 불가사의한 분노에 사로잡힌 느낌이었다. 참새는 즉시 지저귐을 멈추고 저를 가둔 손아귀 안에서 바들바들 떨며 몸을 웅크렸다. 황금의 밤은 겁에 질린 새의 콩알만한 심장이 자신의 오목하게 오그린 손바닥 안에서 팔딱거리는 것을 감지하면서, 문득 주먹을 꽉 쥐어 새를 부스러뜨림으로써 그 두려움도 함께 끝장내고 싶다는 욕구를 느꼈다. 돌연 모든 형태의 두려움이 다 혐오스러웠다. 반쯤 질식한 참새는 부리를 약간 벌린 채 머리를 들고 있으려 애를 썼다.

황금의 밤은 손을 올려 그 보잘것없는 날짐승을 가까이 들여다보았다. 당장 그 개암 열매만한 대가리를 창턱에 대고 눌러 으스러뜨리려던 그는 제물이 된 동물의 눈에 시선을 옮겨 멈추었다. 겨우 핀의 머리만하고 거의 초점이 없는 눈이었다. 그러나 아주 작은 그 눈이 너무나도 절실한 부드러움과 연약함과 애원을 소리 높여 말하고 있어서 그는 자신의 행동을 마무리지을 수가 없었다. 어떤 다른 감정이 대번에 밀어내기라도 한 듯 두려움과 분노가 함께 사라져버렸다. 결코 격렬한 것이 아니라 오히려 무장해제 시키는 힘을 가진 감정이었다. 바로 수치심이었다. 수치심이 그의 의식에 닿기도 전에, 참새의 불안해진 심장이 극히 미세하게 고동치며 덥혀진 미지근한 손바닥의 오목한 곳을 스쳐가면서 의식의 외피를 건드린 것이다. 그는 손바닥을 활짝 펼쳐 새를 풀어주었다. 새는 처음에는 비틀비틀 불안하게 움직이더니 이윽고 채소밭 쪽을 향해 똑바로 세차게 날아가 사라졌다. 황금의 밤은 침대 쪽으로 되돌아갔다.

멜라니는 피로 얼룩진 털이불 위에 쓰러져 있었다. 그녀의 피부는 극도로 창백했다. 몸속의 피가 완전히 빠져나간 터였다. 그는 그 쪽으로 몸을 숙이고 그녀가 보다 의연한 자세, 즉 죽은 사람들이면 늘 그래야 한다고 여겨지는 자세를 취하도록 하려고 애를 썼다. 그녀의 몸은 다시 놀라울 정도로 유연해져서 톱밥으로 속을 채운 인형처럼 움직이기가 쉬웠다. 그녀의 부서진 손가락들도 완전히 흐늘흐늘해져 어떤 식으로든 마음대로 비틀 수가 있었다. 한편 그녀의 턱은 심하게 탈구되어 한심하게도 자꾸만 앞가슴 쪽으로 떨어지기만 할 뿐이어서 납빛이 된 얼굴이 기괴한 모습으로 변했다. 황금의 밤은 침대의 휘장에서 천조각을 뜯어내어 멜라니의 머리를 한 바퀴 감아 맸다. 그러자 갑자기 멜라니의 몸을 붉은색, 분홍색, 주황색의 커다란 꽃무늬가 찍힌 그 옥양목 휘장으로 완전히 감싸야겠다는 생각이 떠올랐다. 한 해 전에 그녀가 사 온 천이었다. 그러나 그 천으로 자신과 딸들의 옷과 앞치마를 만드는 대신 그녀는 침대용 휘장을 만들기로 했다. 날씨가 좋아지면서부터 그녀는 그들의 잠자리를 따뜻하게 보호해주었던 무거운 양모 휘장을 걷어내고 그 자리에 새로운 꽃무늬 휘장을 달았다. 멜라니는 알록달록하고 가벼운 그 천을 통해 아침빛이 밝아오는 모습을 보는 걸 좋아했다. 떠오르는 햇빛은 침대 공간으로 강렬한 색깔의 반점들을 쏘아댔다. 황금의 밤은 이 물 같은 아침의 광채가 멜라니의 벗은 몸 위로 미끄러지면서 그녀의 살갗이 감미로울 정도로 부드럽고 발그레한 무늬들로 일렁거리는 모습을 바라보는 것이 좋았다.

그는 그녀의 옷을 벗긴 뒤 이미 말라버린 피를 모두 씻어내려 해보았다. 피는 거무스레한 딱지들이 되어 그녀의 살갗을 갑옷처럼 뒤덮고 있었다. 그는 물을 가지러 부엌으로 다시 내려갔다. 침묵과 기다림 속에 뿌리를 박은 듯이 식탁에 둘러앉아 있는 아이들에게는 눈길도 주지 않았다. "아빠, 이 피는 다 뭐야?" 갑자기 마틸드가 이상하게 잦아든 목소리로 물었다. 그러나 그는 대답 없이 물주전자를 들고 서둘러 부엌에서 나갔다.

멜라니를 완전히 씻기고 나서 그는 침대의 휘장을 뜯어내어 어깨에서 발끝까지 그녀의 몸을 감아 쌌다. 피부가 석고처럼 하얗게 변한 채 머리에 꽃무늬 천으로 된 터번을 이고 온몸이 감싸인 멜라니는 이제 더이상 과거의 모습이 아니었다. 그는 그녀를 바라보았지만 알아볼 수 없었다. 그토록 창백한 모습으로 미동도 않는, 또한 그토록 조그만 그녀를 보니 얼이 빠졌다. 실제로 멜라니는 다부지고 풍만하던 몸매를 단번에 잃어버린 것 같았다. 그녀에게 너무 큰 것이 되어버린 침대 한가운데에 온통 초라하고 작아진 모습으로 놓여 있었다. 아이들이 나직하게 문을 두드리고 방안으로 슬그머니 들어왔지만 그는 그 소리를 듣지 못했다. 그들은 미끄러지듯 침대까지 다가와서는 영문을 알지 못한 채 눈앞에 드러난 기이한 광경에 오랫동안 시선을 박고 있었다. 피로 얼룩진 채 한쪽 구석에 아무렇게나 던져져 있는 침대 시트, 털이불, 어머니의 옷들, 등을 돌린 채 침대와 마주보고 선 아버지. 그들의 눈에 그의 어깨는 현실 같지 않을 만큼 넓어 보였다. 그리고 저쪽 흐트러진 침대의 우묵한 부분에 아주 조그만 여자가 반쯤 벌거벗은 모습으로 우스꽝스럽게도 커튼 천에 둘둘 감겨 있었다.

"엄마는 어디 있어?" 초라한 인체를 눈앞에 두고 어머니를 알아보지 못한 마튀랭이 갑자기 물었다. 황금의 밤은 깜짝 놀라 아이들 쪽을 돌아보았다. 그는 뭐라고 대답해야 할지 알 수가 없었다. 마르고가 침대로 한 발짝 더 가까이 다가가더니 마치 꿈속에서처럼 내뱉었다. "아! 꼭 인형 같아! 엄마가 인형으로 변했어!……" "엄만 죽었어" 갑자기 마틸드가 말을 가로막았다. "예뻐라……" 더이상 다른 사람들은 안중에도 없이 마르고가 되풀이해서 말했다. "엄마가 죽었어?" 그 말의 정확한 의미를 제대로 알지 못하는 오귀스탱이 물었다. "예뻐…… 예뻐…… 예뻐……" 어머니를 내려다보며 마르고는 끊임없이 중얼거렸다. "엄만 죽었어." 마틸드가 다시 내뱉었다.

황금의 밤은 아이들이 그의 눈앞에서 마치 불꽃에 타들어가듯이 몸을 뒤트는 것을 바라보았다. 그가 문득 울음을 터뜨리며 침대 발치에 주저앉았다. 어머니의 죽음보다도 아버지의 눈물과 낙담하는 모습이 사내아이들에게는 더 질리도록 무서웠다. 오귀스탱은 벽에 딱 붙어서서 기계적인 목소리로 속사포처럼 빠르게 도와 도청 소재지의 이름을 알파벳 순서대로 읊어대기 시작했다. "엥은 부르앙브레스에 도청, 엔은 라옹에 도청, 알리에는 물랭에 도청……"

마틸드가 아버지 쪽으로 나섰다. 그러더니 고개를 쳐들려고 애쓰면서 말했다. "아빠, 울지 마. 내가 있잖아. 절대로 아빠를 떠나지 않을게. 절대로. 정말이야. 그리고 절대로 죽지 않을 거야." 황금의 밤은 아이를 두 팔로 꼭 껴안았다. 그는 아이가 방금 꺼내놓은 말을 전혀 이해하지 못했다. 그러나 아이는 제가 무슨 말을 했는지 알고 있었다. 그것은 약속이었고, 그 아이는 이 약속을 지키리라 굳게 맹세했다. 실제로 마틸드는 일생을 바쳐 오직 혼자서 한 약속을 지켜나갈 것이었다. 그리고 그 약속에 따라 아버지 옆에서 끈질긴 존재감을 과시하며 살아가도록 노력할 것이었다. 그리고 장차 고독과 오만함을 줄기차게 지고 가야 할 터였다. 일편단심 변하지 않고 아버지를 보살피겠다는 그 약속은, 마치 그녀가 어머니로부터 받은 유산이라곤 오로지 빅토르플랑드랭에 대한 온전하고 소유욕 강한 사랑뿐이라는 듯 맹렬한 질투와 쌍을 이루고 있었으니 말이다. "예뻐, 예뻐……" 마르고는 멜라니의 싸늘하게 식은 두 뺨을 조심스럽게 쓰다듬으면서 여전히 속삭였다. "솜은 아미엥에 도착, 타른은 알비에 도착……" 오귀스탱은 교실 앞쪽으로 나와 배운 내용을 백 번이나 암송하라고 벌을 받은 아이처럼 고집스러운 표정으로 계속했다.

황금의 밤은 갑자기 마틸드를 밀쳐내고는 마치 아무 일도 없었던 듯 일어났다. 공포, 수치, 슬픔, 그 모든 것을 눈물과 함께 눌러버린 것 같았다. 그는 뒤도 돌아보지 않고 방을 나가 계단을 뛰어내려가서는 문간으로 나섰다. 에스코는 진정된 상태였다. 마당 한가운데 버티고 선 채, 벌써 높이 솟아올라 작고 동글동글한 구름들이 떠 있는 하늘을 하얗게 만드는 햇빛 속에 굴리려는 듯 무거운 머리를 좌우로 흔들어댔다. 황금의 밤은 광 쪽으로 걸어가더니 큼직한 나무 도끼를 손에 들고 나와서 다시 마당을 가로질러 말이 있는 쪽으로 곧장 걸어갔다.

주인이 제 곁으로 다가오는 것을 느끼자 에스코는 어느새 주인의 어깨에 비벼댈 태세로 허공에서 머리를 천천히 흔들어대며 그의 쪽으로 돌아섰다. 그러나 황금의 밤은 애무하려 드는 말을 피하여 약간 옆쪽으로 빙 돌아가서는 손에 쥔 연장의 손잡이를 단단히 확인하고 균형과 속도를 동시에 유지하면서 도끼를 높이 쳐들더니 짐승의 목을 힘껏 후려쳤다. 에스코는 마치 얼음판에서 미끄러지기라도 한 것처럼 이상하게 전신을 부르르 떨면서 균형을 잃었다. 에스코가 내지른 비명은 보통의 말 울음보다 끔찍하게 거친 울부짖음이었다. 황금의 밤은 다시 도끼를 쳐들어 또 한번 내려쳤다. 갑자기 말의 비명이 날카롭게 솟구쳐오르면서 다시 거친 소리를 냈다. 말의 네 다리가 휘청했다. 세번째로 황금의 밤은 말의 목 부위에 난 엄청나게 큰 상처를 겨누어 도끼를 내려쳤다. 이번에는 에스코가 주저앉았다. 피가 단속적인 분수처럼 뿜어나와서 어느새 땅바닥에 끈적한 갈색 웅덩이를 만들고 있었다. 황금의 밤은 말의 머리가 완전히 떨어져나갈 때까지 널부러진 말에 집요하게 달라붙었다. 머리가 떨어져나간 몸뚱이가 한동안 계속하여 꿈틀대면서 경련을 일으키듯 네 다리를 허공에 흔들었다. 머리에서는 아직도 공포 때문에 툭 튀어나온 두 눈이 주인을 향하여 믿기지 않는다는 듯한 시선을 던지고 있었다.

지난날 농부들이 나뭇가지로 때려죽인 늑대들의 시체를 마을 입구에 높이 내걸고 다른 늑대 무리에 경고하여 농장에 접근하지 못하도록 했듯이, 황금의 밤은 마당 입구의 문설주에 말의 머리를 걸어놓았다. 그러나 그러한 위협은 다른 어떤 짐승을 향한 것도, 심지어 사람들을 향한 것도 아니었다. 그것이 겨냥하는 것은 오로지 '그', 죽음이 언제나 밑도 끝도 없이 불쑥 나타나서 인간들이 오랜 세월에 걸쳐 고생스럽게 이룩해놓은 행복을 감히 단 한 번의 뒷발질로 망가뜨려놓는 꼴을 발밑으로 내려다보고 있는 '그'뿐이었다.

여러 날 동안 황금의 밤 늑대 낯짝의 농장 입구에는 말똥가리며 참매며 솔개 들이 잔뜩 몰려들었다.

멜라니는 아이들이 학교 다니는 길을 통해 높은 농장을 떠났다. 그렇게 하여 맹금류에 던져진 에스코의 머리가 걸린 그 밑을 지나지 않아도 되었다. 말의 두개골은 오랫동안 페니엘 농장의 문장 구실을 하게 될 것이었다.

빅토르플랑드랭은 아내의 시신이 황소들이 끄는 수레에 실려 묘지로 이송되기를 원하지 않았다. 그는 관을 소박한 외바퀴 손수레에 싣고, 손수 자신의 들을 가로질러 닦아놓은 길을 따라 자식들과 장프랑수아티주드페르가 뒤따르는 가운데 몽르루아성당까지 손수 끌고 갔다. 성당 주위에는 이미 발쿠르 영감과 멜라니의 모든 조상들이 묻힌 묘지가 펼쳐져 있었다.

매장을 마치고 돌아오자 마틸드가 어머니가 하던 일을 이어받아 집안 살림을 맡았고 모든 사람들을 돌보았다. 어느 누구 하나, 우선 황금의 밤부터도, 대번에 가족의 살림을 빈틈없이 민첩하게 이끌어가는 일곱 살 난 그 아이의 권위에 맞서려 하지 않았다. 벌써 일 년 이상 학교를 쉬고 있었던 오귀스탱은 마르고와 함께 다니기 위하여 다시 학교로 돌아갔다. 자기 자매가 훗날 여자 교사가 되기를 바라는 마틸드의 뜻을 따라 마르고는 계속 학교에 다니기로 한 것이다. 사실 마르고는 매일 저녁 학교에서 돌아오면 수업시간에 배운 것을 마틸드와 마튀랭과 함께 익힘으로써 이미 교사의 역할을 시험해보고 있었다. 어른들이 곁에서 보살펴주지 못하게 된 지금 아이들 간의 관계는 이렇게 달라졌다.

멜라니가 죽자 황금의 밤은 상심한 나머지 사교성을 잃고 남들과 어울리는 법 없이, 가족들과도 말을 하지 않은 채 더욱 늦게까지 들에서 일만 하며 지냈다. 모두의 유년기가 멜라니와 함께 죄다 땅속에 묻혀버린 것 같았다. 더하여, 빅토르플랑드랭의 광기어린 행동에 경악하여 겁에 질려 있던 에스코의 눈빛 속 그 무엇인가가 아이들의 눈과 가슴속에 투영되어버렸다. 이제부터는 심지어 자기 아이들에게까지도 그는 황금의 밤 늑대 낯짝으로 변해버렸다. 즉 그는 너무 뚜렷한 금빛 그림자를 도처에 끌고 다니며, 자기 아버지의 일곱 개 눈물방울로 된 목걸이 주위로 살을 파서 새긴 제2의 목걸이인 양 멜라니의 손가락 자국을 목에 걸고 다니는, 보기 드문 힘을 가진 사내였다.

한편 장프랑수아티주드페르는 제 주인의 죽음으로 인한 비탄을 이기지 못한 채 끊임없이 아이들의 그늘 속을 맴돌며, 자신의 마음—그 모든 사람들 가운데 유일하게 순진하고도 상처받기 쉬운 상태로 남아 있는—이 눈물이 나도록 목말라하는 감정적 양식을 얼마간이라도 그들 곁에서 얻어볼까 하고 서투르게 애를 쓰고 있었다.

세 번째 밤

Nuit des roses

장미들의 밤

III
장미들의 밤

"아이참! 나는 아이라고요……" 그녀는 이렇게 썼다. "어린아이의 가슴이 요구하는 것은 부와 영광(하늘의 영광이라 할지라도)이 아닙니다. 어린아이의 가슴이 요청하는 것은 사랑이죠……

그러나 사랑은 행동을 통해서 증명되는 것인데, 그 사랑을 어떻게 증거해 보이죠? 그렇다면 어린아이는 꽃을 던지겠지요.

……나로서는 당신에게 나의 사랑을 달리 증거해 보일 방법이 없어요. 오직 꽃을 던지는 것, 다시 말해서 그 어떤 조그만 희생도, 그 어떤 시선도, 어떤 말도 새나가지 않게 하는 것, 모든 작은 일들을 이용하는 것, 그리하여 사랑으로 그런 것들을 행할 수밖에…… 나는 사랑으로 괴로워하고 싶고 사랑으로 즐기고도 싶어요. 그리하여 당신의 옥좌 앞에 꽃들을 던지겠어요. 꽃들을 만나

기만 하면 어김없이 당신을 위해서 꽃잎을 하나씩 따겠어요……
그리고 내 꽃들을 던지면서 노래하겠어요…… 심지어 가시가 잔
뜩 돋아난 가운데서 꽃을 따야 할 때도 노래하겠어요, 가시가 길
고 날카로울수록 내 노래는 더욱 아름다울 거예요……"*

그러나 그녀는 사랑의 꽃잎을 따놓던 조그만 검은 수첩을 닫
지 않으면 안 되었다. 그만큼 가시가 길고 날카로워졌던 것이다.
그리고 그녀는 임종의 순간을 맞았다. 장미꽃 아이인 그녀가.
"어머니, 이것이 임종인가요?" 그녀가 물었다. "죽을 때는 어떻
게 해야 할까요? 어떻게 죽는지 알 길이 없어요!……" 그리고
그녀는 또 소리쳤다. "아니, 이건 순수한 임종이군요, 그 어떤 위
안도 섞이지 않은……" 그녀는 죽었지만, 그토록 완전히 자신의
사랑에만 몰두했음을 회개하고 모두 용서받았다.

장미는 세상 도처에서 돋아났다. 심지어 모든 사람들에게 잊
힌 소박한 땅의 작은 한구석인 검은 땅에도 돋아났다. 장미는 숲
속에, 숲속의 빈터에, 초원과 들판과 이탄지에, 시냇가와 늪에,
심지어 무너진 건물의 잔해 속에도 돋아났다. 또다른 곳에도, 정

---

* 테레즈 드 리지외 성녀, 『수첩 *Cahiers*』 중에서.(원주)

원에, 예쁘라고 지어놓은 온실에도 돋아났다. 그러나 아름다움은 사랑이 그럴 수 있듯이 가시가 돋고 예측을 불허하며 화를 잘 낸다.

일명 황금의 밤 늑대 낯짝 빅토르플랑드랭은 아름다움에서나 사랑에서나 다 같이, 그에게 강제로 달려드는 어떤 쓴맛을 느꼈다. 거기에는 언제나 쓰라린 피 냄새가 섞여 있기 때문이었다.

그러나 사랑이 그렇듯 아름다움 또한 언제나 되돌아와서 날카로운 음조로 치솟고자 한다. 그 두 가지는 어린 시절 특유의 경쾌하고 오만방자한 매력과 유희의 본능, 매혹의 기술 그리고 후회를 모른다는 특징을 지니고 있다.

꽃들은 높은 농장에도 마구잡이로 돋아났다. 심지어 침대의 커튼과 아이들의 기억 속에까지도. 그리고 모든 꽃들이 하나같이 꽃잎을 따주기를 바랐다. 그러나 그 시절 페니엘 가족은 아직 정열에 불타는 그 장미꽃 아이가 기리던 것과 같은 그런 노래를 알지 못했다. 아름다움과 사랑이 그들의 손안에서 어찌나 맹렬하게 불타올랐는지 그들은 욕망에 대하여 오직 충동적인 힘, 용솟음치는 불꽃, 그리고 불꽃이 외침이 되어 꺼져가는 모습밖에 아는 것이 없었다.

그러나 한 권의 수첩에 적힌 가장 간단한 단어들이 저희들의 목소리를 또박또박 뜯어내어 들려주려면 오랫동안 침묵 속에 갇히고 하릴없이 망각 속에 묻힐 필요가 있다. 그리하여 어쩌면 그런 어떤 노래가, 이번에는 오직 그 어떤 위안도 없는 순수한 임종의 고통에 몸부림치는 사람들의 귀에만 들리는 것이다.

1

마틸드의 지배는 채 오 년을 가지 않았다. 다른 여자가 나타나서 그녀의 지위를 빼앗았다. 사실 그것은 아주 잠깐 동안의 동요를 가져왔을 뿐인 겉모양새에 불과했다. 마틸드는 오만과 의지가 넘쳐나는 반면에 저쪽은 걱정스러울 정도로 존재감의 결핍에 시달리고 있었다.

그 여자의 등장을 초래한 것은 마르고였다. 당시 열한 살이었던 그녀는 여전히 계속 학교에 다녔는데, 얼마 전부터는 혼자서 갔다. 오귀스탱이 마침내 아버지와 형을 따라 들과 농장 일에 전념하게 되었던 것이다. 그래서 그녀는 툭하면 길을 가다가 목적지를 잊은 채 딴 데서 헤매고 다녔다. 언제나 딴 데, 몽르루아성당 근처였다. 그 성당은 아주 오래된 곳으로, 베드로 성인에게 바쳐졌다 해서 그 이름을 땄고, 일 년에 한 번씩 갈라지는 종소리를 내며 아주 요란하게 그 성인을 기렸다. 그러나 마르고는 그 안으로 들어가지는 않고 밖에 있는, 성당 주위의 묘지에서 언제나 한동안 어슬렁거리다가 발쿠르 집안 무덤 옆에 가 앉곤 했다. 거기 앉아 가방 깊숙한 곳에서 제 스스로 만든 인형을 싼 조그만 보따리를 끄집어냈다. 속에 짚을 넣고 검은 양털로 우스꽝스러운 머리털을 흉내내어 조잡하게 꿰맨 헝겊 인형이었다. 그녀는 인형을 무릎에 내려놓고 붉은 꽃무늬가 찍힌 날염 옥양목 조각으로 옷을 입혔다. 그런 다음에는 인형에게 정다움 넘치는 정성을 아낌없이 쏟으면서 머리를 빗어주고 일렁일렁 흔들며 이야기를 들려주는가 하면 특히 먹을 것을 주었다. 먹을 것이란 흙이나 이끼나 잔가지 같은 것으로 별로 중요하지 않았고, 중요한 것은 인형이 먹는다는 사실이었다. 그러나 어느 날 갑자기 마르고는 그에 만족하지 않았다. 어머니에게 땅이 차갑고 축축하다는 점이 걱정되었다. 그녀는 주변에 널려 있는 모든 것을 가지고 무덤을 덮는 일에 착수하여 심지어 다른 무덤 돌 위에 놓인 십자가들과 꽃들까지 주워모았다. 그러다가 반쯤 벌거벗은 채 바람과 비에 노출된 그리스도상들을 보니 더 고통스러운 추위를 느낄 뿐이었다. 그래서 이번에는 그 상들을 모두 다 땅속에 파묻기로 했다. 하지만 그걸로도 그녀의 불안감은 충분히 해소되지 않았다.

심장이 싸늘하게 얼어붙도록 추위가 그녀의 몸속으로 파고들었다. 한 가지 다른 생각이 떠올랐다. 그녀는 성당 안으로 들어가 성가대석까지 가서는 제단 위로 기어올라가 감실 앞에 높이 모셔놓은 십자가에서 금칠을 한 나무 그리스도를 뜯어냈다. 그러고는 그 자리에다가 꽃무늬 옷을 입힌 자기 인형을 매단 채 십자가를 제자리에 놓았다. 이어 그녀는 성자상들의 발밑을 불그레한 빛으로 희미하게 비추고 있는 조그만 야등들을 모두 한데 모아 십자가 주위에 둘러놓았다. 그러자 제단 위는 불타는 둥근 장미 수술 위의 장미꽃 화단 같아 보였다. 십자가에 걸린 인형은 흐리고 불그레한 빛 속에서 감실의 수놓인 커튼 위로 떨리는 그림자를 던지고 있었다. 그녀의 인형이 그처럼 붉은빛, 장밋빛, 주황빛으로 변신한 것을 보자 마르고는 황홀했다. 바로 그녀가 그토록 찾고 있던 죽은 어머니의 이미지인 것 같았다. 죽음을 이상화하고 그녀 자신의 두려움을 다스려주는 이미지 말이다. 발끝을 딛고 일어서서 팔꿈치를 제단에 괸 채 그녀는 무희 같은 표정으로 십자가에 매달린 자신의 불타오르는 듯한 인형을 감탄의 눈빛으로 쳐다보았다.

그녀는 문득 거칠고 발작적인 기침소리에 명상에서 깨어났고, 다브랑슈 신부임을 곧 깨달았다.

묘지의 담과 잇닿은 집에 살고 있는 몽르루아성당의 사제는 지병 때문에 조로한 사람이었는데 세월이 흐를수록 음산한 침묵 속에 묻혀 두문불출로 지냈고 강론과 호칭기도 때, 그리고 기침을 할 때가 아니면 모습을 드러내는 법이 없었다. 그가 기침을 할 때면 속이 빈 소리가 쏟아지듯 폭발했고 그의 양어깨가 격렬하게 흔들려 매 순간 별것 아닌 아주 작은 활동도 중지하지 않을 수 없었다. 그런 이유로 그는 거의 말을 하지 않게 되고 말았으니, 발작적인 기침으로 단 하나의 문장도 끊지 않고 온전하게 마무리할 수가 없기 때문이었다. 게다가 기침이 끝나고 나면 흔히 생각의 흐름을 잃어버렸다. 치유할 길 없는 기침 때문에 야기되는 이런 끊임없는 방황은 그를 엄청난 분노로 사로잡았고, 이렇게 하여 지리멸렬해진 그의 강론은 강단 저 꼭대기에서 쏟아지는 비난과 발구름으로 마감되기 일쑤였다. 특히 그의 인내심의 한계와 분노를 자극하는 것은 그에게 '북소리 신부'라는 별명을 붙여주고 기회가 있을 때마다 놀려대는 아이들이었다. 그래서 마르고는 그가 다가오는 소리를 듣자마자 기겁을 하고 옆쪽의 작은 기도실에 딸린 고해소 안으로 얼른 들어갔다.

다브랑슈 신부는 어떤 장의자에 부딪혔다. 그 때문에 기침이 심해졌고 동시에 언짢은 기분도 배가되었다. 고해소의 축축한 어둠 속에 납작 엎드린 마르고는 가슴이 어찌나 요란스럽게 두

근거리는지 북소리 신부의 귀에까지 들리지나 않을까 걱정스러웠다. 그러나 신부는 추악한 헝겊 인형을 보란듯이 매달고 있는 모독당한 십자가의 제단 광경에 주의가 쏠려 있었다. 그가 제단 쪽으로 달려가면서 부르짖는 소리가 무엇을 뜻하는지 마르고는 알지 못했으며, 다만 그가 울부짖고 있는 것 같다고 느꼈다. 물론 그 울부짖음은 금세 어느 때보다 더 사나운 기침소리에 묻혀버렸다.

기침은 끝이 없었다. 오랫동안 계속되다가 그 가엾은 사람의 몸 전체를 관통하는 경련성 발작으로 변했고, 그는 제단의 층계 위에서 팽이처럼 뻥뻥 돌며 분노와 원통함을 참지 못해 발을 굴러댔다.

구석에서 계속 몸을 웅크리고 있던 마르고는 북소리 신부가 고함치고 발을 구르는 소리를 듣고 싶지 않아 귀를 막았다. 성모님과 성자들과 무덤의 모든 사자들에게 어서 와서 자기를 구원해달라고, 자기 발밑에서 뚜껑 문 같은 것을 열고 나와서 이 견딜 수 없는 두려움으로부터 구해달라고 빌었다. 그 모든 이들 중 누가 그 청원에 응답해주었는지 그녀는 알 수 없었지만 그래도 귀에서 손을 떼었을 때 아무 소리도 들리지 않는 것으로 보아 이제 막 뚜껑 문으로 사라진 것은 바로 북소리 신부님인가보다 하는 생각이 들었다. 마르고는 오랫동안 더 기다리고 나서야 비로소 그 작은 구석을 가리고 있던 무거운 보라색 커튼의 한 모서리를 살짝 들추고 밖을 내다볼 엄두를 낼 수 있었다. 그녀의 눈에 들어온 것은 겨우 신부의 두 발과 다리의 일부였다. 진흙이 잔뜩 묻은 투박한 신발 속의 두 발은 제단의 맨 위 층계 위에 뒤축이 위로 쳐들린 채 내려놓여 있었다. 수단이 위로 말려올라가 회색 양모로 짠 양말을 신은 두 다리가 발목까지 드러났다. 신체의 다른 부분은 모두 한 기둥에 가려 보이지 않았다. 그녀는 슬그머니 고해소 밖으로 빠져나와 발끝으로 걸어서 기둥들 뒤까지 간신히 나아갔다. 제단께까지 왔을 때 그녀는 다시 북소리 신부 쪽으로 궁금한 만큼이나 불안한 시선을 휙 하니 던졌다. 그는 마치 물속으로 잠수하려고 뛰어내리다가 도중에 자빠져버린 사람처럼 머리를 아래쪽으로 늘어뜨린 채 여러 계단에 걸쳐서 길게 엎드려 있었다. 기침 발작 때문에 몸이 어찌나 심하게 흔들렸는지 그만 균형을 잃었고, 그러는 와중에도 발을 구르다가 계단에서 미끄러져 바닥에 이마를 부딪힌 것이었다. 그 충격이 북소리 신부의 기침과 분노와 생명에 종지부를 찍어버렸다.

마르고는 숨을 멈추고 다가갔다. 신부의 입에서 가느다란 실처럼 흘러나와 바닥의 타일들 위에 진하고 번들거리는 작은 붉은색 웅덩이를 이루며 점차 퍼져가고 있는 피가 눈에 들어왔다. 그녀는 십자가 위에 올라앉은 인형 쪽으로 시선을 던졌고, 그 불그레한 얼룩은 주위를 에워싸고 있는 야등들의 불빛이 던지는 또다른 반사광일 뿐이라고 생각했다. 그녀는 제단으로 기어올라가서 인형을 다시 집어들고는 작은 촛불들을 모두 불어 껐다. 심지들에서 지방성의 매캐한 연기가 피어났다. 그녀는 작은 그리스도상을 제자리에 놓으려고 해보았지만 겨우 십자가에 비스듬히 걸쳐놓아질 뿐이었다. 이윽고 마르고는 제 인형을 옷 속에 쑤셔넣고 다시 계단을 내려갔다.

그러나 그녀는 성당을 벗어나는 것이 두려웠다. 갑자기 성당 앞뜰로 다른 북소리 신부가 공격해 오는, 아니 심지어 다른 북소리 신부들이 그곳에 가득히 무리 짓고 모여 기침을 해대면서 그녀에게 욕설을 퍼붓고 얼굴에 피를 뱉는 상상을 했던 것이다. 그래서 그녀는 우선 눈에 띄는 장의자에 가 앉아서 기다렸다. 기다릴 것이라곤 아무것도 없었으므로 슬그머니 어렴풋한 잠에 빠져들었다. 이번에 그녀의 잠을 깨운 것은 기침소리가 아니라 무슨 탄식과도 같은 작은 소리, 그마저 곧 흐느낌으로 끊기곤 하는 소리였다. 그녀는 선잠으로 흐릿해진 눈을 놀라서 똥그랗게 떴다. 어떤 젊은 여자가 북소리 신부의 몸 앞에서 웅크린 채 울고 있었다. 성가대석이 어두컴컴해서 마르고는 여자의 모습을 똑똑히 분간할 수가 없었다. "엄마?……" 그녀는 자리에서 일어나며 물었다. 여자가 고개를 들었다. 그녀보다 더 놀라고 더 흐릿한 눈이었다. 다브랑슈 신부의 조카딸 블랑슈였다. 신부는 누이가 죽어서 조카딸을 거두었고, 그녀는 신부의 사택에서 가정부 노릇을 했다. 그녀는 정원에서 잎 달린 잔가지들, 모란, 장미 등을 잔뜩 안고서 제단을 장식하러 온 터였다. 그런데 삼촌의 몸이 그녀와 계단 저 꼭대기에 놓인 꽃병들 사이를 완전히 가로막고 있었고, 그래서 꽃들을 바닥에 뒤죽박죽으로 내던져버렸다.

블랑슈는 벌써 스무 살이 넘었지만 사람들은 그녀가 밖으로 나오거나 마을 사람들의 생활에 섞이는 것을 한 번도 본 적이 없었다. 그녀는 항상 예배당과 신부 사택 경내에 틀어박혀 집안일과 정원 일을 하거나 교회를 건사하는 일을 지켜보며 시간을 보냈다. 그녀는 모든 것과 모든 사람들로부터 자신을 보호해주는 이 모든 벽들 뒤에 있는 것이 좋았다. 감히 한 번도 발을 들여놓아본 적이 없기에 아무것도 아는 게 없는 세상은 그녀에게 두려움만 줄 뿐이었다. 정말이지 부정하게, 불법침입으로 들어온 이 세상에 그녀가 감히 어떻게 모습을 드러낼 수 있었겠는가? 사실 다브랑슈 신부의 누이는 그에게 아이를 주면서 아이의 아버지를 밝히지 않았고, 그 바람에 그녀는 불완전함과 죄의 낙인이 찍혀서 태어났다. 그녀의 외삼촌이 판단하듯이 어머니가 저지른 그 돌이킬 수 없는 죄는 숙명적으로 그녀에게 파급되었고, 하여 그녀는 그 태생적인 수치를 얼굴에 달고 다녔다. 어머니의 죄 많은 욕망은 그녀의 살갗에 곧바로 각인되어 얼굴의 왼쪽 반이 포도주 찌꺼기 색깔의 거대한 모반으로 뒤덮였다. 누이가 죽자 다브랑슈 신부는 그래도 당시 어린 소녀였던 이 저주받은 아이를 거두는 데 동의했다. 외삼촌 집에 들어앉은 이 가엾은 소녀는 외삼촌이 끊임없이 상기시켜주는 덕분에 세상에 태어난 불행과 불명예를 이내 확실히 알게 되었다. 외삼촌은 혐오와 치욕이 뒤섞인 표정으로 그 모반을 손가락질하면서 버릇처럼 내뱉곤 했다. "이 반점이 바로 네 어머니가 지은 죄의 증거야. 악덕과 음욕과 색욕이 무엇을 낳는지 똑똑히 봐! 너는 오물 속에서 잉태되었으므로 영원히 더럽혀졌어. 물론 네 어머니가 지은 죄를 네가 속죄하는 것은 옳지 못하겠지만 네가 태어났다는 사실은 더 옳지 못해. 말인즉슨, 결국 정의는 그런 쪽을 살펴보지 않는 거야!" 블랑슈는 외삼촌이 입에 담는 음욕, 색욕, 심지어 속죄 같은 단어들의 정확한 뜻을 알지 못했기에 그의 긴 설명을 하나도 이해하지 못했고 그의 논리도 납득할 수 없었지만, 적어도 자신이 잉여의 존재라는 사실과 이 세상의 모든 악에 대한 돌이킬 수 없는 죄인이라는 사실만은 이해했다.

어쨌든 제단의 층계들에 몸을 걸치고 웅크린 채 뻣뻣하게 죽어 있는 외삼촌을 발견하자 그녀는 그 죽음을 자기 자신이 이 세상에 해로운 존재로서 끼친 새로운 영향으로 느꼈고, 바로 그 이유로 자신도 모르게 저지른 그 범죄에 질려 흐느껴 울었던 것이다.

마르고는 젊은 여자의 얼굴 왼쪽 반을 뒤덮고 있는 반점을 보면서 어딘가 섬찟한 느낌을 받았다. 그 모반이 북소리 신부의 입에서 흘러나온 피의 웅덩이와 같은 크기에 같은 색깔이었기 때문이다. 심지어 그녀는 한순간 그 핏빛 반점이 전염성을 띠고 있다고, 그리고 아마도 자신이 이제 막 그것에 감염되었다고 상상하게 되었다. 그래서 자기 얼굴이 온전한 상태 그대로인지 확인이라도 하려는 듯 얼른 손을 얼굴로 가져갔다. "아니, 왜?……" 블랑슈가 아이에게 물었다. "왜라니 뭐가?" 마르고가 말했다. "왜 죽은 거니?" 이제 막 어떤 일이 일어난 것인지 이해하려고 필사적으로 애를 쓰며 여자는 눈물이 그렁그렁해서는 연거푸 물었다. "나야 모르지. 넘어진 것 같은데." 마르고가 대답했다. 그러고는 자신 없는 목소리로 덧붙여 말했다. "집에 가야겠어. 무서워." 블랑슈도 무서웠다. 그러나 그녀에게는 더이상 자기 집이란 것이 없었다. 이제 그녀에겐 아무것도 없었다. 여자는 아이를 쳐다보았고, 단번에 자신이 공통된 두려움에 의해서 그 아이와 이어져 있다는 느낌을 받았다. "그래 그래. 너희 집으로 돌아가자." 그녀가 몸을 일으키면서 허둥지둥 말했다. 이어 마르고 쪽으로 다가가서 어정쩡하게 미소를 지어보려고 했다. "나랑 같이 간다는 거지, 응?" 마르고가 그녀의 손을 잡으면서 물었다.

두 사람은 이렇게 서로 몸을 꼭 붙인 채 뒤도 돌아보지 않고, 꼭 개들에게 쫓기는 두 도둑처럼 장의자들을 쓸듯이 요리조리 가운데 통로를 빠져나왔다.

블랑슈는 아무것도 묻지 않았다. 그녀는 아이가 잡은 손을 놓지 않고 이끄는 대로 따라갔다. 두 사람은 오는 동안 줄곧 입을 꾹 다문 채, 빠른 걸음으로, 둘 다 어쩌면 북소리 신부가 그들을 벌주려고 뒤를 밟는지도 모른다는 생각에 겁을 집어먹고서 한 번도 고개를 돌리지 않고 걸었다. 높은 농장께에 이르러 그들은 밭에서 나오던 황금의 밤 늑대 낯짝과 마주쳤다. 그는 학교에 가 있어야 할 자기 딸이 밝은 대낮에 집으로 돌아오는 것을 보고 놀랐고, 딸과 함께 오는 이 여자는 대체 누군지 궁금해했다. 그를 보자 두 도망자는 온통 표정이 굳어버렸다. "아니, 마르고, 이 시간에 너 여기서 뭐하는 거냐?" 그가 물었다. "신부님이 죽었어요!" 어린아이의 대답은 이것이 전부였다. "그래서?" 신부의 죽음이 딸아이와 무슨 상관인지 알 수가 없는 터라 그가 물었다. "정말 죽었어요." 블랑슈가 기어들어가는 목소리로 거들었다. 그제야 빅토르플랑드랭은 마치 뜨거운 햇빛에 심한 화상을 입기라도 한 것처럼 포도주 찌꺼기 색깔의 큼직한 반점이 찍힌 낯선 여자를 찬찬히 쳐다보았다. "그래서?" 이번에는 젊은 여자 쪽을 향해서 그가 다시 물었다. "신부님이 우리 외삼촌이에요." 이렇게 대답하고서 그녀는 겁을 먹고 입을 다문 채 길 한가운데서 고개를 푹 숙이고 서 있었다. 여자의 볼품없는 모습과 절망이 빅토르플랑드랭의 마음을 움직였는지 그가 평소의 사나운 태도를 다소 누그러뜨렸다. "이리들 와." 이렇게 말하면서 그는 딸아이와 낯선 여자를 농가로 들였다.

2

블랑슈 다브랑슈는 이제 다시는 높은 농장에서 떠나지 않았다. 황금의 밤 늑대 낮짝이 그녀에게 잠시 부엌으로 들어와 먼 길의 여독을 풀라고 한 그 단순한 초대의 말이 이 집에 머물러도 좋다는 약속으로 변했고, 결국은 청혼이 되고 말았다. 그 모든 일이 매우 빠른 속도로 진행되었다. 누구보다도 이 예기치 못한 연쇄적 상황에 가장 직접적으로 관련된 그녀를 비롯해 모두가 더할 수 없을 만큼 놀랐다. 마틸드를 제외한 페니엘 집안의 아이들은 이 기이하고도 갑작스러운 아버지의 결혼을 순순히 받아들였다. 두 아들은 이 문제에 흥미조차 보이지 않았다. 그들은 북소리 신부라면 음욕과 색욕이라고 했을 새로운 충동과 욕망에 사로잡힌 자신들의 몸에 온통 강박적인 관심을 쏟는 나이에 이르렀기 때문이다. 마르고는 블랑슈가 자기들 사이에 들어와 자리잡는다는 사실을 기꺼이 받아들였다. 그녀 자신도 이미 익숙해진 연약함과 두려움으로 가득한 이 젊은 여자 곁에 있으면 안심이 되었던 것이다. 두 사람은 병자들, 불구자들 혹은 이방인들이 서로에 대하여 느끼는 어렴풋한 공감을 나누어 가졌다.

반면에 마틸드는 적의를 가지고 반응했고 노골적으로 반감을 드러냈다. 딴 여자가 나타나서 자기 어머니의 자리를 빼앗는 것을 인정할 수 없었으니, 그 단순한 사실만으로도 그녀의 원한과 분노를 자아내기에 충분했다. 감히 새 여자를 얻음으로써 그녀의 아버지는 과오를 범했고 나아가 배신을 했으며—자기 어머니에 대한 배신이 고인의 추억을 담보하겠다고 자처했던 그녀에게로 파급되는 것이었다. 그녀는 자신이 상처받았다고, 심지어 모욕당했다고 느꼈으나 사실은 일생을 두고 그녀의 마음을 쥐어뜯게 될 질투라는 악성 질병을 발견하게 된 것뿐이었다. 그날 이후 그녀는 아버지에게 말을 건넬 때는 꼭 거리감이 느껴지는 존대로만 대했다.

더군다나 마틸드로서는 아버지의 엉뚱한 선택이 도무지 이해되지 않았다. 그녀가 판단하기에 블랑슈는 얼굴이 온통 반점으로 뒤덮여 있다는 그 끔찍한 결함만으로도 일반적인 사랑의 상대로, 심지어 결혼 상대로는 충분히 실격이었다. 그 큼직한 보랏빛 반점이란 게 삶에 버림받은 여자의 얼굴을 운명이 정통으로 후려갈긴 확실한 따귀 한 방이 아니고 무엇이란 말인가. 이것이 그런 거부감을 품은 마틸드의 생각이었다. 사실 블랑슈 자신도 이에 공감하고 있었지만, 그런데도 그녀는 처음으로 치욕을 무릅쓰고 밀어붙이기로 했다. 사생아라는 출생 조건이, 그녀 자신의 모반과 그녀의 외삼촌이, 거기에 더하여 습관과 체념으로 인하여 그녀 자신까지 지금껏 끊임없이 끈질기게 박탈감을 강요해왔건만, 이제 빅토르플랑드랭이 그녀에게 기울이는 관심 속에서 그녀는 자신을 해방하기에 충분한 힘을 발견했던 것이다.

빅토르플랑드랭의 마음을 사로잡은 것은 마틸드가 그토록 역겨워했고 블랑슈의 마음을 그토록 짓눌렀던 바로 그 모반이었다. 그 자신도 한쪽 눈에 충분히 이상해 보일 만한 낙인이 찍혀 있고, 또 언제나 다른 사람들의 악의적인 호기심을 자극하는, 그보다도 더 괴이한 그림자를 달고 다닌 터였다. 그가 그 젊은 여자의 기괴한 반점을 모종의 애정으로 바라보기에 충분했다.

더구나 관심을 가지고 얼굴의 나머지 부분을 좀 찬찬히 뜯어보면 블랑슈는 상당히 예뻤다. 아주 곱슬곱슬한 밤색 머리는 햇빛에 따라 지푸라깃빛, 꿀빛, 혹은 밀빛의 다양한 뉘앙스로 무지개처럼 일렁거렸고, 지극히 아름다운 눈썹은 완벽한 곡선으로 타원형의 눈을 은근히 돋보이게 했다. 녹색 두 눈 역시 햇빛에 따라, 특히 기분에 따라, 때로는 청동색으로 짙어졌다가 때로는 더 옅어졌다. 그녀가 생각에 잠기거나 피곤해질 때면 두 눈의 색깔이 옅어져 흐린 녹색에 가까워졌고, 심지어 갑작스레 수치심이나 죄의식에 빠져 헤맬 때는 마른 보리수잎 같은 무미건조한 빛을 띠기도 했다. 반면에 그녀가 다시 생기를 되찾고 살맛을 되살릴 때면 두 눈의 초록색은 짙어지면서 갈색, 금색, 청색의 물결로 일렁였다. 이리하여 빅토르플랑드랭은 머지않아 두 눈의 색깔만 보고도 블랑슈의 기분을 알아차리는 법을 터득했다. 그런 방식 말고는 그녀가 불평하는 법이 없었고, 아주 드물게밖에는 의사표시를 하지 않았으니 말이다. 하지만 가끔 그녀가 입을 열기 시작하는 때가 있었다. 뚜렷한 이유 없이 그렇게 돌연 마음이 내키는 모양이었는데, 그럴 때면 쾌활한 목소리로 재잘재잘 말 보따리를 마냥 쏟아내곤 했다. 이렇게 조그만 손과 곱슬곱슬한 머리를 흔들어대며 불쑥 재잘대기 시작하는 태도에 황금의 밤 늑대 낯짝은 홀린 듯이 끌려서 블랑슈가 유난히 자극적이라고 느꼈고, 대개 저녁 잠자리에서 그녀가 이렇게 정신없이 재잘대기 시작하면 그는 어김없이 그녀를 품고 또 품었으니, 마침내 잠이 밀려와 블랑슈의 재잘거림을, 그리고 그 자신의 욕망을 뒤덮어버릴 때까지 그들의 사랑은 계속되었다.

블랑슈는 임신 기간 내내 마치 그 뱃속에서 점점 늘어나는 무게가 그녀의 몸을 생명감으로 가득 채워 마침내 이 세상에서의 가장 견고한 토대를 확보해주기라도 한 양 놀라울 정도로 건강했다. 거의 웃고 있는 듯한 그 눈의 초록빛은 항상 아름답고 푸르스름한 갈색 광채를 발했고, 그녀는 끊임없이 재잘댔다. 그러나 출산을 하자마자 또다시 두려움과 의혹 속으로 빠져들었다. 이번에는 그녀 자신이 아이를 낳았으니, 어머니가 저질렀던 범죄를 자기가 또 범한 듯한 느낌이 들었다. 더구나 그 범죄는 이중의 것이라는 점에서 그만큼 더 중대했다.

과연 그녀는 어린 강아지보다 더 크지 않고 얼굴이 쭈글쭈글한 여자아이 둘을 낳았다. 그 아이들은 이내 더욱 힘차고 우아해졌으며 눈을 뜰 때면 그들에게도 페니엘 집안 유산의 위력이 그대로 드러났으니, 왼쪽 눈에서는 황금빛 반점이 빛나고 있었다. 그러나 그들의 상속물은 이중의 것이었다. 어머니에게서 눈의 색깔과 아름다운 곱슬머리를 물려받은 것도 그렇지만, 무엇보다도 왼쪽 관자놀이에 포도주 찌꺼기 색깔의 반점을 지니고 태어났기 때문이다. 그렇기는 해도 어머니의 것보다는 훨씬 더 작고 별로 눈에 띄지 않았고, 동전만한 크기에 장미꽃잎 같은 형태를 띠었다. 이렇게 이중의 유산을 물려받고 태어난 이 어린아이들은, 나아가 각자 이중의 이름을 얻었다. 한쪽은 이름이 로즈엘로 이즈였고, 다른 쪽은 비올레트오노린이었다. 그 아이들은 훗날 이 이름들을 그보다 훨씬 더 무겁고 까다로운 유산의 무게가 실린 다른 이름들과 바꿔 가지게 될 터였다.

그러나 블랑슈의 마음을 짓누르는 것은 단순히 이 쌍둥이의 출생만이 아니었다. 무언가 끔찍하고 광적인 일을 예감했다. 그녀는 해산 후 자리에서 일어나질 못했다. 그만큼 그녀가 계시받은 무시무시한 무엇이 마음을 괴롭히며 진을 빼놓는 것이었다.

그녀는 땅이 불타고 피로 물드는 광경을 보았고, 주변에서 정신이 나갈 정도로 외치고 또 외치는 소리를 들었다. 그녀는 온갖 기괴한 것이 눈에 보인다고 했다. 수천 명의 사람들, 말들 그리고 또한 환등에서 보았던 코뿔소들이 진창 속에서 폭발하여 갈기갈기 찢기는 모습. 또 엄청나게 큰 쇠붙이 새들이 불기둥에 싸인 도시들과 길 위에서 땅을 쪼는 모습. 그녀의 두 눈은 두려움과 눈물로 씻기고 또 씻긴 나머지 날이 갈수록 색깔이 흐려지다가 결국에는 모든 색깔이 다 없어져서 완전히 투명하게 되었다. 그녀는 그 모든 것들이 자기 눈에 보이고, 그 모든 비참한 것, 즉 폭력과 죽음을 귀로 들으며 괴로워하게 된 것은 다 벌을 받느라 그러는 거라고 혼자서 생각했다. 감히 세상에 살아 존재하겠다고 자처한 것, 감히 아이를 낳음으로써 자기의 죄로 세상을 오염시킨 것에 대한 벌이라고. 그리고 땅을 진창으로 만들 정도로 사람들의 옆구리에서 흘러나오던 그 모든 피의 원천은 틀림없이 자기의 얼굴에 깔려 있는 그 불길한 열은 막이라고 그녀는 생각했다.

그녀는 방에 틀어박혀 꼼짝도 하지 않았다. 마르고가 그녀에게 먹을 것을 갖다주었고 마틸드는 어린것들을 돌보았다. 그러나 블랑슈는 곧 식음을 거부했다. 음식에서 썩은 것과 피의 맛이 난다고 했고 모든 마실 것에서는 매캐한 땀과 눈물의 냄새가 난다고 했다. 어찌나 수척해졌는지 깨진 돌처럼 불거진 뼈 위로 당겨올라간 피부가 마치 투명한 종이 같았다. 투명함이 그녀의 존재를 먹어들어가서 그녀를 가시적인 세계에서 점차 지워버릴 지경이 되었다. 결국 그런 일이 일어났다. 그녀는 사라졌다. 그녀에게서 남은 것이라고는, 마치 유리섬유 같은 조직이 다 드러날 정도로 무두질한 듯한 커다란 가죽 한 자락뿐이었다. 관 속에 넣어야 했을 때 그녀는 아주 어린 아기의 웃음소리를 닮은 예쁜 소리를 내면서 유리처럼 부서졌다.

마르고는 그녀가 들어가 갇히게 된 너무나 엄청난 고독으로부터 그녀를 지켜주고 그녀와 함께할 수 있도록, 은밀하게 간직하던 인형을 관 속에 넣어주었다.

황금의 밤 늑대 낮짝이 그의 두번째 아내를 묘지로 데리고 가기 위하여 준비한 외바퀴 수레가 이번에는 너무 가벼워서 마치 빈손으로 걸어가는 느낌이었다. 이렇게 하여 그는 아이들이 학교 다니는 길로 접어들었다. 삼 년 전에 블랑슈가 모습을 드러냈던 바로 그 길이었다. 그의 아들들과 마르고, 그리고 장프랑수아 티주드페르가 함께 갔다. 마틸드는 태어난 지 몇 달밖에 되지 않은 로즈엘로이즈와 비올레트오노린을 돌봐야 한다는 구실로 농가에 남았다. 그녀는 정원의 높은 곳에서 잠든 두 여동생을 두 팔로 단단히 안고, 잘 익어 출렁거리는 밀밭을 가로질러 멀어져 가는 그 슬픈 행렬을 바라보았다. 밀밭에는 두 오빠가 조잡하고 가소로운 허수아비 두 개를 세워놓았는데도 날치기 새들이 날아다니고 있었다. 그녀는 아무런 고통을 느끼지 못했지만 그렇다고 해서 결코 어떤 쾌감을 맛보는 것은 아니었으니, 블랑슈에 대한 반감이 오래전부터 무관심으로 변한 터였다. 한편 자기 손에 떨어진 두 어린것에 관해서는, 알아서 잘 챙길 자신이 있었다. 그녀의 힘은 온전히 그대로였다. 심지어 가끔은 다른 모든 사람들 몫의 힘까지 다 받아 가진 듯해 그녀로서는 다소 혼란스러운 느낌이 없지 않았다.

가엾은 블랑슈의 시신이라고 남은 것은 몽르루아 공동묘지에 있는, 그녀의 외삼촌 무덤에 안치되었다. 북소리 신부는 이리하여 산 사람들의 세상에 와서 길을 잃었다가 이제는 두려움에 떨며 죽은 사람들의 세상을 찾아든 조카딸을 다시 한번 맞아들이지 않을 수 없게 되었다. 그녀는 소음과 일체의 폭력으로부터 멀리 떨어져, 담쟁이와 메꽃 덩굴로 뒤덮이고 두터운 담에 에워싸인 곳으로 물러나 안식을 찾았다.

그날 종은 들판을 가로지르며 오래도록 울렸다. 이 마을에서 저 마을로 여러 성당들이 엄숙한 메아리를 서로 되받아 보냈다. 그런데 그 메아리는 멀리서 오는 것이었으니, 종들이 처음으로 소리를 내어 끝없고 장엄한 경보로 프랑스의 모든 종탑들에서 종탑들로 물수제비를 뜨듯 전파되도록 한 시발점은 다름 아닌 파리였다.

그토록 엄숙하게 종이 울린 것은 블랑슈를 위해서가 아니었다. 검은 땅과 몽르루아의 주민들에게조차 그녀의 죽음은 살아 있을 때 그녀의 삶이 그러했듯 거의 눈에 띄지 않는 일이었으니 말이다. 그것은 어떤 다른 죽음, 훨씬 더 장엄하고 불가사의한 죽음을 위한 것이었다. 아주 의연하고 당당한—그리고 아직 몸과 얼굴과 이름을 얻어 가질 시간이 없었기에 속이 텅 빈 어떤 죽음 말이다. 그 죽음을 기리면서 사람들은 수의도 염포도 펴놓지 않았다. 사람들은 창문마다 국기를 내걸었다. 아름다운 축제용 숄 같은 청, 백, 홍의 국기를. 그러나 머지않아 그 커다란 줄무늬 숄들로도 흘러내린 모든 눈물과 피를 닦아주기에 충분하지 못했음을 시인해야 할 것이었다.

그러니까 페니엘 가족이 생피에르의 종탑에서 울려퍼지는 조종 소리를 들은 것은 묘지에서 나올 때였다. 그러나 그 깨진 종이 울려봐야 소리는 정황에 썩 어울리게 들리지 않았다. 마치 바로 그곳에 매장된 블랑슈의 두려움과 고통이 벌써부터 탄식의 목소리를 들려주기라도 하는 듯, 종소리는 연약하고 무기력한 무엇인가를 간직하고 있었다.

집집마다 사람들이 대문간으로 나왔고, 들에 있던 사람들은 일하던 땅에서 허리를 펴고 일어섰다. 저마다 하던 일이나 발걸음, 혹은 말을 멈추었고 모두가 다 깜짝 놀란 표정으로 성당 쪽을 돌아보았다. 가장 나이 많은 남자들이 가장 먼저 모자를 벗었고 가장 나이 많은 여인네들이 가장 먼저 눈물을 흘리기 시작했다. 어떤 남자들은 주먹을 쳐들고 보란듯이 고개를 빳빳이 세운 채 고함을 질렀으며 또다른 남자들은 말없이 무겁게 고개를 숙인 채 마치 땅바닥에 못박힌 듯이 우두커니 서 있었다. 이제 막 전쟁이 복수와 명예를 위한 엄청난 초대장을 날렸으니, 저마다 제 마음 가는 대로 그 초대에 응했다. 그러나 이제 막 시작된 무도회의 북소리들과 나팔소리들은 머지않아 다소간 조화를 이룬 마음들과 보조를 같이하며 모두에게 침묵을 강요할 터였다.

마흔 가까운 나이에 여섯 아이들의 아버지인 빅토르플랑드랭은 징집당하지 않았다. 그게 아니었대도, 아버지의 선견지명 덕분에 징집을 면제받게 되어 있었다. 반면에 이제 곧 열여섯 살이 될 그의 아들들은 체격이 탄탄하며 손놀림이 힘차고 민첩한 멋진 사내들이었다. 그리하여 처음으로 황금의 밤 늑대 낯짝은 스스로 생각해도 안 될 성싶은 생각이 들었다. 즉, 자신이 아들들에게 한쪽 눈에 박힌 황금빛 광채 대신 차라리 자기 손과 같은 장애를 입혀주지 못한 일을 후회한 것이다. 하다못해 비탈리가 그를 보호해주기 위하여 그의 발걸음마다 붙여준 황금빛 그림자라도 그 아이들에게 나누어줄 수 있었으면 얼마나 좋았을까 싶었다. 그러나 장애도 그림자 흔적도 유전이 아니었고, 어느 모로 보나 자기 몸에서 떼어놓을 수 없는 것들이었다. 오로지 그의 몸, 멜라니가 죽은 뒤보다, 블랑슈가 죽은 뒤보다, 문득 현기증이 날 정도로 무서운 고독을 더욱 격렬하게 더욱 고통스럽게 맛보도록 만드는 그 자신의 몸에 속한 것이었다. 사실상 그것은 다른 사람의 몸으로부터 오는 애정과 쾌락을 돌연 빼앗겨버린 몸의 고독이 아니라, 그 자체의 도약과 후손들을 위협하는 몸의 고독이었다. 또다른 타자, 자신 이상의 존재, 즉 자식들을 위협하는 몸 말이다. 역시 난생처음, 아버지에 대한 용서까지는 아니라 해도 일말의 연민 같은 것이 그의 마음속으로 끼어들었다.

그의 아버지가 바야흐로 그 오랜 세월의 망각 끝에 되돌아오고 있었다. 추방 기간이 이제 만료되어 그의 기억이 복권되었다. 그 기억은 돌연 환등기만큼이나 무수한 이미지들을 아낌없이 드러내 보였다. 창기병의 칼을 맞고 일그러진 아버지의 얼굴이 눈에 선연하게 떠올랐다. 머리에 입은 그 상처에서 맥박이 광란하듯 펄떡거렸다. 심지어 그는 가느다란 금발의 콧수염이 햇빛을 향해 삐죽 솟은 그 젊은 기병의 얼굴을, 그리고 부드럽고 무심해 보여서 더욱 구역질이 나는 그의 미소까지도 상상할 수 있었다. 어쩌면 그자는 여전히 살아 있을 것이고, 어쩌면 그자도 역시 자식들을 얻었을 것이고, 그 자식들 역시 또다른 자식들을 얻어 모두가 다 같은 검과 같은 콧수염과 같은 미소를 지닌 채—그들 조상들이 했던 그 짓을 당장이라도 다시 시작할 준비가 되어 있을 터였다. 바로 빅토르플랑드랭, 그의 자식들을 향하여.

3

아무리 봐도 그 창기병은 대단히 많은 아들들, 그리고 그보다 더 많은 손자들을 낳은 것이 분명했다. 얼마 후 그들이 무리를 지어 밀려들어 이내 국경을 넘더니 이번에는 온 나라를 거대한 스당*에 가두어 꼼짝달싹 못하게 하겠다고 위협했던 것이다. 그들은 그들 조상의 불꽃 같은 의상을 벗고 뻣뻣한 회색 옷감으로 재단한 제복으로 바꿔 입었다. 그리고 고개를 높이 쳐들고 당당하게 전진하면서, 불타버린 도시들을 버리고 겁에 질려 허겁지겁 도망치는 인간과 가축의 무리들을 앞으로 앞으로 밀어냈다.

한여름에 인간과 짐승이 구별도 고려도 없이 한데 뒤섞인 채 가축떼가 되어 이동하는 모습은 참으로 놀라웠다. 이 모든 도망자의 대열은 끊임없이 불어났고, 패주하는 동안 그들이 퍼뜨리는 이야기들을 듣는 이들은 소름 끼쳐하면서도 열중하여 귀를 기울였다. 그도 그럴 것이, 그 이야기를 듣자하니 이 회색빛 기병들이 침입하는 즉시 다시 한번 죽음과 하나되지 않는 도시란 없었다. 리에주, 나뮈르, 루뱅, 브뤼셀, 앙덴, 돌연 이 모든 이름

---

* 프랑스 동북부 아르덴 지방의 도시. 1870년 9월 보불전쟁에서 프랑스군이 프로이센군에 크게 패한 이곳은 1914년 8월, 제1차세계대전 때도 격전지가 되었다.

들은 더이상 석조건물과 거리와 광장과 분수, 그리고 시장이 아니라 그저 잿더미와 피를 떠올리게 만들었다.

그리하여 검은 땅 마을은 다시 한번 망각의 구석에서 끌려나와 불타오르는 역사의 발코니로 승격하게 되었다. 높은 농장에서 사람들은 한밤중에 화염 덩어리들의 거대한 빛이, 너무 일찍 너무 빨리 솟아오른 새벽의 섬광들처럼 지평선을 불그레하게 물들이는 것을 볼 수 있었다.

그러다 돌연 시간이 미쳐 날뛰어 낮과 밤이 뒤죽박죽되면서 매 순간 변덕스럽달까, 아주 제멋대로인 시간을 알리며 종이 울려댔다. 그것은 실상 변함없이 똑같은 시간, 이제 갓 성년에 이른 수백 명 병사들을 끊임없이 삶의 울타리 밖으로 몰아내는 똑같이 고된 최후의 시간이었다.

그러니 물론 모든 것들을 그와 같은 리듬으로 빨리빨리 해치우지 않으면 안 되었다. 우선 사랑부터 그랬다. 마튀랭은 이제 머지않아 이른바 영예로운 전장에서 실천해야 할 승리의 기술을 훨씬 더 소박한 밀밭이나 개자리밭에서 아가씨들을 쓰러뜨리며 터득했다. 그러나 그중 한 아가씨, 짙푸른색 눈에 아름다운 갈색 머리를 가진 아가씨가 자기 한 사람에게만 열중하도록 그를 붙잡아 매어놓음으로써 달아나려는 그의 욕망에 굴레를 씌울 수 있었다. 그녀의 이름은 오르탕스 루비에로, 몽르루아에 사는 열여섯 살의 아가씨였는데 그녀의 단단하고 풍만한 가슴이 그것을 움켜쥐는 두 손에 지울 수 없는 흔적을 남겼다.

그녀를 두고 떠나는 마튀랭은 오랜 시간이 지난 뒤에도 여전히 자기 두 손바닥 안에 그녀의 가슴이 남긴 감미로운 열기와 무게가, 그리고 미칠 듯이 키스가 그리운 입안에는 그녀의 입술의 맛이 느껴지는 듯했다. 심지어 어느 저녁에는 밤새도록 오직 그 맛만을 간직하기 위하여 식사를 하지 않고 두 손에 얼굴을 묻은 채 결핍과 동시에 충만함으로 괴로운 몸이 되어 잠들곤 했다.

한편 오귀스탱은 자기보다 다섯 살 위인, 그 못지않게 부드럽고 꿈에 젖은 어느 아가씨에게 대번에 열을 올렸다. 그녀는 검은 땅 마을의 일명 '과부들' 집 여자였다. 마을 동구에 자리잡은 그 집에 살고 있는 여자 다섯을 보자면 때로는 전쟁이, 때로는 질병이나 사고가 그들에게서 남편을 앗아간 터였다. 쥘리에트는 그 중 여섯째로 한 번도 결혼한 적이 없었다. 그녀가 미혼인 채 남아 있었던 것은 절대로 그녀에게 매력이 없어서가 아니라, 매번 죽음이 그 집안의 남정네들을 너무나 별안간에 잡아가는 바람에 사람들이 항상 검은 옷만 입는 이 여자들에게 어떤 알 수 없는 저주가 내렸다고 여기게 되었기 때문이다. 할아버지는 아주 젊은 나이에 프로슈빌레 전투에서 쓰러졌고, 다음으로 아버지는 그보다 더 젊은 나이에 그저 폭풍에 날아와 떨어진 전나무 가지

하나를 걷어내려고 어느 날 지붕 위에 올라갔다가 떨어졌다. 삼촌은 보다 더 나이 먹어서, 그러나 훨씬 덜 높은 곳에서—그러니까 그의 키 높이에서, 뇌졸중으로 쓰러졌다. 한편 오빠는 쓰러진 것이 아니었다. 아니 어쩌면 그는 쓰러지는 일이 없도록 어느 날 딱히 눈에 띄는 이유도 없이 헛간 저 안쪽에서 목을 매었다. 쥘리에트의 큰언니는 그래도 결혼을 감행했지만 이내 과부들의 무리에 합류했다. 그녀의 남편이 사냥중에 사고로 죽은 것이었다. 쥘리에트는 이렇게 결혼을 생각도 하기 전에 벌써 흥미를 잃어버렸다. 그녀의 오빠가 쓰러지는 일이 없도록 목을 매었듯이 그녀는 훗날 상복을 입는 처지에 몰려 그보다 더 고통스러운 또다른 고독에 시달리는 일이 없도록 애초에 자신의 고독 속에 틀어박혀버렸다. 그러나 오귀스탱이 찾아와서 그 방어벽을 허물자 욕망이 저주의 두려움을 몰아냈다.

조프르*는 선언했다. "이제 승리는 보병의 다리에 달렸다!" 그러나 승리는 너무나도 살인적인 교태를 부리며 선뜻 다가오지 않은 채 머뭇거리기만 했기에 보병부대는 아예 다리를 잃고 말

---

* 조제프 자크 세제르 조프르(Joseph Jacques Césaire Joffre). 제1차세계대전 당시 프랑스의 장군.

왔다. 그러자 젊은 신병들을 소집하자는 제안이 나왔다. 이리하여 열일곱 언저리의 젊은이들이 나이가 차기도 전에 불려나와 전선에서 선배들과 합류했다. 하지만 이때 이른 소집 대상인 오귀스탱과 마튀랭은 이미 그 소집에 응할 수 없는 처지였다. 전투에 참가하기도 전에 전쟁포로가 되었다. 분명 창기병의 손자들은 탁월한 다리들을 가진 모양이었다. 오락가락하면서도 지속적인 총격전에 따라 결정되는 경계선들을 앞으로 밀어내고 뒤틀어대면서 벌써 땅의 아주 깊숙한 곳까지 파들어갔으니 말이다. 총격전은 기꺼이 도시들과 마을들, 숲과 들과 길을 불태웠다. 그 주변의 땅은 보잘것없는 농사나마 다시 일으켜보기에는 너무나 깊이, 그리고 너무나 오랫동안 불에 타버린 광대한 개간지에 불과했다. 전쟁이 일군 땅에는 파종 대신 기껏 시체들의 잔해를 던져놓은, 깊게 벌어진 상처들처럼 넓고 끈적거리는 고랑들이 패어 있었다.

검은 땅은 이제 시간과 세상 밖으로 휘어져나간, 이 고장에서 분리된 하나의 지역에 불과했다. 마튀랭과 오귀스탱이 전투에 끼어들 수도 없는 군사지역이었다. 실제로 이 지역을 점령한 적군은 신중을 기하여, 화력으로 포위된 이 지역에서 전쟁 수행 가능 연령에 이른 남정들을 그들 자신의 땅 저 안쪽 먼 곳에 강제로 수용했다. 바로 이렇게 하여 마튀랭과 오귀스탱은 전선 쪽으로 부름받을 바로 그즈음 그와 반대쪽으로 불려가는 신세가 되었다. 그러자 한창 패주하는 와중에서 누리던 사랑의 방자한 행복이, 잿더미 한가운데서 태평스럽게 용솟음치던 그들의 힘과 욕망이 돌연 뒷발로 버티며 일어나는 말처럼 반항했다. 문득 전쟁이 그들 앞에서 그들의 젊은 충동을, 사랑의 열광을, 땅의 영원성을 가로막는 장애물로 우뚝 일어선 것이었다. 이미 세상 그 어느 곳에도 속하지 않은 존재들이었던 그들이 이제 그보다도 더 끔찍한 다른 곳으로 추방될 위협 속에 놓이게 되었다. 분노가 그들을 사로잡고 놓아주지 않았다. 이리하여 그들은 전선의 저편에서 보내는 부름의 소리에 응답하기로 결심했다. "아니, 너희들은 절대로 넘어갈 수가 없어. 이 지역은 점령당했고, 우리 주변 도처에 치열한 전투가 벌어지고 있어서 들이건 숲이건 구석구석에 병사들이야." 빅토르플랑드랭은 그들에게 쉬지 않고 되풀이해 말했다. 그러나 아버지의 경고도 오르탕스와 쥘리에트의 애원도 그들의 마음을 돌릴 수가 없었다.

"편지할 거지?" 떠나는 마튀랭을 보고만 있을 수 없었던 오르탕스가 그에게 물었다. 그러나 그가 글을 쓸 줄 모르듯이 그녀는 글을 읽을 줄 몰랐다. 게다가, 그 어떤 편지도 전선을 넘을 수 없었다. "상관없어, 그래도 내게 편지해줘. 오귀스탱이 대신 써

줄 거야. 너는 그에게 불러주면 돼. 그러면 쥘리에트가 대신 내게 읽어줄 거야. 그리고 또 필요하다면 난 새들과 물고기들과 모든 짐승들, 비와 바람을 훈련시켜서 우리의 편지들을 전하게 할거야." 오르탕스가 힘주어 말했다. 그녀는 자기의 긴 머리카락을 한 자락 잘라 그에게 주었다. 쥘리에트는 오귀스탱에게 아무것도 주고 싶지 않았다. 자기가 그에게 무슨 부적이라도 주었다간 과부들의 집에 깊이 뿌리내린 저주가 깨어나서 그 부적을 치명적인 것으로 만들어버릴까 두려웠다.

그들은 어느 가을날 해질 무렵에 숲을 가로질러 떠났다. 숲의 가장자리는 가끔 떨렸고 군데군데 붉은빛으로 물들어 있었다. 그들은 여러 강줄기들을 따라 발길 닿는 대로 흘러가, 잿더미가 된 자기 마을을 버리고 나와 얼이 빠진 사람들 무리와 황폐해진 초원에서마저 쫓겨난 가축떼에 섞였다. 몸에 걸친 것이라곤 어둠과 침묵이 고작인 그들은 심지어 길가에 아무렇게나 널려 있는 시체들 가운데 누워 자는 일도 빈번했다. 그들은 아버지의 고장을 지나가면서도 그 사실을 알지 못했다. 하기야 거기에는 새삼스레 눈에 띌 만한 것이 전혀 없었다. 그들이 길을 떠난 이래 어딜 가나 같은 풍경이었다. 전쟁이 모든 것을 고르게 만들어 아무런 차이가 없어져버렸다. 그럼에도, 고향으로부터 이렇게 멀어질수록 그들의 마음은 그곳으로 되돌아가고 있었다.

도망치는 내내 그들은 서로 말을 하지 않았고 절대로 서로 떨어지지 않았다. 그들 각자에게 오직 한 가지 중요한 것은 자기 옆에서 서로가 숨쉬는 소리를 듣고 느끼는 일이었다.

어느 날 그들은 땅끝에 이르러 바다를 발견했다. 그들은 지금까지 한 번도 바다를 본 적이 없었다. 늘 들과 숲만 보고 살아왔다. 그들은 공허한 애원인 양 끊임없이 목쉰 신음을 토해내는 그 어마어마하게 큰 잿빛 납덩어리를 오랫동안 바라보고 있었다. 마튀랭은 그의 황소들이 우는 소리를 연상시키는 바다가 좋았다. 오귀스탱은 바다가 좋아 보이지 않았다. 거기서는 죽음의 맛이 느껴졌다.

그놈이 숨을 헐떡이면서 돌진해왔을 때 그들은 그를 알아보지 못했다. 놈은 마튀랭의 발밑에 와서 쓰러지더니 기진맥진하여 퍼질러졌다. 발은 피투성이에 검은색 털은 불그레하니 진흙으로 더럽혀졌고 여러 군데 상처가 나 있었다. 두 눈은 물속 깊은 곳의 조약돌처럼 움직임이 없는 흐린 광채로 빛났다. 놈은 총알이 뚫고 지나간 것이 분명한 조그만 가죽가방을 목에 걸고 있었다. 어찌나 심하게 헐떡거리는지 바다의 파도 소리가 문득 약화되며 물러나는 것 같았다. "폴코!" 드디어 마튀랭이 개를 두 팔로 안아올리면서 소리쳤다. 그의 소들을 지키던 개를, 먼 길을 걸어온 뒤 여기 이 땅끝에서 다시 만난 것이었다. 그는 개를 꼭 껴안으면서 개의 머리를 목에 대고 감쌌다. "폴코……" 그는 녹초가 된 짐승을 흔들어 위로하면서 끊임없이 부르고 또 불렀다. 오귀스탱도 다가서서 미소 지으며 폴코를 쓰다듬었다. "목에다 뭔가 걸고 있는데." 그가 지적했다. 이제 개는 나직한 신음소리를 냈다. 오귀스탱이 가방을 벗겨서 열었다. 둘둘 말린 종이 뭉치가 나왔다. 종이들은 젖어서 서로 달라붙어 있었다. "쥘리에트다!" 종이를 가득 채우고 있는, 아주 곧게 세워서 정성스레 쓴 글씨들을 손가락으로 가리키면서 그가 말했다. "쥘리에트라고? 그럼 오르탕스도 편지를 쓴 거네! 읽어봐, 어서 읽어봐!" 마튀랭이 소리쳤다. 그러나 종이가 어찌나 푹 젖은 채 둘둘 말려 있었는지 편지들을 읽을 수가 없었다. "종이를 말려야 해. 그런 다음에나 읽을 수 있겠어." 오귀스탱이 편지 두루마리를 제 옷 속에 찔러넣으면서 말했다.

개는 마튀랭의 무릎 위에서 잠이 들었고 바다의 긴 파도 소리가 다시 인적 없는 해변을 가득 채웠다. 이번에는 두 형제도 자신들 앞에서 무겁게 빠져나가는 보랏빛 섞인 회색 바닷물을 바라보다가 서로 어깨를 기대고 앉은 채 선잠이 들었다. 저멀리 지평선에는 비가 내리며 짙은 색의 거대한 거즈 커튼처럼 하늘에 구김을 만들었다. 그들은 너무나도 힘든 지역을 통과해왔다. 총탄이 퍼붓는 가운데 땅바닥을 기었고, 추수되지 않은 들의 진흙탕 속에서 뒹굴었다. 들의 시커먼 이삭들이 무기들의 파편과 죽은 사람들의 손가락을 둘러싸고 있었다. 어찌나 자주 길을 잃고 헤매었는지 그들은 다시는 길을 찾을 수 없으리라 생각했고, 나무뿌리와 풀뿌리로 연명했으며, 웅덩이의 물을 마셨다. 잠은 구덩이 속 얼어붙은 자갈 위에서 웅크리고 잤다. 그리고 이제, 그들은 여기 서로 헤어지지 않고 살아서, 마치 다시 한번 그들에게 보다 나은 공간과 희망을 열어주려는 듯 뒤로 물러나는 바다를 마주하고 앉아 있었다.

게다가 마뒤랭이 느끼기에는 바다가 잠잠해진 듯했고, 울부짖는 소리가 무한히 정답게만 들렸다. 그는 오르탕스를, 그녀의 보드랍고 따뜻한 몸을 꿈에 그렸고 자신의 손에 그녀 가슴의 감미로운 무게를 느꼈다. 그리고 바다의 바람이 그에게 그녀 성기의 촉촉한 신선함을 실어다주는 것만 같았다.

그들은 바닷물이 일곱 번 높아지고 일곱 번 낮아진 뒤에야 비로소 배에 오를 수 있었다. 부대에 합류하기 위하여 그들이 거쳐야 했던 우회의 길은 한없이 늘어나고 어긋나기만 했다. 그들은 끊임없이 전쟁터로 나아가고 있지만 도달하지 못하는, 무기도 군복도 없는 견습 병사들이었다.

그들은 폴코도 함께 데리고 배에 올랐다. 종잇장들이 마침내 말라서 펼쳐볼 수 있게 되었을 때, 오귀스탱은 습기 때문에 잉크가 너무도 희미해져 읽을 수 있는 글자가 거의 남아 있지 않다는 사실을 알게 되었다. 단어들이 서로 뒤엉킨 채 녹아버렸다. 총탄이 가방을 뚫고 지나가면서 생긴 구멍이 페이지에서 페이지로 이어지며 공백을 만들었다. 쥘리에트의 따스한 목소리는 편지의 행간마다 금방이라도 멈추어버리는 것 같았고, 마치 그녀가 생각의 실마리를 잃어버리고 멈칫거리는 듯 조그만 단편들만이 전해졌다. 그러나 오귀스탱은 그 어렴풋한 속삭임 속에서 쥘리에트가 말하고자 하는 바를 알아들을 수 있었다. 그녀는 자신의 사랑과 믿음과 인내를 이야기했으며, 그에게 검은 땅의 소식을 전하고 있었다.

그리고 몇 페이지 뒤에는 돌연 편지의 어조가 바뀌는가 싶더니 이제 쥘리에트는 오르탕스가 마튀랭을 향한 격정적인 사랑과 이별의 괴로움을 절규하며 불러주는 대로 받아 적고 있었다. 마치 오르탕스가 불러주는 단어들의 힘과 대담함이 그녀를 정신없이 떠밀기라도 한 양 쥘리에트의 필체가 약간 달라졌고, 이번에는 오귀스탱 자신도 편지를 읽으면서 깊은 마음의 동요를 느꼈다. 사실 그것들은 쥘리에트가 쓴 단어들보다 글씨를 지우는 습기를 더 잘 이겨낸 것 같았다. 그러다가 갑자기 편지가 중단되더니, 그다음의 종이들에는 글씨 대신 그림들이 아무렇게나 잔뜩 그려져 있었다. 더이상 할말이 생각나지 않는데다가 마튀랭에게 말을 전하자고 두 번씩이나 남의 손을 빌려야 한다고 생각하니 도무지 견딜 수가 없어서 오르탕스는 마침내 그림으로 그려야겠다는 생각을 해낸 것이었다. 그 꾸밈없는 그림들의 격렬한 힘이 그녀의 사랑과 욕망을 보다 더 적절하게 표현해주고 있었다. 마지막 그림은 윗마을 농장을 떠나서 주인을 찾아가는 폴코의 모습을 그린 것이었다. 인적이라곤 없이 온통 빙판으로 뒤덮인 학생들의 길을 정신없이 달려내려가는 검은 개였다.

두 형제는 쥘리에트와 오르탕스의 본보기를 따랐다. 오귀스탱은 긴 편지를 썼다. 거기서 그는 총탄과 폐허를 뚫고 온 그들 그림자 인간들의 여행과 바다 건너 영국까지 갔다가 다시 대륙으로 돌아온 이야기를 들려주었다. 편지의 말미에는 이렇게 적었다. "그리고 다시 자유로워진 우리의 땅으로 돌아가게 되면 나는 너와 결혼할 것이고, 그러면 영영 그 과부들의 집을 나와서 우리 아버지의 집에서 나와 함께 살자." 이어서 그는 마튀랭의 이름으로 편지를 썼다. 마튀랭이 너무 격렬하고 육체적인 사랑에 대하여 말했기 때문에 오귀스탱은 혼란스러웠다. 그의 동생이 말과 이미지들로 발가벗겨놓는 오르탕스의 몸이 그에게까지 어이없

을 정도로 노골적으로 드러나 보이는 통에 진종일 쥘리에트 생
각만 하던 그마저도 이번에는 오르탕스의 몸을 꿈인 양 그려보
게 되는 것이었다. 그러나 마튀랭은 이내 말을 포기하고 그 역시
아주 강렬한 색깔들을 동원하여 대조가 확연한 반점들을 찍어가
면서 그림을 그리기 시작했다.

농익은 과일들처럼 극단적으로 터져나오는 색깔들. 여름철 검
은 땅의 초원과 들판에서조차 볼 수 없는, 아니 사실상 자연 그
어디에도 존재하지 않는 색깔들. 오직 그의 욕망에서 분출하는
색깔들이었다. 그가 이렇게 그린 오르탕스의 몸은 이리하여 날것
그대로의 색깔에 취한 듯 끊임없는 변신을 거듭하는 광란의 이
미지들이 되어 꿈틀대기 시작했다. 그 몸은 때로 팔과 다리가 여
러 개로 늘어나는가 하면 때로는 머리털이 불붙은 듯 타오르거
나 벌떼들이 잔뜩 달라붙은 것 같았으며, 때로는 온몸에 구멍이
뚫려 거대한 입들이 생겨나기도 했다. 또 어떤 때는 야생의 정원
처럼 그 몸에 꽃들이 만발했다. 그녀의 젖꼭지에는 개양귀비꽃
들이 붉은 잎을 벌렸고 겨드랑이에는 오렌지색 엉겅퀴들이 불타
는 듯 피었으며 팔다리로는 초롱꽃과 나무딸기들이 칭칭 감아오
르는가 하면, 입술에서는 까치밥나무 열매가 송이송이 쏟아져내
렸고 눈꺼풀 밑에서는 보랏빛 도는 푸른색 날개를 단 잠자리들
이 날아 나왔으며 손가락들에는 강렬한 노란색 미나리아재비와

풋과일 같은 초록색 도마뱀들이 서로 뒤엉켰다. 그녀의 엉덩이에다가 그는 딸기를 짓이겨 문질렀고, 성기에는 덤불을 뒤덮어 담쟁이넝쿨을 씌운 다음 여기저기에 수레국화를 별처럼 수놓았는데, 그 덤불숲 한가운데는 언제나 금방이라도 꽃잎을 활짝 벌릴 듯한 장미꽃 봉오리처럼 동그랗고 통통한 구형 돔이 하나 뚫려 있었다. 그는 수많은 백지들을 그런 그림들로 뒤덮었다.

폴코는 목에 걸린 가방을 덜렁거리면서 모험의 질주를 다시 시작했다. 오귀스탱과 마튀랭은 신나게 길로 달려나가는 검둥개를 바라보았다. 두 사람은 그 길이 텅 빈 뒤에도 오랫동안 거기에 눈길을 박고 있었다. 눈 덮인 나무들 사이로 하늘에 닿을 듯이 끝없이 뻗어가며 고향을 향해 열린 그 갈색 선에서 그들은 시선을 뗄 수가 없었다. 거기서 간신히 떨어져나오자 시선은 이제 개를 따라 달려갔으니, 눈길이 닿는 곳 저 너머로 내달아 아예 개의 몸뚱이로 변신했다. '그런데 녀석이 거기에 도달하지 못한다면? 가다가 죽는다면?……' 오귀스탱은 자꾸 속이 탔지만 걱정스러운 속마음을 감히 겉으로 드러낼 수가 없었다. 그만큼 그의 옆에서 잔뜩 긴장한 채로 버티고 있는 마튀랭의 존재가 모든 의혹을 물리치고 있었으며, 또한 불가능에 도전할 능력을 가진 것처럼 보였다.

4

그들은 우선 훈련소로 이송되어 그곳에서 속성으로 실전 교육을 받았다. 그러나 단기 속성으로 최대한 박차를 가했다지만 그 교육은 그들에게 전쟁의 진짜 현실에 대해서는 아무것도 알려주지 못했다. 그런 다음 그들은 '수레국화 부대'라는 화사한 이름 아래 아직 어린애 티가 가시지 않은 동료들과 함께 전선으로 가서 선배들과 합류했다. 마튀랭과 오귀스탱은 각자 가방 저 밑바닥의 속옷과 양철 식기들 사이로, 한 사람은 그림을 그리고 다른 한 사람은 글을 써온 노트를 밀어넣었다.

떠나기 전날 오귀스탱은 이렇게 적었다. "죽이는 것과 죽는 것 중 어느 것이 더 겁나는지 나는 알 수가 없다. 훈련소에서는 항상 죽이는 시늉을 했지만 거기로 가면 우리 앞에 사람들이 있을 것이다. 마튀랭과 나 같은 진짜 사람들이. 그리고 그들을 향해 쏴야 할 것이다. 사람들을 죽이고 나면 우린 뭐가 되는 걸까?" 그 의문이 오귀스탱을 잡고 놓아주지 않았다. 심지어 지난날 그들의 말 에스코의 두개골이 그 자신의 범죄와 황금의 밤 늑대 낮짝의 범죄를 동시에 증거로 보여주었듯, 그가 장차 죽이게 될 사람들의 머리통이 위쪽 농장 대문의 문설주에 장식으로 걸린 모습을 가끔씩 꿈속에서 보는 일도 있었다.

마퇴랭은 그들이 투입된 전선의 이름에 놀랐다. 마치 어느 일요일에 산책이나 한번 해보라고 권하는 듯 '부인들의 길'이라는 아주 예쁜 이름이었다. 그가 여러 차례 오르탕스와 사랑을 나누었던 아침의 작은 숲이 생각났다. 그때 그들의 몸내는 이끼 위에서 달콤하게 썩어가는 나뭇잎들과 가지들의 거칠고 감미로운 냄새로 더욱 두드러지게 느껴졌었다. 그는 꽃이 만발한 비탈 사이로 난 움푹한 길을 그렸다. 풀어헤친 머리가 바람에 날리는 여인들이 그 꽃들을 꺾고 엮어서 불꽃 모양의 꽃다발을 만들었다. 길의 끝에서는 커다란 장미 한 송이가 주변에서 밀어닥치는 바람과 불과 죽음에 굴하지 않고 꽃잎을 열었다. 부인네들의 길―살로 된 장미꽃의 더 사나운 아름다움이 도전장을 던지며 고양하는 가시덤불과 죽음의 길.

그러나 전선으로 몸을 싣고 가는 기차 안에서 그들은 자신들의 꿈과 마음속에 떠오르던 영상들을 잊어버렸다. 그만큼 그들이 목도하는 현실은 상상을 초월하여 그 상상을 뒤죽박죽으로 만들었다. 대지는 소름 끼치도록 상처 입은 광경을 그들의 눈앞으로 끊임없이 던져주었고, 일그러지고 파괴될수록 그 풍경은 마치 대지가 살로 만들어진 양 고통스러운 인간성을 드러냈다.
과연 사실이 그러했으니, 대지와 살이 구별 없이 한데 섞여서 오직 한 가지 질료, 즉 진창으로 변해 있었다. 먼 곳에 그어진 선이 그들의 눈을 끌었다. 더러운 회색빛 하늘은 불이 붙은 거대한 걸레처럼 끊임없이 뿜어오르는 불꽃들에 하늘 아래쪽이 찢겨 있었다. 하늘과 땅 사이로 열린 그 단층의 선은 집중 포격의 끊이지 않는 굉음, 그리고 포탄과 총탄의 폭발음 때문에 더욱 뚜렷해졌다. 짧은 훈련소 생활을 갓 끝내고 새로 도착한 사람들은 즉각 전투의 현장에 투입되었다. 끈질기게 내린 눈도 희게 덮지 못한 그 진흙탕 참호 속으로 수백 명씩 마구잡이로 그들을 몰아넣은 것이다.

그러나 그곳에 떨어지는 것은 눈만이 아니었다. 매 순간 포탄과 로켓탄이, 때로는 비행기, 사람, 거대한 흙덩어리, 나뭇조각, 돌멩이, 철조망 조각 등 온갖 것들이 다 떨어졌다. 심지어 나중에는 하늘, 구름, 해, 달, 별의 조각들도 떨어지지 않을까 싶을 정도였다. 그만큼 이 땅의 그 한구석은 어떤 예외적인 인력을 지닌 것 같았다. 그야말로 절묘한 낙하지점이었다. 그들이 스무 살 생일을 맞은 것은 바로 거기, 포탄의 불빛이 밝혀주는 어느 깊숙한 참호 속에서였다.

마튀랭과 오귀스탱은 어느 때보다도 더 딱 달라붙어서 행여 서로 떨어질세라 나란히 몸을 맞대고 싸웠다. 이내 다른 병사들은 항상 붙어다니는 이 한 쌍의 사내들에게 '샴쌍둥이'라는 별명을 붙여서 놀려댔다. 그러나 그 무엇도, 그 누구도 이렇게 늘 붙어 지내는 그들을 막을 수는 없었다. 사랑 때문에 그들이 가던 길에서 갈라져 어떻게 보나 서로 다르기만 한 두 여자들에게로 향할 수 있다는 건 분명했지만, 그로 인해 그들이 헤어지는 일은 없었다. 심지어 그들은 서로 다른 사랑 때문에 생긴 거리 속에서 자신들이 더 깊이 서로 이어져 있음을 발견했다. 그들이 각기 홀로 죽는다는 것은 있을 수 없는 일이었다. 적어도 지금 당장은, 나이 스무 살에는 안 될 일이었다. 남은 세월 동안 줄곧 상대의 부재를 감당한다는 건 너무나도 무겁고 고통스러운 짐이 되리란 것을 그들도 분명하게 느꼈기 때문이다.

　상대방의 존재에 영원히 매달리게 만드는 그 병적인 집착 때문에 그들이 다른 전우들과 친해지지 못한 것은 아니었다. 전우들 중에서 일곱 명이 그들과 유난히 가까워졌다. 갓 징집당해 온 파리 출신의 로제 보리외와 피에르 푸셰, 전쟁 발발 즉시 달려온, 이미 베르됭 전투 경험자인 프레데리크 아드리앙, 형제와 같은 농사꾼으로 모르방 지방 출신인 디외도네 샤피텔, 참호 깊숙한 곳까지 노르망디 하늘의 회색빛 찬란함을 두 눈으로 반사해 보이는 풍경화가 프랑수아 우세, 오를레앙에서 온 미셸 뒤셴, 그리고 처음으로 고향 코르시카섬을 떠나온 터라 완전히 얼이 빠져 있는 앙주 뢰지에리가 그들이었다. 그들의 우정에는 위험과 긴박한 상황이 초래하는 특유의 열정이 깃들어 있었다. 진흙탕과 피로 범벅이 된 연락 참호 밑바닥에서 물과 식량과 수면의 부족으로 고통받고 매 순간 죽음의 위협에 시달리며 지낸 며칠만으로도, 평온하게 살아가며 오랜 세월에 걸쳐 돈독하게 쌓은 우정보다 더 견고하고 깊은 유대를 맺기에 충분했다. 매일 뜻밖의 새로운 꽃을 피우고 항상 싱싱한 잎을 더 높이 들어올리는 온실의 식물처럼 잔해들 속에서 돋아나는, 서둘러 단련된 우정이었다.

오귀스탱은 이내 각자 자기네 고장에 대하여 이야기해주는 그 친구들의 출신 지역 구석구석을 꿈으로 꾸기 시작했으니, 각각의 이름들은 그가 공책에 묘사하는 가공의 지리학에 스며들었다. 센강, 루아르강, 라인강은 다리들과 나무들과 섬들이 박자를 맞추듯 점점이 찍힌 광대한 물줄기들을 펼쳐놓았고, 그 물줄기들은 도시들을 가로지르며 돌로 새긴 천사들과 여인들의 다리를 매혹적인 그림자로 반사했다. 모르방 고지대의 땅과 노르망디의 넓은 해변은 그에게 무한정 표류하는 물과 바람을 연상시켰으며, 코르시카섬은 그림자 하나 없는 하늘과 바다의 푸른빛 사이로 솟아오르는 빛나는 분홍색과 점잖은 주황색 바위들을 보여주었다. 친구들의 향수어린 이야기들을 통해서 상상해본 미지의 이름들과 풍경들과 색깔들. 국토의 끝자락 저 고지대 위에 올라앉은 그들의 조그만 땅 한구석을 지키려고 싸우러 온 두 형제였지만, 이제부터는 동지들의 고향인 지역들을 방어하는 데까지 그들의 투쟁 범위를 확장했다. 전쟁이 끝난 뒤 전진하는 세계는 그들에게 새로운 길들을 열어줄 것이라고 오귀스탱은 가끔 마음속으로 생각했다. 그러면 옛날에 브뤼노의 책에서 그토록 자주 읽었던 모험 이야기 속 소년들, 프랑스 전국을 돌아다닌 그 두 소년들처럼 그도 형제와 같이 길을 떠나 그 모든 지방들을 두루 구경할 생각이었다.

그러나 이야기들과 전설들은 욕망과 계획과 마찬가지로 머지않아 끝나버렸다. 그들의 동료들이 저마다 자신들의 이야기를 거기서 멈추었기 때문이다. 그 시작은 피에르 푸셰였다. 여러 날 전부터 대지를 끈적거리게 만들던 우윳빛 안개 속에서 땅바닥에 엎드린 한 무리의 저격병들이 언뜻 눈에 들어오자 그는 자기 바로 뒤의 참호 속으로 몸을 던져 피하려 했다. 그러나 그만 그 근처에 비죽비죽 솟은 철조망에 걸려버렸고, 그 서툰 동작을 벌하듯 일제사격이 발끝에서 머리끝까지 그의 몸에 여과기처럼 숭숭 구멍을 뚫어놓았다. 그런데 기막히게도 그의 등에다 일제사격을 퍼부은 것은 땅바닥에 엎드려 있던 저격병들이 아니었다. 그들은 이미 다 죽어 있었다. 그래서 줄을 맞추어 땅에 배를 깔고 쓰러져 있었던 것이다. 만약 안개가 조금만 덜 짙었더라도 그는 그들이 프랑스군 제복을 입고 있음을 알아볼 수 있었으리라. 일제 사격은 그들의 뒤쪽에서 뿜어나왔다.

한편 프랑수아 우세는 조금씩 단계적으로 죽어갔다. 심각한 부상을 입은 부위가 이내 썩어들어가기 시작하자 처음에는 발을 절단했고 다음에는 다리를, 그다음에는 샅굴부위까지 허벅지를 절단했다. 그다음에는 더이상 계속하여 절단할 수가 없었고, 그는 숨을 놓기도 전에 이미 완전히 부패한 상태가 되었다.

또다른 어느 날 마튀랭, 오귀스탱, 그리고 디외도네가 일단의 독일 보병들이 공격해올 경우에 대비하여 참호의 지표면 가까이에서 어깨와 어깨를 맞대고 경계 태세를 취하고 있는데, 끝없이 이어지던 총격 끝에 돌연 정적이 내렸다. "참 고요하군! 마치 세상의 첫날 같네." 마튀랭이 소곤거렸다. "세상의 첫날이거나 아니면 마지막날?" 연기가 피어오르는 포탄 구덩이들이 시선에 닿을 듯 펼쳐진 광대한 풍경을 유심히 살펴보면서 디외도네가 말했다. 그러나 그것은 세상 첫날도 마지막날도 아닌 그저 한동안의 짧은 휴지, 사격을 위한 재장전과 재조준의 시간일 뿐이었다. 디외도네가 채 질문을 끝내기도 전에 휘파람소리를 내며 날아온 총탄이 그 질문을 두 동강 내버렸다. 그러고는 질문에 대한 대답을 보다 강조하려는 듯 다시 침묵이 내렸다. "그것 봐, 시작이 아니라 끝이었네." 오귀스탱이 디외도네에게 말했다. 그러나 디외도네는 더이상 아무 말도 보태지 않았고, 다만 머리에 쓰고 있던 철모를 오귀스탱의 어깨 위로 떨어뜨렸다. 무럭무럭 김을 뿜어내는 허여스름하고 물컹한 액체가 가득한 철모, 그 내용물이 오귀스탱의 두 손에 쏟아졌다. 두개골이 완전히 열려 속이 텅 빈 채 디외도네는 여전히 지평선을 유심히 살피고 있었다.

그날부터 오귀스탱의 이야기는 진흙탕과 피, 배고픔, 목마름과 쥐들에 대한 것뿐이었다. "……우리는 일제사격에 포위당해 어떤 포탄 구멍 속에 납작 엎드린 채 사흘을 지냈다. 마침내 진흙탕 웅덩이에 고인 썩은 물을 마시기에 이르렀고 심지어 우리가 입은 옷을 핥기까지 했다. 날은 매섭게 추워서 군용 외투가 얼음에 덮여 버석거린다. 우리 중에는 흑인이 있다. 그들은 우리보다 한결 더 불행하다. 이보다 더한 불행이 가능하다면 말이지만. 그들은 금방 병이 나서 기침을 한다. 끊임없이 기침을 해대고 운다. 만약 여기서 우리가 얼마나 고통받고 있는지, 이곳이 얼마나 지옥인지 모두가 안다면 정말이지 그 사람들도 병이 날 것이고 울음을 그치지 못할 것이다. 절대로. 블랑슈는 그 모든 걸 다 보았고 모든 걸 다 알아차린 거다. 그게 시작되기도 전에 말이다. 그녀가 죽은 건 바로 그것 때문이다. 너무 여리고 너무 착했지, 블랑슈는. 그래서 슬픔 때문에 죽은 거다. 정말이지 너무 큰 고통이다. 지난번에, 그 흑인들 중 하나가 미쳐버렸다. 그의 친구들 중 다섯이 포탄에 맞아 공중으로 튕겨올랐다가 산산조각이 되어 그의 옆에 떨어져 뭉개졌다. 그러자 그는 시신 쓰레기들 한가운데 앉아서 노래를 부르기 시작했다. 마치 자기 집에서 노래 부르듯 그렇게 불렀다. 그러고는 옷을 벗었다. 자기의 총을, 철모를 집어던졌고 입었던 옷을 벗어버렸다. 완전히 나체가 된 거다. 그다음 거기, 너덜너덜 누더기가 된 동료들이 둥글게 에워싼 한가운데서 춤을 추기 시작했다. 우리 맞은편의 독일놈들도 우리와 마찬가지로 놀랐을 것 같다. 그 광경이 그렇게 오래도록 계속되었다. 눈이 내리고 있었다. 참호 속에는 그걸 보고 우는 사람들이 있었다. 왜냐하면, 그의 노래가, 이해할 수는 없었지만, 아름다웠으니까. 나는 소리를 지르고 싶었고 그에게로 가서 함께하고 싶었지만, 몸이 마비된 것처럼 꼼짝도 할 수가 없었다. 그리고 그의 몸도, 너무나 길고 호리호리하고 너무나 검은 것이, 아름다웠다. 미쳐버릴 지경으로 아름다웠다. 마튀랭은 이렇게 말했다. '이젠 끝장이야. 지구가 멈춰버리고 돌지 않을 거야.' 그런데 아니었다. 지구는 멈추지 않고 돌았고, 어떤 개자식이, 무슨 마음으로 그랬는지, 그 키 큰 흑인을 쏴버렸다. 그를 쏜 거다. 홀딱 벗은 사람을. 어느 쪽에서 쐈는지조차 알 수가 없었다. 우리 쪽에서 쏜 건지 저쪽에서 쏜 건지. 난 울었다. 그런데 마튀랭이 글쎄, 시신을 찾겠다고 나섰다. 시신을 거두어 위로하겠다고. 보리외와 내가 그를 붙잡아야 했다. 안 그랬다가는 그가 당장 총 맞아 죽었을 것이다. 블랑슈, 그녀는 죽었으니, 금방 죽었으니 다행이지 뭐야. 적어도 그녀는, 우리가 땅속에, 침묵 속에, 꽃을 덮어서 깨끗하게 눕혀주었으니까. 여기서, 우리는 진창 속에서 몸이 짓뭉개진다. 그리고 우리의 유골은 쥐들이 먹어치운다."

그러나 블랑슈가 죽어서 다행인지조차 확실치 않았다. 그녀의 안식마저도 훼손당했으니 말이다. 과연 점령자의 요구는 끝이 없었고, 그는 지배하는 곳 어디서나 모든 것을 손에 넣었다. 전쟁 때문에 꼼짝 못하고 들어앉아 있는 사람들에게서 문이며 창문의 고리며 매트리스까지, 심지어 개와 고양이의 털까지 벗겨갔다. 그렇게 산 사람들에게서 가장 사소한 물건들까지 다 빼앗아가고는 그것도 모자라 점령자는 죽은 이들 쪽으로 눈을 돌려, 어두운 묘혈 속에서도 그 탐욕의 손길로부터 어느 것 하나 빠져나가지 못하도록 공동묘지들을 엉망으로 만들며 사자들의 몸값을 요구했다. 몽르루아 묘지에서도 사정은 마찬가지였다. 발쿠르의 무덤이나 다브랑슈의 무덤이나 매한가지로 열리고 파헤쳐졌다. '황제 만세'마저도 다시 한번 무기를 버리지 않으면 안 되었다. 그들은 그의 녹슨 구식 소총을 훔쳐갔고, 군복의 단추를 떼어갔다. 북소리 신부는 가슴에 달고 있던 청동 십자가를 빼앗겼으며 생피에르 종탑 역시 금이 간 낡은 종의 무게를 덜었다. 오직 마르고가 블랑슈의 곁으로 슬쩍 밀어넣은 인형만은 도둑맞지 않았다. 낡고 썩은 작은 걸레 뭉치였지만.

오귀스탱은 낮이고 밤이고 그때그때의 사정에 따라 일기를 계속해서 써갔다. 자기가 왜, 누구를 위해서 일기를 쓰고 있는지조차 알지 못했다. 처음에는 자기의 혈육, 가족과 쥘리에트를 위해서, 그들과 관계를 유지하려고, 병사의 신분으로 지내면서도 무엇보다 아들로, 형제로, 약혼자로—사랑의 힘에 의해 목숨을 부지하고 있는 한 인간으로 계속 남아 있으려고 일기를 썼다. 그러나 끊임없이 삶이 썰물처럼 빠져나가고 희망이 희박해지면서 분노가 마음속으로 스며들었다. 이미 그는 더이상 가족을 위해서 쓰는 것이 아니었다. 그 누구를 위해서도 아닌, 공연한 일기를 쓰고 있었다. 그는 무엇을 위해서가 아니라 대항해서 썼다. 두려움에, 증오에, 광기와 죽음에 대항해서.

앙주 뤼지에리는 한줄기 햇살을 쪼이려다가 죽음을 당했다. 겨울이 너무나도 길고 혹독했던지라 어렴풋이나마 봄기운이 느껴지기 시작하자 모래 자루 방책 뒤에 숨어 있던 앙주는 홀린 어린애처럼 머리통을 그 위로 내밀고 허공을 향해 코끝을 치켜들어보지 않고는 배길 수가 없었다. "얘들아, 냄새 좀 맡아봐, 봄이야!" 하고 그는 푸른빛이 도는 하늘 쪽으로 얼굴을 들며 소리쳤다. 그러나 흐릿하게 비쳐드는 햇살을 앞질러 수류탄이 먼저 날아와 쾌활한 미소를 띤 뤼지에리 병사의 머리는 부서져 묵사발이 되었다. 그런데도 기가 꺾일 줄 모르는 봄은 대지의 배를 가르며 한사코 분홍빛 데이지며 협죽도며 황금빛 물냉이며 바이올렛을 꽃피워 그 향기가 화약냄새와 부패의 악취가 넘실대는 공기 속에 흘러다녔다. 개화의 보잘것없는 어여쁨을 강조하려는 듯 눈에 보이지 않는 새들이 어디선가 울어대기 시작했다. 새들은 자기들과 경쟁하듯 미쳐 날뛰는 전쟁은 아랑곳도 않은 채 제 땅으로 돌아와 자리를 잡았고, 그리하여 일제사격의 소음과 함께 꾀꼬리의 지저귐, 개똥지빠귀와 종달새의 나지막한 노랫소리를 들을 수 있었다. 그러나 새보다 더 많고 눈에 드러나는 다른 동물도 전장 곳곳에 흩어져 있었다. 이들은 계절에 따라 이동하는 것이 아니라 오직 오고 가는 전쟁을 따라다니는 짐승들이었다. 다름 아닌 쥐떼들로, 이놈들은 병사들의 죽음을 기다리기도 전에 들것에 누운 부상자들에게까지 달려들었다.

"사실 쥐떼는 바로 우리다"라고 오귀스탱은 썼다. "우리는 쥐떼처럼 밤낮 진창과 잔해들과 시체들 위로 기어다니며 살고 있다. 다만 우리는 배를 곯고 있는 반면에 저들은 배때기가 어찌나 빵빵한지 앞으로 불쑥 튀어나올 정도라는 점이 다를 뿐, 우리는 모두 쥐떼가 되어간다. 그리고 우리 밥그릇 속에는 벌레가 우글거린다." 벌레는 마침내 병사들의 상상 속에도 우글거려서 그들은 이와 벼룩을 잡아 힌덴부르크, 팔켄하인, 베를린, 뮌헨, 함부르크 따위의 별명을 붙이고 그들에게 엄숙하게 철십자 훈장을 달아준 다음 불에 그슬리는 장난을 하곤 했다. 맞은편의 다른 병사들도 그들 못지않은 장난을 하며 지냈다.

가끔 추위가 되살아나 봄을 시샘하더니 이윽고 그 위로 여름이 닥쳤다. 전쟁은 끝날 줄을 몰랐다. "모든 것이 떨고 있다. 대지는 구토에 시달리는 거대한 짐승 같다. 지금 몇시인지 며칠인지조차 알 수가 없다. 시커먼 연기 기둥들이 숨이 막힐 듯 세차게 지나간다. 하늘은 몇 세기에 걸쳐 한 번도 청소를 한 적이 없는 거대한 굴뚝처럼 시커멓다. 해마저 보이지 않는데 화덕 속처럼 덥다. 총을 쏘라는 명령이 떨어진다. 그래서 쏜다. 그렇지만 무엇을 향해서, 누구를 향해서 쏘는지조차 우리는 알지 못한다. 아무것도 보이지 않는다. 연기 때문에 눈이 따끔거린다. 흙과 연기로 부어오른 두 눈을 딱 감고 쏜다. 가끔 나는 혼잣말을 한다. '이런, 나는 죽었군, 그런데 또 쏘고 있네. 이렇게 한없이 쏘아댈 거야. 쏘고 또 쏘고, 쉬지 않고 쏘는 거야. 이 끔찍한 참사를 끝장낼 최후의 심판은 없을 테니까. 죽음 속인데 나는 여기서 쏘아대고 있네.' 이렇게 중얼댄다. 그런데 아니다, 연기가 걷혔고 사격이 그쳤다. 그건 영원이 아니었다. 나는 눈을 부볐다. 눈을 뜨고 보니 이제 막 내 곁으로 굴러들어온 아드리엥이 눈에 들어왔다. 나는 그가 곤두박질쳐서 머리를 거꾸로 처박고 낄낄대는 줄 알았다. 그러나 가까이 가니 보였다. 턱이 으깨졌고 코가 없었다. 한쪽 귀도, 한쪽 눈도 잃어버렸다. 그런데도 나는 그를 알아볼 수 있었다. 한쪽 눈이, 치커리꽃처럼 아주 빛나는 푸른색의 한쪽 눈이 남아 있었다. 이렇게 또 한 동료가 죽었다. 내 차례가 되면 일이 벌어진 자초지종을 이야기할 수가 없을 것이다. 하지만 괜찮다. 이미 더이상 이야기할 게 아무것도 없을 테니까. 늘 똑같은 거다. 그땐, 우리가 죽으면, 나 말고 다른 사람들이, 당신들이 마튀랭에게, 혹은 나에게 무슨 일이 일어났는지 지어내서 이야기할 수도 있겠지. 왜냐하면 당신들은 이제 다 아니까. 하지만 당신들이 알게 되는 것, 그 또한 아무것도 아니다. 그리고 어쩌면 당신들은 절대로 이 공책을 받지 못할 것이다."

그러나 그다음 차례는 그도 마튀랭도 아니었다. 우연은 먼저 미셸 뒤셴과 피에르 보리외를 택했다.

감시병들이 위험신호를 보내긴 했었다. 병사들은 서둘러 복면을 착용했다. 보리외는 너무 꾸물대느라 복면을 때맞추어 쓰질 못하고 있었는데, 하필 발작하듯 심한 기침이 터져나오는 바람에 지체된 시간을 만회할 수가 없었다. 그는 무릎을 꺾고 허리를 접으며 꺼꾸러졌고, 기침이 헐떡임으로 변할 때까지 진창 속에서 뒹굴었다. 이어 발그레한 거품이 그의 입가에 끓어올랐다. 두 손으로 가슴을 쥐어뜯고 툭 불거진 두 눈을 굴리며 또 한차례 몸을 뒤트는 동안 그의 입안에 가득한 발그레한 작은 기포들이 입가 언저리에서 나직한 소리를 내며 하나씩 터졌다. 속수무책이 된 그의 전우들이 아연실색한 얼굴을 그에게로 기울였지만, 정작 그 순간 죽어가는 그 자신의 눈에 보이는 것은 복면 속에 파묻혀 누가 누군지 분간되지 않는, 눈도 없고 표정도 없는 무서운 얼굴들뿐이었다. 한편 뒤셴은 아예 통째로 사라져버렸다. 포탄이 정확하게 머리 위로 떨어져 한순간에 그의 것이라곤 손톱 하나 머리칼 한 오리조차 남은 것이 없었다.

이 죽음들에 대하여 남겨진 이야기는 더이상 없었다. 오귀스탱이 지쳐서 더는 글을 쓸 수가 없었기 때문이다. 끊임없이 죽는 이야기만 쓰다보니 증언을 남긴다는 의미와 욕망이 다 사라지고 말 그 자체가 바닥을 드러냈다. 실제로 그는 글을 쓰던 공책을 내팽개쳤고 심지어 찢어발기려고까지 했지만 마튀랭이 거두어 배낭 깊숙이 넣어두었다. 글을 읽을 줄도 쓸 줄도 모르는 그에게는 오귀스탱이 페이지들에 가득히 써놓은 글자들이 경이롭다못해 마법적인 것으로 보였다. 그는 가끔 공책을 살짝 열고 종이들 위로 손가락을 살며시 움직여 다른 방법으로는 도무지 접근이 불가능한 단어들을 건드려보곤 했다. 그는 오르탕스를 생각하면서 그들이 왜 헤어졌는지, 심지어 어떻게 하여 그들이 영원히 서로에게 닿지 않는 존재가 될 위험을 무릅썼는지를 이야기하는 그 어처구니없는 단어들을 그녀 역시 손가락으로 쓸어봐주기를 바랐다.

오르탕스에 대한 욕망이 죽음에 대한 두려움보다 더 그를 괴롭혔다.

마침내 그들에게 휴가가 주어졌다. 그들은 집으로 돌아갈 수가 없었으므로 동료들 중 한 사람과 함께 길을 떠났다. 그 동료의 마을은 뫼즈강가의, 검은 땅 지방에서 멀지 않은 점령지역 끄트머리에 자리잡고 있었다.

그 생각이 떠오른 것은 그곳 강을 다시 보면서였다. 마튀랭은 마지막 페이지에 그림들을 잔뜩 그려넣은 다음 공책을 강물에 던져서 물길 따라 정처 없이 흘려보낼 계획을 세웠다. 역청을 바른 종이로 공책을 싸고, 양철통에 물에 뜨는 물체들을 두른 후 그 안에 공책을 담은 다음 흐르는 물에 통을 띄워 보냈다. 어쩌면, 뫼즈강이 검은 땅 발아래로 흘러 지나가는 곳에서 누군가가 강둑 옆을 떠내려가는 그 상자를 발견하고, 그것을 그의 가족들에게 전해줄지도 모를 일이었다. 그러니까, 어쩌면. 그러나 그 미미하고 하찮은 '어쩌면'에 마튀랭은 지금까지 그가 그 어떤 신에게도 걸어본 적 없는 믿음과 희망을 걸었다.

그들은 벌써 여름날의 심한 더위에 부패의 속도가 점점 더 빨라져 송장내가 포화상태에 달한 그들의 땅굴 속으로 되돌아와 있었다. 저녁 무렵이면 가끔씩 뇌우가 몰아쳐 그 불가사의한 소음과 빛이 도처에서 뿜어나오는 일제사격의 번쩍거리는 소란과 뒤섞였다. 그럴 때면 폭풍우와 전쟁이라는 이중의 경련에 시달리는 하늘은 마치 껍질을 벗는 중인 어느 기괴한 파충류의 배때기와도 같아 보였다. 오귀스탱은 하늘의 그 끈적거리는 죽은 가죽이 신의 가죽과 다름없는 것이라는 느낌을 받았다.

그런가 하면, 그 뱃가죽 벗어진 신에게 쥘리에트는 아직도 기도하고 있었다. 두 여자가 어떻게 해서 그 봉투를 이곳까지 도달하도록 하여 전투가 한창인 가운데 그들의 손에 들어오게 했는지, 그들로서는 이해할 수가 없었다. 뫼즈강에 던져진 양철통이 검은 땅 아래쪽 강둑의 풀숲에 걸려 있다가 발견되었고 그후 공책이 황금의 밤 늑대 낮짝에게 전해졌던 터였다.

쥘리에트는 황금의 밤 늑대 낯짝과 그들의 자매들, 그리고 그녀 자신의 이름으로 편지를 썼다. 그러나 그녀 자신은 이름도 말도 내비치지 않았다. 오귀스탱의 미완성 이야기를 읽고 과부들의 집의 저주가 다시 고개를 들어 그녀 자신의 운명만이 아니라 땅 위의 모든 여인들의 운명을 위협하는 것을 느꼈기 때문이다. 그래서 그녀는 그 범우주적인 두려움과 고통의 이름으로 말했다. 혼자 힘으로는 두려움과 고통을 극복할 수 없다는 것을 잘 알기에 신의 손에 맡긴 것이었다. "하느님의 찢어진 두 손 안으로 악은 떨어질 수밖에 없고, 고통은 하느님의 상처 구멍 속으로 송두리째 사라질 것이다"라고 그녀는 썼다. "네가 이야기해준 모든 사연을 읽고 나는 여러 날 동안 밤낮으로 얼마나 울었는지 모른다. 그러고 나서 나는 울음을 그쳤다. 그 불행이 우리에게는 너무나 엄청나고 무거운 것임을, 그러므로 그것을 혼자서 감당하려 한다는 것은 죄요 오만임을 마침내 깨달았기 때문이다. 나는 성당으로 갔다. 그리고 십자가에 못박힌 제단 앞 나무 그리스도 상 앞에 무릎을 꿇고, 거기서 내 두려움과 절망과 모든 것을 던졌다. 그러자 우리를 그토록 괴롭히는 모든 것이 내게서 멀리 굴러가 그분의 옆구리에 벌어진 상흔 속으로 떨어지는 것이, 그렇게 떨어져 그분의 심장에 이르러 그 속에서 불타버리는 것이 느껴졌다. 이제 나는 더이상 두렵지 않다. 너는 구원받을 것이다.

나는 그걸 알고 있고 그걸 느낄 수 있다. 그리고 네가 돌아오기를 기다린다." 그러나 오귀스탱에게는 이 말들이 더이상 아무런 의미도 없었다. 그 믿음은 그의 마음속에서 새어나가버렸다. 그는 그런 거짓에 속아넘어간 쥘리에트를 마음속으로 저주하기 시작했다. 그가 나누어 가진 것은 오로지 아버지의 분노뿐이었다.

한편 오르탕스는 울지도 않았고 기도도 드리지 않았다. 그녀는 다만 고함치고 싶을 뿐이었다. 총탄이 퍼붓는 가운데 몸을 던져 공격하며 뒹구는 모든 병사들보다도 더 거세게 고함치고 싶었다. 전쟁보다 더 거세게 고함치고 싶었다. 그랬다, 그녀는 벌레들과 무더위와 지저귀는 새 소리로 웅성대는, 꽃 핀 가시덤불과 짐승들의 둥지로 가득한, 축축한 어둠으로 부푼 정원, 야생의 정원이었다. 그런데 정원에는 색깔들뿐 아니라 냄새들이 풍긴다. 그리고 냄새들 가운데서도 가장 짙고 가장 깊은 것은 언제나 장미꽃들에서 나는 냄새다. 그래서 그녀는 마튀랭을 위하여 그녀가 지금까지 그려본 것 중에서도 가장 풍성한 그림을 그렸다. 온갖 색깔들이 넘쳐나고 활짝 피어난 한 송이 장미꽃을 중심으로, 수많은 팔과 다리들을 수레바퀴의 휘어진 살들처럼 벌리고 있는 몸뚱이였다.

접어놓은 그림을 봉투에 넣기 전에 그녀는 그 종이를 자신의 성기에 꼭 붙이고 하룻밤을 잤다.

해가 떠오를 참이었다. 그들 셋이서 포복하는 땅바닥에는 포탄이 도처에 흩어져 있었고, 꺾어진 나뭇가지들이며 발그레한 새벽빛 속에서 가시 돋은 덤불처럼 은빛 이슬로 반짝이는 철조망들이 삐죽삐죽 솟아 있었다. 우윳빛의 허연 줄무늬들이 동쪽의 지평선을 부각했다. 종달새 한 마리가 날아오르며 하루를 시작하는 첫 가락을 뽑아냈다. 하늘을 가로지르는 이 내달음을 신호로 또다른 비상이 이어졌다. 그러나 이번에는 지평선의 다른 쪽, 서쪽 끝이었다. 처음에는 둔탁한 소리가 나더니 이윽고 긴 휘파람소리가 날카롭게 솟아올랐다. 세 사람은 불그스레하게 빛나는 주둥이를 가진 이상한 새떼가 화살처럼 돌진하는 쪽으로 고개를 돌렸다. "엎드려! 지뢰다!" 그들 중 한 사람이 물이 흥건한 구멍 속으로 몸을 굴리며 외쳤다. 새들이 갑자기 그들에게로 꽂히듯 곧장 달려들었다. 놀라운 폭음이 들렸고 뒤이어 엄청난 폭발이 일면서 그들 중 하나가 땅바닥에 널브러졌고 또 하나는 마치 종달새가 부르는 소리에 화답하여 떠오르는 해를 향하여 솟아오르려는 듯 불그레한 허공으로 높이높이 내던져졌다.

이렇게 날아올랐다가 다시 떨어진 것은 한 무더기의 돌덩어리들과 무기들의 잔해, 가루가 된 흙 그리고 팔 하나였다. 아직 손이 달려 있고 손목에는 가죽끈으로 인식표가 매달려 있는, 하나뿐인 팔. 그 팔이 땅바닥에 처박혀 있던 사내 앞에 툭 떨어졌다. 그러나 이 사내의 눈에는 인식표에 새겨진 이름도, 가죽끈 주변에 엉켜 있는 검은 머리카락도 들어오지 않았다. 그는 다만 그것이 자기 형제의 팔이라는 사실만을 알아차렸다. 둘 중 어느 쪽이었는지, 살아남은, 어이없게 혼자 살아남은 그는 잊었다. 그는 팔을 집어들고 넋을 잃은 채 오랫동안 제 것들과 똑같은 그 팔을 들여다보았다. 그러곤 그것을 외투 깊숙이 찔러넣었다. 또 한 번 폭발이 일어나면서 그의 몸이 다시 휘청했다. 이번에는 무릎까지 물이 가득 들어찬 구덩이 속으로 굴렀다. 가을이 가까워오는 터라 벌써 찬 기운이 물과 진창에 스며들기 시작했다. 그러나 그가 이를 딱딱 마주치며 떨었던 것은 그 때문이 아니었다. 그가 그렇게 떨었던 것은 애정 때문이었다. 그의 마음을, 기억을 황폐하게 만들어놓는, 그의 사지를 덜덜 떨게 만드는 광폭한 애정 말이다.

그의 두 눈을 움직이지 않는 눈물로 흐리게 하면서 끝없이 미소 짓게 만드는 애정. 그의 눈물처럼 미동도 없이 굳어버린, 바보 같아 보일 만치 부드러운 기이한 미소. 그는 이렇게, 물속에 반쯤 몸을 웅크린 채 주변에 무슨 일이 일어나건 아랑곳없이 이를 딱딱 마주치며 허공으로 미소를 던지고 있었다. 그보다 먼저 구덩이 속으로 뛰어들었던 다른 동료는 여전히 거기에 쓰러져 있었다. 지뢰의 파편이 그의 관자놀이에 구멍을 뚫어놓은 터였다. 셋째 날 그의 전우들이 그를 발견하여 억지로 떠메고 가지 않았더라면 그 또한 전쟁이 끝날 때까지 여전히 거기에 가만히 있거나 기껏해야 또다른 포탄에 얻어맞고 말았을 것이다. 그는 끊임없이 몸을 떨며 이를 딱딱 마주칠 뿐 전혀 정신을 차리지 못했으므로 결국 후송되었다. 오랫동안 물과 진창 속에 잠겨 있던 그의 두 발이 군화의 실밥이 다 터질 정도로 퉁퉁 불었으므로 그를 의무실에 데려다 눕히지 않으면 안 되었다. 그가 줄곧 자기 외투 속에 고집스럽게 꼭 끼고 있었던 팔 한쪽은 이상하게도 미라로 변했다. 아버지의 목걸이의 그것처럼, 살갗이 반드럽게 닳은 돌 모양으로 하얗고 차갑게 되었다. 손바닥의 오목한 곳에는 발그레한 장미꽃 모양의 반점이 생겨났다.

형제들 중 하나가 죽은 그날 밤, 황금의 밤 늑대 낯짝은 왼쪽 눈을 뚫고 지나가는 날카로운 통증에 소스라쳐 잠이 깼다. 처음에는 무엇에 덴 것 같은 격한 통증이 느껴지다가 이윽고 눈꺼풀 밑이 심하게 차가워지는 것 같았다. 그러나 마르고가 자기 아버지의 눈 속에 보이던 열일곱 개의 금빛 반점들 중 하나가 사라졌음을 발견한 것은 그로부터 며칠 뒤였다.

오르탕스는 잠에서 깨지 않았다. 반대로 너무나도 깊은 잠에 빠진 채 불과 피로 얼룩진 꿈자리에 어찌나 시달렸는지 아침에 깼을 때 그녀는 마치 밤새도록 실컷 두들겨맞기라도 한 것처럼 온 전신이 아픈 느낌이었다. 실제로 그녀의 몸에는 밤사이 치른 눈에 보이지 않는 싸움의 흔적이 남아 있었다. 목에서 발끝까지 무수한 자잘하고 발그레한 피하일혈이 뒤덮고 있었다. 마치 장미 재배인 겸 문신 새기는 사람이 그녀의 몸 위에서 아래까지 그림을 그려놓은 것만 같은 모습이었다. 쥘리에트는 밤사이 별달리 아무것도 느끼지 못했다. 그러나 아침에 덧문을 열 때 그녀는 한순간 해가 떠 있어야 할 자리에 어떤 새하얀 백마의 거대한 두 개골이 하늘을 향해 수직으로 곧장 솟아오르는 모습을 본 것 같았다.

그날부터 모두가, 심지어 마틸드와 마르고와 장프랑수아티주 드페르까지도, 무슨 일이 일어났다는 것을, 필시 두 형제들 중 하나가 죽었음을 느꼈다. 그러나 혹시나 재수없는 짓을 하는 게 아닐까 두려워서 어느 누구도 걱정스러운 마음을 감히 입 밖에 내어 말하지는 못했다. 그리하여 그들의 기다림은 그 어느 때보다도 더 두려움과 희망 사이에서 흔들리며 배가되었다. 드러내놓고 말할 수 없는 의구심은 일 년도 더 계속되었고, 그동안 그들은 아무런 소식도 듣지 못했다.

5

그가 다시 나타난 것은 어느 겨울 오후였다. 날이 너무나 맑고 차가워 높은 농장에서 바라다보이는 시야가 끝 간 데 없어 보일 만큼 주변 풍경이 놀랍도록 선명했다.

그는 아이들이 학교 다니는 길로 돌아왔다. 빙판으로 덮인 길바닥에 울리는 그의 발소리가 아주 멀리서부터 들렸다. 마당에서 장작을 패던 황금의 밤 늑대 낮짝은 길을 따라 올라오는 그 둔탁한 발소리에 돌연 동작을 멈추었다. 이렇게 추운 날 대체 누가 그의 농장에까지 발길을 들여놓을 생각을 한단 말인가? 누군가가 그들을 찾아오는 것은 너무나 드문 일이었다. 그의 농장의 고적함은 지난날 그의 아버지의 바지선 뱃전의 고적함과 비슷해진 터였다. 그는 장작 패는 일을 계속했고, 도끼질은 이내 언덕을 올라오는 발소리의 박자를 따랐다. 그러나 방문객이 어찌나 무겁고 느리게 올라오는지 발소리는 한없이 가까워지기만 할 뿐 언제 도착할지 알 수가 없었다.

외양간 쪽에서 무슨 소리가 났다. 마치 가축들이 나무 여물통에 머리를 부딪치기라도 하듯 흐릿하게 두드리는 소리 사이사이에 긴 울음소리가 들렸다. 빅토르플랑드랭은 나무토막에 도끼를 박아놓고 길 쪽으로 갔다. 저 아래쪽, 손에 지팡이를 쥔 어떤 사람의 구부정하고 엄청나게 큰 실루엣이 눈에 들어왔다. 이 고장에서 그렇게 큰 사람을 그는 본 적이 없었다. 한데 그 낯선 이의 실루엣에는 딱히 꼬집어 말할 수 없는 눈에 익은 뭔가가 있었다. 그가 제일 먼저 눈여겨본 것은 그 사람의 발이었다. 두 발은 대단히 컸고, 장화도 나막신도 아닌, 노끈과 가죽끈으로 동여맨 걸레 조각들에 감싸여 있었다. 그 때문에 거인의 거동은 마치 뒷발로만 걷는 곰처럼 둔하게 뒤뚱거리는 인상을 주었다. 더부룩하게 자란 뺵뺵한 수염에는 서리가 잔뜩 내려앉아 있었다. 커다란 자루가 그의 어깨에서 덜렁거렸다.

빅토르플랑드랭은 계속 기다렸다. 저쪽 사람이 그에게서 몇 미터 정도의 거리에 이르자 고개를 들고 동작을 멈추었다. 두 사람이 서로 쳐다보았다. 그들의 시선은 고독에 길이 든, 그러나 처음 만난 두 이방인이 주고받는 그런 시선이었다. 동시에 그 시선에는 서로의 마음속 가장 깊고 내밀한 곳까지 다 알고 있는 사람들 특유의 고통스러운 밀도가 깃들어 있었다. 이제 막 도착한 사람의 두 눈은 쫓기는 짐승들의 눈 속에서 떨리는, 그런 열에 들뜬 광채로 빛나고 있었다. 심지어 빅토르플랑드랭은 폭풍우에 놀란 황소들이 눈을 크게 뜨고 돌처럼 굳어졌을 때와 같은 그런 무시무시한 부드러움을 그 눈 속에서 발견한 듯한 느낌이었다. 그는 또한 그 사내의 두 눈이 짝짝이라는 것도 알아차렸다. 오른

쪽 눈의 동공은 좁고 검은 점으로 찌그러들어 있었고, 왼쪽 눈은 마치 캄캄한 어둠에 쏘여 다시는 대낮의 빛에 적응할 수 없게 된 듯 완전히 팽창하여 커다란 황금빛 반점이 되어 있었다.

사내가 갑작스레 몸을 떨어대며 양턱을 딱딱 마주치기 시작하는데도 빅토르플랑드랭은 개의치 않았다. 그만큼 홀린 듯 사내의 그 기이한 두 눈 쪽에 관심이 쏠려 있었다. "너 맞니?……" 마침내 그가 주저하는 어조로 물었다. 그러고는 기어들어가는 목소리로 덧붙였다. "내 아들……" 그러나 아들들 중 어느 쪽인지는 알 수가 없었다. 상대는 여전히 환각에 사로잡힌 듯한 시선을 그에게 고정하고 있었다. 가장 예리하고 냉철하게 응시하는 듯하면서도 아무것도 보지 않는 시선이었다. 그는 찡그린 표정으로 미소를 지으면서 계속하여 이를 딱딱 마주쳤다.

황금의 밤 늑대 낯짝이 앞으로 나서며 그에게로 다정하게 손을 뻗었다. "아들아……" 그로서는 이름조차 부를 수 없는 이 아들의 떨리는 싸늘한 얼굴을 쓸어보며 그는 꿈결인 양 되풀이해 말했다. "아들이 아니라 아들들이에요!" 그가 소리쳤다. 그제야 빅토르플랑드랭은 아들의 얼굴을 두 손으로 보듬으며 꽉 움켜잡았다. 그는 알고 싶었고 이해하고 싶었다. 그러나 반은 낮이고 반은 밤인, 반은 살아 있고 반은 죽은 이중의 시선이 그의 의문들을 가로막았다.

두 사람의 얼굴은 거의 닿을 만큼 서로 너무 가까이 다가들어 있었다. 그들을 둘러싼 눈이 하늘의 빛을 눈부시도록 강하게 반사했다. 푸른빛이 감도는 회색 구름 덩어리를 바람이 거세게 밀어내자 구름의 그림자가 빛나는 벌판 위로, 그리고 더 멀리 저쪽 골짜기로, 거의 움직임이 없는 뫼즈강 위로 미끄러졌다. 그러나 빅토르플랑드랭의 눈에 보이는 것은 오직 그가 감싸쥐고 있는 얼굴, 그들을 에워싼 풍경보다도 더 거대하고 텅 빈 그 얼굴뿐이었다. 그런데 거기에도 그림자가 떠다녔다. 금빛 동공이 고정된 채 크게 팽창한 왼쪽 눈에 어두운 반점이 하나 스쳐갔다. 황금의 밤 늑대 낯짝은 터져나오려는 외침을 꾹 눌렀다. 그 벌어진 동공은 하나의 불타는 거울이었다. 거울이 비추는 것이 아니라 이미 그 밑바닥에 음각되어 있는 영상들을 불태우고 있었다. 마치 제정신을 잃고 하늘 높이 수직으로 내닫는 새떼들인 양, 미쳐버린 기억들의 웅덩이로부터 솟구쳐올라온 영상들을. 그 영상들은 얼굴들이었다. 빅토르플랑드랭은 거기서 아들들의 얼굴과 그가 알지 못하는 또다른 젊은이들의 얼굴을 알아보았다. 모두가 다 똑같이 겁에 질린 표정이었고, 나타나는 즉시 서로 포옹을 했다가 즉시 폭발하며 끊임없이 사라지더니 또다시 나타났다. 그는 심지어 자기 자신을, 이십여 년 만에 처음으로 형상을 갖춘 자신의 모습을 보았다. 그리고 그 모든 얼굴들이 교차하는 가운데 돌연 자신이 잊은 줄 알았던 또다른 얼굴을 알아본 것 같았다. 바로 칼자국과 터져나오는 몹쓸 웃음으로 입이 뒤틀린 그의 아버지 테오도르포스탱의 얼굴이었다. 그 미친 웃음소리, 그 고통의 웃음소리를 그는 듣고 싶지 않았다, 다시는, 절대로 듣고 싶지 않았다. 그래서 그는 갑자기 아들의 머리를, 확 밀쳐내다시피 거칠게 손에서 놓아버렸다. 그러나 몸을 돌려 달아날 틈은 없었다. 걷잡을 수 없이 힘이 빠져나가고 무릎 위쪽이 확 꺾이는 느낌이 들면서 그는 아들의 발밑으로 단번에 주저앉았다. 그는 "안 돼!" 하고 소리치고 싶었고 영상을, 모든 영상들을 몰아내고 아버지의 미친 얼굴을 내쳐버리고 싶었지만 그저 애원하는 목소리로 "용서해줘…… 용서해줘…… 용서해줘……" 하고 되풀이할 뿐이었다. 자신이 누구에게, 무엇을 용서해달라고 비는지조차 그는 알 수가 없었다.

부엌 테이블 주위에 모두가 다 모여 앉자 마틸드가 말했다. "그러니까, 요컨대 우리한테 얘기를 해줘야지. 네가 두 형제 중 누군지 말이야." "난 몰라, 알고 싶지 않아." 둘 중에서 산 자와 죽은 자를 판정할 수도, 또 여전히 존재하는 자신을 이름 불러 지목할 수도 없다는 것을 잘 느끼고 있는 그가 대답했다. 그는 그 내적인 인격분열을 대가로 살아남은 터였다. "그럼 우리는 너를 부를 때 뭐라고 해야 하지?" 마틸드가 계속 질문을 했다. 상대는 어깨를 으쓱해 보일 뿐, 그에게는 아무래도 좋았다. "그럼 저쪽 또 하나는…… 저쪽은 죽은 거야, 정말로?……" 마르고가 용기를 내어 물었다. 사실 모두가 기다리고 있었지만 이 질문에 그들은 깜짝 놀라 침묵에 잠겨버렸다. "여기 있어." 마침내 형제가 가방에서 길쭉한 양철통 하나를 꺼내면서 말했다. 그는 그것을 자기 앞 테이블에 내려놓았다. 다른 사람들은 아무 말 없이 그 엉뚱한 물건을 바라보았다. "인형이다, 인형!" 겁에 질린 마르고가 갑자기 생각했다. "우리 오빠도 인형이 되어버렸네!" "불쌍한 것!" 장프랑수아티에르주드페르가 중얼거렸다. 테이블 저쪽 끝에 너무나도 위축된 모습으로 앉아 있는 그의 말을 아무도 알아듣지 못했다. 여자아이들 중 그의 무릎에 앉아 있던 비올레트오노린만이 놀란 표정으로 그를 쳐다보았다. 그애의 자매 로즈엘로이즈는 그 옆 벤치에 누워 잠들어 있었다.

형제가 통을 열었다. 그러고는 그 속에서 천조각에 싸인 길쭉한 보따리를 꺼내어 펴더니 페니엘 집안 아들들 각자의 이름표를 매단 두 개의 끈과 함께 그 기이한 물건을 테이블 한가운데 내려놓았다. "이게 뭐야?" 이제 막 잠에서 깬 로즈엘로이즈가 물었다. 아무도 아이에게 대답하지 않았다. 모두가 다 딱딱하게 굳은 그 팔에 시선을 고정하고 있었다. 훗날 비올레트오노린의 생애에서 그토록 자주 반복될 현상이 처음으로 나타난 것은 바로 그때였다. 그녀의 왼쪽 관자놀이에 보이던 장미꽃 모양의 반점이 미세한 핏빛 땀방울로 뒤덮이면서 뺨 위로 가느다란 줄을 그으며 피가 흘러내렸다. 아이는 관자놀이를 문지르면서 그저 "피가 나네" 하고 말할 뿐, 아픔을 느끼지는 않았다. 그때 이미 그녀는 막연하게나마 그 피가 자기의 것이 아님을 알았다. 그날 오직 장프랑수아티주드페르만이 그 현상을 알아차렸지만 아무 말도 하지 않았다. 그는 아이를 안고 부엌에서 밖으로 나갔다.

살아남은 자만이 죽은 자의 이름을 말하려 하지 않은 것은 아니었다. 살아남은 자의 호명 거부는 오르탕스와 쥘리에트에게로 메아리치듯 번져갔다. 두 여자가 함께 그를 보러 왔지만 그중 누구도 자신이 그토록 사랑하고 기다렸던 남자를 알아보지 못했다. 이 남자는 터무니없이 크고 마르고 등이 굽은데다 텁수룩한 수염에 덮여 괴상한 모습이었고 두 발은 기형이었다. 그러나 그런 것은 전혀 중요하지 않았다. 여자들은 각자 자기 남자가 틀림없다고 했다. 남자는 아무것도 인정하지 않은 채 두 여자의 사랑에 대하여 똑같이 반응했다. 한 여자는 그를 마튀랭이라 불렀고 다른 여자는 오귀스탱이라 불렀다. 그는 그 여자들에게만 이름 불리는 것을 허용했다. 그들의 목소리는 언제나 육체가, 그 자신의 것과 다름없는 육체가 되어 그 모든 이별의 고통을 잊게 해주었기 때문이다.

쥘리에트의 품에 안기면 그는 오귀스탱이 되어 감미로운 휴식을 맛보았다. 오르탕스의 몸을 껴안으면 그는 마튀랭이 되어 어떤 눈부신 공허의 격하고 숨막히는 열기 속에서 제정신이 아닌 듯 소리를 질러대며 무너졌다. 그러나 다른 사람들에게는 특정된 이름으로 불리는 것을 허용하지 않았다. 그래서 사람들은 마침내 그를 '두 형제'라는 별명으로 부르게 되었다.

그는 검은 땅에서 다시 일을 하기 시작했지만 항상 혼자서 일했고 농장의 건물들 중 버려진 한쪽에 떨어져 지냈다. 빅토르플랑드랭이 가끔 해질 무렵에 찾아와서 아들의 테이블 앞에 앉곤 했다. 그럴 때면 두 사람은 오랫동안 말없이 마주보고 앉아 있다가 이야기를 시작했다. 그러면서도 마치 그 어떤 대화도 불가능하게 만들어버릴 금지된 단어가 튀어나올까봐 겁이 나는 듯, 지극히 우회적인 표현들로 말을 하려 노력했다. 그들은 날씨나 밭일이나 가축들 이야기를 했다. 고인의 팔이 담긴 통과 인식표 두 개는 그의 잠자리로 사용되는 판자 침대 위의 시렁에 놓여 있었다. 두 형제는 자기 형제가 남긴 그 마지막 흔적이 땅속으로 들어가는 것을 거부했다. 살아남은 자기의 모습으로 지속되고 있는 고인의 이 다른 반쪽을 죽음이 제대로 차지할 때에야 비로소 땅에 묻힐 수 있을 것이었다.

　가끔 두 여자아이들도 문 앞에 와서 말없이 놀았다. 두 형제는
그 아이들을 좋아했다. 그애들이 그에게 그들의 어머니, 정다운
블랑슈를 떠올렸기 때문이다. 그는 매주 몽르루아의 묘지로 그
녀의 무덤을 찾아가곤 했다. 둘 중 한 아이가 특히 그의 마음을
흔들었다. 그 아이의 눈빛은 투명에 가까울 정도로 맑아서 그녀
가 눈을 들고 그를 쳐다볼 때면 그는 문득 자신과, 그리고 자신
의 다른 반쪽과 화해하여 고통이 가시는 느낌이었다. 비올레트
오노린의 시선, 지극한 정다움이 담긴 그 시선은 그 어떤 무거운
것도 다 뒤흔들 수 있고 들어올릴 수 있으며, 무엇이나 다, 어떤
고통이나 다, 경이로울 정도로, 놀라움 속에 정지시킬 수 있는
어떤 숨결과도 같았다. 비올레트오노린의 시선은 "이 세상의 것
이 아니"라고, 그 아이에게 무한한 사랑을 바치고 있는 늙은 티
주드페르는 그렇게 주장했다.

6

　물보라 같은 이슬비가 들판 위에 잿빛으로 휘날렸다. 오르탕
스는 어깨에 숄을 걸치고 머리엔 아무것도 쓰지 않은 채 밖으로

나섰다. 그녀는 과부들의 집 쪽으로 난 길로 접어들어 입가에 기이한 미소를 집요하게 머금은 채 쉬지 않고 걸어갔다. 마당 안으로 들어섰을 때 그녀는 모종의 동요가 일어나며 모든 창문들에서 커튼이 일렁거리는 것을 알아차렸고 자신에게로 달려드는 다섯 과부들의 써늘한 눈길을 느꼈다. "여섯 과부지!" 하고 오르탕스는 매번 고쳐 생각했다. 이제부터는 고집스레 그 속에 쥘리에트를 넣어 계산하는 것이었다.

두 형제가 돌아와서 단번에 쥘리에트를 그녀의 라이벌로 만들어버린 이후로 그녀가 이 집에 온 것은 이번이 처음이었다. 문을 두드리자, 노크 소리가 마치 거대하고 축축한 입방체 속에서 울리듯 그 집의 공허함 속에서 메아리치는 듯해 그녀는 문턱에서 흠칫 한 걸음 물러섰다. 그녀에게 문을 열어준 것은 쥘리에트였다. 그녀의 눈가는 푸르스름했고 머리는 헝클어져 있었다. 두 젊은 여자는 한동안 말없이 서로 쳐다보았다. "들어와." 마침내 쥘리에트가 권했다. "아니." 오르탕스가 불쑥 대꾸했다. "그냥 네게 할말이 있어서……" 그러나 할말을 마저 찾을 수가 없었다. 상대가 기다리고 있는데 그녀는 고개를 숙였다. 그러자 생각이 났다. 그래서 짧게 끊어지는 목소리로 말을 이었다. "그애가 움직였어. 애가 움직였어, 오늘 아침에, 내 뱃속에서. 이제 확실해. 그거야, 내가 네게 말하려던 것이. 마튀랭의 애야. 마튀랭과 나의 애." 쥘리에트가 고개를 들었다. "아, 그래?" 그녀는 문에 몸을 바싹 붙이면서 말했다. 그러더니 오르탕스의 귀에 간신히 들릴까 말까 한 아주 낮은 목소리로 덧붙였다. "나도 아이가 태어나기를 기다리고 있어. 오귀스탱의 아이를." 오르탕스가 거칠게 그녀의 어깨를 거머쥐더니 확 떠밀고는 소리쳤다. "거짓말! 그럴 리 없어! 오귀스탱은 죽었어. 죽었다고, 알겠어? 전쟁터에서 죽었어. 이 저주받은 집의 여자들하고 지내던 사내들처럼! 돌아온 건 우리 마튀랭이야. 그리고 내 뱃속의 애는 그의 애야!" 쥘리에트가 천천히 고개를 저었다. "아니. 그들은 둘 다 전쟁터에서 죽은 셈이야, 너도 잘 알다시피. 그렇지만 그들은 돌아왔어. 반쪽만. 그러니 우리도 함께 가질 생각을 해야 마땅해." "절대 안돼!" 오르탕스가 소리쳤다. 이윽고 그녀는 홱 돌아서서 성큼성큼 이슬비 속으로 다시 걸어갔다.

두 형제는 이 두 가지 소식을 듣자 마음이 무거우면서도 동시에 기뻤다. 때로는 속에서 힘과 희망이 다시 살아났고 때로는 죽음이 내달아 예리하게 솟구쳤다.

황금의 밤 늑대 낯짝이 두 여자를 농장으로 맞아들였다. 쥘리에트가 먼저 왔다. 그녀는 저 아래, 끔찍한 두려움이 엄습하는 과부들의 집에 남아 있고 싶지 않았다. 아이가 태어나자마자 뚝 떨어져 죽어버리지나 않을까 두려웠다. 마르고가 그녀와 방을 같이 썼고 마틸드는 자기가 키우는 두 여자아이들 방에 들었다. 오르탕스도 이내 라이벌의 뒤를 따라 걸어와서는 농가에 자리를 잡았다. 그녀를 위해 부엌 한구석에 침대 하나가 마련되었다. 그러나 밤이 되면 자주 그녀는 침대에서 빠져나가 두 형제에게로 갔다.

임신 기간이 경과할수록 쥘리에트는 점점 더 벌레들을 잡아먹고 싶은 불합리한 욕구에 사로잡히는 자신을 발견했다. 그녀는 끊임없이 귀뚜라미나 메뚜기를 잡고 거미줄에 걸린 작은 파리들을 훔쳐내어 와작와작 씹어 먹었다. 한편 오르탕스는 흙과 나무 뿌리를 먹고 싶은 욕구에 시달린 나머지 하루종일 들판과 숲속을 누비고 다니면서 나무 밑이나 밭고랑에서 젖은 흙을 정신없이 퍼먹어댔다.

마르고가 기욤 델보와 약혼식을 올린 것이 바로 그해 봄이었다. 몽르루아에 온 지 얼마 되지 않은 그는 도시 출신으로, 마을 학교 선생님 자리를 맡게 되었다.

아이들은 그를 좋아하지 않았고 이내 그에게 '몽둥이'라는 별명을 붙여주었다. 그는 항상 길고 유연한 나무막대기를 가지고 다니면서 걸상들 옆을 지나가며 휙휙 소리 내기를 좋아했기 때문이다. 마을과 검은 땅 사람들 역시 그의 아주 이상한 태도와 거만한 표정 때문에 그를 별로 달가워하지 않았다. 그는 어느 누구와도 어울리지 않았고 절대로 외출하는 법이 없었으며 성당에도 카페에도 가지 않았다. 마침내 사람들은 그가 어떤 불가사의한 활동을 하고 있다고 믿게 되었고, 심지어 몇몇은 몽둥이의 불길한 눈을 피하기 위하여 아이들에게 부적을 품고 다니라고 시키기까지 했다.

마르고는 두 어린아이들을 학교에 데려다주러 가다가 그를 만났다. 물론 그녀는 그 어떤 부적의 보호도 받지 못하는 상태였기에 완전한 무방비에서 그 새로 온 인물의 매력에 넘어가고 말았다. 남자 쪽에서는 그녀에게 아무런 관심도 보이지 않았고 말한마디 건네는 법이 없었다. 그런데 어느 날 그가 학교 철책 앞에서 그녀를 불러 세우고는 말했다. "페니엘 양, 당신에게 할말이 있습니다. 오늘 저녁 방과후에 좀 오십시오. 교실에서 기다리겠어요." 그녀가 어리둥절해져서 그의 앞에 가만히 서 있자 그가 물었다. "오겠어요?" 그녀는 그저 그러마는 뜻으로 고개를 끄덕하고 아무것도 묻지 않은 채 멀어졌다. 그날 그녀는 높은 농장으로 돌아가지 않고 머리가 공허에 사로잡힌 채 곧장 앞으로 끝없이 걸었다. 공허가 와르르 쏟아지는 것 같았다. 그러나 시간이 그녀의 내면에 각인되어 있었다. 돌연 그녀는 모래시계를 뒤집듯이 왔던 길을 되돌아갔다. 그녀가 학교 마당을 가로지를 때 모래시계가 비워졌고 학교에는 인적이 없었다. 바로 약속 시간이었다.

그녀는 어슴푸레한 미광이 서린 교실로 들어갔지만 아무도 보이지 않았다. 대신 언제나 프랑스 지도와 평면지도 사이에 자리를 차지하고 있는 커다란 칠판에 분필로 그린 그녀의 초상이 펼쳐져 있었다. 두 눈을 감고 고개를 돌려 얼굴 정면이 사분의 삼 정도 보이는 초상이었다. 그녀가 자신의 모습에 가까이 다가가자 초상화로부터 잠이 서서히 밀려드는 것이 느껴졌다. 그녀는 교단가에 가 앉아 두 손을 무릎 위에 올려놓고는, 잠에 실려가지 않도록 양어깨를 가볍게 좌우로 일렁이면서 나직하게 노래를 부르기 시작했다. 졸면서 그녀는 자신의 어릴 적 모습을 보았다. 마틸드 옆에 얌전하게 앉아서, 선생님이 벽에 붙은 지도들을 짚어가며 들려주는 본토, 아프리카, 안남, 이렇게 세 가지 프랑스의 신기한 이야기에 귀를 기울이는 모습이었다. 그러나 지금 그보다 더욱 환상적인 것이 모습을 드러냈으니 제4의 프랑스, 즉 프랑스마르고, 프랑스기욤이었다.

바로 그때 그가 교실의 네 모퉁이 중 한 곳의 어둠에서 벗어나 그녀에게로 다가왔다.

그는 마치 그녀를 보지 못한 것처럼 교단으로 올라서서 그림

쪽으로 다가갔다. 그녀는 노래를 그치고 꼼짝도 하지 않았다. 그가 초상화를 바라보면서 말했다. "사분의 삼 정도만 보이게 고개를 돌린 얼굴은 당황스럽죠. 옆으로 고개를 돌리고 멀어져가려는 것인지, 아니면 완전히 이쪽으로 돌아서서 똑바로 대면하려는 것인지 알 수가 없거든요. 어떻게 생각해요?" "하지만 이 얼굴은 눈을 감고 있어요. 어떤 방향으로든 고개를 돌릴 수는 있죠. 그렇지만 아무것도 보지 못할 거예요." 마르고가 대답했다. "내가 그 눈을 뜨게 해주면 그 얼굴은 뭘 보게 될까요?" 기욤이 지우개를 집어들며 물었다. "당신, 바로 당신을 보겠지요." 마르고가 말했다. "그럼 그다음에는 어떻게 할까요? 옆모습을 보일까요, 정면을 보일까요?" 이렇게 다그쳐 물으면서 그가 눈을 다시 그렸다. "정면을 보고 있겠죠." 그녀가 말했다. "그렇다면 다지우고 다시 그려야겠네요. 그러나 새로운 초상화를 그리려면 모델이 필요해요. 나를 위해 모델을 서주겠어요?" 이번에 그녀는 대답을 하지 않았다. 그저 일어나 그에게 다가가더니 그의 손에 들려 있던 지우개를 받아 쥐고 천천히 칠판을 닦기 시작했다. 그 검은 나무판 위에 흐릿한 선들만 허여스름하게 남게 되자 그녀는 그에게 지우개를 건네준 다음 그를 빤히 바라보고 섰다. 칠판에 등을 딱 붙인 채 아주 꼿꼿이 서서 그녀는 말했다. "자, 이제 새로 시작하면 되겠어요. 꼼짝도 하지 않고 있겠어요." 그러자 그는 그녀의 머리카락을 움켜쥐고 머리를 약간 뒤로 젖히더니 지우개로 얼굴과 목 전체를 부드럽게 문지르면서 피부에 온통 분필가루를 칠했다.

마르고는 눈을 감고 고분고분 분필가루를 뒤집어썼다. 마찬가지로 그가 자신의 블라우스의 단추를 천천히 풀 때도 아무런 저항을 하지 않았다. 그녀가 다시 눈을 떴을 땐 어둠이 교실 전체를 가득 채우고 있어서 눈에 보이는 것이라곤 캄캄한 암흑뿐이었다. 그녀는 벌거벗은 채 머리끝에서 발끝까지 흰 가루로 뒤덮인 모습으로 여전히 교단 한가운데 서 있었다. 그때 기욤이 학교 선생님의 어조를 버리지 않고서 말했다. "자, 내가 당신에게 가장 아름다운 신부 옷을 입혀주었으니 이제는 반지를 끼워주어야겠군요." 그러고는 그녀의 손을 잡아 책상까지 이끌고 가더니 거기서 그녀의 왼손 검지를 잉크병 속에 집어넣었다. "하지만 반지를 끼는 손가락은 그 손가락이 아닌데요." 마르고가 지적했다. "아니죠, 하지만 자기가 원하는 것을 가리키는 건 이 손가락이죠. 그러니까 이건 욕망의 손가락이에요. 유일하게 중요한 손가락." 기욤이 대답했다. 그러자 마르고는 바이올렛 색깔의 잉크가 흐르는 자신의 검지로 그를 가리키더니 그의 입술에 손가락을 갖다 댔다. 이번에는 그가 자신의 손가락을 잉크병 속에 집어넣었고, 그것을 붓으로 삼아 바이올렛 색깔로 그녀에게 젖꼭지와 양쪽 귓불을, 그리고 눈꺼풀과 성기의 수북한 털을 그려주었다.

  그녀가 높은 농장으로 돌아왔을 때는 벌써 동이 트고 있었다. 현관의 계단에 앉아 있는 마틸드가 보였다. 그녀는 신을 벗고 잠든 자매 곁으로 소리 없이 다가갔다. 동이 터오는 아주 옅은 새벽빛 속에서 보니 마틸드의 얼굴이, 여러 해의 세월이 흐르는 동안 딱딱하게 긴장돼 보였던 모진 인상이 피로와 잠 때문에 지워진 탓인지, 어느 때보다도 더 자신의 얼굴과 닮아 보였다. 그녀는 기욤이 칠판에 그렸던 초상을 눈앞에 다시 보는 느낌이었다. 그러나 이번에 그 모습이 눈을 뜨고 바라보려는 것은 그녀 자신, 그녀의 광기와 죄였다. 그녀는 마틸드의 이름을 불러보고 싶었지만, 정작 그녀가 중얼거린 것은 그녀 자신의 이름이었다. "마르고! 마르고! 넌 대체 여기서 뭘 하고 있는 거야?⋯⋯"

  마틸드가 소스라쳐 깨어나 벌떡 일어섰다. 그녀는 놀란 얼굴로 자매를 바라보기만 할 뿐 아무 말도 하지 않았다. 마치 소리치고 싶은 것을, 아니면 울고 싶은 것을 꾹 눌러 참듯이 그녀는 입술을 깨물었다. 여전히 분필가루와 잉크로 온통 칠갑이 되어 있던 마르고가 텅 빈 눈길로 그녀를 멍하니 쳐다보고 있었다. 마틸드는 냉정을 되찾고 자매의 손을 꼭 잡더니 그녀를 농가 안으로 데리고 들어와서 말했다. "이리 와, 좀 씻고 자야지." 그런 다음 잘 들리지 않는 소리로 되풀이했다. "씻고, 자야지."

마틸드는 아무것도 묻지 않았다. 그러나 다음날 그녀에게 알렸다. "오늘은 내가 로즈와 비올레트를 학교에 데려다줄 거야. 너는 집에 남아서 식사 준비를 해." 마르고는 아무 말도 하지 않고 자기 대신 나가는 언니를 보고만 있었다.

마틸드는 아이들과 함께 교실로 들어가서 맨 뒤쪽 의자에 자리잡고 앉았다. 그렇게 아침나절 내내 선생에게 눈길을 박은 채 꼼짝도 하지 않았다. 사실 선생은 그녀에게 아무런 질문도 하지 않았을뿐더러, 심지어 그녀에게 말을 건넬 엄두도 내지 못했다. 그는 그 여자가 누군지 알 수가 없었다. 그녀에게서 마르고의 모습이 보였음에도 그는 그녀를 알아보지 못했다. 학교 안마당에 종이 울리고 학생들이 운동장으로 흩어지자 마틸드는 즉시 자리에서 일어나 교실을 건너질러 기욤 앞에 가서 딱 버티고 섰다. 그는 한동안 그녀를 빤히 바라보다가 마침내 말했다. "당신인 줄 못 알아봤어요! 오늘은 모습이 영 딴판이라." "난 마르고가 아녜요. 쌍둥이 마틸드예요." 그녀가 쌀쌀한 어조로 말했다. 처음에 기욤은 놀라서 그녀를 응시하더니 이윽고 나무막대기를 양손에 쥐고 만지작거리며 그녀의 주위를 빙빙 돌기 시작했다. 그는 빈정대며 이렇게 내뱉었다. "정말 이상한 가족이네요. 당신들은 늘 그렇게 쌍으로 다니나요? 하나 둘, 하나 둘, 하나 둘…… 거위걸음*으로 걸으셔야 하겠어요!" 그러고는 조롱하듯 나직하게 웃었지만 곧 마틸드가 그를 제지했다. 그녀는 그의 쪽으로 홱 돌아서더니 손에서 막대기를 빼앗아 책상 모서리에 대고 눌러 딱 부러뜨렸다. "당신 웃음도 태도도 영 맘에 들지 않아요." 그녀가 부러진 막대기 조각들을 교단 위로 집어던지면서 말했다. "우리 집안에서는 똑바로 걷고 고개를 똑바로 쳐들고 다녀요. 아주 똑바로. 만약 우리 아버지를 찾아가서 마르고와 결혼하겠다고 청혼하고 싶다면 당신도 고개를 아주 똑바로 쳐드는 법을 배워야 할 거예요. 그러나 그전에, 연습 좀 해두세요. 당신은 아직 너무 애송이라 페니엘 영감님과 맞상대를 하려다가는 목이 비틀려버릴 것 같으니까!" 그녀는 그에게 대답할 여유를 주지 않았다. 홱 돌아서서는 곧장 학교를 떠나버렸다.

얼마간 시간이 지난 후 기욤 델보는 황금의 밤 늑대 낯짝을 찾아가 청혼의 뜻을 밝혔다. 기욤은 그를 보고도 목이 비틀릴 기미를 전혀 느끼지 않았지만 심히 거북한 기분을 지울 수 없었다. 마틸드가 자신에게 맛보여준 모욕감을 잊을 수가 없었던 것이

---

* 무릎을 굽히지 않은 채 쭉 뻗은 다리를 높이 들어 내딛는 걸음걸이. 프로이센 군대의 군사훈련에서 유래했고, 두 차례의 세계대전 동안 독일의 군국주의를 상징하는 말로 통용되었다.

다. 그 청혼의 동기가 마르고에 대한 사랑인지 아니면 그녀의 자매를 찾아가 대거리를 해보고 싶은 강한 욕망인지 분간이 되지 않을 정도였다.

한편 마르고는 아무런 의심도 하지 않았다. 그녀는 맹목적이라 할 만큼, 완전히 제정신이 아니다 싶을 정도로 기욤을 사랑했다. 그가 그녀를 분필가루로 하얗게 칠했던 그날부터 그녀의 몸은 빛나는 백지에 불과했다. 활짝 펼쳐진 그 백지는 새로운 글쓰기를 통해 그녀와 그녀의 삶이 축제와 광기로 들끓는 한 권의 살아 있는 책이 되기를 기다리고 있었다. 결혼식은 새해 초, 마르고의 생일날로 정해졌다.

7

그 여자들은 높은 농장으로 올라가는 길을 따라 한 줄로 늘어서서 도착했다. 길 양쪽에 밀이 어찌나 높이 자랐는지 하늘 아래 종종걸음을 치며 걸어가는 다섯 과부들은 들에서 뽑혀 추수와는 거리가 먼 곳으로 바람에 날려가는 몇 개의 검은 이삭들 같아 보였다. 그들은 말없이 마당을 통과하여 문턱에서 오래도록 발을 닦고 들어갔다. 집에는 출산이 가까워오는 두 젊은 여자들의 신음소리가 벌써부터 울리고 있었다. 과부들은 쥘리에트가 쉬고 있는 방으로 올라갔다. 오르탕스는 바로 옆방에 있었다. 그녀를 빅토르플랑드랭의 방으로 옮겨놓은 것이었다.

"저리 가요!" 침대로 가까이 오는 검은 실루엣들을 보자 쥘리에트는 소리쳤다. 그러나 그녀에겐 싸울 힘이 없었다. 고통이 너무 심해 더이상 저항하지 못하고 할머니가 통솔하는 여자들의 손길에 몸을 맡겼다.

오르탕스와 쥘리에트가 한목소리로 엄청난 비명을 내질렀다. 그러나 한쪽은 낮은 소리를 냈고 다른 한쪽은 높고 날카로운 소리를 냈다. 그 이중의 고함소리가 침묵이 되어 가라앉자 단 하나의 메아리만 남았다. 오르탕스의 방에서만 갓 태어난 아기의 큰 울음소리가 울렸다. 쥘리에트의 방에서 다른 울음소리는 들리지 않았다. 그저 날개 스치는 소리와 벌레가 찌르륵거리는 듯한 환상적인 소리뿐이었다. 바람이나 바닷물이 내는 듯한 아우성이었다. 인광을 발하는 연녹색의 극히 작은 벌레들 수천 마리가 쥘리에트의 열린 몸에서 뿜어나왔다. 벌레들은 창문 밖으로 회오리치듯 날아가 밀밭을 덮쳤고, 그와 동시에 밀밭에는 말라버린 앙상한 줄기들만 남았다.

한편 오르탕스는 조그만 사내아이를 낳은 참이었다. 힘차게 몸짓을 해대는 튼튼하고 잘생긴 아기였지만 등에 기이한 혹이 붙어서 불룩했다. 이름을 브누아캉탱이라고 지었다.

　과부들이 황폐해진 들판 사이로 난 길을 따라 내려갔다. 모두 여섯이었다. 쥘리에트를 함께 데리고 간 것이다. 태중의 열매를 쏟아내자마자 그녀는 침대에서 뛰어내려 창문 쪽으로 달려갔다. 그녀는 녹색 벌레들이 거대한 무리를 이루어 밀밭을 덮쳐 거두어들일 곡식을 다 망가뜨리는 광경을 보았다. 극도로 뜨겁게 달구어진 탑의 아가리처럼 벌어진 대지 저 위에 태양이 수직으로 내리꽂히는 광경을 보았다. 모든 사물들과 모든 형태들이 마치 생석회에 잠긴 듯 너무나도 엄청난 빛 속에 용해되는 모습을 그녀는 눈이 멀 지경으로 빤히 노려보았다. 그런 뒤, 타는 듯 쓰린 눈물로 가득한 그 두 눈으로 쓸모없게 된 내의와 대야와 물병을 여전히 손에 들고 있는 여자들 쪽을 바라보았다. "그건 다 내려놓아요. 이제 그만 가야 해요." 그녀가 여자들에게 명령했다. 여자들은 말없이 내의를 개키고, 얼룩 하나 없는 매트를 접고, 방을 정리했다. "나도 함께 갈 거예요." 그녀가 말했다. 그러고는 이렇게 덧붙였다. "추위!" 그녀의 자매가 숄을 건네주었지만 그녀는 여전히 추웠다. 그래서 다른 여자들 넷이 그들의 검은 숄로 그녀를 감싸주었다. 그래도 그녀는 여전히 추웠다. 사람들이 그녀에게 새로 태어난 아기를 데려다주었을 때에야 한기가 물러났다. 그녀는 아기를 품에 안고 젖을 먹였다.

　사실상 오르탕스는 제 아기에게 젖을 먹일 수 없을 듯 보였다. 그녀의 유방에서는 젖이 나오지 않고 진창만 흘러나왔다. 오직 쥘리에트만 젖이 나왔으므로 브누아캉탱에게 젖을 먹이는 것은 쥘리에트였다. 그래서 이번에는 오르탕스가 아들과 떨어지지 않으려고 높은 농장을 떠나 과부들의 집으로 가서 자리를 잡았다. 아이가 젖을 뗄 나이가 될 때까지 그곳에 머물기로 했다. 그동안은 줄곧 매일 일이 끝난 뒤면 과부들의 집까지 내려가는 두 형제의 모습을 볼 수 있었다. 그는 쥘리에트와 오르탕스 사이에 앉아서 말없이 함께 식사를 했고 그다음에는 아들아이가 지내는 방으로 올라갔다. 저녁마다 아기가 잠들 때까지 안고 돌보는 것은 그였다. 그런 다음에 그는 다시 높은 농장으로 향했다. 오르탕스가 가끔 한밤중에 그를 찾아가곤 했다.

　브누아캉탱은 왼쪽 눈에 황금빛 반점을 쌍으로 가지고 있었고, 등에는 혹이 있었다.

　마르고는 웨딩드레스를 손수 지었다. 그녀는 시내에 나가서 천과 구슬들과 장식용 천조각을 샀다. 그러나 사 온 물건들은 옷 만드는 일을 거들어주는 마틸드에게만 보여주었다. 그녀가 만든 것은 과연 작품이었다. 바느질 기술에 속한다기보다는 조각과 채색 장식술에 속했다. 작업에는 여러 달이 걸렸다. 마르고가 그렇게 그토록 정교하게 만든 것은 또한 그녀의 모든 사랑이었고—욕망과 기대로 들끓는 그녀의 몸이었다. 그녀의 웨딩드레스는 흰빛과 음영과 광채로 빚은 한 편의 시가 되었다. 사실그것은 진정한 의상이 아니라 페티코트 여러 벌의 기상천외한집합이었다. 서로 다른 크기와 모양에 따라 나란히 놓인 총 열세 벌의 페티코트로 이루어진 옷이었다. 가장 긴 것은 무늬를 넣어 짠 새틴 옷감에다가 단에는 실크 술 장식을 달았고, 그다음에는 아마와 비로드, 물결무늬 천, 퍼케일 천, 양모 니트가 번갈아 이어졌는데, 그 하나하나에 기퓌르 레이스를 넣고 장식띠, 매듭, 리본 등을 어지럽게 달아서 돋보이게 만들었다. 허리는 G.와 M.이라는 이니셜을 수놓은 넓은 호박단 벨트로 꽉 조였으니, 유리구슬로 된 두 글자가 멋들어진 아라베스크를 이루며 서로 맞물렸다. 이어 그녀는 새틴 코르셋, 나전 단추로 손목과 목 부분을 잠그는 레이스 하이네크 셔츠, 그리고 비로드 깃털과 얇은 망사 장미꽃들로 가슴 장식을 단 짧은 상의를 만들었다. 그다음에는 3미터 길이의 하얀 삼베 천으로 베일을 만들어 거기에 백여개의 별과 꽃과 새 들을 자잘하게 수놓았다. 또 하얀 모피를 사서 그걸로 토시를 만드는가 하면 베일을 고정할 넓은 밴드를 제작했고, 반장화 안쪽도 그걸로 장식했다. 이 옷차림에 비용이 얼마나 많이 들었는지 결혼하기도 전에 돈이 거기에 다 들어갈 정도였다. 그러나 황금의 밤 늑대 낯짝으로서는 이 땅 위의 즐거움이나 아름다움은 너무나도 희귀하고 덧없는 것이니 비록 단 하루라도 즐거움이 지나갈 때 놓치지 않고 누릴 줄 알아야 하는 법이라 여겼고, 딸이 맛보는 사랑의 열광은 그만한 비용을 지출할 가치가 있다고 판단했다.

혼례는 새해 첫날에 거행되었다. 과연 그날, 스무 살 생일날인 동시에 그 전설적인 옷을 처음 입게 된 그날, 마르고가 농가 마당을 나섰을 때, 그리고 양쪽 뿔을 하얀 리본으로 장식한 두 마리 황소가 끄는 수레에 올라 아버지 옆에 자리를 잡았을 때, 그리하여 그녀가 눈 덮여 반짝이는 들판을 가로질러 갈 때, 사람들은 정말로 아름다움이 땅 위로 내려왔음을, 즐거움이 땅에 내려와 살게 되었음을 실감할 수 있었다.

마르고는 커다란 겨우살이 꽃다발을 들고 있었다. 몽르루아 성당의 경내로 들어선 그녀는 어머니의 무덤에 겨우살이 가지 하나를, 그리고 블랑슈의 무덤에 또하나를 내려놓았다. 그녀는 인형으로 변해버린 두 여자들에 대한 기억을 간직하고 있었다. 한 여자는 꽃무늬 광목에 기묘하게 둘둘 말린 조그만 나무인형처럼 온통 뻣뻣했고, 다른 한 여자는 한심한 유리인형처럼 부서

저 있었다. 그녀는 두 여자들에게 자기의 혼례에 와서 이 행복과 변신을 함께하자고 청했다. 왜냐하면 그녀도 아직은 한갓 인형에 불과했기 때문이다. 아름다운 천과 장식끈과 모피에 감싸인 석고인형. 그러나 이제 곧 그녀는 하느님과 영원 앞에서 육신을 얻고 벌거벗음과 내던짐 속에서 그 육신을 만끽할 작정이었다.

생피에르가 새로 단 종을 울리며 마을 전체에 그 즐거운 차임 벨소리를 뿌리는 동안 페니엘네 집안사람들은 성당의 앞뜰에 모였다. 마르고는 아버지의 팔에 몸을 의지한 채 이제 곧 기욤이 나타날 광장을 미소어린 눈으로 뚫어지게 바라보았다. 다른 사람들은 모두 그녀만 쳐다보고 있었다. 그만큼 그녀는 괴이할 정도로 아름다웠다. 광장은 이내 사람들로 가득찼다. 마을과 검은 땅과 인근 동네의 주민들 모두 황금의 밤 늑대 낯짝의 딸을 보러 모여들었고 모두가 전에는 한 번도 보지 못한 것처럼 그 하얀빛을 바라보았다. 마르고가 입은 옷의 흰색이 너무나 화사해서, 태양의 광채든 눈의 광채든 다른 모든 흰색은 다 그녀의 페티코트와 그녀의 베일에서 솟아나오는 것인 양 여겨질 정도였다. 그녀는 어린아이들이 옛날이야기 속에서 만나는 백설 공주처럼 교회의 열린 현관 앞에 당당히 자리잡고 있었다. 그리고 황금의 밤 늑대 낯짝은 그녀의 아름다움에 눈부셔하며, 땅 위의 사람들에게 그녀를 보여주는 것이 마냥 자랑스러운 농부 왕이 되어 딸의 팔을 꽉 잡고 있었다.

그러나 시간이 흘러도 기욤은 좀처럼 나타나지 않았다. 마르고는 시린 발을 녹이려고 성당 앞뜰의 빙판으로 덮인 돌바닥 위에서 가볍게 발을 굴렀다. 그러나 소리가 나지 않게 발을 굴렀는데도 발소리는 놀라운 반향을 일으켜 이내 군중의 찬미어린 함성과 성당 종소리의 유쾌한 소음을 뒤덮었다. 모두가 입을 다물고 기상천외의 박자에 맞추어 수천 개의 북소리보다 더한 굉음을 내는 세련된 흰색 반장화를 깜짝 놀란 표정으로 바라보았다. 그 순간 기욤이 어느 곳에 있었든, 그는 자신을 부르는 그 소리를 들었을 것이다.

실제로 응답이 왔다. 소년 하나가 광장에 빼곡히 들어찬 군중을 팔꿈치로 헤치며 앞마당까지 달려왔다. 거기서 그는 숨을 헐떡거리며 신부에게 종이 한 장을 내밀더니 그길로 바삐 돌아갔다. 마르고는 종이를 폈다. 기욤이 쓴 석 줄짜리 짧은 글이었다. 그의 글씨는 억지로 꾸민 것이 느껴질 정도로 정성을 들인, 그야말로 서법의 작은 걸작이었다. 그녀가 내용을 읽었다. "마르고, 나를 기다리지 마시오—나는 가지 않을 것이오—절대로 당신을 만나지 않겠소—나를 잊어주오—기욤."

몽둥이는 약속을 지켰다. 다시는 그를 본 사람이 없었고 아무도 그가 어떻게 되었는지 알지 못했다.

마르고는 천천히 편지를 접어서 허리띠 안으로 밀어넣었다. 그러고는 고개를 약간 뒤로 젖히더니 웃어대기 시작했다. 유리 종들이 땡그랑땡그랑하듯 나직하고 예쁜 웃음이었다. 이어 그녀는 아버지의 팔에서 몸을 빼내어 어깨와 머리를 이리저리 가볍게 흔들고 발뒤꿈치로 땅바닥을 구르면서 빙글빙글 돌기 시작했다. 그녀의 베일이 부풀어오르면서 느리게 소용돌이치는 한편, 페티코트들은 위로 쳐들려 꽃부리 모양으로 열렸다. 그녀는 두 팔을 들고 점점 더 빨리, 팽이처럼 빙빙 돌았다. 이렇게 빙빙 돌면서, 페티코트의 펄럭임으로 어둠을 몰아내며 성당의 중앙홀을 내달렸다. 그녀의 웃음과 조급한 발소리가 궁륭 밑에서 묘한 소리로 되울렸다. 그리고 바로 그때 그녀는 기둥들 뒤에 있는 고해실을 발견하고 여전히 빙빙 돌면서 황급히 그리로 달려가서는 축축해져 온통 곰팡내 풍기는 낡은 바이올렛 커튼을 잡아 뜯어 마치 덮개처럼 어깨에 걸쳤다. 그러고도 한참 동안 성당 안을 가로질러 춤을 추면서 의자들과 벤치들을 넘어뜨리다가 갑자기 찢어질 듯 고함을 내지르더니 모든 끈들이 잘려버린 꼭두각시 인형처럼 털썩 주저앉았다.

"마르고! 마르고! 왜 그래?" 겁에 질려 문 앞에서 걸음을 멈추며 마틸드가 소리쳤다. 성당 중앙홀 저쪽 끝에 멈추어 요란스레 서걱거리는 흰 천들을 아연실색하여 바라보고 있는 로즈엘로이즈와 비올레트오노린의 손을 허리께로 잡아당겨 꼭 감아쥔 채였다.

황금의 밤 늑대 낮짝이 성당 안으로 들어가 마르고가 있는 곳으로 다가갔다. 의식을 잃은 딸을 안아올렸을 때 몸의 무게가 너무나도 느껴지지 않아서 그는 일어서다가 하마터면 균형을 잃을 뻔했다. 자신 없는 발걸음으로, 그는 전혀 하중이 느껴지지 않는 그 몸을 제단까지 안고 가서 내려놓았다. 이어 그는 꽃병들과 촛대들과 다른 성물들을 넘어뜨린 끝에 마침내 나무십자가를 집어들어 감실에 대고 후려쳐서 깨뜨리며 소리쳤다. "불행의 신, 그래, 죽음과 광기에 휘둘리는 당신의 자녀들을 보니 그렇게도 좋은가? 그렇거든 잘 봐라, 여기 내 딸, 내 아이를 똑똑히 봐라, 결국은 더이상 아무것도 볼 것이 없게 될 테니까. 당신이 우리 모두를 잃게 되어 이 땅 위에 아무것도 남지 않는 날이 오면 말이다!"

바깥, 성당 앞마당에는 군중이 머리들과 어깨들의 출렁거리는 물결을 이루며 빽빽하게 모여서서 요란하게 웅얼대고 있었지만, 마틸드가 여전히 어린 두 여동생들과 함께 서 있는 대문을 감히 넘어설 엄두를 내는 이는 아무도 없었다.

비올레트오노린은 왼쪽 관자놀이에서 피가 땀처럼 배어나와 뺨을 따라 흐르는 것을 두번째로 느꼈다. 하지만 이번에는 아무 말도 하지 않았다. 지금 그녀는 그 피가 자기의 것이 아니라 어떤 다른 몸의 상처에서, 어떤 다른 심장의 고통에서 흘러나온다는 것을 알고 있었다. 그리고 이번에도 또 오직 장프랑수아티주드페르만이 유일하게 그 아이의 극심한 연민을, 그 시선의 광기를 주목했다. 그는 아이에게 다가가서 머뭇머뭇 어깨 위에 손을 얹었다. 아이에게 뭔가 말을 하고 싶었지만 할말을 찾지 못한 채 더듬더듬 뭐라고 알아들을 수 없는 말을 중얼대다가 아이의 어깨에 얹은 손에 힘을 주어 꽉 그러쥐며 자기 몸의 무게를 온통 실었다. 그러고는 마치 아이의 관자놀이에서 배어나오는 피의 가느다란 흐름 때문에 눈이 멀어버린 듯, 그렇게 아이의 긴장된 옆모습 쪽으로 몸을 기울인 채 가만히 서 있었다. 그는 온통 경악과 고통이 범람하는 애정의 물살에 실려가는 느낌이었고, 갑자기 자신이 비올레트오노린보다 훨씬 더 작은 아기가 된 기분이었다.

그러나 그들을 잔뜩 에워싼 군중 속에서 소용돌이가 일어 그는 아이와 떨어지고 말았다. 빅토르플랑드랭이 그의 딸을 품에 안고 성당에서 나오고 있었다. 모두가 그에게 길을 터주었다. 그리고 곧 군중은 어떤 이름을 웅얼대면서 검은 물처럼 다시 닫혔다. 이제부터 영원히 마르고에게 붙어다닐 이름이었다. "모마리에!* 모마리에 좀 봐!……" 그들 모두가 커다란 하얀색 헝겊 인형을 고해실의 낡은 보라색 커튼에 둘둘 말아 안고 가는 황금의 밤 늑대 낯짝을 호기심어린 눈으로 좇으며 소리치고 있었다.

네 번째 밤

Nuit du sang

피의 밤

IV
피의 밤

  신은 세상과 세상 만물을 창조했지만 아무것에도 이름을 붙이지 않았다. 신중을 기하여 신은 침묵을 지켰고 그의 모든 피조물이 극도로 순수하고 꾸밈없는 빛 속에서 단순히 존재 그 자체로 반짝이도록 했다. 그렇게 신은 이름 붙이지 않은 이 무수한 것들을 인간의 재량에 맡겼고, 인간은 그 점토질의 마비 상태에서 깨어나는 즉시 주변의 모든 것에 이름을 붙이기 시작했다. 그러자 그가 지어내는 말 하나하나가 사물에 새로운 외양과 굴곡을 부여했다. 이름은 사물들에 그와 꼭 닮은 진흙의 형상들로 음영을 넣었고 그 형상들 속에서는 벌써부터 닮음과 어렴풋한 차이의 장치가 각인되었다.

  그러므로 어떤 말은 반드시 그 깊숙한 주름 속에 빛과 메아리의 소용돌이를 담고 있으며 다른 말들이 던지는 통절한 부름의 떨림을 간직하는 것이다. 가령 장미라는 이름은 꽃 그 자체처럼 열리고 닫히다가 이윽고 떨어진다. 때로는 하나의 꽃잎이 혼자서 모든 빛의 음영을 다 받아들일 정도로 활짝 펼쳐져 꽃 전체의 아름다움을 강렬하게 담아 가지기도 한다. 그와 마찬가지로 단 하나의 글자가 단어 전체를 공략하여 완전히 뒤집어놓을 수 있다.

장미rose라는 이름이 과도한 욕망에 불타서 육화되기 시작하면 그것은 에로스éros로 전도될 정도로 날개를 활짝 펼친다. 그리하여 이름은 다른 말들의 압력에 못 이겨 공전空轉하고, 그 바람에 꼭 죄어들어서 뾰족해진 나머지 감행하다oser라는 동사로 변한다.

에로스. 장미를, 장미의 천부적 능력을 감행하다.

그러나 이번에는 동사가 작동하기 시작하여, 회전한다. 장미라는 이름이 이렇게 격해져서 회전하면 그것은 바퀴가 된다. 그로써 장미라는 이름은 제 가시들에 찰과상을 입고 피를 흘리기 시작한다. 때로 장미의 피는 햇빛에 물들어 마치 웃음의 맑은 타액처럼 빛난다. 또 어떤 때 장미의 피는 어둠 속에서 혼합되기도 하는데 그때 거기에는 쓰고 어두운 땀이 섞인다.

감행하다. 장미의 상처. 능욕하는, 그리고 능욕당한 장미.

광채를 발하는, 장미-피, 붉은-피, 물기가 빠지는 즉시 갈색이 되었다가 곧 검어지는.

검은 땅에서는 사물과 짐승과 꽃의 이름들이, 사람의 이름들이 끝없이 어미변화를 일으켜 각종 모음의 반복과 메아리의 우여곡절로 파생된다.

그 모음의 반복은 때로 너무나 뜻밖이고 너무나 엉뚱해 불협화음으로 부서지기도 한다.

장미-피, 장미-밤. 밤-피 그리고 불-바람-피.

장미-붉은-목이 쉰.

1

마르고는 절대로 미망에서 깨어나는 시간을 넘어서지 않았다. 그녀는 자신의 스무 살과 혼례 준비에 축복을 내려주었던 그 빛나는 아침의 문턱에 영원히 그대로 머물러 있었다. 그녀는 천천히, 매우 천천히 눈을 떴다. 그리고 그보다도 더 천천히 침대에서 몸을 일으켰다. 그녀의 몸과 목소리가 다 같이 그렇게 행동과 말들을 느릿느릿하게 분해해놓기 시작했다. 시간이 잠들어 있는 그 부동과 침묵 일보 직전의 느릿함이었다. 이 깊고 긴 시간의 잠 덕분에 그녀는 자기 앞에 놓여 있던 십삼 년의 세월을 단 하루로 요약하여 겪어낼 수 있었다.

마르고는 그녀의 스무 살을, 1월 그날 아침의 눈빛과 신부의 옷차림을 늘 그대로 간직했다. 그 성스러운 결합의 시간을 끊임없이 기다렸고, 성당으로 가는 그 길로 끊임없이 나섰다. 그날 아침에 했던 그 말들 이외의 말은 한 번도 하지 않았고 그때 했던 몸짓 하나하나, 발걸음 하나하나를 하염없이 반복했다.

그렇지만 저녁이 가까워올 때면 갑자기 어떤 의혹이 그녀의 마음속에 끼어드는 것인지 한동안 그 몸과 목소리가 그 무기력에서 헤어나 보다 빠른 리듬을 되찾곤 했다. 그럴 때면 그녀는 물었다. "대체 그들은 어디 있는 거지?" "아니, 그들 누구?" 처음에는 마틸드가 물었다. 그러자 마르고는 대답했다. "물론, 기욤과 마르고 말이지. 이제 그들은 먼 곳에 가 있을 거야. 기차를 타고 갔는데, 자기들이 어디로 가는지는 아무에게도 말하지 않았어." 그러고는 이렇게 덧붙였다. "잘한 거야. 신혼여행은 비밀이어야 하거든. 안 그러면……" "안 그러면, 뭐?" 마틸드가 물었다. 그러나 마르고는 도무지 대답할 말이 생각나지 않았으므로 하던 말을 우물쭈물 얼버무렸다. "안 그러면, 안 그러면…… 모르겠어. 사랑은 비밀이니까, 그뿐이야. 자꾸만 꼬치꼬치 물어대면 안 돼……" 그러고서 그녀는 고개를 돌리고 기욤과 마르고의 끝없는 신혼여행의 꿈으로 빠져들었다.

마틸드는 꿈에 빠져들지도 않았고 절대로 사랑이 비밀이라고 여기지도 않았다. 그녀가 보기에 사랑은 오히려 비밀의 정반대,

일종의 배신이요, 인간들이 지어낸 가장 교활한 거짓이었다. 그래서 그녀는 자신의 마음속에서 사랑의 가장 가느다란 잔뿌리들까지도 다 뜯어내고 몸속에 있는 모든 욕망을 다 말살하기로 결심했다. 치르지 못한 마르고의 결혼식 다음날 밤, 그녀는 배와 허리에 격렬한 통증을 느끼며 잠에서 깼다. 여러 해 전부터 매달 겪어온 것이라 그 고통이 무엇인지 잘 알고 있었지만 그런 그녀에게도 이번만큼은 그 고통이 끔찍하고 도를 넘는 것 같았다. 단번에 월경의 피가 그녀에게 공포의 대상이 되면서 그녀는 자신의 육신이 오염되고 자신의 존재가 모욕당한 느낌을 받았다. 그 나쁜 피를 당장, 그리고 영원히 멈추게 할 필요가 있었다. 그러지 않으면 피가 멈추지 않고 끝없이 흘러서 그 불결한 붉은색과 구역질나는 열기, 욕망의 색과 열기를 온 대지에 퍼뜨릴 것이었다. 그래서 그녀는 자리에서 일어나 잠옷 바람에 맨발로 집밖으로 뛰쳐나가 밤의 추위가 송두리째 파고들어 그녀를 얼려버릴 때까지 눈 속에 굴렀다. 가슴과 배와 목과 허리의 살갗을 살얼음 낀 눈덩이로 문질렀다. 이윽고 몸속의 피가 그녀의 가장 깊은 곳에서 모두 빠져나가 한곳에 멈추는 것을 느끼는 순간, 돌의 날카로운 모서리로 단번에 내려쳐서 자신의 음핵을 절제했다. 그래도 그 상처에서는 피 한 방울 흐르지 않았다. 다시는 월경이 없었고 일생 동안 그녀의 몸은 오장육부와 성기를 돌처럼 굳혔던 추위에 꽁꽁 조여 있었다.

그러는 동안, 마틸드의 내면에 자리잡은 채 떠나지 않는 그 추운 겨울에도 불구하고, 또한 마르고의 요지부동인 시선으로 알아차리지 못하는 사이에, 계절들은 계속하여 그 흐름을 이어갔다. 계절은 인간들의 욕망과 상처와 변덕에 아랑곳하지 않고 지나갔다. 빅토르플랑드랭은 시간이 대지 위에 그려놓는 끈덕지고 지속적인 흐름을 좇았고, 그 리듬에 맞추어 한결같은 보조로 걸어갔다. 마르고의 광기와 관련해서 그는 결코 아무 말도 하지 않았지만, 만약 그의 딸을 그런 회복불능의 결혼 실패자로 만들어놓은 자를 만나게 된다면 전에 자신의 말 에스코에게 그랬던 것처럼 서슴지 않고 그자의 목을 따버리겠다는 생각을 오랫동안 지니고 있었다. 그리하여 설명도 없고 인정사정도 돌보지 않는 인간들, 그리고 특히 그 이상으로 비정한 저 신더러 보라는 듯, 마찬가지로 그 목을 농가의 문설주에 걸어놓을 참이었다.

일요일, 검은 땅의 주민들이 모두 미사에 참석하려고 길을 나서는 시간이면 그는 숲으로 가는 길로 들어섰다. 왼손으로 총 쏘는 법을 익힌 그는 신속하게 탁월한 사수가 되었다. 절대로 사냥감을 놓치는 법 없이 언제나 첫 발에 잡았다. 그 어떤 사냥개보다 사냥감을 더 잘 찾아냈고, 자신이 겨냥한 짐승이 조준선을 벗어나지 못하는 절호의 순간을 기다릴 줄 알았다. 행동과 시선의 극단적 정확성과 죽음 일보 직전의 섬광과도 같은 그 양자의 혼연일치야말로 사냥꾼으로서 그의 기량을 절정으로 끌어올렸다. 매번 사격을 할 때마다 나무들을 가로질러 반향하는 그 메마른 격발음의 메아리가, 어깨에서 느껴지는 무기의 짧고 둔탁한 반동의 느낌이, 총구에서 퍼지는 그 생생한 화염의 냄새와 붉은빛이 그는 좋았다.

무엇보다 그는 그토록 원기왕성한 짐승들의 몸뚱이가 덩어리째로 무너져내리는 광경을 목도하는 것이 좋았다. 오리, 날짐승, 토끼, 다람쥐, 오소리, 여우, 사슴, 노루 등 동물이라면 무엇이건 다 그에게는 사냥감이었다. 날아가거나 달리는 동물의 기세를 단숨에 꺾어 떨어뜨리고 넘어뜨려서 거기 자신의 발밑에 뒹굴게 만드는 것. 그러나 그의 대표적인 사냥감은 멧돼지였다. 늑대로 말하자면, 그건 다시 만날 수 없었다. 하기야 늑대를 만났다고 해도, 마치 늑대 인간에 대한 신앙이 마침내 그의 마음속에 —그러나 전도된 채로— 스며들기라도 한 양 필시 쏘지는 못했을 것이다. 그가 그 짐승을 조금이라도 무서워한 것은 아니었다. 숲에서 그 짐승은 그의 월경越境 안내자, 땅으로, 낮으로, 사랑으로 인도하는 월경 안내자였다. 그리고 어쩌면 늑대 인간들은 뜻밖의 다른 지역들, 다른 몸들로 인도하는 월경 안내자일 수도 있었다.

그가 멧돼지들을 특별히 더 무서워하지는 않았지만, 몸집이 굉장하고 그을음처럼 시커먼 색깔의 빳빳한 털이 무성하며 거대한 뻐드렁니로 무장한 삼각형 머리의 이 짐승들은 그에게 하나의 도전이었으며 일종의 과격한 매혹이었다. 그는 항상 이놈들의 이마를 겨냥해, 놈이 그를 향해 곧장 돌진해올 때 즉각 해치웠다. 그 용기, 그 집요함의 순간이 그는 좋았다. 총에 맞는 순간 짐승은 갑자기 기이한 방식으로 비켜나면서 달려오던 행로 밖으로 약간 몸을 휘다가 그의 죽음의 시선에서 비껴난 곳에서 쿵하고 무너지곤 했다. 황금의 밤 늑대 낮짝은 갑자기 생명의 경계 밖으로 나자빠지는 이 몸뚱이들의 둔중한 충격을 그 자신의 몸 가장 깊은 곳에까지 느낄 수 있었다. 그럴 때면 절규 직전으로 자신을 몰아가는 광적인 행복감이 그를 덮쳤다. 그것은 광란과 암흑으로 가득한 행복, 엄청나게 엄습해오는 얼얼한 행복이었으니, 그는 죽음과 반항으로 터질 듯 팽팽해진 가슴속에 그 행복을 정면으로 받아들였다. 멧돼지들이 나무뿌리를 파내려고 정신없이 긁어대는 끈적끈적한 흙, 무수한 그의 동류들이 이미 분해 해체된 진창의 모습으로 섞여 있는 흙처럼 어둡고 무거운 행복이었다. 그가 멧돼지들을 쏘아 죽임으로써 쫓아내는 것은 바로 죽은 자들이 그의 내면으로 운반해오는 그 모든 진흙탕, 그 모든 어둠이었다. 사실 그는 멧돼지 암컷이나 새끼들은 절대로 건드리지 않았다. 그가 총을 쏘는 대상은 오직 거칠고 뻣뻣한 짧은 갈기가 사납게 일어선, 그의 눈에는 기가 막힐 정도로 육중한 상반신이 진창과 검은 피와 단단하게 굳어 부풀어오른 듯 보이는 수놈들만이었다.

어느 날 그는 어떤 늪지대 근처에서 놈들의 무리가 우글대는 진흙탕 우리를 발견했다. 거처에서 내몰린 이 무리 중 이내 몸집이 엄청나게 큰 멧돼지 한 마리가 떨어져나왔다. 놈은 키가 1미터 이상 되고 거대한 바윗덩어리만큼이나 무게가 나갈 듯했다. 그의 눈에 짐승은 마치 화강암 덩어리를 잘라낸 것 같은 인상이었는데, 제가 쫓기고 있음을 눈치채자 그를 향해 곧장 달려들면서 흡사 급경사 비탈을 구르는 바위의 저돌적인 힘으로 굴러왔다. 황금의 밤 늑대 낯짝은 방아쇠를 당길 때 이미 자신의 손등에 짐승의 뜨거운 숨결이 느껴지는 것 같았다. 눈과 눈 사이를 정통으로 맞은 멧돼지는 귀를 찢을 듯한 괴성을 내질렀고, 한순간 허공으로 몇 센티미터쯤 튕겨오르더니 이윽고 그 거대한 덩치 통째로 쿵 하고 떨어지며 모로 굴렀다.

그러자 황금의 밤 늑대 낯짝은 엎어진 멧돼지에게로 다가가서 그 위로 몸을 웅크리고 들여다보고는, 아직 따뜻하고 기름기가 줄줄 흐르는 무거운 머리를 올려 상처에서 뿜어나오는 피를 마시기 시작했다. 그 모든 피를 그는 다 마셨다. 힘을 얻으려고 마시는, 정복한 짐승의 피로서가 아니라 자기 자신의 눈물과 공포와 분노를 삼키듯 마셨다. 그는 그 자신을 잊고 애도와 고독을 잊을 때까지, 자신의 망각을 잊을 때까지 피를 마셨다. 땅속에 묻힌 죽은 자들의 살에서 느껴지는 그토록 지독하게 들척지근한 맛을 입안에서 찾아낼 때까지 피를 마셨다. 그러고는 그 맛을 찾아낸 것에 취하여 몸을 일으켰다.

황금의 밤 늑대 낯짝은 그날 사랑 구멍 숲에서 나오다가 마주친 그 여자가 누군지 끝내 알 수 없었다. 사실 그가 그녀에게 던진 시선은 인간들을 향한 동물들의 시선만큼이나 불완전하고 당혹한 것이었다. 그가 그녀에게서 받은 인상은 돌연하고 모호했지만 너무나 강렬하게 다가와서 결코 딴 데로 관심을 돌리거나 무시할 수가 없었다. 그는 숲 가장자리의 녹색을 배경으로 움직이는 어두운 색깔의 그 커다란 반점과 갑작스레 맞닥뜨렸던 것이다. 여자는 몸을 구부린 채 커다란 나무뿌리들 주변에서 버섯이나 나물을 뜯어 바구니에 모아 담고 있었다. 그는 그가 다가가는 발소리를 듣고 천천히 몸을 일으키는 그녀를 보았다. 그녀는 한쪽 주먹으로 허리를 짚고 일어서면서 다른 한 손으로 이마를 닦았다. 필시 그녀는 그 순간 어지간히도 이상했던 그의 얼굴이며 황망하면서도 동시에 끔찍한 그의 짐승 같은 눈빛을 알아보왔던 모양이다. 이마를 문지르던 손을 크게 벌린 입 쪽으로 내리면서 차마 내지르지 못한 그 고함을 덮으려 했으니 말이다. 마찬가지로 그녀는 허리에 짚었던 다른 한 손을 배 쪽으로 옮기더니 큼직한 허리띠 버클처럼 옷자락 위로 꽉 눌러 쥐었다. 그가 여자를 향해 아주 침착하게 발걸음을 내디디자 그녀는 잰걸음으로 비틀대며 뒤로 물러났다. 이렇게 뒤로 물러나며 떼어놓는 걸음은 오랫동안 이어졌다. 이쪽도 저쪽도 발걸음을 빨리하지 않아서 그들 사이의 거리는 여전히 변함이 없었다. 그러나 결국은 커다란 나무뿌리에 발이 걸리는 바람에, 반사적으로 두 손으로 땅을 짚어 충격을 흡수할 겨를도 없이, 여자는 통째로 나자빠지고 말았다.

그녀의 입과 배에서 두 손을 걷어낸 것은 황금의 밤 늑대 낯짝이었다. 마찬가지로 그는 그녀의 옷을 걷었고 두 무릎을 벌렸다. 그녀는 경악과 공포로 너무나 큰 충격을 받은 나머지 그가 걸어오는 그 말없는 싸움에 어떤 저항도 할 수 없었다. 그리하여 그는 집요한 야만성을 뿜어대며 그녀의 배 위로 몸을 굴리고, 마치 송두리째 그녀에게로 들어가 그 속에서 녹아버리거나 아니면 그녀를 으깨버리겠다는 듯 그녀의 몸을 꽉 끌어안았다. 그녀의 뱃속 가장 깊은 곳까지, 그녀의 살과 심장의 핏속에까지 —땅속에까지, 그들의 몸 저 아래까지 여자를 뚫고 들어가는 것 같았다.

그리하여 그는 지금껏 한 번도 경험해보지 못한 쾌락을 맛보았다. 쾌락이 너무나도 통렬하여 그는 그 자리에서 깊은 마비 상태로 빠져들었고 여자도 마찬가지였다. 사실 두 사람의 몸이 너무나도 맹렬하게 서로 뒤얽혀 있었기에 그들이 느끼는 감각은 공통된 것일 수밖에 없었다. 그러나 잠에서 깨어나보니 벌써 밤이 되어 있었고, 빅토르플랑드랭은 축축한 땅 위에 배를 깔고 혼자 엎드려 있었다. 오랫동안 그는 자신이 꿈을 꾼 것이라고 생각했다. 그 꿈이 어떤 것이었는지는 정확하게 기억할 수 없었다. 그는 그렇게 땅바닥에 얼굴을 대고, 입속에 피 같은 끈적끈적한 맛을 남기는 부식토와 나무뿌리들에 배를 깔고 내던져진 채 빠져 있던 그 무기력한 잠에서 깨어 비틀거리며 일어났다.

2

오르탕스는 다시는 높은 농장에 나타나지 않았고 과부들의 집에도 역시 나타나지 않았다. 그렇게 그녀는 아무 예고도 없이, 심지어 질투할 만큼 사랑했던 아들아이까지도 데려가지 않고 쥘리에트의 품에 버려둔 채 사라졌다.

그러나 쥘리에트의 젖도 결국은 말랐다. 브누아캉탱이 젖을 뗀 것은 두 살 가까이 되었을 때였다. 바로 그 무렵에 오르탕스가 떠났다. 그녀가 어디로 갔는지, 어떻게 되었는지 아무도 알지 못했다. 몇몇 이들이 다른 도시에서 그녀를 보았다고 했지만 그 지명들이 같은 경우는 없었으므로 그녀는 여기저기로 떠돌아다니는 것 같았다. 심지어 그녀가 사라진 뒤 몇 달 사이 몹시 뚱뚱해진 모습을 보았다는 사람들도 있었다. 그러나 그들 말로는 오르탕스가 너무나도 무섭게 뚱뚱해진데다 보기에 괴로울 정도로 눈길이 푸른빛이었다고 했으므로 그 말을 믿을 수가 없었다. 이윽고 사람들은 더이상 그녀에 대하여 말하지 않았다.

한편 쥘리에트는 아기가 젖을 떼는 순간부터 자신의 존재 이유와 존재할 힘을 상실하고 완전한 무기력 상태에 빠져들었다. 그녀는 브누아캉탱이 그녀의 젖을 외면하듯 브누아캉탱에게 똑같이 무관심해졌다. 그러더니 곧 자리에 누워서 일어나려 하지 않고 끝없이 텅 빈 나날을 빈둥거리며 매일을 보냈다. 그러자 그녀 주위의 다섯 과부들은 아이를 높은 농장에 데려가기로 결정했다. 그들의 집에서는 어린아이를 더이상 보호할 수 없다고, 그 집의 바람벽이 그곳에 거처하는 사람이라면 누구에게나 숙명적인 불행을 가져온다고 그들은 느꼈던 것이다. 그들은 등이 비정상적으로 생긴 그 아이를 전혀 좋아할 수가 없었다. 더욱이 그 아이는 그들의 아이도 아니지 않은가. 그 아이는 끊임없이 숲속

을 떠돌아다니며 그들을 그토록 빈번히 모욕했던, 그리고 이제
는 신도 악마도 알 수 없는 곳으로 사라져버린 그 미친 여자의
씨였다. 아이의 아비는, 그게 누구인지조차 정확하게 알 수 없
다. 게다가 여자들은 아이가 그 끔찍하게 생긴 혹 속에 어떤 괴
물 같은 면을—어쩌면 그때까지 남자들을 괴롭혔던 끈질긴 저
주의 방향을 바꾸어 그들 여자들을 괴롭힐 수 있는 어떤 능력을
숨기고 있지 않은지 의심하던 차였다. 과연 그 저주가 이제 방향
을 반대쪽으로 틀어 쥘리에트를 이처럼 무기력과 우울 속으로
몰아붙이기 시작하지 않았는가. 그리하여 여자들은 아이를 커다
란 숄에 싸서 페니엘네 집으로 안고 갔다. 이렇게 브누아캉탱은
어머니를 둘씩이나 얻어 가졌다가 갑자기 어머니 없는 아이가
되었다. 그러나 페니엘 농장은 넓었고 로즈엘로이즈와 비올레트
오노린은 아이를 기쁜 마음으로 맞았다. 마틸드는 이 새로운 아
기를 돌보지 않아도 되었다. 왜냐하면 두 형제가 자기의 아들을
받아서 돌보기로 했기 때문이다. 심지어 그는 브누아캉탱에게서
새로운 힘과 즐거움을 맛보았으며, 삶을 보다 충만하게 해주는
몫을 새로이 발견했다.

아이는 자신의 기형적 모습 때문에 자주 불안해했고, 제 등
을 짓누르며, 벌써부터 동네 아이들에게 지겹도록 놀림감이 되
고 만 그 짐 덩어리에 대하여 아버지에게 묻곤 했다. 그러면 두

형제가 아이를 자기의 무릎에 올려놓고 아주 부드럽게 흔들면서 너무나도 다정하게 머리를 쓰다듬어주었으므로 아이는 모든 고통을 잊어버렸다. 그리고 또 그의 아버지가 어찌나 멋진 이야기들을 들려주었는지, 브누아캉탱은 가끔 자기의 신체적 결함을 그럭저럭 좋아할 때도 없지 않았다. 실제로 두 형제는 그에게 그의 혹이 아주 대단하고 신기한 비밀을 감추고 있다고―그 속에 또하나의 소년이 잠들어 있다고 말해주었다. 놀라운 아름다움과 대단한 재능을 가진 아주 어린 동생이 있다고 말이다. 브누아캉탱이 믿음을 가지고 그 동생을 일생 동안 사랑하고 이끌어줄 수만 있다면, 동생은 기꺼이, 어떤 불행이 닥쳐도 그를 보호해줄 터였다. 그리고 사실은 두 형제도 내심으로는 아들아이의 기형적인 생김새를 다행스럽게 여기고 있었다. 이렇게 불구의 몸이고 보면 아무도 그를 징집하여 또다른 전쟁에 내보내지는 못할 거라는 데 생각이 미쳤기 때문이다. 작은 곱사등은 군복과 명예가 아니라 많은 꿈과 기억과 은총을 간직하라고 만들어진 것이었다.

　얼마 지나지 않아 브누아캉탱에게는 또다른 동생들이 생겼다. 처음 발견되었을 때, 그들은 태어난 지 불과 며칠밖에 안 된 갓난아이들이었다. 어느 날 밤 누군가 그 아기들을 페니엘 집 문턱에 내려놓고는 즉시 사라져버렸다. 아침에 그들을 발견한 것은 장프랑수아티주드페르였다. 그들은 모두 셋이었고 서로서로가 완전히 똑같으면서도 달랐다. 신체의 생김새와 얼굴 모습을 보면 단 한 아이를 절대적으로 똑같이 세 개로 복사해놓은 것 같았지만 피부색이나 눈과 머리칼의 색깔은 완전히 딴판이었다. 한 아이는 피부색이 탁하고 아주 새카만 머리털에 반투명의 푸른 눈이었고, 다른 아이는 피부색이 창백하고 유난스러울 정도의 금발에 반투명의 검은 눈이었다. 세번째 아이는, 간단히 말해서 알비노였다.

그 아이들은 누구와도 닮지 않았다. 눈부시게 아름다웠고, 완벽함으로 말하자면 비인간적이라 할 정도였으며, 야성성 면에서는 거의 동물적이었다. 그러나 한 가지 특징이 그들의 혈연관계를 말해주고 있었다. 즉, 각자의 왼쪽 눈에 똑같은 황금빛 반점을 지니고 있었던 것이다. 그것만으로도 그들의 혈통을, 설명할 수는 없을지언정 확인하기에는 충분했다. 아버지에게 이 일을 전한 것은 장프랑수아티주드페르에게서 전해들은 마틸드였다. 이번에 그녀는 아버지의 방에 노크도 하지 않고 들어가 침대 앞에 딱 버티고 서서 소리쳤다. "일어나세요! 아버지가 또다시 가져온 이 새로운 불행을 눈으로 좀 보세요! 게다가 이번에는 무려 셋이에요! 셋씩이나 된다고요, 알겠어요? 어디서 왔는지조차 알 수 없는 사생아가 셋씩이나! 미리 말해두지만 난 이 애들을 거두지 않겠어요. 이건 아니죠, 뒈질 테면 뒈지라지! 사실 이것들은 뒈져 마땅해요, 그 망할 놈의 어미가 그것들을 버렸으니 먹을 게 아무것도 없잖아요. 여긴 유모가 없다고요!"

처음에 빅토르플랑드랭은 그의 딸이 소리지르며 협박해대는 말을 하나도 이해할 수가 없었지만 침대에서 내려와 세 아이들을 보자 갑자기 몇 달 전에 자신이 꾸었던 것 같은 꿈이 기억 속에 되살아났다. 그렇지만 당시 사랑 구멍 숲에서 자신이 겁탈했던 그 여자를 도무지 기억해낼 수가 없었다. 그녀는 줄곧 어렴풋한 그림자의 형태로만 나타났던 것이다. 꿈으로부터 진짜 아이들이 태어나는 것이 있을 수 있는 일일까?

"이 불행의 대천사들은 대체 뭐란 말인가?" 섬뜩할 정도로 아름다운 이 터무니없는 후손을 바라보며 황금의 밤 늑대 낯짝은 부르짖었고, 이윽고 마음을 가다듬어 이렇게 내뱉었다. "자, 이제 새로운 페니엘 자손이 셋이다. 이 아이들이 어디서 왔건 상관없어, 여기 눈앞에 있으니까. 그러니 살든 죽든 어쨌거나 이 애들에겐 이름이 있어야 해."

세 아이들은 미카엘, 가브리엘, 그리고 라파엘이라는 이름을 갖게 되었고 생명을 부지했다. 암소 젖을 먹고 자란 이들은 아주 건강했다. 스스로 몸을 움직여 돌아다닐 만한 나이가 되자 암소만이 아니라 암염소 암퇘지 가리지 않고 눈에 띄는 대로 그 젖꼭지에 매달려 젖을 빨아먹었다. 동물의 젖을 탐하는 세 아이들의 입맛과 그 완벽한 적응력은 이 사생아들에 대한 마틸드의 혐오감을 더욱 확고하게 만들었다. 더군다나 이 아이들은 페니엘가의 다른 아이들과 전혀 섞이지 않은 채 한사코 저희들끼리 단절된 세계에서 살면서 남들이 알아들을 수 없는 저희들만의 언어를 지어내어 주고받았다. 그러나 아주 빨리, 그 패거리 안에서도 금발의 미카엘과 갈색 머리 가브리엘 사이에 특별한 동맹관계가 드러나면서 둘은 결코 서로 떨어지지 않는 단짝이 되었다. 심지어 밤에도 그들은 서로 꼭 안고 잤다. 한편 알비노 라파엘은 외톨이로 지내며 혼잣말을 했는데 그 목소리가 너무나도 또렷하고 노래하듯 경쾌하여 그 자체로 부족함이 없었다. 그리고 그는 그림자 없이 다녔다. 몸이 어찌나 투명한지 그림자가 지지 않는 것이었다. 또 그 세 아이들은 짐승들의 말을 알아들었고 사람들보다 짐승들과 어울려 지내기를 더 좋아하는 것 같았다. 짐승들에게 자기들의 말을 이해시킬 수도 있었다. 가끔 라파엘은 그의 형제들 곁으로 와서 머리와 어깨를 부드럽게 흔들며 노래를 시작했다. 아주 밝은 그 목소리는 어디서도 느낄 수 없는 음조를 지닌 듯했고, 이에 가브리엘과 미카엘은 곧 춤을 추기 시작했다.

그때 그 노래와 춤은 너무나도 오래오래 이어져, 세 아이들은 마침내 어떤 심오한 최면상태에 빠져들고 말았다.

황금의 밤 늑대 낯짝은 어미가 누군지도 모르는 이 세 아들에게 감탄과 두려움과 의혹이 뒤섞인 아주 특별한 사랑을 느꼈다. 그는 그들이 자신의 살이 아니라 심장의 막연하고 은밀한 구석—생각이 파고들어갈 수도 없고 거기서 싹트는 광적인 욕망과 생생한 환각들의 대혼란을 정돈할 수도 없는 그런 곳에서 생겨난 것 같았다. 혹시 이 아이들은 꿈에서, 피와 진창의 맛이 나는 어떤 무거운 꿈에서 태어난 것이 아닐까?

황금의 밤 늑대 낯짝에게는 손자 브누아캉탱이 그 세 아이들보다 더 자신의 아이처럼 여겨졌다. 그는 진정으로 페니엘 가문과 검은 땅의 살과 역사 속에서 다져진, 사랑과 애도의 자식이기 때문이었다. 게다가 브누아캉탱은 등에 혹을 달고 있어서 다른 사람들과 아주 같은 모습이 아닌 것을 늘 미안하게 여기는 듯한 정다운 미소를—사람들의 마음에 바로 와닿는 미소를 띠곤 했다. 반면에 세 아이들은 사랑이 아니라 욕망의 자식들이었다. 여전히 자기 내면에서 그 피가 고동치며 절규하는 것을 여실히 느끼게 하는 어떤 맹목적이고도 환상적인 욕망의 자식들이었다.

그럼에도 흩어져 있는 이 아이들을 한데 모으려고 노력해볼 필요가 있었다. 하지만 높은 농장에서 그렇게 할 수 있는 유일한 인물인 마틸드는 아이들에게 아무런 관심이 없었다. 그녀의 모든 관심과 배려는 온통 자기의 자매인 마르고에게만 쏠려 있었다. 아침마다 그녀는 마르고에게 가서 그녀를 깨우고 결혼식 준비를 위하여 열세 벌의 치마를 입고 머리를 땋고 신의 끈을 매는 것을 도왔다. 그러면 마르고는 그녀를 향하여 매번 그 영원한 1920년 1월의 눈을 뜨고 눈부시게 아름다운 아이의 표정으로 미소를 지어 보였다. 그렇게 이 모마리에의 지극히 느린 한나절이 시작되었다. 그녀는 몸짓 하나하나를 통해 성당을 향해 출발하려고 서두르는 모습을 느린 동작으로 흉내내면서 그 가상의 출발 순간을 조심스레 미루었다. 마틸드는 절대로 자매에게 화를 내지 않았고, 지금 자신의 유일한 사랑인 마르고의 생명을 지탱시켜주는 그 절망적인 유희를 멈추려 들지도 않았다. 그러나 그녀 역시 매일 1920년 1월의 그 자부심을, 자신의 분신이 배신당하고 죽음에 처해진 꼴을 지켜봄으로써 모욕당한 자부심과 우롱당한 마음을 다시금 접하는 것이었다.

그녀의 모든 자기애를 한몸에 받아 가진 또 하나의 자신, 그 분신은 그날 아름다움과 기쁨 속으로 그토록 높이 솟아올랐지만, 그것은 성직자가 환속하듯이 땅바닥으로, 광기 속으로 던져지기 위함이었다. 그리하여 그녀는 아침마다 증오와 복수의 욕망을 고스란히 되찾았다. 아버지가 아무데나 뿌려놓은 그 세 사생아들에 대하여 말하자면, 그녀는 '몽둥이'가 그랬던 것처럼 그들에게 언제든 배신하고 상처를 줄 준비가 된 어떤 악의가 깃들어 있는 것이 아닌가 의심했고, 그래서 그들에 대한 무력한 증오심을 거두지 못했다.

그리하여 빅토르플랑드랭은 하녀를 하나 고용하여 그녀에게 아이들을 돌보고 농장의 이런저런 일들을 돕도록 하기로 마음먹었다. 그러나 검은 땅에서도, 몽르루아에서도, 심지어 그 인근의 마을들에서도 높은 농장에 와서 일을 해주겠다고 나서는 젊은 여자를 구할 수가 없었다. 황금의 밤 늑대 낯짝과 노란 눈의 쌍둥이 아이들이 어느 때보다도 더 경계심과 두려움을 자아냈던 것이다. 결국 사람들은 사실상 몽둥이가 페니엘 집안의 이 늑대들 아가리 속으로 굴러떨어지기 전에 도망친 것은 아주 잘한 일이라고 여기게 되었다.

빅토르플랑드랭은 그 고장의 반대편 저 끝에 자리잡은 카르맹 성에 대한 이야기를 들었다. 그 성에는 부정한 남녀관계에서 태어난 다양한 연령층의 여자들 무리가 살고 있으며, 그 여자들은 지역의 공장, 농장 혹은 상점에 가서 일할 나이가 되기까지 그곳에서 교육을 받는다고 했다.

스무 해 전 그 시설을 설립한 것은 늙은 아르시발드 메르베이외 뒤 카르맹 후작이었다. 이 자선 시설은 열다섯 살 어린 나이에 죽은 후작의 둘째 딸 아돌핀의 뜻에 따라 설립된 터에 '복자 아돌핀의 어린 자매들'이라고 불렸다.

어린 아돌핀이 죽기 몇 달 전에 화재가 발생하여 카르맹성의 한쪽 별동이 파괴되었다. 화재는 그날 열여덟 살이 되는 후작의 맏딸 아멜리의 생일을 축하하기 위하여 열린 무도회 중에 발생했다. 불이 난 것은 무도회가 끝날 무렵이었다. 자신의 파트너 품에 안겨 빙글빙글 돌며 춤을 추던 아멜리가 건드려 넘어뜨린 촛대의 불꽃이 그녀의 의상 주름으로 빨려들어가면서 순식간에 그녀는 타오르는 횃불로 변했다. 그녀의 파트너는 바로 그 순간 타오르는 횃불을 손에서 놓았지만 아멜리의 어머니 아델라이드 후작 부인이 딸을 구하기 위하여 그녀 쪽으로 내달았다. 그리하여 아멜리는 멈추었던 춤을 어머니의 품안에서 끝내게 되었고, 이번에는 어머니의 옷에 불이 옮겨붙어 두 여인은 불타오르는 무수한 손가락들로 서로를 꼭 껴안은 채 눈부신 왈츠로 무도회를 마무리했다.

불은 이리하여 홀 전체로 번져 식탁보, 가구, 커튼 등 모든 것들을 흩날리면서, 와장창 깨지는 유리창들 밖으로 손님들을 쫓아냈다.

아돌핀은 그 무도회에 참석하지 않았다. 그녀는 자신의 방에서 쉬고 있었으니, 장차 그녀의 목숨을 앗아갈 병으로 인해 이미 칩거에 들었던 터였다. 그녀는 단지 방 창문을 크게 물들이는 벌건 불빛을 보았을 뿐인데, 열이 오른 그 눈에는 이제 어두운 밤이 자신의 병에 전염된 듯 보였고, 그녀 역시 피를 토하기 시작했다. 그러나 아르시발드 메르베이외 뒤 카르맹은 보았다. 그는 자신의 큰딸이 몸을 뒤틀며 불꽃 속으로 사라지는 것을 보았고, 창문들이 터져서 산산이 조각나고 지붕이 무너지는 것을 보았고, 사람들이 고함을 질러대며 훤하게 밝혀진 정원을 건너질러 도망치는 것을 보았고, 그의 말들이 축사의 칸막이 안에서 사납게 뒷발을 일으켜세우고 마치 어마어마한 힘으로 달려드는 빛의 공격을 피하려는 듯 크게 절규하며 발굽으로 허공을 내치는 것을 보았다. 그중 어떤 말들은 다리가 부러져 나중에 그들을 죽이지 않으면 안 되었다. 이윽고 그는 불이 사그라들며 이젠 신물이 난다는 듯 거대한 숯과 재의 더미로 주저앉는 광경을 보았다. 그는 자신의 훼손된 성을 보았고, 아내와 큰딸의 완전히 새카맣게 타버린 몸에서 사라져버린 두 귀와 숯처럼 까맣게 그을린 목에 변함없는 모습으로 여전히 매달려 있는 다이아몬드 펜던트를 보았다.
　그때 그는 발밑으로 땅이 열렸다가 즉시 닫히는 그 심연 속으로 자신의 행복, 사랑, 믿음이 굴러떨어지는 것을 보았다. 그러나 아돌핀은 아버지의 가슴에 미치는 그 악과 분노의 세력을 쫓아내고 싶었고, 그리하여 아버지에게 파괴된 성의 별동을 다시 짓고 버림받거나 고아가 된 그 고장의 모든 소녀들을 그곳에 맞아들이겠다는 약속을 받아냈다. 그렇게 하면 아버지는 잃어버린 딸들보다 더 많은 딸들을 얻게 될 것이 아니겠느냐고 그녀는 말했다. 또한 그녀는, 자신이 죽고 나면 뒤늦게 얻게 될 그 모든 어린 자매들 가운데 잠들 수 있도록 자기 시신을 그 보육원 부속 성당에 묻어달라고 청했다.

3

아르시발드 메르베이외 뒤 카르맹은 딸과의 약속을 성실하게 지켰지만, 그것은 죽은 자의 소원을 완전히 자기 마음대로 해석한 실천이었다.

아돌핀은 불우한 어린아이들뿐 아니라 아버지의 반항심에 찬 마음을 절망에서 구해내기 위하여 공책에 자신의 계획을 대략적으로 끄적이기 시작했었다. 그러나 그녀는 구원을 위한 작업을 포기하지 않으면 안 되었다. 그녀의 손이 펼쳐놓은 공책의 페이지 위로 자꾸만 떨어지면서 판독 불가능한 글자들만 겨우겨우 그려놓다가 그마저도 각혈과 눈물바람 탓에 멈춰버렸기 때문이다. 어느 날 그녀는 심지어 공책을 사납게 내동댕이치며 소리쳤다. "난 죽고 싶지 않아! 안 돼, 싫어, 죽고 싶지 않다고……" 그러나 그녀는 더이상 싸우며 버틸 수도, 자신의 구상안을 계속 작성할 수도 없는 채로 죽음의 고통 속으로 빠져들었다.

겁에 질린 젊은 여자가 소리친 이 마지막 말들이 그녀의 아버지가 듣고 기억한 유일한 것이었으니, 그는 바로 이 불투명하기 짝이 없는 외침에 비추어 자기 딸의 공책 속에 미완성인 채로 남아 있는 내용을 해석했다. 사실 공책에 쓰여 있는 것은 기껏해야 산발적인 몇 마디 말들로 된 문장들이 고작이었다. "노트르담데탕드레스성당" "……모든 여자아이들은 성모마리아의 보호를 받을 것이니……" "아멜리 기숙사" "……성자 축일이 그 아이들에게 축제의 날이 되도록……" "아델라이드 홀" "……그리고 나는 언제나 성당에서 그 아이들 가운데 있으리니" "……이리하여 모두는 모두에게 위안이 될 것임에……" 그러나 그는 특히 눈물과 각혈로 얼룩진 반점들을 해독하며 딸의 뜻, 그 딸의 마지막인 동시에 유일한 뜻을 실천에 옮기며 오염된 단어들로부터 자신의 상상력에 자양을 공급했다.

그는 실제로 소실된 별동을 새로 짓게 했을 뿐 아니라 심지어 더 크게 확장시켰고 노트르담데탕드레스성당에 아돌핀의 심장을 안치하게 했다. 다만 성당은 건물의 한쪽 끝 지하에 만들도록 명했다. 그 지하 성당은 온통 검은색 대리석으로 덮이고 오직 촛불의 불빛으로만 조명되어야 했다. 그 한가운데에는 제단이, 꼭대기에는 고인의 심장을 담은 놀라운 성 유물함이 자리했다. 성당은 끝없이 이어지는 돌계단을 통해서 들어가게 되어 있었는데 돌계단 끝에 나타나는 작은 방은 천장이 어찌나 낮은지 몸을 구부리지 않고는 지나갈 수 없었다. 입구를 겸한 이 방에는 후작 부인과 딸 아멜리의 무덤과 함께, 방부처리가 된 아돌핀의 시신을 안치한 거대한 유리관이 전시되어 있었다.

후작에게 찾아든 지독한 영감은 이렇게 이 건축물 전체의 구석구석에서 그 모습을 드러냈다. 침실이건 식당이건 어느 벽 하나 어두운 회색으로 칠하지 않은 것이 없었고, 침대라면 어느 하나 쇠붙이가 아닌 것이 없었으며, 옷이라면 어느 하나 검은 천으로 되지 않은 것이 없었다. 원생들이 손과 얼굴을 씻을 수 있도록 그는 숙소의 중앙 선반에 짐승들의 음수대와 비슷한 일련의 나무통들을 비치하여 거기에는 병에 든 찬물만을 부어서 쓰게 했다. 생활 규범과 침묵의 규칙은 수도 기관보다 더 엄격했다.

거대한 무덤이 완성되자 후작은 '복자 아돌핀의 어린 자매들' 시설의 개관을 공표했고, 이내 미래를 원하지 않는 사랑을 통해 태어난 인근의 모든 어린 여아들이 그곳으로 보내졌다. 이 아이들은 정말 아무것도 가진 것 없이 왔으므로 신원마저 근거가 확실하지 않았다. 그래서 후작은 자기 집으로 흘러들어온 이 딱한 작은 살덩어리들에게 이름을 붙여주기 위하여 하나의 규범을 정했다. 그는 각각의 해에 따라 하나의 알파벳 글자와 상응하도록 정했지만 처음의 A자는 오직 그 자신의 가문 전용이었으므로 B자부터 시작하도록 했다. 그리고 첫번째 이름 다음에는 아이가 성에 온 시점에 축일을 맞는 기독교 성자의 이름이 따르도록 했고, 끝으로 이 모든 고아들의 성스러운 보호자가 되시는 분의 이름을 따 '마리'로 마무리되도록 했다. 이러한 세 개씩의 이름들은 모든 여자아이들에게 공통으로 주어진 성과 붙었고, 그 성은 다름 아닌 '생트크루아'*였다. 믿음도 법도 없는 사랑에서 온 이 버림받은 악의 씨앗들을 그는 자신의 모든 애도와 무너진 긍지와 잃어버린 신앙을 다하여 증오했기에, 그들의 부조리하고 부정한 삶을 온통 성스러움의 검은 냄새로서 충만한 하나의 정숙하고도 은밀한 지옥으로 만들어보려고 분투했다.

빅토르플랑드랭은 후작의 영접을 받았다. 후작은 그에게 자신의 정원, 올빼미들이 가득 들어찬 새 사육장, 그리고 마구간을

---

* 프랑스어로 '성 십자가'라는 뜻.

구경시켜주었다. 과연 이것이 후작이 가장 자랑스러워하는 모든 것이었다. 지나가다 들르는 방문객들의 흐릿하고 보잘것없는 그림자를 검푸른, 혹은 자줏빛 그늘로 압도하는 수백 년 묵은 나무들, 설탕을 바른 혓바닥처럼 다육한 꽃잎이 달린 이국적인 꽃들, 지저귐이 음산한 만큼이나 밝게 빛나는 깃털을 지닌 올빼미들. 그리고 무엇보다도 말들. 그의 말들은 주인과 이름의 머리글자를 공유하는 특권을 가졌다. 말들의 이름은 아무르아크로스티슈, 아틀라스앙바사되르, 아빔아포스톨리크, 알라름아라베스크 그리고 압생트아베유였다. 이 말들이 어쩌나 세련되고 늘씬한지 빅토르플랑드랭은 감탄해 마지않았다. 수레 *끄는* 말과 밭 가는 소밖에 몰랐던 그로서는 말에게서 느껴지는 그런 섬세함이 너무나도 뜻밖이라 놀라울 뿐이었다.

아르시발드 메르베이외 뒤 카르맹은 반면 그의 시설 건물만은 수도원의 출입금지 구역 이상으로 비밀에 붙여 절대로 구경시키지 않았다. 방문객들은 보육원 건물에 붙은 홀로 안내되었고, 거기서 일할 수 있는 나이에 이른 젊은 생트크루아 아가씨들을 소개하는 자리가 마련됐다.

그곳은 천장이 높고 벽들은 희게 회칠이 되어 있으며 서쪽으로는 오후마다 불그레한 밝은 빛이 들어오는 큰 창이 난 아름다운 홀이었다.

후작은 황금의 밤 늑대 낯짝을 자신의 옆, 등받이가 높고 조각 장식이 된 장의자에 앉게 했다. 그들의 앞에 놓인 탁자 위에 커다란 공책들이 여러 권 늘어놓여 있었다. 각각 색깔이 다르고 단면에 검은색 글자가 찍힌 공책이었다. 후작이 쌓인 공책들을 천천히 검지로 훑어내리다가 맨 아래쪽에 이르러 멈추었다. 그는 각기 G. H. I.에 해당하는 밝은 녹색, 주황색 그리고 갈색, 이렇게 세 권의 공책을 꺼냈다. 그러고는 지난 세기에나 썼을 법한 괴상한 코안경을 끼면서 말했다. "자, 이애들은 열네 살에서 열여섯 살 사이의 아이들입니다. 이중에서 틀림없이 당신이 필요로 하는 하녀를 찾아낼 수 있을 겁니다. 그애들을 보여드리지요." 그러나 빅토르플랑드랭은 무엇보다 그의 아이들을 돌볼 수 있는 좀더 나이 먹은 여자였으면 좋겠다고 명확하게 생각을 밝혔다. "음, 그 나이의 여자애들은 별로 남지 않았는데요. 그애들은 이미 다 취업했어요." 그러더니 그는 무더기에서 E 자가 찍힌 붉은색 표지의 다른 공책을 빼냈다. "E 연도의 원생은 다섯 명 남았네요." 그가 공책을 살펴보고 나서 말했다. "이애들은 열여덟 살입니다. 이보다 더 나이든 애들은 없어요. 그보다 앞선 해의 애들은 다 나갔거든. 그 다섯 명을 이리로 불러오라고 하지요." 그러고서 그는 코안경을 고쳐 쓰며 덧붙였다. "아니, 왜 좀더 어린애를 고르지 않는지 모르겠군요. 여기 이 다섯 명은 아무도 거들떠보지 않아서 남은 애들이에요. 정말이지 아무도 선택하지 않은 말짜들이라고요. 어쨌건, 보면 알 겁니다. 언제든 생각을 바꿔도 돼요."

여자 집사 하나가 말짜 여자애들 다섯을 줄줄이 이끌고 들어왔다. 후작이 붉은색 공책을 들여다보며 호명하면 이름이 불린 아이는 세 걸음 앞으로 나와서 서투르게 고개를 숙여 인사했다. "에밀리엔페트디외마리!" 피부가 습진으로 뒤덮인 키 작은 금발 여자아이가 깜짝 놀라 앞으로 나왔다. "에르네스틴팡트코트마리!" 이 여자애는 너무나 심한 사팔뜨기여서 앞도 잘 못 보는 것 같았다. "에드위그아농시아시옹마리!" 거동이 구루병 환자 같은 붉은 머리의 키다리가 절뚝거리며 나왔다. "엘맹트프레장타시옹뒤세네르마리!" 털이라곤 한 올도 없는 여자아이가 나섰다. "외제니로가시옹마리!" 이 여자아이는 저 혼자 신이 나서 바보같이 낄낄대기 시작했고, 그러자 멍청한 얼굴 모습이 더욱 두드러져 보였다.

후작이 빅토르플랑드랭을 돌아보며 물었다. "그래도 여전히 이 여자애들 중에서 하나를 데려다 쓸 생각이신가요? 미리 말씀드렸잖아요—다 고르고 남은 말짜라고!" 황금의 밤 늑대 낮짝은 곧바로 대답하지 않았다. 그는 한동안 그 원생들 다섯을 가만히 쳐다보고 나서 마음을 정했다. "네" 하고 그는 마침내 그 말도 안 되는 이름은 잊어버려서 생각이 나지 않는, 피부가 칠성장어 같은 여자아이를 가리켰다. 그의 선택에 후작은 약간 놀란 듯 흠칫하며 이상하게 눈살을 찌푸렸지만 빅토르플랑드랭은 후작의 그런 반응에 아랑곳하지 않았다. 볼일이 끝나자 그는 수상쩍은 만큼이나 숨막히는 그 장소를 서둘러 떠났다.

돌아오는 내내 황금의 밤 늑대 낯짝과 아이는 단 한마디 말도 주고받지 않았다. 그렇다고 미소나 시선을 주고받은 것도 아니었다. 사실 엘맹트프레장타시옹뒤세녜르마리의 눈길은 이상하게도 움직임이 없이 단단해 보였는데, 눈썹과 속눈썹이 하나도 없었기에 이런 요지부동의 인상은 더 두드러졌다. 그녀는 무릎위에 놓인 커다란 회색 보따리를 꼭 붙잡고 있었다. 그는 그녀의두 손을 눈여겨보았다. 그것은 농장 여자아이의 손이 아니었다. 유난히 길고 가느다란 그 손에는 힘줄과 실핏줄들이 아주 섬세하게 뻗어 있었으며 마디가 굵었다. 그런가 하면 손톱은 어찌나우아한지 곤충의 발그레한 앞날개 같았다. 황금의 밤 늑대 낯짝은 계속하여 아이를 몰래 살펴보았다. 피부는 너무 드러나 있고두개골은 반들반들하고 속눈썹은 하나도 없는 그녀를 못생겼다고 해야 할지 예쁘다고 해야 할지 그로서는 알 수가 없는 지경이었다. 그가 보기에는 그저 이상할 뿐이었지만, 그녀의 관자놀이에 파랗게 비쳐 보이는 핏줄들이 현저히 눈에 띄긴 했다. 심지어 어린아이들에게서도 그런 것은 한 번도 본 적이 없었다. 그 핏줄 때문에 그는 그녀가 마음에 들었다. 아무리 애를 써도 그녀의 이름이 도무지 생각나지 않았으므로 그는 그녀에게 '푸른 피'라는 별명을 붙였다.

한편 마틸드는 아버지가 데리고 온 하녀의 생김새에 관한 한 한순간의 망설임도 없이 단언할 수 있었다. 그녀의 눈에 하녀는 그저 추악해 보일 뿐이어서 그걸로는 우스꽝스러운 별명들이 충분하지 않다는 듯 그 불쌍한 아이를 대놓고 '민둥이'라 부르기 시작했다.

라파엘, 가브리엘, 미카엘은 아직 너무 어려서 자기들을 보살피는 유모의 기이한 생김새에 놀라지 않았다. 그리고 어쨌든 커서도 그들은 다른 모든 사람들을 대할 때의 이상도 이하도 아닌 똑같이 심드렁한 태도로 그녀를 대했다. 어찌되었건 엘맹트프레장타시옹뒤세녜르마리 본인은 자신에 대한 다른 사람들의 생각과 감정에 전혀 아랑곳없이 초연한 태도로 열심히 해야 할 일들을 해나갔다. 사실 초연함이야말로 그녀의 성격에서 가장 두드러진 특징이었다. 그녀가 조금이라도 반항적인 태도를 보이거나 인내심과 침착함을 잃는 모습을 본 사람은 아무도 없었다. 권태나 피로나 기쁨이나 슬픔의 기색을 그녀는 절대로 드러내는 법이 없었다. 생트크루아, 푸른 피, 민둥이, 뱀장어 혹은 물고기 등등 사람들이 그녀를 그 어떤 별명으로든 부르면 그녀는 지난날 카르맹성의 하녀들이나 그녀의 불우한 자매들이 다양한 이름과 별명으로 그녀를 불렀을 때처럼 한결같은 어조로 "네, 여기 있습니다" 하고 대답했다. 바깥사람들에게 그녀는 그저 '창녀의 딸'이었고 따라서 '창녀의 씨'였다. 그녀는 늘 변함없는 표정으로 만사에 적응했고 자기를 부르면 누구에게나 변함없이 차갑고 먼 시선을 던졌는데 눈썹이 없다보니 그 시선은 마치 조각상 같아 보였다.

그녀는 자신이 없는 것이나 마찬가지인 존재임을 알기에 그만큼 더 그 요지부동의 고분고분한 존재감을 기꺼이 겉으로 드러냈다.

열다섯 살 때 세상 밖으로 벗어나버린 터였기에, 사실상 그녀는 완전히 없는 사람이나 마찬가지였다. 그녀가 도망을 감행한 것은 꿈을 꾸고 나서였다. 잠자는 중에 찾아온 그 꿈은 오직 한 가지 영상, 일식뿐이었다.

어떤 검은 원판이 녹아드는 천체를 공격하며 미끄러져가더니 점차 그 천체를 다 삼켜버리고 결국 흔들리는 가장자리 금만 남겨놓는 모습을 그녀는 보았다. 그러자 노래가 솟아올랐다. 그야말로 멋들어진 노래가, 그녀의 내부에서. 거대하고 공허한 웅덩이로 변한 그녀의 몸 전체가 순전한 공명의 공간으로 둔갑했고, 발바닥으로부터 솟아오른 노래가 그 안에서 몸의 끝에서 끝으로 통과하며 퍼져나갔다. 그렇게 노래가 퍼져나가는 동안 줄곧 귀에 들리지 않는 함성을 끊임없이 밀어 내보내는 합창대 사이에서 여러 가지 다양한 목소리들이 높아져갔다. 발목 언저리에서 오직 여자들만으로 이루어진 목소리들이 힘을 얻으며 널리 퍼져나가더니 이윽고 훨씬 더 낮은 남자들의 목소리가 무릎께에서 그 뒤를 이어받았다. 그녀의 배에 이르자 노래는 날아오르는 종소리에 부서져버렸고, 종소리의 흔적을 따라 지극히 낮은 저음에다가 녹슬어 깨진 것 같은 한 여자 혼자만의 목소리가 일어났다. 그런 다음 합창 전체가 다시 살아나 그 소용돌이 속에 동떨어진 한 사람의 노래를 실어가는가 싶더니, 또다시 그 합창소리가 낮아지면서 그녀의 가슴께로 한 남자의 목소리가 뚫고 지나갔다.

그 목소리는 가벼웠고 마치 어떤 걸인이나 백치의 것인 양 탄식과도 같은 가락이었다. 이어 노래는 그녀의 목구멍을 따라 흘러가다가 갑자기 불어나 그녀의 머릿속으로 떨어지더니 거기서 오랫동안 소용돌이치고는 그녀의 눈꺼풀 밑으로, 그리고 입안으로 들어와서 개떼처럼 떨며 스러졌다. 그런데도 여기저기 흩어진 목소리들은 그녀의 몸 구석구석에서 되살아나 서로의 메아리로 반향하면서 더러는 절규가 되고 더러는 침묵이 되었다. 그녀의 발꿈치 움푹한 곳에서는 부드러운 울음 같은 걸인의 목소리, 팔꿈치의 오금에서는 녹슨 듯한 음색의 여자 목소리, 양 손안에서는 또한 목과 이마에서도 아주 낭랑한 아이들의 목소리—그리고 그녀의 성기 오목한 곳에서는 남자도 여자도 아닌, 반은 남자 반은 여자의 너무나도 이상한 그 목소리가 울렸다.

아침에 잠에서 깨었을 때 세상은 그녀의 몸에서, 생각에서, 마음에서 멀리, 아주 멀리 물러나 있었다. 마치 그녀의 몸이 이제 막 형성되어 새롭게 털갈이를 한 것처럼, 침대에 자욱하게 흩어져 있는 머리카락들과 털들이 보였다. 또한 그녀는 모든 기억을 다 상실해버렸다. 그 꿈을 꾸기 전에는 아무 일도 없었던 것만 같았다. 그녀는 모든 과거가 다 씻겨나가고 모든 역사가 다 정화된 상태에서 잠을 깬 것이었다.

이튿날 그녀는 꿈이 되살아나기를 기다렸지만 아무 일도 일어나지 않았고, 그다음 날들도 마찬가지였다. 꿈은 일주일이 지나서야 비로소 다시 찾아왔다. 그때부터 꿈은 매 금요일마다 되살아났다. 그녀는 누구에게도 그 꿈의 비밀을 털어놓지 않았고, 또 그녀가 그런 노래의 공간이 되었다는 사실을 짐작하는 사람은 아무도 없었다.

그날은 빨래하는 날이었다. 엘맹트프레장타시옹뒤세네르마리는 외양간들과 가까운 마당 한구석에서 김이 무럭무럭 나는 큰 통에다 빨래를 치대고 있었다. 들로 나가던 황금의 밤 늑대 낯짝이 잠시 발걸음을 멈추었다. 파충류 같은 두 팔의 생김새 탓인지 어딘가 좀 구불구불해 보이는 이 여자아이의 몸놀림이 유연했다. 그러다 그녀가 빨래의 흰빛을 더 살리려고 푸른색 가루를 푼 물에 흠뻑 적셨던 손수건을 외양간 담장으로 던지자, 돌연 그녀의 몸놀림은 더욱더 뱀을 연상시켰다. 강렬한 푸른색 물이 담장에 담뿍 튀었다. 그 얼룩이 마치 현기증처럼 황금의 밤 늑대 낯짝의 두 눈을 때리고 지나갔다. 그는 곧장 하녀 쪽으로 걸어가 물통 건너편에서 그녀를 마주보며 버티고 섰다. "푸른 피!" 하고 그가 불렀다. 여자아이는 물통에서 벌겋게 된 두 팔을 빼내면서 몸을 일으키더니 땀이 흘러내리는 제 이마를 손등으로 닦았다. "네?" 그녀가 말했다. 황금의 밤 늑대 낯짝은 그녀의 눈을 똑바로 쳐다보려 애썼지만 통에서 올라오는 김 때문에 얼굴이 완전히 가려져 잘 보이지 않았다. "푸른 피, 나하고 결혼하지 않겠니?" 하고 그가 이어 물었다. 그녀는 손을 관자놀이께로 올리고 고개를 약간 뒤로 젖혔다가 다시 두 팔을 물속에 담갔다. 그 관자놀이의 푸른색이 믿을 수 없을 정도로 빛났다. "원하신다면요." 하던 일을 계속하며 그녀가 대답했다. "그런데 너는, 너는 그러고 싶은 게야?" 황금의 밤 늑대 낯짝이 끈질기게 물었다. "모르겠어요." 하던 일을 멈추지 않은 채 그녀는 간단히 털어놓았다. 그러더니 이상하게 허공을 바라보며 특징 없는 목소리로 되풀이해 말했다. "모르겠어요, 저는…… 모르겠어요."

4

황금의 밤 늑대 낯짝은 하녀의 감정에 대하여 더 깊이 파들어가려 하지 않았다. 그녀와 결혼하기로 결심하게 만들 정도로, 그의 마음에는 그녀로 인해 엄청나게 사나운 푸른 멍자국이 생긴 터였다. 그리하여 그는 그녀와 결혼했다. "조심하세요, 개구리 같은 낯짝을 한 저 여자가 아빠한테 올챙이 새끼들을 낳아줄 테니 두고 보라고요!" 그의 결혼에 다시금 상처를 입은 마틸드가 경고하듯 말했다.

빅토르플랑드랭은 엘맹트프레장타시옹뒤세녜르마리의 비밀을 발견했다. 그는 자기 아내의 몸속에서 솟아오르는 노랫소리를 들었고, 그 목소리들의 숨결에 그녀의 가슴이 부풀어오르며 그녀의 사지와 옆구리로 환상적인 파동들이 관통하는 것을 보았다. 그는 그녀의 관자놀이에 자리한 물줄기 같은 푸른 줄이 물속의 해초처럼 출렁거리고, 두 눈 속의 눈동자가 일식 때처럼 열리는 것을 보았다. 그리고 그의 품안에 있는 벌거벗은 살갗은 너무나 부드러운 나머지 줄줄 흘러내리는 느낌이었다. 그는 그녀의 배와 입속에 파인 그늘진 웅덩이들 속으로 빠져들어가 노래의 소용돌이에 휩쓸렸다. 그러면 이제 노래가 그의 속으로 사무쳐, 내면에 그 메아리들이 울리는가 하면 그의 핏줄들을 타고 용암과도 같은 피를 운반해 갔다. 이리하여 허리를 짓이기고 배를 후려치는 쾌락의 쇠도리깨질에 견디지 못해 무너질 때마다 그에게서는 극도로 목이 쉰 절규가 터져나왔다.

푸른 피는 그 절규가 좋았다. 자신의 몸속에 깃든 그 환상적인 노래보다도 그 절규가 더 좋았다. 그만큼 그의 절규는 그녀의 내면에서 힘차게 울리며 밤이면 날개를 퍼덕이던 카르맹성 새 사육장의 흰 올빼미들처럼 그녀의 살 저 깊은 곳에서 엄청난 전율을 불러일으켰다. 그럴 때면 세상은 그녀가 멀찍이 물러나 있던 사막 저 위로 존재의 군도群島가 되어 다시 모습을 드러냈고 그녀는 세상 만물을 재발견했다. 그녀는 황금의 밤 늑대 낯짝을 사랑하게 되었고, 나아가 농장과 그녀 주변의 몇몇 사람들에게 마음을 붙이기 시작했다. 그러나 모든 아이들 중에서 그녀가 가장 큰 애정을 기울이는 아이는 브누아캉탱이었다. 그녀가 그에게 자기 노래의 비밀을 털어놓자, 아이도 자신의 비밀을 털어놓았다. 아이는 그녀에게 자기 혹 속에 갇힌 그 신비스러운 동생에 대해서 이야기해주었다. "언젠가는 네 동생도 노래하기 시작할 거야" 하고 그녀는 말하곤 했다. "그때가 되면 너는 어린아이들 중에서 가장 행복한 사람이 될 거야! 너의 노래를 들으려고 사방에서 찾아올 거고, 다들 노래를 들으며 눈물을 흘릴 거라고. 그만큼 그 노래는 감미롭고 아름다울 테니까. 그래서 모든 사람들이 다 너처럼 혹을 갖지 못한 걸 아쉬워할 거야."

마틸드의 개구리에 관한 예언은 실현되지 않았다. 엘맹트프레장타시옹뒤세녜르마리는 올챙이들은커녕, 페니엘 집안의 모든 아이들이 물려받은 것들 말고는 다른 특징들은 전혀 없는 두 아들을 낳았다. 높은 농장에서는 전쟁 전과 같은 생활이 다시 시작되었다. 대지는 점령자가 남긴 메마름과 상처에서 서서히 벗어났고, 가축들은 생기를 되찾았고, 추수가 다시 시작되었고, 집들은 무너진 자리에서 다시 일어섰다. 황금의 밤 늑대 낯짝은 심지어 다락방의 불빛 마술 공연까지 다시 시작했다.

오직 모마리에만이 시간의 밖에 머문 채, 자신의 광기와 겹겹이 입은 치맛자락을 질질 끌면서 오후 다섯시 혼례의 밤이 기다리는 그 마법의 도시를 향하여 들판을 가르며 달리는 기차를 보기 위해 온종일 이 고장을 가로질렀다. 그녀에게 한 해 한 해 흘러가는 세월은 겹겹이 입은 치마들이 닳아 해지는 일로만 헤아릴 수 있을 뿐이었다. 해마다 치마가 한 겹씩 누더기로 변했다.

페니엘의 막내아들들인 바티스트와 타데가 차례가 되어 몽르루아 학교에 가게 될 무렵, 비올레트오노린은 어린 시절부터 자신의 마음을 그토록 사납게 들볶아댔던 부름에 드디어 응답할 때가 되었다고 판단했다. 아버지의 노여움도 장프랑수아티주드페르의 눈물도 자기를 기다리고 있다고 여기는 곳으로 떠나려는 그녀를 막지 못했다. 열일곱 살에 그녀는 자매와 헤어지느니 차라리 멀리 추방의 땅으로 떠나는 그녀를 따라가겠다는 로즈엘로이즈와 함께 카르멜을 향해 길을 나섰다. "너는 나의 사랑스러운 여왕, 나의 행복이었는데, 이제 너 없이 나는 어쩌면 좋단 말이냐? 누가 나를 불쌍히 여겨주겠느냐, 어디서 기쁨을 찾는단 말이냐?" 티주드페르가 그녀에게 말했다. 비올레트오노린은 그 늙은 사내에게 자신이 길들인 멧비둘기 한 쌍을 선물로 주었고, 그는 그 새들을 위하여 자신의 오막살이 한구석을 다 차지할 정도로 커다란 새장을 만들었다.

엘맹트프레장타시옹뒤세녜르마리는 아침에 잠이 깨면서 깊은 혼란에 빠졌다. 그녀가 금요일마다 꾸는 그 대단한 꿈의 시작인 일식의 이미지가 갑자기 찢어져버린 것이다. 검은 원반이 굴러가고 천체가 다시 나타났지만—그것은 더이상 해가 아니라 보랏빛이 감도는 검은 장미였다. 그리고 그녀의 노래 한가운데로 날카로운 뿔피리와 튜바 소리가 솟아올랐다.

그 충격적인 꿈이 그녀의 마음속에 장미꽃들에 대한 매혹을 심어주어, 그녀는 그 꽃들을 열정적으로 가꾸기 시작했다. 헛간들 뒤쪽 구석에 조그만 정원을 마련하고 나무울타리로 막아서 여러 달 동안 그 조그만 땅을 손질한 다음 그녀가 구할 수 있는 모든 종류의 다양한 장미 모종들을 심었다. 첫 꽃들이 피어나자 울타리 안쪽 땅은 뒤죽박죽으로 자란 장미들로 뒤덮였다. 거기서는 덩굴장미, 꽃잎이 넓은 덤불장미, 난쟁이장미, 그리고 줄기가 아주 높이 자라는 다른 장미들이 온통 뒤섞였다. 그러자 그녀는 접을 붙이고 교잡을 실험하면서 꽃봉오리와 꽃잎의 모양, 크기, 색깔을 개량하려고 끊임없이 노력했다. 가장 아름다운 장미들 중 하나는 그녀가 찔레나무 줄기에 가지가 늘어지는 덩굴장미를 접붙여 얻은 품종이었다. 그러나 그녀가 개발하고 개량하려 공을 들이는 것은 모양보다는 색깔 쪽이었다. 그 모든 색깔들이 단 한 가지 색조, 즉 보랏빛이 감도는 검정으로 집중되고 있었는데 그럼에도 도무지 완전하게 그 색깔을 얻을 수는 없었다. 오직 그녀의 꿈에서만 그런 장미를 피워낼 수 있었다.

모마리에는 가끔 이 장미꽃밭 울타리 안으로 들어와 요리조리 누비고 다녔다. 한쪽 구석에 쪼그려앉아 닳고 닳은 그 치마들의 누더기를 자기 무릎 주위로 접어 붙인 채 뒤죽박죽으로 뒤얽힌 어둑한 색깔의 장미꽃들 위로 그녀의 영원한 1920년 1월의 눈길을 이리저리 굴렸다. "이봐, 나한테도 장미를 좀 줄 거지? 내 결혼식이니까 좀 줄 거지? 아니, 난 내 드레스처럼 흰 장미였으면 좋겠어." 그녀는 매번 이렇게 요구했다. 엘맹트프레장타시옹뒤세네르마리는 그에 응하여 그녀에게 장미꽃 한아름을 건네주곤 했다. 그러면 모마리에는 즉시 꽃들 속을 뒤지기 시작했고 심지어 꽃잎들을 몇 개 뜯어 입안에 넣고 꿈에 잠긴 표정으로 오랫동안 씹었다.

모터 부릉거리는 소리와 경적소리가 들리자 아이들은 모두 마당으로 뛰어나갔다. 그들은 검은색 자동차 한 대가 빠른 속도로 길을 따라 올라오면서 점점 그 덩치가 커지는 모습을 지켜보다가, 자욱하게 먼지를 일으키며 현관을 넘어 농장 울타리 안으로 뚫고 들어섰을 때에야 비로소 뒤로 물러났다. 가브리엘과 미카엘은 자동차의 뒤를 따라 내달렸다. 번쩍이는 검은 금속으로 뒤덮인 그 땅땅하고 다부진 짐승의 움직임이 너무도 신기했고 그것이 내뿜는 짙은 휘발유 냄새도 매혹적이었다. 거기서 내리는 남자는 아예 거들떠보지도 않은 채 아이들은 차체의 옆구리를 쓰다듬으며 그 기계 주위를 오랫동안 맴돌았다. 남자는 자기 차 주위를 맴도는 조무래기들에게 음울하고 싸늘한 시선을 던졌다. 그는 밝은색 양복 차림에 밀짚모자를 쓰고 희끗한 회색 가죽장갑을 끼고 있었는데, 장갑을 이상한 방식으로 잡아당기며 손을 뺐다. "여기가 빅토르플랑드랭 페니엘 농가가 맞느냐?" 그가 마침내 물었다. 딱히 특정된 아이를 향한 질문은 아니었다. "여기가 맞습니다, 내 집이지요." 찾아온 사람을 맞아 안에서 나오며 황금의 밤 늑대 낯짝이 직접 대답했다. "다시 만나 반갑습니다." 저쪽 남자가 손을 내밀며 말했다. 이 지방을 지나다가 문득 댁에 한번 들러보고 싶은 생각이 나서 왔지요."

엘맹트프레장타시옹뒤세녜르마리는 그때 헛간 뒤에 있는 울타리 안 정원에서 일을 하고 있다가 단번에 그 목소리를 알아듣고 가지를 다듬던 장미 덩굴 사이에서 불쑥 몸을 일으켜세웠다. 깜짝 놀라 일어서는 바람에 가시에 긁혀 팔목에 상처가 났다. 그녀는 단지 목소리만 알아차린 것이 아니었다. 그 말들, 몇 마디 말들도 알아차렸다. 구역질이 날 정도였다. "너 마침 만나서 반갑구나. 잠시 산책 좀 하지 않을래?" 그날, 그는 그녀에게 다가오며 이렇게 말했었다. 그러더니 대답을 기다리지도 않고 올빼미 우리 뒤로 슬며시 그녀를 이끌고 갔다. 거기서 그는 그녀를 풀밭에 앉힌 뒤 머리를 쓰다듬으면서 말했다. "얌전히 굴면, 아주 얌전히 굴면 그 방을 가르쳐주마. 너, 아돌핀의 방에 가보고 싶지?" 그러나 그녀는 대답할 말을 단 한 마디도 찾을 수 없었다. 그녀는 겁에 질린 채 사내의 손이 자신의 머리칼 속으로 들어왔다가, 다음에는 속옷 속으로 파고들며 가슴을 쓰다듬는 것을 느꼈다. 그가 나직한 목소리로 말을 이었다. "너 그거 알아? 넌 그애를 닮았어…… 그애는 머리칼도 너하고 똑같아, 네 것처럼 황갈색이 도는 곱슬곱슬한 멋진 갈색 머리칼이거든…… 그래, 정말이지 넌 그애하고 많이 닮았어. 난 이미 오래전에 그걸 알아차렸거든……" 올빼미들이 그의 등뒤에서 날카롭고 쉰 소리로 요란하게 울어댔다.

그가 갑자기 그녀 위로 몸을 던지더니 온 체중으로 깔고 짓누르며 치마 속을 더듬었다. 그러자 그녀 내면의 모든 것이 거칠게 닫히며, 몸이 뻣뻣해지고 근육에 타박상을 입을 정도로 경직되었다. 그래서 그는 그녀의 입을 열 수도, 그 이상 안으로 밀고 들어갈 수도 없었다. "나쁜 년, 천하에 나쁜 년!" 그가 갑자기 그녀를 일으키더니 얼굴에 대고 소리쳤다. 그러고는 뺨을 거세게 후려치는 바람에 그녀는 풀 위로 힘없이 나가떨어졌다. 여전히 우리 안에서 허연 날개를 푸덕거리는 올빼미들의 그 음산한 울부짖음. 그가 또 소리쳤다. "망할 년, 넌 그애를 닮았지만 그애가 아냐. 그애가 아닌데다가 또 말도 안 들어! 그애가 아니면서 그 애를 닮아가지고 공연히 속만 태우다니. 아주 나쁜 년, 마귀 같은 년!" 그녀의 얼굴을 내려다보는 그의 얼굴은 올빼미들 못지 않게 허옜고, 미칠 듯 눈물로 번들거리는 그의 두 눈은 그 새들의 눈보다 더 노랬다. 그녀가 꿈을, 그녀의 머리에서 모든 기억을 싹 지워버린 꿈을 꾸었던 것이 바로 그 일이 있었던 다음날 밤이었다. 그때 이후 이날까지 그녀는 사람들을 바라볼 때와 똑같이 텅 비고 무심한 눈길로만 후작을 바라보았을 뿐이다.

그러나 드디어 그녀의 기억이 십여 년간 망각 속에 깊이 파묻혀 있던 추억의 곰팡내 속에서 깨지는 소리를 내면서 뒤틀렸고, 그녀는 자신의 사랑까지, 아이들까지, 그리고 자신의 장미꽃들까지 속속들이 더럽혀져 있음을 느꼈다.

"댁의 하녀는 어떻게 지내나요, 만족스럽던가요? 통 그애 소식을 못 들었네요. 그런데, 그애 이름이 뭐였죠?" 아르시발드 메르베이외 뒤 카르맹이 물었다. 황금의 밤 늑대 낯짝은 그저 이렇게만 대답했다. "페니엘 부인이지요. 그 여자와 결혼해서 난 아주 행복하답니다." 후작이 펄쩍 뛰었다. "뭐라고요? 정말입니까?" 그가 황금의 밤 늑대 낯짝을 향해 비뚜름하게 시선을 던지며 말했다. "당신 정말이지 아주 별난 사람이군요, 페니엘 씨. 그냥 이곳 사람들 사이에서 떠도는 소문인 줄만 알았는데, 이젠 나도 그 말을 믿을 수밖에 없네요. 허, 그것참, 그런 여자와 결혼을 하다니…… 그런, 그런 여자, 그러니까……" 그러나 그는 그 여자를 가리킬 마땅한 말이 생각나지 않았고, 그러다 밑도 끝도 없이 명령 같은 건조한 어조로 청했다. "그 여자를 좀 보았으면 해요. 당신 아내를요." 그러나 엘맹트프레장타시옹뒤세네르마리는 벌써 농장에서 멀리 달아나고 없었다. 그녀는 아이들이 학교 다니는 길로 내달려 들에 숨어든 뒤, 거기서 밭고랑 오목한 곳에 드러누웠다.

그녀가 마침내 농장으로 돌아가기로 결심했을 때 자동차는 이미 오래전에 떠나고 없었다. 황금의 밤 늑대 낯짝은 아내에게 후작의 방문에 대해서 아무런 언급도 하지 않았다. 그 자신도 잘 설명할 길이 없지만 사실 지난번의 악수 이후 후작에게서 아주 언짢은 인상을, 거의 혐오감에 가까운 인상을 받은 터였다. 그는 푸른 피에게 들판 한가운데로 도망친 까닭 역시 물어보지 않았고 그녀의 팔목에 생긴 가느다란 상처도 당장은 알아채지 못했다. 이 여자에서 저 여자로 아내가 바뀌는 동안 그는 늘 침묵을 지켰으니, 각각의 부부관계는 함께 나누는 그 침묵 속에서 이루어졌다. 그전의 두 여자들 이상으로 푸른 피는 결코 무엇을 물어보는 법이 없었고 그녀 자신에 대해서 말하는 것은 더더욱 못할 일이었다. 그 여자는 몸도 마음도, 심지어 조금의 움직임조차 마치 저 깊은 물속을 돌아다니는 물고기의 유연한 동작으로 보일 만치 매끄러운 그 살갗까지도, 온통 침묵을 깎아 다듬어놓은 존재 같았다. 그가 여러 아내들 각각에게서 가장 좋아했던 점은 바로 그 침묵 부분이었다.

그러나 너무나 침묵 속에만 몸담고 살다보면 가끔 어떤 외침에 긁혀 생채기가 나는 때가 있다. 그런데 바로 그런 일이 엘맹트프레장타시옹뒤세네르마리에게 일어났다. 그다음 금요일 그녀의 꿈이 또 한번 탈바꿈을 하여 꿈속에서 일식이 산산조각나면서 이번에는 장미꽃이 아니라 관 속에 미라가 되어 있는 아돌핀의 모습이 보인 것이다. 그녀는 끔찍한 미소를 지으며 얼굴을 찡그렸고, 웃으면서 양어깨와 두 손을 비틀었다. 어찌나 요란하게 웃어대는지 늘 들리던 노랫소리가 그 웃음에 가려 흐릿하게 들릴 정도였다. 오직 뿔피리와 튜바가 내는 굉음만이 여전히 귀청을 찢는 듯 날카롭게 울렸다. 그녀의 몸은 더이상 공명의 공간이 아니라 불협화음들이 서로 부딪치는 카오스였다. 땀에 흥건히 젖은 채 깨어났을 때 그녀는 근육이 수축하며 사지가 쥐어틀리는 듯한 고통이 전신을 훑고 지나가는 것을 느꼈다. 세번째로 몸이 새롭게 허물을 벗는 과정을 거쳤으니—그녀의 모든 근육들이 활줄처럼 팽팽하게 당겨졌다. 그리고 그녀는 기억을, 모든 기억을 되찾았다. 마음속에서, 이 세상에 태어난 순간부터 살아온 일생의 하루하루가 놀라울 정도로 또렷하게 번개처럼 스쳐지나갔다. 그녀는 심지어 어머니의 얼굴까지도 보았다. 그녀를 낳자마자 버린 그 어머니의 얼굴까지도. 카르맹성의 수많은 방, 복도, 계단, 기도실 그리고 정원까지, 작은 디테일 하나 빠짐없이 다 보였다. 그 모든 공간들은 그녀의 내면에서 기이하게도 공허한 울림을 냈다. 그녀의 뼈들은 수없이 많은 문들이 돌쩌귀가 빠질 지경으로 쾅쾅 닫히는 텅 빈 복도들의 연결망으로 변했다. 검은색이나 회색 혹은 갈색의 옷을 입은 그녀의 비참한 자매들 무리가 그리로 줄지어 지나가는 것이 보였다. 그녀의 자식인 바티스트와 타데, 그리고 그녀가 한 번도 본 적 없는 어린 브누아캉테도 보였다. 존재의 가장 깊은 곳까지 그들을 속속들이 보고 있노라니 엄청난 연민이 가슴을 흔들었다. 그녀는 처음 만난 순간 이래의 황금의 밤 늑대 낯짝을, 그리고 사랑하며 보낸 밤 때문에 후줄근하게 지친 그의 얼굴을 다시 보았다. 그녀는 그녀가 꽃피운 장미꽃들 하나하나를 다시 보았고 모마리에의 가련한 1월의 시선이 취한 벌처럼 장미 덤불 사이로 떠돌아다니는 것을 다시 보았다. 이 모든 영상들이 화살처럼 그녀의 몸을 가로지르며 강렬하게 마음속에 투영되고 있었다. 그녀의 기억이 궁수가 되어 극도로 긴장한 전신의 근육들이 갈래갈래 찢어질 지경으로 팽팽해졌다. 결국 그녀의 몸 전체는 활 모양으로 변했다. 그리하여 끝에 가서는 그 몸이 더할 수 없이 날카롭게 다듬은 무슨 발사체인 양 꿈을 쏘았으니―노래가 질풍처럼 뚫고 날아가며 모든 소리들을 단 하나의 통일된 새된 소리로 녹여 탈바꿈시켰고 그 날카로운 소리가 일식의 검은 원반을 때렸다. 떨어져나간 두 천체가 환상적인 심벌즈를 쾅 하고 울리자, 그 타격으로 보라색이 감도는 장미가 뿜어나오더니 회전하는 심장 위에서 발광하는 노란색을 띠며 꽃잎을 벌렸다. 그녀의 턱뼈가 너무나 거세게 부딪힌 나머지 이들이 모두 서로 닿아 혀를 자르며 부서져버렸다. 무엇보다 그 마지막 일격은 제대로 겨누어져 곧장 심장을 명중했고, 몸의 다른 모든 근육과 마찬가지로 그녀의 심장이 멎었다.

지난날 그 발쿠르 영감과 멜라니가 당해야 했던 뼈 부러지는 일이 또 한번 되풀이되는 것을 황금의 밤 늑대 낯짝이 극구 반대하고 나섰으므로, 뻣뻣하게 굳은 엘맹트프레장타시옹뒤세녜르마리의 몸의 경직을 풀어주기 위해서는 여러 날 동안 그녀를 뜨거운 물속에 푹 담가두지 않으면 안 되었다. 이리하여 몽르루아 묘지는 앞서의 두 아내들과 마찬가지로 톱밥으로 속을 채운 인형처럼 탈구되어 무너진 세번째 페니엘 부인을 맞아들였다. 한편 장미꽃밭은 꽃밭을 일군 여자의 사후에까지 부지되지 못했다. 황금의 밤 늑대 낯짝이 큰 낫을 휘둘러 꽃밭을 완전히 망가뜨려 놓았고, 꽃밭은 여름날의 마지막 폭우에 완전히 파괴되었다.

정말이지 옆에서 무슨 일이 벌어지든 알 바 없다는 듯 라파엘과 가브리엘 그리고 미카엘은 여러 해 동안 자기들을 키워준 여자가 사라져버렸는데도 완전히 무시한 채 전혀 거리낌이 없었다. 그들은 그저 다른 형제들에게서 더욱 멀어지며 자기들이 사랑과는 상관없이 뚫어놓은 오솔길로 더 깊숙이 들어갔다. 실제로 그들이 사랑에 대하여 아는 것이라곤 애정과 인내의 밖에 있는 가장 간접적이고 가장 우회적인 샛길들뿐이었다. 서두름과 광기 수준의, 허공 위에 불쑥 솟은, 가파르게 닦은 욕망의 길들. 그들은 그 길로 두 눈 딱 감고 내달았다. 그리고 이 길들은, 전설 속의 숲으로 꼬불꼬불 돌아가는 마법의 오솔길들처럼 그들이 지나갈 때만 열렸다가 통과 즉시 닫혀버렸다. 그들, 특히 가브리엘과 미카엘은 알 수 없는 불길에 몸이 뜨겁게 달아오르고 현기증이 날 정도의 속도에 휘말리는 느낌이었다. 그래서 그들은 죽도록 춤을 추고 싸우고 달리고 숲속을 싸다니며 사냥을 해야 몸속에 타오르는 정념을 바닥낼 수 있었고, 그렇게 하여 정념이 끝장에 이를 때 비로소 휴식을 찾을 수 있었다.

한편 바티스트와 타데는 아직 너무 어려서 어머니의 죽음으로 인하여 자신들에게 닥친 상실의 의미와 무게를 헤아릴 수 없었다. 그들은 단지 막연한 상처를 받았을 뿐으로 아직은 거기에 별다른 관심을 기울이지 않았다.

바로 이러한 연유로 브누아캉탱은 상실의 신비와 고통을 오직 혼자서 마주한 채, 혹의 모습을 띤 그의 기이한 기억 깊숙한 곳에 엘맹트프레장타시옹뒤세네르마리에 대하여 간직한 모든 추억들을 뒤죽박죽으로 파묻었다. 그리고 훗날 바티스트와 타데에게 그들의 어머니를 향한 귀환이자 우회의 길을 열어준 것은 바로 그였다. 어렴풋한 장미향이 배어 있고 가볍게 쏠리는 소리를 내는 실크 두루마리인 양, 그는 그 아이들에게 순수한 꿈의 길을 펼쳐 보였다.

늙어가면서 점차 새장 속에 갇힌 처지가 되어 그의 멧비둘기들과 더욱 가까워지게 된 장프랑수아티주드페르를 돌보아준 것 또한 그였다. 그는 어느새 자신의 누추한 방안에 칩거하면서 기껏해야 문턱에 나가 바람을 쏘일 뿐이었다. 저녁 무렵이면 열어놓은 방문 앞에까지 의자를 끌어다놓고는 한동안 거기 앉아 하늘을 바라보면서 저물어가는 날의 냄새들을 맡고 밤을 향하여 돌아가는 대지의 소리들에 귀를 기울이곤 했다. 브누아캉탱은 그와 자주 시간을 한참 보냈다. 그럴 때마다 노인과 아이는 추억 놀이를 했고, 그러면 마치 흐르던 물줄기가 고인 물의 수면을 휘저어 가라앉아 있던 바닥의 진흙이 다시 올라오듯 한쪽의 기억이 다른 한 쪽의 기억 속으로 흘러들어 합류하곤 했다.

5

그리하여 황금의 밤 늑대 낯짝은 다시 고독의 시련을 맛보게 되었다. 장프랑수아티주드페르는 늙어서 꼼짝달싹 못하고 푸른 피는 죽고 없는 지금, 두 형제와 둘이서는 충분한 일을 해낼 수 없었기에 그는 자신을 도와줄 젊은 농장 일꾼 한 사람을 들였다.

그는 그의 아이들이, 어미 없는 아이들 모두가 자신의 주위에서─자신에게서 아주 먼 곳에서 자라나는 것을 보았다. 언제나 다시 마주하게 되는, 언제나 더 커지기만 하는 그의 고독은 끊임없이 도처에서, 모든 것에 거리를 만들었다.

그는 더이상 사냥을 가지 않았고 환등기를 켜지 않았다. 땅을 갈았고 가축들을 돌보았고 수확과 추수를 했다. 그리고 밤마다 꿈도 기억도 없는 어둑한 잠 속으로 빠져들었다. 이따금 카르멜 수도원으로 들어간 두 딸들에게서 편지를 받기도 했는데, 두 형제가 가족들 앞에서 그 편지들을 읽어주어도 그는 수도원의 어둠과 침묵 속에서 숙성된 그 말들을 전혀 알아듣지 못했다. 대체 그들이 아직도 그의 딸들이긴 한 것인가, 저희들의 가족, 땅, 젊음, 몸, 그 모든 것을 다 부정하고 심지어 저희들의 이름까지 포기한 먼 곳의 그 수녀들이?

비올레트뒤생쉬에르 수녀가 된 비올레트오노린과 로즈드생피에르 수녀가 된 로즈엘로이즈는 대체 어디에 있는 것인가? 그의 딸들, 닿을 수 없는 육신에 얼굴도 볼 수 없는 두 이방인 여자들, 존재하지도 않는—존재해서는 안 되는 '그분'에 대한 어처구니없는 사랑을 위하여 귀양살이하는 두 은둔자들은.

그러나 그의 큰딸들, 그들이라고 그보다 더 나았을까? 하나는 미쳐버려 잃어버린 제 연인과 무관한 것은 뭐든 다 외면해버렸고, 다른 하나는 그로서는 이해도 할 수 없는 증오심 때문에 돌이킬 수 없이 멀어져버렸다. 그렇다고 제일 먼저 태어난 그의 장남들 가운데선 이중의 인간인 동시에 불완전한 저 한심한 자 외에 대체 뭐가 남았단 말인가? 그리고 또 짐승의 눈초리를 하고 숲에서 나온, 도망만 치는 심장을 가진 저 어린 야만인들, 저 세 녀석들은 대체 누구란 말인가? 남은 것은 바티스트와 타데, 그리고 손자 브누아캉탱뿐이었다. 누구보다 더, 그 아이에겐 가장 애정이 갔다. 정말이지 끔찍한 혹을 달고 태어났으나, 동시에 비길 데 없이 우아한 천성 또한 물려받았으니 말이다. 그는 어디로 보나 품성이 부드럽고 착했으며 마음씀씀이와 생각이 한없이 섬세해서 넘치도록 사랑받을 만했다. 이 기형아는 마치 다른 사람들의 짐을 더 가볍게 덜어주려고 자기가 모든 고통을, 모든 애도와 슬픔의 짐을 도맡아 짊어지는 듯했으니, 오직 그 아이만이 너무나 무겁고 괴로운 그의 고독을 위로해줄 수 있었다. 어쩌면 그의 손자가 제 혹 속에 담아가지고 있는 것은 바로 그에게 너무나도 큰 위안인 비탈리의 미소일지도 모른다는, 그런 슬프면서도 달콤한 생각이 가끔 황금의 밤 늑대 낯짝의 마음속에 찾아들 때가 있었다.

경종을 울린 것은 마틸드였다. 벌써 저녁이 되었는데도 마르고가 여전히 돌아오지 않았다. 언제나 온 사방을 헤매고 다니다가도 해가 지기 전에는 들을 가로질러 돌아오곤 했었는데 말이다. 실제로 마르고는 그 1월의 자신의 눈빛을 어둡게 하고 마음속에 의혹을 자아내는 저녁의 어둠을 두려워했다. 기욤이 그녀를 두고 혼자 떠나버렸다면? 그가 그녀를 기다리지 않고 혼자 기차를 타버렸다면?…… 그러하기에 자신을 확실하게 안심시켜주는 마틸드 곁에서 두려움에 대한 피난처를 찾으려고 치맛자락을 살짝살짝 치켜들며 활기찬 걸음으로 농장을 향해 돌아오는 것이었다. 사실 그 치마들 중에서 이제 남아 있는 것은 가장 긴 것, 가장자리에 비단 술을 달고 무늬를 넣어 짠 새틴 치마뿐이었다. 그 마지막 남은 치마도 사실상 찢어져서 너덜너덜해지고 낡아빠진 새틴 쪼가리에 불과했다. 그 위에 그녀는 여전히 옛적의 보라색 커튼을 어깨에 걸치고 있었다.

그들은 작정하고 수색에 나섰다. 페니엘 집안의 사람들 모두 마을 사람들 몇몇과 함께 개들의 호위를 받으며 횃불과 초롱을 켜 들고 출발해 들판을 가로질러 다니며 "마르고" "모마리에" 하고 외쳐댔다.

황금의 밤 늑대 낯짝은 '죽음의 메아리' 숲 쪽으로 향했다. 길이 있건 없건 아랑곳 않고 빽빽한 숲속을 헤치고 들어가 오랫동안 그곳을 돌아다니면서 어둠 속에서 무슨 소리가 들리기만 하면 딸이 나타날까 싶어 몸을 숨긴 채 목을 지켰다. 그러나 희미하게 울리는 그 모든 소리들은 근처에 짐승들이 있음을 알려주는 신호에 불과했다. 그의 부름에 응답하는 메아리는 없었고, 서너 발짝 떼놓을 때마다 소리쳐 불러대는 마르고의 이름은 빽빽하게 우거진 나무들의 짙은 침묵 속으로 빨려들어버렸다. 결국 그는 휴식을 취하기 위하여 숲속 빈터 가장자리에 삐죽이 솟은 바위에 앉았다. 완전히 길을 잃은 터였다. 아주 먼 하늘에 매우 흐릿한 불빛이 하나 돋아나기 시작했다. 오랜 시간 걷고 찾아 헤매느라 피로에 갑자기 녹초가 되어버린 그는 바위 위로 더욱 무겁게 주저앉고 말았다. 잠시 두 눈을 감았지만, 거의 동시에 무슨 불침에 찔리기라도 한 듯 왼쪽 눈에 강한 통증이 느껴졌고 이어서 통렬한 싸늘함이 뒤따랐다.

황금의 밤 늑대 낯짝은 소스라치며 두 눈을 크게 떴다. 그 통증은 그가 알고 있는, 눈물이 나도록 잘 알고 있는 그것이었다. 이제는 희끔한 새벽빛에 잠겨 있는 숲속의 빈터 반대쪽으로 그는 흐릿한 불빛 두 점이 지나가는 것을 보았다. 아주 부드럽고 낯익은 두 점의 불빛, 그것은 마르고가 그 부재의 인물과 혼례를 치른 이후 사물들과 존재들을 쓰다듬듯이 훑고 지나가던 1월의 눈빛을 닮아 있었다. 그는 자리에서 일어나 표류하는 그 광채 쪽으로 다가가서 마르고의 이름을 소리쳐 부르고 싶었다. 그러나 그저 바위 위에 못박힌 듯 앉아서, 왜 그러는지 까닭도 알지 못한 채 기진맥진할 때까지 울고 또 울기만 할 뿐이었다.

그는 말똥말똥 눈을 뜬 채 꿈을 꾸었다. 아니, 마르고가 그를 통해서 꿈을 꾼 것인지도 모른다.

그는 보라색 비로드 포장 덮개와 커튼을 갖춘 닫집 아래, 방만큼이나 커다란 침대가 나오는 꿈을 꾸었다. 침대는 강물을 따라 떠가면서 부드럽게 흔들렸다. 그것이 뫼즈강임을 그는 알 수 있었다. 그러나 강은 이내 폭이 넓어졌고 양쪽 강둑으로 범람하면서 점점 더 탁한 흙탕물이 되어 흘렀다. 흰 치마를 입은 어떤 여자가 커튼이 돛처럼 나부끼는 침대 한가운데에 책상다리를 하고 앉아서 정성스레 머리를 빗었다. 빗은 아주 가늘고 은빛 나는 가시들이 달린 생선 뼈였다. 그녀가 머리 손질을 하자 석횟빛의 아주 작은 물고기들이 머리털에서 떨어지더니 물위에 닿으면서 이상한 지그재그 모양으로 흘러갔다.

강기슭에는 식물이 모두 자취를 감추고 없었다. 강 저 위에 철조망이 삐죽삐죽 둘러쳐진 돌투성이의 높은 흙더미가 불거져 있다. 철조망 뒤쪽으로 남자들의 실루엣이 아주 불분명하게나마 눈에 들어온다. 더 멀리에는 목조 바라크들의 지붕이 보이고, 거기 달린 굴뚝들이 끊임없이 검은 연기를 토해낸다. 춤을 추는지 아니면 하늘을 향해 뭔가를 호소하는지 연기의 윤곽이 온 사방으로 사지를 뒤틀며 아예 전신이 탈구된 것 같은 몸짓을 해댄다.

여자는 머리 손질을 그쳤다. 사실 그녀에겐 이제 머리털이 하나도 없다. 그녀는 침대 가장자리에 무릎을 꿇고 앉아서 물위로 상체를 숙인 채 크게 몸짓을 하며 마치 산모의 세탁물을 빨듯 강물에 머리를 감는다. 머리털에서 흐르는 피가 점차 강물을 붉게 물들인다.

그러나 그곳에는 빨래를 하는 다른 여자들이 많이 있다. 모두 강둑을 따라 나란히 놓아둔 작은 나무통 속에 무릎을 꿇고 앉아 있다. 여자들은 빨래를 물속에 던졌다가 힘차게 문지르고 둥근 빨랫방망이로 두드리다가 꼭 짜서 다시 물에 던져 넣기를 반복한다. 그들이 빠는 빨래는 천도 머리털도 아닌 가죽이다. 가죽, 그러니까 커다란 자락의 사람 가죽이다.

침대는 재로 된 늪 속에 파묻혀 있다. 닫집은 온통 옆으로 기울었다. 여자는 사라지고 없다. 빨래하던 아낙들도 마찬가지다. 웬 떠돌이 부랑자가 채찍을 든 채 하얀 곰 한 마리를 줄에 매어 끌고서 재가 떠다니는 물위를 걸어다닌다. 곰은 뒷발을 딛고 일어서는데 머리에 쓴 챙 없는 작은 모자가 때로는 네모꼴이고 때로는 둥글다.

곰은 모자를 눈꼬리에 걸치도록 삐딱하게 쓰고서 침대 한가운데에 앉아 있다. 그러더니 머리를 이리저리 흔들며 아주 조그만 육각형의 반도네온을 연주한다.

마르고의 혼인 예복을 우스꽝스럽게 걸친 떠돌이 부랑자 앞으로 나아가는 척 제자리걸음을 한다. "유리요. 유리!" 그가 나른한 목소리로 외친다. 그의 등뒤에 세워놓은 유리들에는 그림이 새겨져 있다. 여자들의 초상화다. 황금의 밤 늑대 낯짝은 그게 누구의 얼굴인지 알아차린다. 멜라니, 블랑슈, 푸른 피, 마르고의 얼굴들이다. "유리요. 유리!……"

또다른 여자가 네 명의 아이들에 에워싸여 뛰어 지나간다. 아이들은 모두 벌거벗은 채 두 손을 머리 위로 쳐들고 뛰어간다.

여자만이 두 팔을 접어 가슴을 가리고 있다.

"재요, 재!……" 그러나 이제 이렇게 외치는 이는 떠돌이 부랑자가 아니다. 그건 곰이다. 아니 더 정확하게 말하자면, 줄 쳐진 작은 군모를 쓴, 곰 같은 머리를 한 어떤 남자다. 그는 사나운 어린아이의 눈을 하고 있다.

빨래하는 여자들이 다시 나타났다. 여자들은 허리에 빨래 봇짐을 매달고 강을 따라 한 줄로 늘어서서 걸어간다. "장미요, 장미! 장미요!……" 여자들이 주문을 외듯이 나직한 목소리로 말한다. 그 긴 줄 속에서 황금의 밤 늑대 낯짝은 얼핏 오르탕스를 본 것 같다. "장미요, 장미! 장미요!" 빨래하는 여자들이 탄식하듯 외치는 소리는 어느 5월 저녁나절의 가볍고 느린 바람 같다.

재의 비가 한없이 부드럽고 윤기 나는 회색으로 하늘에서 소리 없이 내린다.

닫집 달린 침대, 강, 강둑들, 빨래하는 여자들, 곰들과 떠돌이 방랑자, 그 모두가 사라졌다. 유리눈을 가진 인형 하나만 남아 까마득히 높은 의자에 앉아 있었다. 아주 세찬 불빛들이 인형을 비추며 재빨리 반사광을 주고받는다. "피요, 피! 피요, 피!" 휘파람 같은 목소리로 인형이 외친다. "피이 피이 재요."

황금의 밤 늑대 낯짝은 갑자기 잠에서 깼다. 꿈꾸는 동안 줄곧 그는 두 눈을 뜬 채였다. 벌써 새벽빛이 하늘을 불그레하게 물들이고 있었다. 그는 자리에서 일어나 길을 나섰다.

그동안 농장 일꾼 아이 니케즈는 브누아캉탱과 함께 아침의 작은 숲을, 두 형제는 사랑 구멍 숲을 샅샅이 뒤졌다. 그들은 아무 소득 없이 돌아왔다. 한편 마틸드는 언덕 쪽을 향하여 떠났다. 그녀의 자매는 해 저물 무렵이면 그 언덕에서 닿지 못할 신혼여행지를 향하여 들판을 가르며 지나가는 기차를 습관처럼 바라보곤 했다. 그러나 마르고는 언덕에도 없었다. 그녀는 종적을 감추었다.

마틸드는 새벽이 될 때까지 언덕을 샅샅이 뒤지고 다녔다. 그녀가 자매를 찾은 것은 돌아오는 길에서였다. 마르고는 달려가다가 미끄러져 골짜기로 떨어지면서 바위에 머리를 부딪힌 것이 분명했다. 그녀는 질척한 늪 구멍 바닥에 반듯이 누워 있었다. 오직 나직하게 우는 개구리들의 소리만이 새벽의 침묵을 가볍게 흔들었다. 그중 아주 작고 반들거리는 개구리 한 마리가 재빠르게 마르고의 어깨 위로 팔짝 뛰어올랐다. 가시덤불과 자갈 한가운데로 굴러떨어지는 과정에 모마리에의 마지막 남은 치마가 완전히 찢어지며 자락이 벌어져 두 다리가 드러났다. 두 눈은 그대로 뜬 채였다―어느 때보다도 더한 아름다움을 간직한 1월의 눈이었다.

마틸드는 오랫동안 골짜기 위에서 몸을 구부린 채, 미동도 하지 않는 자매의 몸과 팔딱거리는 작은 청개구리를 멍하니 바라보았다. 골짜기로 지나가는 기차의 거센 소음이 돌연 망연자실한 그녀를 깨웠다. "마틸드! 마틸드!" 그녀는 자매의 이름 대신 저 자신의 이름을 소리쳐 불렀다. 그 순간 그녀는 이제 아무것도 아닌 그녀 자신과 언제나 자신 이상이었던 저 또다른 존재를 서로 분간할 수가 없었다. "마틸드! 마틸드!" 그녀는 제2의 자신인 그 몸을 향하여, 그토록 기이하게 그녀를 놀라게 한 그 죽은 여자의 침묵을 가로질러 자신을 불렀다. 그 나쁜 꿈에서 깨어나기 위해, 침묵에서 빠져나오기 위해, 삶으로 돌아오기 위해—둘이서 함께 돌아오기 위해 자기를 불렀다. 그러나 다른 목소리가 그 부름과 경쟁하며 역시 그녀의 이름을 불렀다. "마틸드, 마틸드……" 그녀의 텅 빈 가슴속에서 목소리가 소곤거렸다—너무나 표백되고 너무나 차갑고 너무나 비통한 그 목소리에 그녀의 전신에 소름이 돋았고, 마치 그것이 갑자기 젊음을 앗아가버린 양 그녀의 머리털은 완전히 백발로 변해버렸다.

그 순간, 마틸드는 난생처음으로 울기 시작했다. 그녀가 쏟아내는 눈물은 피였다. 따지고 보면, 참고 참았던 피, 거부하고 금지했던 피, 십삼 년이란 긴 세월 동안 그녀의 마음과 몸을 다 같이 질식시켜온 그 모든 피가 비로소 그녀의 몸밖으로 흘러나오는 것이었다.

황금의 밤 늑대 낮짝이 여행을 떠나기로 결심한 것은 마르고
가 죽고 나서 몇 달 지난 뒤였다. 끊임없이 영역을 확장해온 검
은 땅, 그곳이 그에게 문득 너무 좁게 느껴졌다. 벌써 너무 많은
죽음들이 벌써 마흔 해 가까이 그가 자신의 것으로 만들려고 애
써온 그 땅을 숨막히도록 답답하게 만들었다. 그리하여 모마리
에가 끝내 타지 못한 그 기차를 타게 된 것은 그였다. 그는 두 형
제와 마틸드와 니케즈에게 농장을 맡겨둔 채 브누아캉탱을 데리
고 떠났다. 그들은 파리로 갔다. 거기 대도시에서 두 사람은 마
치 축제의 물결 속에서처럼 인파와 석조건물들 속에 몸을 맡겼
다. 그들은 플뢰르 강변로 인근의 호텔에 들었다.

브누아캉탱은 도시가 좋았다. 거기서는 아무도 그의 기형적인
외모에 신경을 쓰지 않았기 때문이다. 사람들은 언제나 바삐 지
나갔다. 특히 여자들이 눈에 띄었다. 여자들의 생기발랄한 태도,
때로는 아주 놀라운 옷차림, 하이힐, 허공으로 코를 쳐들고 파
리 억양으로 말하는 방식이 그는 좋았다. 그리고 그가 그의 고장
에서 보아온 것과 너무나도 다른 그 강. 물이 침묵을 가로지르는
광활한 풍경들과 구름들을 싣고 무겁고 느리게 흐르는 강이 아
니라, 여인들의 발걸음만큼이나 민첩하고 도시의 불빛에 초롱초

롱 반짝이는 강이었다. 사람들은 끊임없이 이쪽 기슭에서 저쪽 기슭으로 건너다닐 수 있었다. 브누아캉탱은 샤랑통에서 이시레물리노까지 센강을 건너지르는 모든 다리의 이름과 강변로의 이름을 외우는 것이 너무나 재미있었다.

도시는 끊임없이 그를 놀라게 했다. 그의 눈에 도시는 매 순간 새로운 영상들을—몸과 무게와 입체감, 운동과 냄새와 소리를 가진 영상들을 쏘아 보이는 거대한 환등기와도 같았다. 지금까지 어두컴컴한 다락방에서 환등 놀이를 하는 동안 겨우 어렴풋하게 보았을 뿐인 모든 것을 거기서는 대낮에 생생하게 살아 있는 모습으로 발견하게 된 것이다. 황금의 밤 늑대 낯짝은 그를 도처에 데리고 다녔다. 그들은 기차가 허연 김을 토해내며 유럽 각지에서 끊임없이 도착하는, 거대한 대합실들을 갖춘 역이며 화물 창고들이며 그의 마을보다 더 크고 주민도 더 많은 공동묘지들을 구경했다. 동물원에도 갔고 도살장과 시장에도 갔고 경기장, 스케이트장, 박물관, 병원 안뜰, 심지어 아파트 안뜰에까지 들어가보았다. 황금의 밤 늑대 낯짝은 그를 여러 번 경마장에 데리고 갔다. 전에 카르맹 후작의 집에서 처음 보았던 것들보다 더 멋들어진 말들을 보고 그는 감탄해 마지않았다. 브누아캉탱은 여인들을 유심히 바라보았다. 언제나 기가 막힌 모자를 쓰고 멋진 보석으로 장식한 그 여인들은 너무나도 환상적인 말들이 자신들 앞으로 쏜살같이 지나가는 순간에 독특한 방식으로 상체를 곧추세우며 아름다운 얼굴을 쳐들곤 했다. 그녀들의 모습에는 이색적인 벌레나 새, 고양이나 맹금류 같은 기이한 동물들과 비슷한 구석이 있었다. 꿈속에서 그는 다리들, 강들, 거리들 그리고 강변길들과 더불어, 한데 섞여 서로 분간이 되지 않는 그 모든 여인들에게 홀딱 반하고 말았다.

그러나 그가 무엇보다 좋아한 것은 분수가 물을 뿜고 석상들에는 참새들이 내려앉아 지저귀며 인공 연못가에는 아이들이 몰려들어 색칠한 나무로 만든 돛단배를 띄우고 노는 정원들이나 공원들이었다. 그런 공원에는 마로니에 그늘 아래로 긴 소로들이 나 있었고, 그리로 자갈을 밟으며 걸어가는 산책자들의 그윽한 발소리가 들렸다.

공원들에는 볼 것, 느끼고 음미하고 만지고 들을 것들이 너무나 많아 그는 몇 번이나 다시 찾아갔고, 특히 뾰족한 지붕을 올린 초록색 정자들 주변을 어슬렁거리면 지루한 줄을 몰랐다. 정자에는 오색 풍선, 풍차, 줄넘기 줄, 커다란 나무굴렁쇠, 물통, 삽, 팽이, 제기 따위가 주렁주렁 매달려 있었다. 정자의 좁은 진열대는 구슬, 지팡이 모양 사탕, 긴 줄 같은 감초사탕 등이 가득 담긴 커다란 단지며, 막대사탕 묶음과 흰색 분홍색 아니스 열매들이 가득 들어 있는 길쭉한 유리병이며, 코코아 바구니며, 캐러

멜 통 같은 것들이 뒤섞인 채 더욱 황홀하게 만발해 있었다. 그리고 그곳에는 또한 군밤이나 와플이나 향료가 든 빵과 파이를 파는 상인들이 마리오네트 극장과 그네와 회전목마 주변을 돌아다니며 염소, 나귀, 망아지 수레를 대여해주는 상인들의 외침에 자기들의 나른하고 매혹적이며 쉰 소리를 한데 섞고 있었다.

그러나 그 모든 것들 중에서도 가장 아름다운 소리는, 목마를 탄 아이들의 느릿한 리듬에 맞추어주기 위하여 회전목마 한가운데 설치한 작은 손풍금에서 솟아오르는 약간 날카로운 소리였다.

브누아캉탱은 감히 목마를 탈 엄두를 내지 못했다. 벌써 자신이 너무 크다고 느꼈다. 게다가 혹을 달고 있어서 금세 다른 모든 아이들의 웃음거리가 될 것 같았다. 그래서 나무 그늘에 있는 의자에 가 앉아서 꿈에 잠긴 꼬마 기사들이 각자의 알록달록한 안장―황금빛 말, 회색이나 흰색의 코끼리, 오렌지색 낙타와 사자, 기린, 아주 발그레하고 통통한 돼지 등―에 올라앉아 빙빙 돌아가는 모습을 바라보기만 했다. 나무로 다듬은 이 동물 무리를 지키는 여자가 허공에 쳐든 장대 끝에는 커다란 붉은색 방울 술이 매달려 있었는데, 여자가 몸을 뒤틀면 방울 술이 흔들리며 팔딱거리는 소리에 안장 위에 앉았던 아이들은 그걸 붙잡으려고 날카로운 소리를 지르며 몸을 일으켰다.

어느 날, 몽수리 공원의 회전목마에서 브누아캉탱은 흰 코끼리를 탄 여자아이를 눈여겨보았다. 다섯 살쯤 되어 보이는 그 아이는 아주 화사한 곱슬 금발을 푸른색 호박단으로 만든 커다란 장식용 리본으로 묶었고, 푸른색과 흰색의 창살무늬 무명으로 지은 앞치마 모양의 원피스를 입고 있었다. 아이의 얼굴은 놀랍도록 작고 창백했으며 표정은 이상하다 싶을 만큼 심각했다. 얼굴에 비해서 너무 커다랗고 어두운 두 눈에 비해 입은 아주 작았다. 그 아이는 고삐를 꼭 그러쥐고 얌전히, 안장 위에 꼿꼿하게 앉아 있었다. 회전목마 관리인 여자도 마찬가지로 그 여자아이를 특별히 눈여겨보고 그 얌전한 인형 같은 태도에 매료된 듯했다. 한 바퀴 돌 때마다 여자아이가 쉽게 잡을 수 있도록 빨간 방울 술을 그 앞으로 흔들어주곤 했으니 말이다. 그러나 아이는 절대로 고삐를 손에서 놓지 않았으며, 목마를 탄 다른 아이들이 정신없이 탐내는 그 방울 술에는 전혀 관심을 보이지 않는 듯했다. 회전목마가 멈추었을 때도 아이는 안장에서 내려오지 않았다. 그저 티켓들이 가득 들어 있는 제 주머니에 손을 넣었다가 다음 차례에도 또 한 바퀴 돌기 위하여 관리인 여자에게 그중 한 장을 건넬 뿐이었다. 회전목마 관리인 여자는 다섯 바퀴를 돌고 나서 마침내 아이에게 물었다. "자, 예쁜 아이야, 어디 이젠 동물을 바꿔서 말이나 사자를 타보지 않겠니?" 아이는 고삐를 더 세게 그러쥐더니 두 무릎으로 코끼리의 허리를 꽉 조이며 대답했다. "아뇨, 싫어요. 난 코끼리가 아주 좋아요." 아이가 대답했다. 관리인 여자는 웃음을 터뜨렸고 재차 티켓을 받으면서 흥얼댔다. "자, 나가라, 코끼리!"

브누아캉탱은 그 작은 여자애가 가끔씩 손에서 고삐를 놓고 아주 부드럽게 코끼리의 귀와 눈을 쓰다듬는 것을 보았다. 아이는 심지어 코끼리에게 뭐라고 속삭이기까지 하는 것 같았다. 아이에게서 눈을 떼지 않고 행동 하나하나를 따라가며 그 얼굴 모습을 뜯어보던 브누아캉탱은 마침내 이 여자아이에게 완전히 빠져들고 말았다. 그는 아이에게 가까이 다가가서 나직한 목소리로 이름을 물어보고, 아이를 두 팔로 쳐들어 한 바퀴 빙그르 돌려보고 싶어 미칠 지경이었다. 아이는 너무나도 가볍고 연약할 터였다. 그는 마침내 그 아이의 꿈을 나누어 갖기에 이르렀다. 코끼리가 생명을 얻어 회전목마에서 내려와서는 공원의 오솔길을 따라 그 큰 코를 일렁이며 흔들흔들 걸어가는 꿈이었다. 그러면 그는 코끼리에 맨 끈을 잡고 그들 곁에서 말없이 그들과 함께 걸어가리라. 이렇게 하여 그들은 도시를 통과하여 그다음에는 센강을 따라가리라. 그런 식으로 바다에 이를 때까지 가리라. 그러나 자리에서 일어나 감히 그 아이에게로 갈 엄두가 나지 않았다. 등에 난 혹을 보고 아이가 무서워할까봐 겁이 났다. 그 아이가 코끼리 뒤로 세번째 자리에 있는 초록색 눈을 한 통통한 토끼와 측대보로 돌고 있는 밤색 단봉낙타를 골라잡지 않은 게 참 유감이라는 생각이 들자 마음이 슬퍼졌다. 그랬더라면 하찮은 자신감이라도 가질 수 있었을 텐데 말이다. 이제 그는 회전목마 주변에 모여 있는 여자들 무리 속에서 여자아이의 어머니일 성싶은 이를 찾아보기 시작했다. 그러나 아이와 닮은 여자는 도무지 찾을 수가 없었다.

그때 어떤 늙은 여자가 다가와 그를 깜짝 놀라게 했다. 이상하게 생긴 얼굴은 온통 주름투성이에다, 얼굴을 감싼 꽃무늬 세모꼴 숄은 어찌나 색이 바랬는지 더러운 회색이 되어 있었다. 그녀는 쩔렁거리는 동전소리를 내며 잔뜩 부풀어오른 앞치마의 큰 주머니에 손을 넣고 뒤적거렸다. 마땅히 받아야 할 의자 사용료를 징수하러 온 공원의 의자 관리인이었다. 그녀가 못이 박인 손바닥을 앞으로 내밀자 그는 기겁했다. 마치 그녀가 모양을 변형시키는 불길한 거울을 손에 쥐고 찾아와 그 속에 비친 자신의 손금을 보여주기라도 하는 것 같았다. 두려움을 못 이겨 그는 눈을 감았다. 거의 따귀가 한 대 날아오기를 기다리는 기분이었다. 그만큼 그녀의 손은 위협적이었다. 노파는 투덜대면서 짜증 섞인 몸짓으로 동전이 담긴 커다란 앞치마를 쩔렁대고 흔들었다. 브누아캉탱은 그 늙은 마귀할멈을 멀리 쫓아 보내기 위해 얼른 주머니에서 동전 한 닢을 꺼냈다. 그러고서 마침내 몸을 돌려 회전목마를 바라보았을 때 여자아이는 사라지고 없었다. 머리가 긴 다른 여자애가 그 코끼리 등을 차지하고 있었다. 브누아캉탱은 놀라움과 분노로 거의 숨이 끊어질 지경이었다. 그는 후다닥 자리에서 일어나 군중 속으로 아이의 실루엣을 찾아 나섰다. 이윽고 발목까지 다리를 드러낸 녹색 옷차림의 어떤 여자와 손을 잡고 공원을 가로질러 오솔길로 멀어져가는 그애의 모습이 보였다. 여자는 그림이 그려진 커다란 마분지를 옆구리에 끼고 있었다. 그는 그쪽으로 내달아 인사도 실례한다는 말도 없이 다짜고짜로 그 어머니에게 다가갔다. 달려오는 바람에 약간 숨가쁜 소리로 그가 말했다. "부인, 댁의 딸을!……" 그러나 그는 뭐라고 해야 할지 몰라 내뱉은 말을 마무리할 수 없었다. "왜 그러세요?" 약간 놀란 부인이 물었다. 아주 짙은 갈색 머리를 남자처럼 다듬었고 두 눈은 얼굴에 비하여 너무 크고 어두운 모습이었다. 그녀가 아주 강한 외국인 억양으로 말을 했기에 브누아캉탱은 당황했다. "저는…… 전…… 저애 이름을, 이름을 알았으면 해서요." 그가 드디어 더듬더듬 내뱉었다.

이제 그는 어머니와 어린 여자애 앞에서 자신의 우스꽝스러운 당돌함과 그 이상으로 우스꽝스러운 자신의 혹 때문에 진저리가 쳐질 만큼 부끄러워져 고개를 푹 숙이고 있었다. "왜 아이의 이름을 알고 싶어하는 거죠?" 여자가 호기심과 장난기가 뒤섞인 표정으로 그를 쳐다보며 다그쳐 물었다. "그건 저애가 너무나도 예쁘니까요……" 평소보다 더 혹이 불거진 브누아캉탱이 금방이라도 눈물을 쏟을 것 같은 목소리로 중얼댔다. "립헨*, 이 젊은 이에게 네 이름을 말해드리렴." 여자가 자기 딸 쪽으로 몸을 구부리면서 말했다. 여자아이는 코끼리를 타고 있을 때와 마찬가지의 그 심각한 표정으로 브누아캉탱을 쳐다보았다. "알마라고 해요." 한참 만에 아이가 마침내 말했다. "알마! 다리 이름처럼요?" 브누아캉탱이 깜짝 놀라서 소리쳤다. 어머니가 웃더니 말을 받았다. "다리 이름처럼요, 맞아요. 그리고 나는 루트라고 해요. 자, 이번엔 당신 차례예요. 자기소개를 해봐요." "나는…… 나도 몰라요……" 도무지 갈피를 잡을 수 없게 된 브누아캉탱은 이렇게 말해버렸다. 걸음아 날 살려라 도망치고 싶었지만 그냥 팔을 축 늘어뜨린 채 꼼짝도 못하고 서 있을 뿐이었다. 아무리 생각해도 자기 이름이 기억나지 않았다. 그는 당황한 나머지 더 듬더듬 되풀이했다. "저 노파, 의자 사용료 받는 저 마귀할멈 같은 여자가 내 이름을 훔쳐갔어요!"

"그애 이름은 브누아캉탱입니다. 브누아캉탱 페니엘." 황금의 밤 늑대 낯짝이 그들 쪽으로 다가오면서 침착한 목소리로 입을

---

* 독일어로 '아가'라는 뜻의 애칭.

열었다. 그는 거기서 조금 떨어진 곳에 모여 페탕크 놀이를 하는 사람들 쪽에 가서 돌아다니다가 오는 길이었다. 할아버지가 나타나 갑자기 두려움과 부끄러움에서 그를 해방시켜주자 브누아캉탱은 활짝 웃으며 여자아이 쪽으로 돌아섰다. 그런데 여자아이는 웃지 않았다. 아이는 진한 푸른색 눈으로 그를 빤히 쳐다보았는데, 두 눈을 크게 뜨고 작은 입을 꼭 다물고 있어서 얼굴의 특징이 이상할 정도로 강조되어 보였다. 그러나 아이의 심각한 태도에도 아랑곳없이 브누아캉탱은 여전히 의기양양해진 미소를 짓고 있었다. 그는 행복한, 무한히 행복한 느낌이었다. 황금의 밤 늑대 낯짝과 루트라는 이름의 여자가 주고받는 말은 신경도 쓰이지 않을 정도였다.

6

아버지와 브누아캉탱이 얼굴에 비해 너무 큰 청회색 눈의 어떤 여자와 어린아이를 데리고 돌아오는 것을 보았을 때, 마틸드는 문턱에 버티고 서서 달려들듯 사나운 표정으로 머리를 쳐들었다. 그녀는 집으로 오는 그들을 마중나가지 않고 그냥 다가오게 두었다가 인사 대신 층계 위에서 두 손을 모아 허리께에 뒷짐을 진 채 소리쳤다. "아니, 아버지, 드디어 돌아오셨군요. 저런 보따리를 잔뜩 끼시고. 저 둘은 또 어떻게 하시려는 거죠?" 다른 세 사람이 계단 옆에 가만히 서서 기다리는 동안 황금의 밤 늑대 낮짝은 말없이 현관의 계단을 올랐다. 마틸드가 서 있는 높이에 이르자 그가 대답했다. "가서 뭐든 마시고 먹을 것을 좀 가져와. 여행이 길었어. 우리 모두 지쳤다." 그러고는 낯선 여자와 어린아이 쪽을 돌아보며 말했다. "루트와 그의 딸 알마다. 이제부터 이 사람들은 우리 가족이야. 여기 높은 농장에서 우리와 같이 살 거다." 마틸드의 온몸이 기묘하게 움직였다. 마치 방금 눈에 보이지 않는 따귀를 한 대 얻어맞은 것처럼, 아니 그 따귀를 교묘하게 피하기라도 한 것처럼 그녀는 갑자기 고개를 뒤로 젖히더니 가시 돋친 어조로 내뱉었다. "아! 그러니까 파리에서 가져온 멋진 선물이 바로 이거군요! 그런데 어쩌죠, 제겐 좋아 보이질 않으니. 난 그런 거 필요 없어요. 더군다나 이 집은 아버지의 여자들을 원한 적이 한 번도 없죠. 다들 여기서 죽어나갔잖아요! 안 그래요, 아버지?" 그런 뒤 그녀는 새로 온 여자에게 눈길을 박고 덧붙였다. "아마 아버지가 당신한테 말하지 않았겠지만, 아버진 여자들에게 불행을 안겨줘요. 여자들에게 애 만들어주는 것밖에 모르죠, 그것도 한 번에 둘씩이나! 그래놓고는 그들이 더러운 빨래 보따리처럼 죽음에 실려나가도 본체만체하고 고아들

무리만 자꾸 불어나게 한다고요. 그런 식이니 천생 홀아비 팔자죠! 당신도 공동묘지의 다른 세 페니엘 부인들 곁으로 가기 전에 당장 떠나는 게 좋을 거예요. 정말이지, 다시 기차를 타고 여기서 사라지는 게 좋을 거라고요!"

황금의 밤 늑대 낯짝은 꽉 움켜쥔 주먹을 아래로 떨군 채 딸 곁에 서 있었다. 그는 아무 대꾸도 하지 않았다. 말을 꺼낸 것은 루트였다. 그녀는 침착한 목소리로 말했다. "당신 아버지가 다 말해줬어요. 난 무섭지 않아요. 저 사람과 여기서 지내볼 생각이에요." 마틸드가 그녀의 말씨에 놀라 성난 얼굴로 그의 아버지를 돌아보았다. "게다가 외국 여자를! 정말 가관이군요! 독일 돼지라니! 이젠 적진에 가서 여자를 구해오시나요! 브라보!" 황금의 밤 늑대 낯짝이 분노에 잦아든 목소리로 말을 막았다. "마틸드, 입 좀 닥치지 못해! 그래도 난 네 아버지야." 이번에는 브누아캉탱이 끼어들었다. "우선, 저이들은 독일 여자들이 아냐! 루트는 오스트리아 사람이라고." 마치 그게 마틸드의 마음을 가라앉혀주리라 믿는 듯 그는 이 차이를 분명하게 이야기했다. "그리고, 고모 맘에 안 든다 해도 할 수 없어. 우린 맘에 들고, 그래서 저이들이 여기 같이 살면 좋겠어. 그뿐이야." "정 그렇거든 있으라고 해! 있고 싶으면 있으라고, 당신네 외국인들!" 그러고서 마틸드는 덧붙였다. "속속 죽어나갈 때까지 있어보시지!" 이렇게 내뱉고 그녀는 홱 돌아서서 집안으로 들어갔다. 돌아설 때 그녀의 옷자락들은 마치 나무로 된 것처럼 탁 하고 이상한 소리를 냈다.

그렇게 오가는 이야기를 진지하고 신중한 표정으로 듣고 있던 알마가 마틸드의 옷이 스치며 내는 메마른 소리에 갑자기 소스라쳐 놀라 나지막하게 신음소리를 내기 시작했다. "Mayn Libinke, vos vet der sof zayn?"* 어머니가 아이를 품에 안으며 물었다. 아이는 아무 대답도 없이, 그저 얼굴은 아직 젊은데 머리는 온통 하얗게 세었고 목소리가 사나운데다 옷은 목재 같은, 그 너무나도 무서운 여자가 조금 전 빠져나간 문 쪽을 손가락으로 가리켰다. 브누아캉탱이 루트에게 다가가 아이의 손을 잡고서 말했다. "무서워할 것 없어. 주변을 돌아봐. 이 모든 들, 이 땅, 이 시내와 숲, 이게 다 네 거야. 전부 네 거니까 넌 거기서 뛰어다니고 재미있게 놀면 돼. 그리고 내가 언제나 곁에서 널 지켜줄게. 또 회전목마에 있는 것 같은 예쁜 나무코끼리도 만들어줄 거야. 약속할게, 응?" 알마는 나직하게 미소를 지으며 고개를 끄덕여 알았다고 했다. 황금의 밤 늑대 낯짝이 그들 쪽으로 돌아와 루트의 어깨를 감싸며 집으로 같이 들어가자고 권했다.

_____

* "애야, 왜 그러니?" (원주)

집 문턱을 넘어서는 순간, 황금의 밤 늑대 낯짝은 집안의 어둠 속에서, 잊고 있었던, 이젠 영원히 잃고 말았다고 여겼던 어떤 신선함, 어떤 감미로움을 다시 맛보았다. 그는 루트를 품에 꼭 껴안고 입을 맞추었다. 그는 아직도 이 새로운 사랑을 믿을 수가 없었고, 이런 행복이 자신에게 주어졌다는 사실에 끊임없이 놀랐다. 심지어 이 모든 것이 다 어떻게 된 일인지 도무지 알 수가 없었다. 그 일이 너무나도 갑작스레, 그리고 또 너무나도 간단히 일어났던 것이다. 그날, 그들은 느린 걸음으로 오랫동안 몽수리 공원의 오솔길들을 걸었다. 다들 너무나도 마음이 편안했으므로 저녁때까지 파리의 골목골목을 계속해서 돌아다녔다. 그리고 그들은 오퇴유 구역에 있는 어떤 맥주홀 테라스에서 아이들까지 넷이서 다 함께 저녁식사도 했다. 그리고 나서도 아무래도 서로 헤어질 수가 없었기에, 그들은 아이들이 잠자리에 든 다음 둘이서 다시 만나 마치 오래된 두 친구처럼 서로 팔짱을 끼고 인적 없는 거리를 산책하면서 이 얘기 저 얘기를 나누었다. 정말이지 빅토르플랑드랭은 생전에 그토록 많은 말을 해본 적이 없었다. 그전 다른 아내들 한 사람 한 사람과는 언제나 입을 꾹 다물고만 지냈던 그가 아니던가. 그러나 그 외국 여자의 말씨에는 어떤 비밀도 개의치 않고, 활기차게 계속해서 말하게 만드는 뭔가가 있었다. 여자는 가끔 마땅한 단어를 찾으며 망설였다. 그때마다 두 사람은 잠시 멈추어 그 단어를 찾으려 애썼고, 마침내 뒤엉킨 말들 속에서 단어를 끄집어낼 때면 그 단어들 하나하나가 어떤 새로운 울림, 어떤 경쾌한 음색으로 그에게 다가왔다.

급기야 그 말들은 그의 입안에 입맞춤의 황홀한 풍미를 선사했고, 어느새 새벽이 되었다고 깨달았을 때 그는 문득 의심의 여지가 없는 사랑의 욕망 속에 빠져 있는 자신을 발견했다. 깊이 생각할 여유도 없이, 그는 여자 쪽으로 돌아서서 두 손으로 그녀의 머리를 움켜잡고 키스를 했다. 그러자 모든 말들이 살이 되어 초록색 드레스를 입었다.

그 초록색 옷에 그는 더욱 눈이 부셨고 그의 두 손은 더욱 뜨겁게 달아올랐다—그녀가 그를 방으로 안내하여 미처 문을 닫기도 전에 그는 그녀의 옷을 벗겨버렸다. 그러나 루트를 그토록 갑작스레 발가벗긴 그 광적인 행동으로, 마치 살갗이 벗어지듯 심장까지 발가벗겨진 것은 다름 아닌 그 자신이었다. 처음으로 그는 사랑으로 고뇌했다. 만나자마자 잃어버릴까 두려워지는 그 젊은 여자와 그의 사이에 너무나 많은 세월과 차이가 가로놓여 있었기 때문이다. 루트가 그에게 몸을 바싹 붙이고 머리를 그의 어깨에 괸 채 아직 잠들어 있을 때, 잠이 깬 그는 문득 그 고통에 사로잡혔다. 그가 그녀의 흐트러진 머리칼로 아주 천천히 손을 밀어넣자 손가락 끝에 잠의 열기가 팔딱거리는 것이 느껴졌다.

젊음의 열기였다. 그는 방바닥 한가운데 펼쳐진 녹색 옷을 보았다. 갑자기 그는, 그 드레스가 열린 창문 너머로 날아가 지붕들 위 삐죽삐죽 솟은 굴뚝들 사이로 달아나면서 호주머니에 담아 간 그의 사랑을 아침의 새들에게 먹이로 던져주면 어쩌나 하는 두려움에 사로잡혔다. 그래서 그는 자리에서 일어나 옷을 집어들고 창문을 닫았다. "Dortn, dortn, di Nacht······ shtil un sheyn······ dortn, dortn······"*

황금의 밤 늑대 낮짝은 돌아섰다. 루트는 여전히 깨지 않은 채 잠 속에서 웅얼거렸다. 그는 손에 옷 뭉치를 움켜쥔 채 침대로 가서 그녀에게 몸을 대고 앉았다. 그녀가 또 되풀이하여 중얼댔다. "Dortn, der Vint blozt······ in Blut······ in Blut un Nacht······"** 그때 얼굴에 고통스러운 표정이 떠오르더니, 그녀가 머리를 흔들어대며 소리쳤다. "Neyn! neyn······ neyn······"*** 그리고는 소스라쳐 깨어나 겁에 질리고 놀란 시선으로 빅토르플랑드랭을 빤히 쳐다보았다. 그는 그녀를 품에 꼭 껴안고 부드럽게 흔들어주면서 안심시켰다. "아무것도 아녜요, 괜찮아, 나쁜 꿈을 꾼 거요. 그냥 나쁜 꿈일 뿐이에요. 봐요, 날씨가 좋아요!

* "저기, 저기, 밤이 왔어······ 고요하고 아름다운······ 저기, 저기······"(원주)

** "저기, 바람이 불고······ 핏속에서······ 피와 어둠 속에서······"(원주)

*** "안 돼! 안 돼······ 안 돼······"(원주)

화창한 날이요!" "네, 네……" 그녀가 중얼거렸다. 아직 잠과 고통을 가득 담고 아주 먼 곳에서 돌아오는 듯한 목소리였다. 이윽고 그녀가 정신을 차리더니 빅토르플랑드랭의 무릎 위에 뭉쳐져 놓인 자신의 드레스를 보고 웃었다. "내 옷을 가지고 당신 뭐 하는 거야? 아니 이젠 진짜 걸레가 되었네!" 그러자 그는 갑자기 난처해져서 더듬거렸다. "당신 옷? 아, 그렇지. 자, 받아요. 사실은 나도 나쁜 꿈을 꿔서…… 하지만 아무것도 아니지. 이제 우리 둘 다 잠이 깼으니까."

그리고 하루가 다시 시작되었다. 아름답고 맑고 생기 있는 하루. 돌로 지은 집들의 전면에는 햇빛이 물그림자처럼 밝고 노랗게 걸려 있었다. 그들은 다시 아이들을 공원으로 데리고 가서 어느 카페의 테라스에 가 앉았다. 황금의 밤 늑대 낯짝은 그날의 모든 일들을 사소한 것까지, 어느 하나 빼놓지 않고 모두 기억했다. 카페 종업원과 그가 들고 있던 쟁반 위에서 부딪혀 쟁그랑거리던 유리잔들, 그가 파란 유리의 셀츠 광천수 병과 그들의 음료수들을 내려놓았던 작은 대리석 테이블. 담배를 가지런히 담아 놓은 루트의 채색된 작은 양철통, 그리고 브누아캉탱과 놀던 알마의 귀여운 웃음소리. 채소로 가득한 수레를 밀며 골목을 지나가던 행상 여자, 인도 옆으로 휙 지나가던 자전거 탄 사람들, 신문팔이들, 그리고 그들의 테이블로 다가온 풍선 장수 여자. 햇빛을 방해하지 않고 그저 잠깐 후드득 떨어지던 빗방울, 설탕을 얻어먹겠다고 옆으로 다가온 개.

"당신네 마을은 어디지, 정확하게?" 루트가 갑자기 밑도 끝도 없이 물었었다. "여기서 멀어, 아주 멀어. 사실 어디서든 아주 멀지. 저 위쪽, 북쪽 아주 멀리, 약간 동쪽으로, 국경 가까운 곳이야. 뫼즈강이 있어. 그리고 숲들도. 숲들이 많아. 옛날에는 늑대들이 돌아다녔지. 그리고 또 전쟁이 있었어. 언제나 그쪽을 통과해가던 전쟁이." "아름다워?" "몰라. 내 고장이니까. 말하자면, 내 고장이 된 거지." 그는 더이상 무엇도 덧붙여 설명하지 않았다. 자기와 같이 그곳으로 가서 직접 보라고 말하고 싶었지만 감히 그러지 못했다. 그는 부끄러웠다. 너무도 시커멓고 너무도 외진 그의 가난한 마을, 차례로 죽어나가는 여인들과 서로 경쟁하듯 더 사나워지는 아이들뿐인, 바람맞이에 높이 올라앉은 그의 농장. 그런 곳이 루트 같은 여자를 위한 곳이 될 수는 없었다. "그럼 내가 거기로 직접 가서 좀 보면 어떨까? 그렇게 숲이 많다는 당신네 고장에 말이야." 그녀가 물었다. 어찌나 생기 있고 확실한 어조인지, 금방이라도 떠날 준비가 된 것만 같아 보였다.

그는 루트를 자신의 방으로 안내했다. 방으로 들어서자 그녀가 말했다. "그런데 말이야, 아주 아름다워, 당신네 고장." "당신은 아직 아무것도 본 게 없잖아!" 재미있다는 듯 그가 내뱉었다. "그렇대도 달라질 건 없어. 여기가 아주 맘에 들어. 당신 집, 당신 방. 그리고 또 이 고장은, 사실 당신이지."

그 고장, 그녀가 그 고장을 찾아다닌 지 오래되었다. 몸을 쉴 어떤 고장, 도망치고 구걸하며 보낸 날들, 그 모든 날들, 그 수많은 날들의 너무 무겁고 너무 소란스러운 책을 마침내 덮을 수 있는 고장. 그러니까 그녀를 위한 어떤 자리가 있기만 하다면 그 고장이 한 사내보다 더 크지 않다는 건 중요하지 않았다. 조용하고 호젓하게 물러나 있는 진정한 고장, 욕망과 애정으로 이루어진 고장이라면. 사실 광대한 공간들, 명예와 권력을 갖춘 고장들은 그녀에게 더이상 아무런 의미도 없었다. 그런 고장들은 갑자기 쪼그라들기 시작하여 한갓 나귀 가죽*이 되어버릴 수도 있다는 것을 그녀는 알고 있었다. 그녀는 가장 거대한 제국들 중 한 곳의 중심부에서 태어나 벌써부터 무기력에 빠져 쉰내가 나는 그 광영 속에서 자랐고, 그러다 결국 떠날 때는 재난을 당한 땅

---

* 오노레 드 발자크의 소설 『나귀 가죽』에서 온 비유적 표현. 주인공이 골동품상에서 구한 문제의 들나귀 가죽을 지니면 원하는 것이 이루어지지만, 대신 이루어진 욕망만큼 가죽의 크기가 줄어들고, 가죽이 다 줄어들면 가죽을 지닌 사람의 생명이 다한다는 이야기.

몇 뙈기가 전부였다. 모든 것은 흘린 피, 잃어버린 피에서 시작되었다. 제국이 상처받은 거대하고 아주 늙은 짐승처럼 떨기 시작한 날─누군가 제국의 등짝 어딘가, 사라예보라는 지점에 총격을 가한 터였다─그녀 자신의 몸도 꿈틀거리기 시작했다─배 어딘가에 이상한 상처가 열리면서 피가 흘러나온 것이다. 제국의 등짝에서 피가 흘러 퍼져나가자 사람들은 곧 제국에 전쟁이 발발했음을 선포했고, 그녀의 몸 안쪽에서 피가 조금 흘러나오자 사람들은 그녀가 여인이 되었다고 선포했다. 이중의 피가 튀긴 그날은 그녀의 내면에 경악과 고통─그리고 또한 폭력으로 이루어진 혼란스러운 추억을 깊이 새겨놓았다. 영광과 평화의 끝, 어린 시절의 끝이었다. 전쟁중의 제국, 여자가 된 그녀의 몸. 그녀가 여자가 되어갈수록 남자들은 더욱 죽음이 되었다. 싸우러 나간 그녀의 세 남자 형제들 중에서 단 하나만이 살아 돌아왔다. 유일하게 살아남은 그마저 온전한 몸으로 돌아오지 않았다. 그는 두 다리와 이성의 상당 부분을 남겨두고 왔다. 그러자 이번에는 여자인 그녀의 몸이 폐허와 애도를 거부하고 전쟁의 몸이 되었다.

그녀는 갑자기 요란스러운 색깔들을 입힌 환상적 이미지들의 포로가 되었으니, 또다른 수많은 몸들이 존재의 권리를 요구하며 그녀의 몸을 관통하기 시작했던 것이다. 그 요구들에 응하기 위하여 그녀는 목탄과 붓, 물감과 나이프로 무장하고 캔버스와 종이 위에서, 진흙과 돌과 나무 속에서 형태들을 찾아 나섰다. 그러나 그 형태들은 끊임없이 비틀리며 자신들의 힘을 벌거벗겨 날것 그대로 드러내고 싶어했다. 그녀는 그 몸들을 발가벗겼고, 그들의 사지를 해체했고, 그들의 입을 크게 벌렸고, 그들의 눈을 찢었다. 그들의 얼굴에 폭력, 그녀의 마음을 파고드는 연민과 광기에 비례하는 폭력을 가하여 깊숙이 홈을 파 뒤죽박죽으로 만들었다.

바로 그때 그녀의 아버지가 그녀와 그 뒤틀린 얼굴과 몸뚱이 무리 사이를 가로막고 벌떡 일어나 그녀에게 일갈했다. 그녀의 잘못이 컸다. 그녀가 감히 인간 형상의 재현이라는 금기를 거슬러 '법'을 위반하고, 나아가 그 자체로 이미 충분히 신성모독적인 이 재현된 모습들을 철저히 훼손하기까지 했으니 말이다. 그녀의 기억 속 그 장면은 의미심장하고 모순되리만치 이중적인 것이었다. 그녀의 방에 불쑥 나타난 아버지는 어깨가 어찌나 높고 우람한지, 창을 등지고 서 있으니 빛이 다 가려졌다. 아버지는 일체의 색깔과 일체의 빛을 거부한다는 듯 온통 검은색으로 휘감고 있었다. 그리고 입고 있는 옷보다도 더 검은 수염을 끊임없이 만지작거리면서, 위협적인 동시에 투덜대는 듯한 목소리로 그녀에게 훈계를 늘어놓았다. 분노와 슬픔으로 두 눈이 젖은 아버지.

그는 탁자를 주먹으로 후려쳐 붓들과 물컵을 뒤집어엎었고, 나중에는 마치 자신의 심장까지도 뒤집어엎고 싶다는 듯 자기 가슴을 두드리기 시작했다. 둔탁하고도 모진 소리가 그의 검은 의복과 잉크색 수염 밑에서 쿵쿵 울렸다. 그녀의 눈에 그녀의 아버지의 수염이 이토록 길고 이토록 빽빽하게─마치 여자의 머리털을 거꾸로 뒤집어놓은 것처럼─보인 적은 한 번도 없었다.

그때 그녀는 순간적으로 아버지의 얼굴 속에서 번쩍하고 나타난 거꾸로 뒤집힌 어떤 여자의 얼굴이 보였다. 두 눈은 두 개의 입이고, 입은 눈물과 분노로 번들거리는 두 개의 눈인 여자의 얼굴. 아버지의 상반신 위에 거꾸로 매달려 흐트러진 머리를 하고 있는 어떤 여자. 그는 대체 어떤 여자에게서 이런 식으로 머리를 베어내고 머리털을 훔친 것일까? 그녀의 어머니에게서─틀림없이 그건 어머니의 머리털이었다─아내라는 가발 밑에 머리털이 하나도 없는 두개골뿐인 어머니에게서. 바야흐로 아버지는 이제 그녀의 머리털까지도 가져가려는 것이었다. 그녀의 힘과 이미지들과 그녀의 다양한 몸들을 박탈하여 보호 아래 놓인 단순한 하나의 몸으로 한정하려는 것이었다. 그러나 그건 안 될 일이었다. 왜냐하면 그녀는 아버지보다 더 강력한 힘, 그녀 자신이 아닌 다른 무언가의 손안에 있었기 때문이다. 원색적이고 난폭한 이미지들이 와글대는 어떤 거대한 꿈의 위력에 그녀는 속해 있었다.

그 꿈이 각종 장갑, 모자, 토시를 판매하는 상인인 신심 깊은 요제프 아셴펠트의 하나뿐인 막내딸인 그녀에게 후견의 신체를 부여하고 야성적인 몸과 고통받는 얼굴을 한 이 남녀 무리들을 자기 신체의 보호와 암시 아래 두도록 한 터였다.

바로 그날 저녁에 그녀는 크게 붓을 휘둘러 아버지의 초상을 그렸다. 얼굴은 석고처럼 허옇게 그렸고 입과 콧구멍은 불탄 땅과 녹슨 쇠붙이의 균열처럼 깊게 팠다. 이어 자신의 목 뒤쪽 머리털을 아주 바싹 잘라 아직 다 마르지 않은 그림 속 얼굴 위에 마치 채찍으로 한 대 후려친 모양으로 비뚜름하게 붙였다. 그런 다음 그녀는 자신이 가장 생생하게 남긴 자취에 우롱당하고 초췌해진 아버지의 그림을 그 자리에 남겨두고 도망쳤다. 그렇게 그날 이후, 그녀는 끊임없이 이 도시에서 저 도시로, 온갖 보잘것없는 일들과 우연과 시류를 전전하며 도망다니기 시작했다.

그녀는 유럽을 종횡무진으로 누비며 베를린, 취리히, 모스크바, 로마, 프라하, 런던, 빌나* 등지에 머물렀다. 이렇게 도망다닌 것은 아버지를 피하기 위해서가 아니었다. 하긴 아버지도 그녀를 찾지 않았다. 텅 빈 방에 도전하듯 세워놓은 그 모욕적인 초상화를 발견했을 때 그는 극단적인 말살로 딸이 사라졌다는 사

---

* 리투아니아의 수도 빌뉴스의 옛 이름.

실을 표현했다. 그는 자신의 옷들을 찢고 자신의 이마를 재로 덮었으며, 맨발로 등을 굽힌 채 자기 방 한가운데의 작은 의자에가 앉은 채, 이미 두 번이나 자신의 아들들을 위해서 그랬듯이 카디시*를 읊을 때만 가끔씩 자리에서 일어났다.

그녀가 피해서 도망치고자 한 것은 아버지의 초상화였다. 고통과 연민 못지않게 폭력과 비타협적인 고집이 한데 섞여 있는 그 이중적이고 무시무시한 초상화 말이다.

사실 그녀가 피하려 한 것은 아버지의 초상 이상의 것, 그녀의 가족 전체, 그녀 자신 그리고 민족의 초상이었다. 남자들과 여자들의 얼굴, 죽은 이들과 산 자들의 얼굴—언제나 하늘에 맞서고 땅에 맞서서 치켜든 얼굴들이 한데 뒤얽힌 어떤 복수의 얼굴. 거대한 석벽처럼 단단하고 헐벗은 하늘을 향하여, 반역적이고 살기 어려운 땅을 향하여 아주 높이 치켜든 얼굴들. 공포와 애도에 몰려 쫓기고 언제나 투쟁하면서도 결코 딴 곳으로 돌리는 법이 없는 얼굴들.

그녀는 내일의 기약 없는 우정들의 고독, 과거의 기억 없는 사랑들의 고독, 그러나 어둠과 소음으로 붐비는 지난날의 고독을 맛보았다. 그녀는 떨어진 내복을 수선했고, 땅과 그릇들을 씻었

---

* 유대교에서 예배 끝에 드리는 송영.

고, 늙은 여자들에게 책을 읽어주었고, 아이들에게 받아쓰기를
시켰으며, 화가들과 조각가들을 위하여 모델을 섰고, 때로는 카
페 테라스들을 돌아다니며 자신이 그린 데생과 그림 몇 점을 팔
았다. 이윽고 알마가 찾아왔다. 너무나 작고 눈에 띄지 않아 아
버지의 부재를 가볍게 느끼도록 해준 알마가. 어떤 일시적인 관
계에서 우연히 생겨난 그 아이가 그녀의 삶을 뒤흔들어놓았다.

그것은 아주 슬며시 눈에 띄지 않게 일어난, 그러나 결정적인
격변이었다. 루트는 점차 자신의 반항과 도망의 충동을 상실했
고, 사나움과 두려움에서 벗어났다. 그토록 오래전부터 마음과
두 눈 속에 도사리고 있던 그 혼란스러운 영상들의 무리가 마침
내 그녀에게서 사라졌다. 이따금씩, 그 영상들의 몇몇 흔적들은
그녀의 꿈속에서 사라지지 않고 떠도는 때늦은 외침들처럼 스쳐
지나곤 했다.

그녀는 생활비를 벌기 위하여 닥치는 대로, 온갖 일들을 다 하
면서도 가끔씩 그림 그리는 일을 계속하며 삼 년째 파리에서 살
고 있었다. 그녀가 그리는 선은 정제되었고 색채는 투명에 가까
울 만큼 맑아졌다. 그녀는 이제 옅은 색 높은 하늘을 배경으로
뚜렷이 드러나는 나무, 소로, 조각상과 지붕 들을 미완성으로 스
케치만 했고 초상화는 더이상 그리지 않았다. 그런데 바야흐로
황금의 밤 늑대 낯짝이 불쑥 나타나, 마치 어떤 뜻밖의 나라에서

국경을 개방해 난민을 맞아들이듯이 그녀에게 품을 열어준 것이다. 자유의 나라. 그는 그녀보다 거의 서른 살이 더 많았다. 그러나 그에게는 순진한 만큼이나 야성적인, 그녀로서는 벌써 오래전에 잃어버린 어떤 기이한 젊음이 있었다. 그녀가 그에게서 좋아한 것이 바로 올곧음과 참을성으로 이루어진 그 단순한 힘이었다. 도착할 때 문간에서부터 그들 모녀를 위협했던 그 머리 희고 침울해 보이는 여자가 뭐라고 떠들건 간에 그녀는 이곳, 그의 곁에서 평화를 찾을 것 같았고 딸아이의 행복을 지킬 수 있을 것 같았다. 빅토르플랑드랭에 대한 그녀의 믿음이 그토록 확고했다.

그렇기 때문에 그녀의 짐들을 침대 위에 가져다놓는 빅토르플랑드랭을 바라보면서 지금 그녀는 방의 창턱에 팔을 괸 채 미소를 지었다. 그녀는 이제 방랑의 닻을 그의 안에 영원히 내릴 생각이었다. 도망의 시간은 마침내 끝났고 그녀의 고독은 지나갔다. 창문 아래로 끝 간 데 없이 펼쳐진 들판과 숲 쪽으로 고개를 돌리며 그녀가 또 말했다. "그래요, 여기가 아주 맘에 들어요. 아주 조용하고요……"

그리하여 루트는 그토록 찾아 헤매던 평화를 실제로 맛보았다. 황금의 밤 늑대 낯짝의 사랑과 그의 땅 속에 방랑의 닻을 너무나도 확실하게 내린 나머지 그녀는 마침내 그곳 모래톱에 좌초했고, 그 땅 깊숙한 곳에서 네 아이가 태어났다. 검은 땅에 정착한 첫해에는 두 아들 실베스트르와 사뮈엘, 이어 이듬해에는 두 딸 이본과 쉬잔이 태어났다. 그중 어떤 아이에게도 거의 십 년에 가까운 세월 동안 그녀가 도망다니며 피해왔던 그 초상화의 흔적이나 유사함은 없었다—하나의 혈통이 단절되고 다른 혈통이 만들어진 것이다. 네 아이들 모두 왼쪽 눈에 페니엘 집안 사람들의 표지를 지니고 있었다. 오직 알마만이 아버지도 없고 표지도 없었다. 너무도 커다란 그 청회색 눈은 오직 어머니만을 닮아 있었다. 어쩌면 그 윗대, 빈 어딘가의 골목 한구석, 온갖 종류의 장갑이며 모자며 토시들을 파는 상점 깊숙한 곳에서 그 특징들이 지워져가는, 어머니의 어머니인 다정한 한나와 닮은 것인지도 모른다. 그러나 브누아캉탱은 너무나도 사랑이 넘치고 헌신적인 남자 형제 같은 이였기에, 그녀 역시 그를 통해 이 땅을 자신의 땅이라 여길 수 있게 되었다. 그는 전에 약속한 대로 그녀를 위하여 하얗게 칠한 나무코끼리를 만들고 거기에 바퀴를 달아주었다. 그러고는 오랫동안 알마를 그 코끼리에 태워서 농장 주위의 꼬불꼬불 이어진 모든 길들로 데리고 다녔다. 농장에 살고 있는 모든 아이들 중에서 그에게는 그녀가 가장 사랑스러운 아이였다. 그는 그녀를 자신의 가족, 누이인 동시에 딸처럼 여겼고, 또 가끔 정신이 혼미해지는 밤이면 벌써부터 아내로 여겨 그녀의 꿈을 꾸기도 했다.

　루트가 오면서부터 높은 농장에는 약간의 바깥세상이 유입되었으니, 흐르지 않는 시간 속에 그토록 오랫동안 완강히 닫혀 있던 황금의 밤 늑대 낯짝의 요새가 마침내 바깥의 소리들과 움직임에 조금씩 개방되었다. 신문과 잡지 그리고 특히 라디오가 세상 끝, 아니 적어도 그 고장의 끝에 처박힌 망각의 기항지로부터 검은 땅을 세상 밖으로 출항시켜 처음으로 페니엘 집안을 역사의 물결 위에 약간 띄웠다. 오직 나이든 이들만이 여전히 동떨어진 채 부질없고 잘못된 짓이라면서 물결을 타기를 거부했다. 사실 누구 하나 "안 돼!" 소리칠 시간도 힘도 갖지 못한 채 단번에 모든 것이 다 요란한 소리를 내며 산산조각날 판국에, 세상 구석구석에서 꾸며지는 역사의 소문들을 듣는 것이 두 형제에게 뭐 그리 중요했겠는가. 마틸드의 경우, 그녀에게 역사는 마르고의 죽음에서 딱 멈춰 있었다. 그 이후 만사는 너무 늦었거나 영원히 돌이킬 수 없는 것이 되었다.

환등기는 이제 다락에서 천천히 먼지를 뒤집어쓰기 시작했고, 한편 그보다 더 마법적인 다른 상자들이 리듬과 노래를 들려주는가 하면 종이 위에 그려진 가족의 초상들에 영원한 미소를 부여했다. 루트는 점차 화폭과 붓을 버리고 사진예술에 열중했다. 그토록 오랫동안 그녀의 마음을 붙잡고 놓아주지 않던 찡그린 이미지들은 이제 그녀에게서 완전히 빠져나가 망각 속으로 흩어졌다. 그녀는 살과 피로 된, 어린 날의 풋풋함과 건강미가 넘치며 놀이와 웃음으로 만들어진 진정한 존재들에게 생명을 부여했다. 그리하여 이제부터 그녀는 그녀 주위 사람들의 얼굴에 시선과 모든 관심을 보냈다. 그렇게 그녀는 자신이 구현하는 그들의 초상들을 통해 다른 이미지들과 규명할 수 없는 유사함 속에 깊숙이 매몰된 흔적들을 추적하려 애썼다.

미카엘, 가브리엘 그리고 라파엘은 바깥세상의 메아리를 통해서 전해지는 그 모든 새로운 위력을 매우 빠르게 소화했고 라디오와 축음기의 열렬한 신봉자가 되었다. 미카엘과 가브리엘은 특히 재즈에 열광했으니, 매 순간 욕망과 움직임이 들끓는 자신들의 몸에 딱 맞는 어떤 박자와 충동을 마침내 그 재즈 리듬에서 발견했던 것이다. 그러나 어린 시절부터 그들을 충동질했던, 속도와 공간과 난폭함에 대한 광적인 욕구가 이내 도를 넘었다. 그들은 마침내 집안사람들을 떠나버렸다. 사실 이들 모두를 한 번도 진정 가족으로 여겨본 적이 없었기에 두 사람은 숲속 깊숙한 곳으로 찾아 들어가 그곳에 자리잡고 살았다. 그들은 무엇보다도 야생동물들과 어울려 지내는 것을 좋아했다. 동물들의 언어를 이해하고 그들의 언어로 말했으며, 동시에 그들의 살과 피로 영양분을 취했다. 그들 자신은 별로 말수가 없었다. 그들은 서로 말보다는 소리와 몸짓으로 소통했다. 서로에 대한 사랑을 말로 표현하는 법도 없었다. 말 속에서 자리를 찾을 수 있기에는 너무 통째였고 너무 사나운 것이었다. 그들은 또한 그 사랑을 몸의 힘으로 표현했고, 그리하여 그들은 심지어 인간이 되기도 전에 연인이 되었다.

한편 라파엘은 형제들을 따라 숲속으로 가지 않았고, 그렇다고 농장에 남아 있지도 않았다. 그 역시 집을 나갔다. 그를 추방의 길로 유인한 것은 그의 피부보다 더 흰 그의 목소리였다. 그의 목소리는 다른 공간들과 다른 노래들을 필요로 했다. 도시로 떠난 그는 열심히 노력하여 자신의 타고난 재능을 완벽에 가깝도록 갈고닦는 데 온 힘을 기울였다. 그는 자신의 생명보다 더 귀중한, 자신의 유일한 사랑인 그 목소리와 하나가 되고 싶을 뿐이었다. 그 목소리―애인은 그를 세상에 전무후무한 기상천외의 카운터테너로 만들었다. 아니, 그 이상을 해냈다. 목소리를 통해서 그는 침묵과 죽음의 신비를 건너갔다. 형제들이 동물들의 언어를 이해하고 말하며 피의 혼란스러운 웅성거림 속에서만 살았다면, 그는 세상을 떠난 사람들의 무음의 목소리를 꿰뚫고—거기에 대답하고 나아가 거기에 말을 거는 법을 배웠다. 그렇게, 바로 죽은 자들과의 비밀스러운 대화에서, 한순간 숨이 끊어지거나 이성을 잃지 않고서는 그 누구도 들을 수 없는 전대미문의 그 악센트를 이끌어내는 것이었다. 그렇게 그의 목소리는 완벽 그 자체 이상의 경지에 도달해 변신의 기적이 되었다.

그러나 페니엘 집안의 모든 아이들이 그들의 땅이나 가족들과 상관없는 이방인이 된 것은 아니었다. 엘맹트프레장타시옹뒤세네르마리의 두 아들은 그 고장을 떠나지 않고 마음을 붙여 눌러앉았다. 그들이 보여준 기상천외의 짓거리라면, 그들이 사랑에 홀딱 빠져버렸다는 한 가지뿐이었다. 즉 한쪽은 어떤 여자에게, 다른 한쪽은 하늘에. 그 이중의 돌발적인 사랑의 충동은 그들이 열여섯 살 되던 해 같은 날에 두 사람을 덮쳤다.

그날 그들은 둘 다 자전거를 타고 마을에 갔다. 그들을 덮치게 될 뜨거운 사랑은 큰길 모퉁이, '보로메 서점'이라는 간판이 달린, 진열장을 푸른색으로 칠한 어느 상점의 저 안쪽에서 그들을 기다리고 있었다. 루트가 그들에게 거기 가서 아이들이 사용할 색칠 공책 몇 권을 사 오라고 시켰던 것이다. 바티스트가 상점의 문고리를 거머쥐고 채 문을 열기도 전에 문에 달린 종방울이 타데의 어리둥절한 머릿속에서 이상한 소리를 내며 딸랑딸랑 울리기 시작했다. 이리하여 두 사람은 자기들이 무얼 하려고 그곳에 온 것인지조차 잊은 채 우물쭈물 그 자리에 못박혀 섰다. "뭘 찾으시나요?" 상점 뒷방에서 목소리가 흘러나왔다. 이마 위로 머리를 땋아올린 젊은 여자가 그들을 맞았다. 그녀는 반쯤 펼친 책을 손에 들고 있었다. 바티스트는 여전히 망가진 문고리를 꼭 붙잡은 채 그 표지를 흘끗 살펴보았지만 책 제목을 온전히 읽을 수가 없었다. '……공작부인'. 이윽고 그가 눈을 들어 여자를 바라보았다. 그녀의 눈은 낙엽 색깔로 가늘고 길었고 오른쪽 눈썹 위에 난 점이 보였다. 그는 곧바로 그녀에 대한 미칠 듯한 사랑에 빠져서 그나마 간직하고 있었던 다소의 침착성마저 갑자기 다 잃고 말았다. "뭘 찾으시는지?……" 그들이 입을 열도록 도와줄 생각으로 그녀가 말했지만 두 사람은 아무 말도 못한 채 가만 서 있었다. 바티스트가 기껏 대답이랍시고 그녀에게 빠진 문고리를 내밀었다. "괜찮아요, 늘 그 모양인걸요. 제가 다시 끼울게요." 이제 그녀가 책 때문에 불편한 듯 보이자 바티스트는 드디어 입을 열어, 문고리를 끼우는 동안 책을 들고 있겠다고 했다. 타데는 약간 떨어져서 상점 안을 슬금슬금 살펴보기 시작했고, 한편 바티스트는 여자가 책갈피로 표시해둔 페이지를 펼쳤다. 그의 눈이 간 대목이 어쩌나 그의 마음을 흔들었는지 그는 마치 속이야기라도 하는 듯한 어조로 나직하게 그 내용을 읽기 시작했다. "느무르 공은 그녀의 미모에 너무나 놀란 나머지, 그녀 곁으로 다가갔을 때, 또 그녀가 공에게 예를 갖추어 절을 했을 때 감탄어린 마음을 드러내 보이지 않을 수가 없었다. 그들이 춤을 추기 시작하자 홀 안에서 수군수군하는 칭찬의 소리가 들렸다. 왕과 왕비들은 그들이 한 번도 만난 적이 없다는 사실을 상기했고 서로 알지도 못하는 두 사람이 함께 춤을 추는 것을 보며 이건 뭔가 좀 범상치 않은 일이구나 생각했다. 춤이 끝나자 왕과 왕비들은 아무에게도 말을 건넬 여유를 주지 않고 즉시 그들을 불러서 혹시 상대가 누구인지 알고 싶지 않은지, 그리고 아무런 짐작도 하지 못했는지 물었다." 그러고서 그는 책을 덮어 여자에게 내밀었다. 그녀는 여전히 문간에서 마치 금방이라도 밖으로 나갈 사람처럼 문고리를 잡고 있었다. "당신들이 왔을 때 바로 그 부분을 읽으려던 참이었죠." 그녀가 책을 받으면서 말하고는 이렇게 덧붙였다. "……하지만 당신이 벌써 읽었군요!……" "그 느무르 공 못지않게 나도 깜짝 놀랐어요." 바티스트가 대답했다. "아니 왜요? 여기는 루브르궁도 아니고 무도회가 열린 것도 아닌데요." 여자가 문고리를 움직여보며 물었다. 그녀의 얼굴이 살짝 붉어진 듯 보였기에 바티스트는 약간 용기가 생겼다. "여기 당신이 있고 또……" 신이 나서 말을 꺼내긴 했지만 그는 금방 목이 막혀 계속할 수가 없었다. 여자가 그를 몇 번 흘끔대는가 싶더니, 점점 더 안절부절못하는 손길로 만지작거리던 문고리가 또다시 툭 떨어져버렸다. 문고리를 줍느라고 두 사람은 동시에 몸을 굽혔다. 이제 그들은 너무 가까이 다가붙어서, 더이상 움직이거나 심지어 서로 쳐다볼 수도 없이, 문고리에만 눈길을 비끄러맨 채 몸을 구부리고 있었다.

타데는 이 장면에 아무런 관심도 보이지 않았다. 상점 한가운데 놓인 커다란 탁자 위에 진열된 책들을 닥치는 대로 이것저것 들추어보다가 어떤 일식 사진에 눈길을 주게 된 그는 그 이미지를 들여다보느라 완전히 정신이 팔려 있었다. 그가 책장을 넘기기 시작하자 비로소 다른 두 사람은, 그 책장 넘기는 가벼운 소리만으로도 난처한 상황에서 벗어나기에 충분하다는 듯 후다닥 정신을 차리고 동시에 손을 내밀어 문고리를 집어들려 했다. 그러나 그들이 붙잡은 것은 서로의 손이었으니, 두 사람은 더욱 난처해져 다시금 동작을 중지할 수밖에 없었다. 바티스트가 여자의 손을 너무나 세게 꽉 잡았으므로 틀림없이 아팠을 터였지만 그녀는 입 한번 뻥끗하지 않았고 손을 빼내려 하지도 않았다.

"어이, 바티스트!" 여전히 책에 눈을 박은 채 갑자기 타데가 불렀다. "이리 와봐! 정말 멋져!" 바티스트가 갑자기 몸을 일으켰고 여자도 마찬가지로 따라 일어섰다. "여기 좀 와보라니까, 정말 멋지다고!" 타데가 온통 흥분해서 불러댔다. 그래도 형제가 여전히 대답을 않자 그는 급히 돌아보았고, 그러자 문 앞에서 여자의 손을 꽉 움켜잡은 채 그녀 곁에 꼼짝 않고 서 있는 바티스트가 그의 눈에 들어왔다. "아니!⋯⋯" 자기 형제가 모르는 여자와 그처럼 갑자기 친해진 모습에 깜짝 놀란 그는 그저 이렇게 내뱉을 뿐이었다. 젊은 여자 역시, 마치 놀라울 정도로 닮은 쌍둥이의 모습을 이제야 비로소 주목한 듯 깜짝 놀란 얼굴이었다. 이어 그녀는 이쪽저쪽으로 여러 번 고개를 돌려가며 번갈아 바라보기 시작했고, 그런 가운데 세 사람은 참을 수 없다는 듯 다같이 폭소를 터뜨렸다. 마침내 바티스트가 물었다. "그래, 네가 보았다는 그토록 멋진 게 대체 뭔지 말해봐." 여자도 말을 보탰다. "맞아요, 이제 당신 차례예요, 어디 뭔지 좀 읽어줘봐요." 그러자 타데가 종잡을 수 없는 이야기를 늘어놓기 시작했다. 일식, 운행하는 행성들, 은색 코를 달고 있는 뚱뚱한 천문학자가 어떤 진홍색 섬에 세워놓은 환상적인 성, 맥주를 너무 많이 마셔서 죽어버린 물사슴, 하늘이 그려진 거대한 청동 지구의, 눈과 숲을 가로지르는 왕자들과 왕들과 학자들의 여행, 프라하 성곽을 따라 난 황금 소로, 그리고 통찰력 있는 광기와 투시력을 갖춘 어떤 난쟁이의 장난질 따위가 그 책의 이야기였다.

그날부터 바티스트와 타데는 빈번히 마을을 다시 찾아가 보로메 서점으로 직행했다. 한쪽은 서점의 여자와, 다른 한쪽은 튀코 브라헤*와 사귀어보기 위해서였다.

황금의 밤 늑대 낮짝은 자신의 모든 자식들이 저마다 사랑을 찾아 싸다니도록 그냥 내버려두었다. 그에게는 시간이 그다지 커다란 영향을 끼치지 않았으니 그저 뚜벅뚜벅 큰 걸음으로 세월을 통과할 뿐이었다. 그의 땅이 이제는 워낙 멀리까지 뻗어 있어서, 다른 집 개들의 우짖음을 들을 일 없이 그는 어느 길로든 마음대로 나돌아다니며 그림자를 던질 수 있었다.

그의 기억은 길고도 깊었다. 그의 생애를 쌓아올린 그 헤아릴 수 없는 날들 가운데 그가 시시콜콜 기억하지 못하는 날은 단 하루도 없었다. 그중 수많은 날들이 그에게는 고통과 애도였지만 루트가 현재의 시간으로 너무나도 발랄한 빛과 강렬한 기쁨을 던져주었기에 과거의 모든 고통도 누그러들었다. 루트의 존재는

---

* 덴마크의 천문학자. 1572년 초신성 관측으로 일약 유명해졌으며, 이 사건은 하늘을 불변의 대상물로 보던 당시의 우주관에 획기적 변화를 가져왔다.

지난날 그가 사랑했던 여자들을 잊어버리게 하기는커녕, 그 얼굴들을 맑게 닦아 초상화가 아니라 무한하게 열린 풍경들로 고정시켰다. 멜라니, 블랑슈, 푸른 피―그 여자들이 거기에 있었다. 그 여자들은 그 자신이었고, 그의 핏속의 피요 마음속의 영원한 애정이었으며, 마침내 밤으로부터 빠져나온 거대한 풍경들이었다.

멜라니, 블랑슈, 푸른 피―그들의 이름은 풍요로운 들과 숲, 계절의 이름들처럼 다시금 맑게 울렸다. 루트가 그의 마음속에 행한 기억의 연금술 덕분에 삶과 화해하고 현재와 화해한 이름들과 얼굴들.

세계는 더이상 신과 수직 관계가 아니었으니, 어떤 안정된 토대를 회복했다. 루트가 바로 그 받침점과 균형추, 아니 더 정확히는 모든 것들, 모든 장소들과 모든 얼굴들이 즐거움과 행복 속에서 쉬기 위하여 한데 모이는 초점이었다.

다섯 번째 밤

Nuit des cendres

재 의 밤

V
재의 밤

그 시절에 페니엘네 집안사람들은 완전히 땅에 붙어 사는 사람들, 속속들이 안개와 비에 젖은 채 곳곳에 어두운 숲들이 불쑥불쑥 나타나는가 하면 탁한 잿빛의 강물이 구불구불 흘러가며 후벼내는, 속병 든 땅의 사람들이 되어 있었다. 해질 무렵이면 마녀들, 요정들, 떠도는 무적의 부랑자들과 혼령들의 해묵은 전설을 웅얼거리는 미개척 야생의 땅. 그토록 여러 차례 전사들에게 짓밟혔기에 언제나 경계 태세의 땅—언제나 핏속에 그 과거가 고동치는 불안 속의 땅–기억.

그러나 저 물 위의 하늘은 그들이 아직 민물의 사람들이었던 시절과 다름없이 언제나 그대로였다. 바람이 훑고 가는 광대한 하늘. 땅바닥에 몸을 바싹 붙인 채 쉬지 않고 달리는 전설적인 말의 배처럼 빛나는 구름들이 뭉게뭉게 떠 있는 청회색 하늘.

하늘의 그 청회색을 그들은 까마득한 옛날부터 가슴 가장 깊은 곳에 품고 있었다. 그 색깔은 그들의 피, 목소리 그리고 눈길 속에 반사되었다. 그들의 심장도 대낮의 빛과 한밤의 어둠에 갈닦인 청회색이었다.

그들은 심장을 어지간히도 부드러운 운하의 물에 오랫동안 씻어서 지니다가, 그다음에는 들판과 숲으로 가져와 돌들과 나무뿌리들 뒤엉킨 땅 밑에 깊이 묻었다. 그리하여 그 심장들이 이번에는 뿌리를 내려 모조리 똑같은 붉은 피로 물든 야생의 장미처럼 꽃까지 피우게 되었다.

붉은색 ― 피.

사물과 장미의 이름들은 언제나 새롭고 이상한 어미들을 더많이 갖게 되어 발음이 불가능할 지경에 이르렀다. 실제로 명명의 자유와 닮은꼴 놀이의 자유를 극단적으로 왜곡하여 그것을 완전히 변질시키는 사람들이 있었다. 사실상 그들은 모든 것에 이름을 붙이고, 모든 사물에 오직 다른꼴 놀이만 새겨지는 검은 피로 안감을 납땜질하여 붙였다.

그들은 피에 재와 무無로 운을 맞추었다.*

---

* 프랑스어로 피(sang)와 재(cendre)와 무(néant)는 각각 '상' '상드르' '네앙'

붉은색 - 피.

장미와 사람의 이름들은 외침이 되어 찢어지고, 침묵이 되어 떨어졌다.

피 - 재, 피 - 밤 - 그리고 - 안개.

그리하여 인간 자신은 이름을 붙일 수 없는 존재가 되고─그 여파로 신이 되었다.

피 - 신, 신 없는.

신 - 재.

재와 먼지.

으로 발음된다.

1

그러나 루트의 시선에 이끌려 빛의 세계로 온 황금의 밤 늑대낯짝의 관점에서 세상은 이제 어마어마하고 전격적인 일식을 경험하게 될 참이었다. 그런데 그 일식, 그걸 예고하는 전조를 알아차린 것은 루트가 아니었다. 그렇다고 여러 밤을 꼴딱 지새우며 별들을 관찰하는 견습 천문학자 타데도 아니었다. 그것은 저다른 여자—모든 것을 다 포기한 나머지 자신의 이름을 어느 끔찍한 이중의 수호성인명—비올레트뒤생쉬에르로 대신하고 스스로의 존재를 단념한 여자였다.

다음은 그녀의 자매인 로즈드생피에르가 쓴 편지다.
"……그 일이 너무나도 급작스럽게, 너무나도 기이하게 일어났으므로 여기서는 아무도 무슨 일이 일어났는지, 그리고 계속 일어나고 있는지 알 수가 없어요. 그 일이 지금 석 주째 이어지고 있어서 드디어 내가 편지를 쓰기로 마음을 먹었어요. 의사도 여러 명이 와서 보았지만 그들 역시 이해를 못해요. 그녀가 앓는 병은 설명할 수도 없고 치유도 불가능한 것 같아요. 대체 원인을 알 수 없는 병을 어떻게 치료하겠어요?

사실 일생 동안 절대 그런 일이 없었듯이 그녀는 불평을 하지 않아요. 그럼에도 그녀의 고통은 말할 수 없을 만큼 대단해요. 하지만 그 고통은 그녀의 마음에서 오는 거예요. 오직 마음에서만. 내 생각은 그래요. 마치 이곳의 우리 모두 가운데 하느님께 가장 헌신적이고 가장 사랑이 깊은 그녀의 마음에 그분이 상처를 주려고 하는 것 같아요. 그녀가 어렸을 적에 벌써 여러 번이나 아무 까닭 없이 이마에서 흘렀던 피가 다시 흐르기 시작했어요. 그러나 이건 전처럼 그냥 몇 방울이 아니고 정말 상처에서 흘러나오는 피 같아요. 피가 끝없이 철철 흘러서 그녀의 얼굴이 줄곧 피투성이예요. 어찌나 허약해졌는지 늘 침대에 누워 있어야 해요. 더이상 미사를 보러 갈 수 없고 심지어 식사를 할 힘도, 말할 힘도 없어요. 우리 사제님이 매일 가져다주는 면병麵餅이 그녀의 유일한 음식이 되었어요.

이따금씩 그녀는 뭐라고 말을 해요. 그러나 목소리가 어찌나 나직한지 그 말을 들으려면 바싹 몸을 구부려서 그녀의 입에 귀를 갖다대야 해요. 그때 중얼대는 소리는 너무나 모호해서 간신히 이해할 수 있을까 말까예요. 사실 그건 문장들도 아니에요, 언제나 똑같은 '악, 신, 세상, 폐허, 재, 단말마' 같은 단어들을 되풀이해요. 두 눈은 거의 쳐다볼 수가 없을 지경으로 변했어요. 그만큼 불안하고 고통으로 가득차 있어요. 바라볼 수도 없고 바라보아도 안 되는 어떤 무시무시한 것들을 보고 있는 사람의 시선이에요. 나는 할 수 있는 한 오랫동안 그녀 곁에 있곤 해요. 그러나 그녀가 나를 보는 것 같지는 않아요. 그녀는 아무도 알아보지 못해요. 그녀의 안에는 모든 것을 다 태우는, 마치 어떤 상처처럼 그녀의 얼굴에 피가 흐르게 하는 그 광경이 깃들어 있어요."

로즈의 편지는 촘촘하고 긴장된 글씨로, 장장 다섯 페이지가 넘게 이어졌다. 지금까지 그녀는 자기 가족에게 한 번도 그토록 긴 편지를 쓴 적이 없었고, 수도원에 들어간 이래 한 번도 그 정도로 침묵의 규칙을 깬 적이 없었다. 그러나 벌써 그녀의 내면에서는 다른 것이 돌이킬 수 없이 부서지고 있었다.

황금의 밤 늑대 낯짝은 딸이 심하게 아프다는 것, 그리고 그것은 틀림없이 그녀가 상상의 신—오직 인간들을 속이고 능멸하고 상심시키려고 존재하는 체할 뿐인 그 신에 대한 사랑을 위해 스스로에게 강요했던 은둔생활 탓이라는 것 외에는 그 편지의 내용에서 아무것도 이해할 수 없었다. 그래서 그는 이미 그에게 잔인함과 폭력을 너무나도 분명하게 보여준 그 신에 대하여 지난날에 맛보았던 분노를 새삼 느꼈다. 당장이라도 달려가 두 딸을 강제로 빼내어 농장의 자기 곁으로 데리고 올 준비가 되어 있었다.

그러나 두 형제, 그는 기억했다. 그는 비올레트오노린의 어머니인 블랑슈를, 그녀가 어떤 식으로 단말마의 고통 속으로 빠져들었는지를, 그녀가 어떤 병으로 죽었는지를—그 어떤 광적인 광경을 보며 죽었는지를 기억했다. 그리하여 다른 사람들이 이해하지 않으려 하는 것을 그는 이해할 수 있었다. 어쩌면 루트는 예외일지도 모른다. 갑자기 그녀의 기억이 너무나도 많은 세기들의 저 밑바닥에서 울리기 시작한 터였고, 하여 그녀로서는 공허와 밤을 가로지르며 회색 바람에 쫓기는 얼빠진 짐승떼처럼 또다시 떠밀듯 밀려드는 그 모든 꿈속의 외형들을 일일이 다 열거할 수 없을 정도였으니 말이다.

땅속 깊은 곳으로부터 스며나와 모든 사물들의 이미지를 흠뻑 적시고 변질시키는 탁류처럼, 가족들에 대한 추억이 그녀의 내면에서 솟아나오기 시작했다. 자기 아이들의 얼굴들이나 자기가 그렸던 이들의 초상화가 다 같이 이중인화로 겹쳐지는 듯했다.

사진이 특별히 그 현상을 악화시켰다. 시간에서 떼어낸 초상들의 고정불변함을 통해서 더 오래된, 때로는 심지어 잊었다고 여겼던 다른 얼굴들의 흔적까지 그 윤곽을 드러냈다. 언젠가 자기가 본 것을 잊어버리지 않기 위하여 여러 해 전부터 찍어 인화한 그 모든 사진들이 지금은 그녀를 놀라게 했다. 지금 그 사진들을 들여다볼 때 그녀가 사진 속에서 다시 만나게 되는 것은, 당시 매일같이 자기 아이들에게서 포착하고자 했던 순간적인 표정들이 아니라 그보다 훨씬 더 의미심장하고 오래된 표정들이었기 때문이다.

그녀는 자신이 잊어버렸던 바로 그것—자신의 모든 가족들, 자신이 떠나고 피해서 도망치고 부정했던 사람들을 보았다. 자신이 잊고 있었음을, 그리고 그런 망각이 이제는 더이상 가능하지 않음을 그녀는 깨달았다. 망각이 되돌아와 날것 그대로의 무한한 기억으로 그녀를 압도했다. 그녀가 앨범들 속에 영원의 작은 조각들인 양 고정시켜놓았던 그 모든 순간들이 꿈틀거리며 웅얼대기 시작했다. 그 순간들 속의 무언가가 녹아서 모양이 달라졌고, 그 순간들이 거꾸로 흐르면서 그녀 가족들의 현재를 언제나 과거 쪽으로 열려 있는, 알 수 없는 광대함들을 향해 싣고 갔다.

아직 젖살이 통통한 두 아들아이들의 얼굴에서 그녀는 자기들과 함께 사라진 한 제국의 영광을 위하여 열여덟 살, 스무 살 젊은 나이에 죽은 두 오빠들, 그리고 미쳐버린 막내오빠 야코프의 얼굴을 어렴풋이 엿볼 수 있었다. 그 막내오빠는 아직 살아 있을까, 여전히 부모님 집에 남아 있을까? 아니, 그럴 리가 없지, 그는 이제 그곳에 있을 수 없다는 것을, 부모님도 마찬가지라는 것을 그녀도 잘 알고 있었다. 그녀의 나라 전체에 이제 그녀의 가족이 몸담아 지낼 만한 집은 어디에도 없었다. 그들은 모두 다 노란 과녁인 양, 찢어버려야 할 한심한 헝겊 심장인 양, 그 몹쓸 별을 앞가슴에 달고 도망쳐야 했다. 그러나 그때 그들은 과연 어디로 갔을까, 적어도 그들에게 도망칠 시간이 있긴 했을까? 자신의 그림자에 대한 병적인 공포에 시달리는데다 몸이 너무 약하다보니 집안의 어둑한 가게 뒷방을 한 번도 벗어난 적 없는 어머니가 알지도 못하는 길로 나가서 달려갈 힘과 용기를 가진다는 것이 가능키나 한 일인가? 알마의 섬세한 얼굴 구석구석에까지 자신의 너무도 부드러운 인상을 옮겨온 그 어머니가 말이다. 따지고 보면 그녀는 어머니를 거의 알지 못했다. 이제 곧, 가족과 나라, 그 역사와 신을 떠났을 때의 그녀 자신과 같은 나이가 될 자신의 딸을 통해서, 그녀는 이제야 겨우, 자신의 어머니를 알지는 못할지언정, 적어도 어머니와 관계를 다시 잇게 되리라고 느낄 뿐이었다.

갑자기 달려드는 그 기억을 다시 붙잡으려 발버둥치며 그녀가 끊임없이 찍고 수정하고 확대한 그 사진들을 통해 드러나는 것은 바로 그녀의 가족, 역사 그리고 신, 그 모든 것이었다. 비올레트뒤생쉬에르의 그 놀라운 마지막 고통을 전하는 로즈의 편지를 받자 소스라쳐 깨어나 소리 없이 미쳐 날뛰던 그 기억, 마치 그 젊은 수녀의 피가 모든 사물, 모든 사람들에게로 되튀다못해 그 누구보다 더 그녀의 마음을 붙잡고 놓아주지 않던 아버지의 얼굴까지 붉게 물들여버린 그 기억.

그녀의 아버지, 그의 수염이 지금 그녀에게는 오래도록 흘리는 밤의 눈물일 뿐인 듯 느껴졌다. 그 많은 세월이 지난 후 분명 잿빛으로 변해버렸을 밤. 하얗게 지새운 밤─불면과 공허한 기다림의 밤.

마치 그 젊은 수녀의 피가 모든 것, 모든 사람들로부터 솟아나오기라도 하는 것만 같았다─돌연 과거의 진창에 빠진 채 미래에 능욕당한 현재의 범람.

"……이제르는 그르노블에 도청, 쥐라는 롱스르소니에에 도청, 랑드는 몽드마르상에 도청, 루아르에셰르는……" 두 형제의 머릿속에서는 누군가 어린 학생의 목소리로 긴 불면의 시간들을 북처럼 두드리며 침착하게 지껄여댔다. 그는 잠을 잘 수가 없었다. 생피에르성당의 종소리가 울리는 즉시 그의 아들, 하나뿐인 아들을 구하기 위해서는 밤낮으로 자지 않고 있어야 했다. 오직 브누아캉탱의 기형적인 신체만이 그를 안심시켜주었다. 군대가 절대로 꼽추한테 맞는 군복을 맞춤할 리 없지, 하고 그는 속으로 되뇌곤 했다. 한편 브누아캉탱으로 말하자면, 그에게는 다른 고민이 있었다―알마에 대한 사랑이었다. 그의 기형적인 몸은 욕망을 위해 맞춤된 것이 아니라는 점, 그것이 그의 끊임없는 탄식이었다.

오직 장프랑수아티주드페르만이 과거에도 지금도 그의 한없이 순박한 마음에 영원한 기쁨인 아이―그가 자신의 사랑스러운 영혼이라 부르는 그 아이에게 무슨 일이 일어났는지를 알지 못했다. 그의 마음속 노년이 너무나 꾸물대며 지각을 하는 터라 그는 마치 시간의 밖으로 굴러떨어진 사람 같았다. 그는 여전히 지는 저녁해 쪽으로 의자를 끌어당겨놓고는 아주 오랫동안 경작해온 그 땅을 바라보며 앉아 있기를 좋아했다. 이제 그의 두 눈은 완전히 무용지물이 되어 자신의 추억들 외에는 아무것도 보지 못했지만 말이다. 마찬가지로 그는 이제 더이상 땅에서 올라오는 소리들, 짐승들의 외치는 소리나 주변에 있는 사람들의 목소리도 듣지 못했다. 그의 귀에 들리는 것은 오직 그의 멧비둘기

두 마리가 지저귀는 소리뿐이었다. 그는 비올레트오노린에 대한 추억으로 그 새 한 쌍을 변함없이 간직했다. 사실 스스로가 그 새들이 보금자리를 튼 새장이 된 것만 같았고, 새들이 거기 그의 가슴 저 가장자리 끝에 올라앉아 균형을 맞추며 부드럽게 재잘대는 것만 같았다.

그래서 종이 울리는데도 그는 그 소리를 듣지 못했다. 멧비둘기들이 쉬고 있는 그의 가슴속으로 죽음은 다가오지도 메아리치지도 못했다. 그 새들이 그를 모든 악과 모든 위험신호로부터 지켜주고 있었다.

그러나 이번에는 종소리가 아주 세차게 울렸다. 생피에르의 새 종에는 금이 가 있지 않았다. 승리와 되찾은 평화의 충만함 속에서 그 종을 주조했기 때문이다.

그렇다고 금간 소리가 완전히 없어진 것은 아니었다. 그 금은 단지 자리를 옮겼을 뿐이었으니, 이제는 더이상 청동이 아니라 평화 속에서 다시 모습을 드러냈다. 그리하여 종은 가득하고도 굳센 소리로 들판에 널리 울리면서 모든 사람들에게 그 엄청난 소식을, 즉 올 것이 왔음을, 적의 시간, 피와 공포의 시간이 이번에는 성큼성큼 매우 빨리 왔음을 크게 외쳤다.

종소리는 심지어 깊은 숲속에 있던 가브리엘과 미카엘까지 들을 수 있을 정도로 크게 울렸다. 그래서 그들은 마을로 가는 길로 접어들었다. 가족들이 있는 곳으로 돌아가 살려는 것이 아니라 무언가 다른 출발을 도모하기 위해서였다. 어떤 대단한 출발, 진정한 출발이었다. 본능적으로 그들, 두 연인인 형제, 두 피의 형제는 마침내 자신들의 정열과 폭력적인 힘과 외침을 백일하에 드러내어 이 세상 곳곳을 누비고 다니며 투쟁할 때가 왔음을 느꼈던 것이다.

그들이 자신들의 과업, 그 위대한 과업을 실현하기 위하여 선택한 진영은 적의 진영이었다. 피로 얼룩진 과업은 가장 생생한 증오, 불손하고 파괴적인 유대의 진영인 그쪽이 아닌 곳에서는 이루어질 수가 없었다. 왜냐하면 그들은 때려 부술 필요가 있었기 때문이다. 때려 부수고 또 때려 부수고 또 때려 부수는 것. 숨이 찰 때까지, 몸이, 분노가 다할 때까지. 아주 오래전부터 그들의 심장과 살을 할퀴던 그 분노가.

2

그것은 정말로 돌아왔다. 적의 시간. 그런데 이번에도 사람들은 그 시간이 들이닥치는 것을 보면서도 경계하지 않았다. 다만 이번에는 적의 시간이 멈칫거리지 않고 즉시 자리를 잡았다. 아닌 게 아니라 여전히 봄이었는데, 모든 것이 어찌나 급속하게 진행되었는지 온 천지가 다 폐허인데도, 벌써부터 거의 모든 풍경 곳곳에 최초의 시신들이 잔뜩 널려 있는데도, 아름다운 계절은 그 모든 미색을 간직하고 있었다.

언덕 꼭대기에 올라앉아 뫼즈강을 굽어보는 검은 땅 마을은 피해를 입지 않았다. 마을은 그저 떨어져나가 그 지역 전체로부터 더욱 멀리 밀려났다. 그리하여 쫓기는 짐승이 진흙탕 우리 저 깊숙한 구석에서 숨을 죽이고 있듯이 숲속의 그 후미진 곳에서 완전히 길을 잃고 처박혀 있었다. 사실상 국가 자체가 붕괴되고 군도가 되어 흩어진 터였다. 물론 여전히 세 개의 프랑스가 존재했으나, 더는 옛날 같은 셋이 아니었다. 이제 프랑스는 안으로 세 조각나 세 개의 지역으로 나뉘었다. 그중 하나는 이른바 자유 프랑스였고, 다른 하나는 점령 프랑스로 선포되었으며—세번째 에는 금지구역의 딱지가 붙었다. 심지어 또다른 지역들도 있었 다. 몇몇 사람들이 다른 곳, 영국이나 아프리카의 임시변통 온실 에다 심어보겠다며 영토의 쪼가리들을 주머니 깊숙이 담아 배를 타고 떠났던 것이다. 그리고 그 도시, 지난날 황금의 밤 늑대 낮 짝이 그의 마지막이자 가장 큰 사랑을 만났던 그 대도시는 저쪽 에서 수치와 슬픔의 포로가 되어 있었다.

저쪽. 더이상 여기는 없었다. 심지어 오늘마저 없었다. 있는 것은 오직 자리매김할 수도 건너뛰어갈 수도 없는 저쪽들, 그리고 두려움에 못 이겨 입을 딱 벌리고 있는 내일들뿐이었다. 성급하게 작성된 그 새로운 지도는 끊임없이 놀라움을 자아냈다. 간질환 환자들 말고는 아무도 알지 못하는 작은 도시*가 갑자기 그 재앙 지리학의 맨 앞자리로 떠올랐다.

검은 땅 지역 전체가 금지구역으로 전환되면서 위도가 변해버린 것 같았다. 전쟁-위도. 그로 인하여 풍경 또한 완전히 변했다. 땅은 마치 출혈 상태에 빠진 것 같았다. 수확물도 사람들도 가축들도 다 전선 저쪽에서 점점 커지는 세력에 휩쓸려갔다. 변덕스럽게 퍼부어대는 일제사격과 포화와 폭격으로 그날그날 새롭게 만들어지는 지적도에 따라 여러 마을이 송두리째 사라졌다. 벙커, 공군기지, 주둔지, 병영, 선로 등 기상천외의 건축물들이 도처에 불쑥불쑥 솟아났다. 콘크리트 풍경, 철조망 지평선. 주거지와 농경지들이 갑자기 주인과 기능을 바꾸었다. 가장 좋은 주택들에는 적이 들어와 주인으로 군림하면서 수많은 주민들을 추방하고는 그 자리에 동쪽의 먼 고장에서 온 이민자들을 정착시키고 모든 나라 곳곳에서 싹 쓸어 온 죄수 무리들에게 그곳

---

* 제2차세계대전중 이른바 자유지역 즉, 남프랑스에 존속한 나치 독일의 괴뢰정부 '비시 프랑스'의 임시 수도 비시를 가리킨다. 오베르뉴 지방의 이 도시는 온천 요법 치료로 유명하다.

에서 일을 하도록 시켰다.

　처음 얼마 동안 자신의 승리에 힘을 얻은 점령자는 정중한 태
도를 보이려 애쓰는 것 같았고 심지어 공포와 원한의 그늘 속에
엎드려 있는 그 오합지졸 패배자 국민들을 자기들의 영광에 가
담시키고자 시도하기까지 했다. 그러나 그것은 오래 지속되지
않았다. 강자의 승리는 사실 그 자신만을 위한 기득권이요 당위
일 뿐 다른 사람들에게는 땅과 자유의 강탈에 지나지 않았다. 그
리고 이는 물론 잠정적이어야 하며 또 최대한 신속히 되돌려주
어야 마땅한 것이었다.

　적은 이런 불복종에 대한 붉은 벽보들을 게시하여 공개적으로
증오와 폭력성을 드러냈다. 이렇게 게시물들이 나붙은 도시의
길들과 마을들은 테러와 죽음이 서성거리는 회랑들로 변했다.

　진정한 의미의 도로들은 있지도 않고 유일한 공공건물이라 해
봐야 오래된 세탁장이 고작인 검은 땅은 한동안 점령자들에게
알려지지 않았고, 하여 마을의 주민들도 적의 존재를 거의 잊은
채 지내고 있었다. 아직 그들은 적이라곤 이따금 서둘러 길을 따
라 획 지나가는 큼직한 자동차들의 차창 너머로 언뜻 보았을 뿐
이었다. 그렇지만 사람들은 옛날에 적이 그들의 지방에 와서 머
물렀던 일을 잊어버리지 않았으며 어쨌든 죽음이 배회하고 있다

는 것을, 한구석에 엉큼하게 엎드려 있다가 언제든 그들을 덮칠 준비가 되어 있다는 것을 분명히 느꼈다. 언제나 그런 식이었으니까. 다만 어디서 언제 어떻게 불쑥 나타날 것인지 정확하게 알지 못할 뿐이었다. 그래서 그들은 각오를 다지며 가만히 입다물고 있었다.

그들이 두려워했던 죽음이 끝내 당도하고야 말았다. 죽음은 기이한 방식으로 모습을 드러냈다. 산 사람들이 아니라 죽은 이들을 겨냥한 것이다. 실로 그런 것이 또한 위도-전쟁이고—뜻밖의 놀라움이요 조롱이었다.

비행기 한 대가 날이 새기 직전에 몽르루아 묘지로 곧장 달려와 처박혔다. 이번에 성당은 종뿐만이 아니라 종루까지 함께 잃었다. 묘지로 말하자면, 사분의 삼이 파괴되었다. 동이 텄을 때 사람들은 그 폐허 속에서, 이미 흙속에서 오래전부터 부식되어 있던 이들의 갈기갈기 찢긴 시신들을 발견할 수 있었다. 얼굴도 성姓도 없는 시신들이 인근 가옥들 지붕 위에, 그리고 이제 겨우 잎사귀를 떨구기 시작하는 나뭇가지들 사이로 아무렇게나 튕겨나가 있었다.

이러한 것이 몽르루아 교구 신자들에게는 위도-전쟁 속에서 보낸 첫 가을의 대수확이었으니, 그들은 이제 오래전에 죽은 사람들의 잔해를 장대로 걷어내려 점령군의 감시하에 공동 묘혈을 파고 그 속에 뒤죽박죽으로 묻지 않으면 안 되었다. 그중 점령군이 관심을 보이는 것은 오직 한 구의 시신—즉 추락한 비행기 조종사의 시신뿐이었다.

황금의 밤 늑대 낯짝은 이름 없는 해골 무더기로 전락한 공동 묘지의 이런 모독을 몸속 가장 깊이 사무치도록 느꼈다. 이처럼 송두리째 배가 갈라지고 더럽혀진 것은 바로 그의 모든 기억이었다. 그의 모든 기억, 그리고 어제의 사랑들.

멜라니, 블랑슈, 푸른 피 그리고 그의 딸 마르고—문득 그들의 이름들이 그를 아프게 했다. 그 이름들이 빛을 잃고 어두워지면서 그는 가슴이 답답하고 숨이 막혀왔다. 그의 과거가, 그의 모든 과거가 역사에서 뜯겨나와 기억으로부터 추방당한 채 공동 묘혈 속에 누워 있었다.

이번에는 정말이지 더이상 계속하여 사실을 모른 체하고 있을 수가 없었다. 죽음과 불행은 확실하게 돌아왔다. 그것들이 주위를 배회하는 정도로 그치지 않고 조금 전 첫 공격을 개시한 것이다. 게다가 그 습격은 놀랭고도 엉큼한 방식으로—바로 등뒤에서, 과거 쪽에서 전개되었다. 그리고 이제는 산 사람들에게 달려들 참이었으니, 산 사람들을 측면에서 공격했다가 그다음에는 대놓고 정면을 때릴 터였다.

바로 이런 식으로 검은 땅은 더욱더 심하게 표류했고, 이번에
는 완전히 위도-죽음으로 미끄러져들어갔다.

브누아캉탱이 불을 뿜는 곳 저편에서 아주 부드럽고 나직한
탄식의 소리가 들린다고 느끼는 순간, 타오르는 불구덩이 한가
운데서 흰 코끼리가 모로 쓰러지며 폭발했다. 그는 알마의 가녀
린 얼굴이 눈앞에서 일렁이는 불꽃에 타들어갈 듯 뒤틀리는 광
경을, 정신을 놓을 것만 같은 느낌으로 바라보았다. 그녀의 눈이
그렇게까지 커다랗게 보인 적이 없었다. 아버지가 손가락으로
그의 어깨를 거세게 그러쥐는 것조차 느낄 수 없었다. 두 형제는
너무나도 힘껏, 마치 제 자신의 몸속으로 아들을 끌어들여 깊숙
이 밀어넣으려는 듯 그에게 몸을 밀착했다.

불은 오랫동안 타올랐다. 이 엄청난 불이 가구들과 옷들과 물
건들로 이루어진 기괴한 피라미드를 완전히 태울 모양이었다.
치솟아오르는 불꽃이 반사되어 장밋빛의 기나긴 전율이 주변의
눈 속을 훑고 지나가는 것 같았다. 그 불더미 주위는 이상하게도
추우면서 동시에 몹시 뜨거웠다.

쉬잔과 이본, 두 어린 딸들은 어머니의 옷자락 속에 얼굴을 깊
숙이 파묻은 채 겁에 질려 그녀의 팔을 할퀼 듯 꼭 그러잡고 있

었다. 그 아이들은 눈앞의 광경을 보고 싶지도 않았고 볼 수도 없었다. 루트는 꼼짝도 않고 서서 소리 없이 울고 있었다. 그녀는 불꽃의 중심부에서 솟구치는 아주 시커먼 연기를 따라 끝없이 솟아올랐다가는 다시 스르르 풀리면서 흩어져 떨어지는 여러 개의 얼굴들과 손들을 보았다. 그녀의 앨범들이 모두 다 불에 탔다. 눈물과 불꽃의 유희. 그녀의 두 눈은 아무것도 보이지 않는 맹목 속에서 시선을 찾고 있었다. 그리고 타닥타닥 불타면서 바람에 헝클어지는 거대한 수염 같은, 그 검은 연기.

오직 마틸드만이 여자들 무리와 떨어진 곳에 팔짱을 끼고 꼿꼿이 서 있었다. 그녀의 흰머리가 밝은 불빛 속에서 번쩍거렸다.

황금의 밤 늑대 낯짝은 그의 아들들, 실베스트르와 사뮈엘, 바티스트 가운데 서 있었다. 그는 꿈인지 생시인지 분간하지 못하는 듯 몽유병자처럼 아주 조금씩 비틀거렸다. 바로 그날 아침 그의 두 눈에 갖다대 앞을 가렸던 루트의 손이 다시금 그의 눈꺼풀에 그림자를 드리웠다. 아침에 그녀는 그에게 물었었다. "나 오늘 어떤 옷 입었게?" 그녀가 손을 떼고 그가 돌아보았을 때, 황금의 밤 늑대 낯짝은 초록색 드레스, 첫날밤의 그 옷을 볼 수 있었다. "기억해?" "물론 기억하지. 그날과 마찬가지로 여전히 당신에게 잘 어울려." 루트나 그 옷이나 거의 십 년 가까운 세월이 지나고도 변하지 않은 듯, 정말이지 그 초록색 옷은 여전히 그녀에게 잘 어울렸다. 옷의 주름들과 주머니에는 지난날 잠에서 깨었을 때 그를 그토록 당황하게 했던 그 사나운 그림자가 여전히 어려 있지만 말이다. 이제는 화염 앞에서 벌겋게 물든 그 녹색 그림자, 그 속으로 두 어린것들이 머리를 처박고 있었다. 패배의 그림자.

심지어 늙은 장프랑수아티주드페르까지도 자신의 오두막 밖으로 나와 어물거리고 있었다. 타데와 농장 심부름꾼 소년 니케즈의 부축을 받으며 그는 눈앞의 허공으로 떨리는 손가락 끝을 내밀고 불기운을 느껴보려 애를 썼다. 그의 귀에는 군인들이 새장을 불구덩이 속으로 던졌을 때 두 마리 멧비둘기가 내지르던 그 이상한 비명소리가 끊이지 않고 들려왔다.

마침내 불이 꺼지자 의식을 지휘했던 장교가 유일하게 남겨놓은 의자에 다리를 꼬고 앉아 있다가 벌떡 일어서서 새로운 명령을 내렸다. 그러자 두번째 선별 작업이 이루어졌다. 이번에는 남자와 여자를 분리하는 것이 아니라 떠나야 할 사람들과 남아 있어도 되는 사람들을 분리하는 일이었다. 한쪽에는 루트와 그녀의 다섯 아이들, 다른 한쪽에는 나치를 위하여 일하러 갈 나이가 된 젊은이들인 바티스트, 타데, 그리고 니케즈. 너무 기형적인 꼽추는 따로 남겨졌다. 그렇지만 적어도 한번은 점령군의 명예를 위하여 충성할 수는 있다는 판정을 받았다. 장교가 그에게 무기를 하나 가져다주라고 하더니 늙은 장프랑수아티주드페르를 사살하라고 명령했다. 그 늙은이야말로 바로 장교인 그가 심혼을 다 바쳐 맞붙고 있는 자, 전진하는 승리의 역사를 거역하고 엉큼하게도 날아다닐 염려가 있는 그 두 마리의 멧비둘기, 즉 두 메신저들을 은닉한 죄인이었다.

브누아캉탱은 두 손 위에 권총을 받쳐들고 사나운 표정으로 장교를 노려보았다. 그는 마당 한가운데, 아직도 연기가 피어오르는 불더미 앞에 혼자였다. 장교와 쓰러지지 않으려고 절망적으로 의지할 데를 찾고 있는 장프랑수아티주드페르 사이에서 혼자였다. 장교는 늙은이에게 의자를 가져다주게 하고 그가 의자에 앉는 것을 돕기까지 했다. 다른 사람들은 모두 멀찍이 물러나 건물들과 집의 벽에 기대섰다. 그들이 할 수 있는 것은 방관자의 역할뿐이었다.

장교가 같은 명령을 되풀이했다. 브누아캉탱은 듣는 것 같지가 않았다. 아니, 적어도 아무것도 이해하지 못하는 듯했다. 그는 여전히 무기를 손바닥 위에 가로놓은 채로 장교와 장프랑수아티주드페르 쪽으로 번갈아 고개를 돌렸다. 그는 등이 아팠다. 등의 혹 속에서 뭔가가 움직이는 것 같았다. '등이 깨질 것만 같구나. 등에서 팔이 하나 나올 거야, 그게 총을 쏘겠지.' 그는 혼자 생각했다. 그렇게 생각하니 두려워지면서도 적이 안심이 되었다. '팔이 하나 나올 거야……' 마침내 장프랑수아티주페르가 참다못해 그에게 소곤소곤 말했다. "명령대로 해…… 난 이미 늙었어. 어서. 저들이 내 멧비둘기들을 죽였어. 그러니까 이젠 나 역시 죽어도 돼. 아무러면 어때…… 자, 얘야, 쏘라니까…… 어서 쏴……" 그는 슬프고도 멍한 얼굴에 기묘한 미소를 띤 채 가볍게 고개를 끄덕이며 소곤소곤 말했다. 브누아캉텡은 눈으로 알마를 찾았다. 저쪽에 너무나도 멀리, 그의 어린 형제자매들 사이에서 외양간 벽에 기대어 있는 그녀가 보였다.

장교가 세번째로, 그리고 마지막으로 명령을 되풀이했다. 인내력이 한계에 달한 것인지, 그는 브누아캉텡에게 만약 자기가 시킨 일을 일 분 안에 실시하지 않으면 그 역시 명령 불복종죄로 처형할 것이라고 경고했다. 알마의 두 눈이 이제 모든 벽들을, 그리고 끝없이 펼쳐진 눈밭까지 푸른색으로 물들였다. 브누아캉텡에게 다른 것은 무엇도 보이지도 들리지도 느껴지지도 않았다. 보이고 들리고 느껴지는 것은 오직 이것, 알마의 두 눈에서 흘러나온 청회색이 온 천지 공간을 뒤덮고, 길고 소리 없는 눈물처럼 자신의 몸 저 안에서 떨린다는 것뿐이었다. 그는 등이 아팠다. 고함을 지르고 싶을 만큼 아팠다. 마치 어떤 주먹이 있는 힘을 다하여 그의 몸속을 두드리며 혹을 폭발시키려는 것 같았다.

그는 천천히 무기를 오른손 안으로 미끄러뜨렸다. 무기는 무거웠고 그는 그걸 어떻게 조작하는지 알지 못했다. 그는 팔을 쳐들고 뒤로 몇 걸음 물러난 다음 오른팔을 앞으로 뻗으며 손가락을 아주 살짝 방아쇠 위에 걸쳤다. "하!" 장교가 만족스러운 듯 내뱉더니 뒷짐을 진 채로 그 장면을 더 자세히 살펴보려고 의자 쪽으로 좀더 가까이 다가갔다. 그러자 장프랑수아티주드페르가 마치 자기의 멧비둘기가 우짖는 것 같은 이상한 소리를 냈다. 벌써부터 앞으로 꼬꾸라질 준비라도 하듯, 그는 무릎 위에 두 손을 포개어놓고 고개는 앞으로 숙인 채 온통 위축된 모습으로 의자에 앉아 있었다.

브누아캉탱은 마지막으로 한번 더 알마에게 시선을 던진 다음 두 손으로 무기를 붙잡고 다시 겨냥했다. 그는 죄인의 두 눈 사이를 똑바로 겨누는 즉시 방아쇠를 당겼다. 모든 것이 순식간에 일어났다. 그는 정확하게 맞혔고 상대는 그 자리에서 얼굴을 앞으로 처박고 꼬꾸라졌다. 장프랑수아티주드페르는 여전히 의자에 앉은 채 줄곧 새가 우짖는 듯한 소리를 내고 있었다. 브누아캉탱은 무기를 땅바닥에 던졌다.

사방에서 아우성치는 소리가 들렸고 외양간과 헛간의 벽 쪽에서는 엄청난 소란이 일었다. 그러나 총대가 이리저리 휘둘리는 가운데 이내 질서가 회복되었다.

몇 명의 군인들이 미동도 않고 가만히 서 있는 브누아캉탱 쪽으로 급한 걸음으로 다가왔다. 한 시간쯤 전 가구들과 집기들을 쌓아놓고 불을 질렀던 그들은 그때 사용했던 이상하게 생긴 화기들을 그에게 휘둘러댔다. 황금의 밤 늑대 낯짝은 두 형제의 허리를 껴안아 강제로 벽 쪽으로 밀어붙이고는 그가 고개를 돌린 채 움직이지 못하도록 꽉 붙들고 있었다.

　　어디선가 희미하게 쑥쑥거리는 소리가 났다. 브누아캉탱은 휘파람소리를 내며 흐르는 세 개의 불줄기가 자기를 향해 날아오는 것을 보았다. 마지막으로 겨우겨우 알마의 두 눈이 언뜻 보이는가 싶더니 모든 것이 불덩어리로 변했다. 단번에 그의 몸에 불이 붙으면서 머리에서부터 발끝까지 불꽃에 휩싸였다. 장프랑수아티주드페르의 새 울음소리가 숨이 막혀 내지르는 날카로운 비명으로 변했다. 그 역시 전신에 불이 붙어 의자에 앉은 채로 타오르고 있었다.

　　브누아캉탱은 알마의 이름을 외쳐 부르고 싶었다. 마침내 자기가 그녀를 늘 얼마나 사랑했는지, 그리고 그 어느 때보다 그 순간에 그녀를 얼마나 목말라하는지 고백하고 싶었다. 그러나 불꽃에 삼켜지며 땅바닥으로 굴러떨어지는 순간 그가 외친 것은 그의 유일하고 경이로운 사랑인 알마의 이름이 아니라 어떤 다른 말이었다. "의자 관리인." 그의 불타는 눈꺼풀 아래로 몽수

리 공원의 늙은 의자 사용료 징수인이 보였던 것이다. 그녀는 앞
치마에 달린 큰 동전 주머니에서 큼직한 화염방사기를 꺼내더니
그것으로 앉아 있는 사람들과 흰 코끼리들을 모두 불태웠다.

Sheyn, bin ich sheyn,

Sheyn iz mayn Namen……*

알마가 아주 어린아이의 목소리로 노래를 부르기 시작했다.
그녀는 제정신이 아닌 사람의 눈빛이었다. 입다물고 조용히 하
라는 명령에도 그녀는 계속하여 노래를 불렀다.

……Bin ich bay mayn Mamen

A lichtige Royz,

A Sheyn Meydele bin ich,

Royte Zekelech trog ich,

Gelt in di Tashn,

Vayn in di Flashn……**

* 예뻐라 나는 예뻐라, / 예뻐라는 나의 이름……(원주)
** 나는야 예쁜 소녀 / 빨간 나막신을 나는 신었네. / 주머니엔 돈이, / 술병엔 술
이……(원주)

개머리판으로 가슴을 세게 한 대 얻어맞자 그녀는 숨이 컥 막혔다. 그러나 곧 좀더 가느다란 목소리로 노래를 이어갔다. "……Shrayen ale sheyn, shein bin ich, sheyn……" 그러자 이번에는 목구멍에 총알이 한 방 날아와 박혔다. 피 꿀럭꿀럭하는 소리에 노랫소리가 자지러들면서 그녀는 천천히 형제자매들 가운데로 쓰러졌다. 그들 모두의 신발이 이내 붉게 물들었다.

루트의 아들들은 미처 반응을 보일 겨를도 없이 고함과 휘두르는 몽둥이의 서슬 아래 이미 강제로 자동차에 태워졌고, 바티스트, 타데, 그리고 니케즈도 마찬가지였다. 오직 어린 쉬잔만이 고함소리에 쫓겨 뛰어가면서 나직하게 중얼댔지만 목소리가 너무 작아서 아무도 그 소리를 듣지 못했다. "……Bin ich bay mayn Mamen a lichtige Royz……"

3

이제 뜰 안에 남은 사람은 마틸드, 황금의 밤 늑대 낮짝, 그리고 두 형제뿐이었다. 수송차는 이미 한참 전에 돌아갔지만 그들은 여전히 같은 자리에서 꼼짝도 않고 있었다. 황금의 밤 늑대 낮짝은 줄곧 그의 아들을 벽에 바싹 밀어붙인 채 서 있었다. 아직 아들의 몸을 조이고 있던 팔을 풀 엄두가 나지 않았다. 그만큼 두 형제의 심장이 거세게 펄떡거리고 있었다. 꽉 붙잡아두었던 아들을 풀어주면 잡아매둔 테가 풀려버린 목통처럼 그 아이가 조각조각 해체되어버리지나 않을까 겁이 났다. 그러나 갑자기 힘과 생각의 줄이 툭 끊어지면서 그의 두 팔이 마치 두 개의 천 보따리처럼 아래로 축 처졌다. 그의 속을 채우고 있던 모든 것이 헤벌어지면서 흐물흐물하고 혼미해지기 시작했다. 그는 아들의 몸속에서 돌연 심장이 박동을 멈추며 내는 흐릿한 소리를 감지했다. 그와 동시에, 왼쪽 눈에 느껴지는 그 날카로운 통증을.

두 형제는 이마로 벽을 쓸면서 천천히 무너지더니 무릎을 박고 쓰러졌다.

황금의 밤 늑대 낯짝은 두 팔을 축 늘어뜨린 채 마치 꿈에서 깬 사람처럼 어리둥절한 표정으로 뜰을 바라보았다. 가운데는 거대한 잿더미, 한쪽에는 새카맣게 불에 탄 두 구의 시신, 거무스름한 피의 거대한 후광에 싸인 채 외양간에 바싹 붙어 몸을 웅크리고 있는 알마. 부드럽고 놀란 어조로 그가 말했다. "그럼 이제…… 끝인가?…… 그러니까 모든 게 다 끝난 건가?……" 날은 저물어갔고, 저녁 어스름이 천천히 언덕을 기어올라왔다. 어쩌면 그는 그 어스름을 향하여 질문을 던지고 있었는지도 모른다. 그는 아이들이 학교 다니는 길을 손가락으로 가리키며 말했다. "그애는 바로 저기로 해서 다시 돌아왔었어, 기억나. 어지간히 무거운 걸음으로 걸어왔지. 난 그게 누군지 알아차리지도 못했어. 꼭 어제 일만 같은데……" 사실 그에게는 모든 게 다 어제 일 같았다. 멜라니, 블랑슈, 푸른 피, 루트 그리고 그의 모든 아이들, 그가 낳은 열다섯 명의 아이들, 그리고 브누아캉탱. 어제였다.

어찌되었건 이제부터는 어제의 날들밖에는 달리 어떤 것도 있을 수가 없었다. 오로지 어제의 날들밖에는. 시간 그 자체가 사물, 가구, 몸뚱이 들과 함께 불타버렸다. 더이상 현재는 존재하지 않았다. 더이상 미래는 존재하지 않을 터였다. 남은 것은 오직 시간 밖으로 구부러진 기상천외의 어떤 꿈뿐이었다.

황금의 밤 늑대 낯짝은 아들 쪽으로 몸을 돌려 그의 곁으로 가더니 무릎을 꿇고 그를 두 팔로 안아올렸다. 그는 힘을 다시 찾았고, 기억도 다시 찾았다. 애정 못지않게 애도와 슬픔이 아로새겨진 기억을. 그는 두 형제를 집 현관까지 안고 가서는 계단 위에 앉아 아들의 큼직한 몸을 자신의 허벅지에 걸쳐 눕혔다. 그러고서 되풀이했다. "모든 게 끝났어. 모든 게 다……" 오랫동안 그는 나직하게 말하면서 이따금씩 미소에 가까운 표정을 짓기도 했다. 그는 자신의 가족들에게, 그의 모든 죽은 이들에게, 그의 모든 가버린 사람들에게 말을 걸었다. 그는 밤이 될 때까지 이렇게 말을 하며 무릎 위에 눕힌 아들을 아주 조금씩 흔들었고 얼굴을 쓰다듬었다. 그는 또 밤에게도, 다시 불기 시작한 바람에도, 그리고 다시 내리기 시작한 눈에도 말을 했다. 갑자기 마틸드가 물었다. "아버지, 어떻게 하면 좋을까요…… 이 모든 시신들을요?" 그런 뒤 덧붙였다. "땅이 완전히 얼었어요. 땅을 팔 수가 없어요……" 너무나도 단순한 그 말들을 그녀는 내놓기가 힘들었다. 그만큼 그 말들은 무게를 갖게 되어 중량감이 느껴졌고 어눌했다. 그녀의 입은 마치 진창에 빠진 것 같았다.

이 모든 시신들, 그리고 땅을 판다는 것. 그 말들은 너무 무겁고 너무 캄캄했으며 또 땅보다 더 싸늘한 얼음장이었다. 그녀는 자신이 어떤 추위와 싸우고 있는지, 이렇게 맞서 싸우는 것이 밤의 추위인지 아니면 말의 추위인지조차 알지 못한 채 팔짱을 끼고 뜰 안을 큰 걸음으로 이리저리 오갔다. 이제 더이상 농장으로 돌아갈 엄두조차 낼 수 없었다. 집은 텅 비었고, 문들과 창문들은 하나같이 다 부서졌으며, 마룻장들은 뜯겨나갔다는 것을 그녀는 알고 있었다. 그녀는 돌아갈 수가 없었다. 더이상은 집이 없었기 때문이다. 있는 것이라곤 바깥뿐이었다.

아버지. 이 모든 시신들. 땅을 판다는 것. 이 말들이 집과 마찬가지로 텅 빈 그녀의 머릿속을 끈질기게 후벼팠다. 바람에 돌쩌귀가 빠져 덜렁거리는 문짝들처럼 그녀의 관자놀이를 후려쳤다. 그중 단어 하나가 떨어져나와 다른 말들보다 더 거세게 쿵쾅거렸다. 아버지. 아버지…… 아버지……

그러나 아버지는 그녀를 바라보지 않았다. 어쩌면 그녀가 눈에 보이지도 않았을 것이다. 아버지는 밤에게, 죽은 자들에게 말하고 있었다. 그녀는 그 모든 죽은 자들보다 더 추웠다. 그리고 자신이 그들과 비교도 할 수 없을 만큼 더 혼자라고 느꼈다. 아버지, 아버지, 아버지…… 아버지가 마침내 그녀를 두 팔에 안아주고, 그토록 그녀를 아프게 하는 이 엄청난 고통을 위로할 수 있으려면 그녀 역시 죽어야 하는 것일까? 그녀는 죽어야 하는 것일까?

그래서 그녀는 자기도 이 모든 부서진 몸들과 더불어, 이 모든 시체들처럼 드러눕고 싶어졌다. 그녀는 소복이 눈에 덮인 잿더미 쪽으로 곧장 걸어가서 몸을 던지고 누웠다. 그러고는 혼잣말을 했다. "속에는, 이 속에는 어쩌면 불이 살아 있을 거야. 속은 따뜻할 거야…… 따뜻할 거야……" 그녀는 타버린 잔해들 속에서 불씨를 찾으며 잿더미를 파내기 시작했다. 기껏 무슨 쇳조각엔가 긁혀서 손에 생채기가 날 뿐이었다. 마침내 생생하게 느껴지는 그 상처가 그녀를 무기력에서 깨어나게 했고 이내 재에 대한 애착으로부터 그녀를 떼어냈다.

그녀에게 생채기를 낸 물건은 불 속에서 온통 부식된 길쭉한 양철통이었다. 그녀는 그게 무엇인지 금방 알아차렸고, 그래서 통을 열어보지 않았다. 그것은 두 형제가 지난번 전쟁에 나갔다가 가지고 온 통이었다. 그 안에 화석이 되어 들어 있는 것이 오귀스탱과 마튀랭 중 어느 쪽의 팔인지를 알아내는 일은 이제 별로 중요하지 않았다. 그녀는 통을 재 속에 다시 파묻고 일어났다. "아니, 내가 뭘 하고 있는 거야?" 그녀는 재가 뒤덮인 옷을 털면서 자문했다. "내가 있을 곳은 여기가 아냐. 난 살아남은 거라고. 살아 있어. 난 살아 있어. 나와 아버지는 살아 있어. 재는 다른 사람들을 위한 거야. 옛날 사람들과 지금 사람들. 나를 위한 게 아냐!"

부식된 양철장갑을 낀, 이미 아득한 옛것인 그 팔이 어디 한번 벌떡 일어나보라지. 그것이 나를 붙잡지는 못해. 그러니 다른 몸뚱이들이나 붙잡으라지. 생명 없는 저 모든 몸뚱이들을. 땅이 파이기를 거부하니 그 몸뚱이들은 모조리 불속으로 들어가야 해. 그녀는 황금의 밤 늑대 낯짝 쪽으로 돌아서서 소리쳤다. "아버지! 여기 이렇게 가만있을 수는 없어요! 시신들을 화장해야겠어요. 안 그러면 짐승들이 달려들 거예요. 땅이 너무 심하게 얼어서 팔 수가 없어요."

"땅이……" 황금의 밤 늑대 낯짝이 아주 먼 메아리인 양 말을 받았다. "땅이……" 심지어 마틸드에게 하는 대답마저도 아니었다. 그는 다만 잠 속에서 말을 할 뿐이었다. 두 눈을 크게 뜬 채, 두 형제를 자신의 몸에 꼭 끌어당겨 안은 채, 그는 문턱에 앉아 잠들어 있었다. 몸집이 그토록 크고 두 발이 그토록 무거운 그의 첫아들을 지금 그는 마치 어리디어린 아이인 양 안고 있었다.

그는 잠을 자며 꿈을 꾸었다. 그는 땅의 꿈을 꾸었다. 그가 태어난 곳이 아닌 그 땅의 꿈을―아마도 그렇기 때문에 그 땅이 단한 번도 진정으로 그를 받아들이지 않았고, 또 지금은 그의 죽은 자들까지 거부하는 것이리라. 그러니까 그는 변함없이 땅에 붙어사는 사람들 사이로 그냥 지나가는, 길을 잃었을 뿐인 민물의 인간으로 남아 있는 것이었다. 정말이지 그 속으로 깊이 파고들 수 없는 것, 거기서 몸담아 살 수조차 없는 것이 바로 땅이었다. 물론 그는 오랫동안 땅을 팠고, 칠 년 동안 땅의 다른 갱도 깊숙이 내려가기까지 했고, 또 거의 오십 년 동안 땅을 가꾸고 갈아엎고 기름지게 만들었다. 그러나 이제 와서 보니 그 모든 것이 금방 다시 아문 생채기요 지워진 흔적들에 불과했다. 뱃사공으로 일하다가 강으로부터 버림받은 그는 이제 땅으로부터 버림받은 농부, 사랑으로부터 버림받은 연인과 아버지―죽음에 받아들여지지도 못한 채 삶으로부터도 버림받은, 그저 살아 있는 사람이었다. 그는 그 어느 곳에도 속하지 못했다. 그렇기 때문에 그는 지금 앉은 채 잠자고 있는 그 문턱에서 서둘러 일어날 생각을 전혀 하지 않았다.

그는 땅의 꿈을 꾸고 있었다. 그 땅의 구릿빛 금빛 이삭들, 녹색과 청색의 풀들, 샘들과 숲들, 손톱과 눈과 입술과 피의 색깔로 핀 그 땅의 꽃들. 그 모든 것들로부터 이제 아무것도 남은 것이 없었다. 결빙과 재.

"땅이…… 땅이……" 황금의 밤 늑대 낮짝이 꿈속에서 중얼거렸다. 새벽 동이 트기 시작했다. 불그레하고 흰 빛이 어렴풋하게 지평선에 드러나고 있었다.

그렇지만 그를 깨운 것은 떠오르는 태양의 빛이 아니라 불꽃의 불그레한 빛이었다. 바로 전날 군인들이 화형용 장작더미를 쌓았던 바로 그 장소에 마틸드가 큰 불을 피운 터였다. 그녀는 오래전부터 가축들이 다 나가고 비어 있던 외양간의 짚들을 그러모으고 또 그녀가 찾을 수 있는 나뭇조각들을 모두 쌓았다. 그런 다음 알마, 브누아캉탱, 장프랑수아티주드페르의 시신, 그리고 잠들어 있는 그녀 아버지의 꼭 껴안은 팔에서 씨름하여 빼낸 두 형제의 시신까지 모두 그리로 끌어왔다. 그 모든 시신들은 죽은 육체와 추위의 끔찍한 무게로 육중했지만 동시에 너무나 다루기 쉬웠다. 모든 것을 포기했던 순간에 갑자기 자신이 살아 있다는 사실을 똑똑히 의식함으로써 그녀는 사나운 힘을 새롭게 얻은 터였다. 그녀는 그 두번째 불을—이번에는 정화의 힘을 지닌 이로운 불을 물끄러미 바라보았다. 전날의 화염이 서로 갈라놓았던 것을 이제 새로이 결합시키는, 또한 죽은 자들을 죽음의 감각에서 해방해 바람에게 넘겨주는 아름다운 불.

황금의 밤 늑대 낯짝이 자리에서 일어나 천천히 불 쪽으로 다가왔다. 그 역시 그 기이한 불꽃들이 솟아오르는 모습을 바라보았다. 그 속에서 그의 아이들과 오랜 반려의 유해들이 따닥따닥 소리를 내며 점차로 사라져가고 있었다. 그는 반항조차 하지 않았고 더이상 신에 대한 분노도 증오도 느끼지 않았다. 무슨 소용인가. 결국 신은 존재하지도 않고, 하늘은 땅과 마찬가지로 황량하며 그의 집과 마찬가지로 텅 비어 있으니 말이다. 그가 그토록 사랑했던, 그리고 이제는 그의 눈앞에서 조용히 불타고 있는 그 모든 사람들 이외에 다른 신은 없었다. 그는 서서히 잿더미로 변해가는 신의 변신을 물끄러미 바라보았다. 그는 아무 말도 하지 않았다.

날이 완전히 밝았다. 하늘은 잿더미와 마찬가지로 부드럽고 허여스름해서 하늘 역시 밤새도록 불에 탔다고 여겨질 정도였다. 날이 밝자 바람이 일어 눈 위를 쓸고 지나가면서 벌써부터 재를 사방으로 흩어버렸다.

황금의 밤 늑대 낯짝과 마틸드는 마침내 인적 없는 집으로 돌아왔다. 깨진 창유리를 통해 바람이 들어와 벽들을 따라 휙휙 지나갔다. 그곳의 공허와 고요함만큼이나 휙휙 부는 바람소리가 날카롭게 반향하며 이 방 저 방으로 울려퍼졌다. 마치 휘파람소리로만 남은, 말도 리듬도 없는 무슨 목소리 같았다. 그들의 몸에서 뽑혀나온 목소리들, 입을 벗어난, 그리하여 온 사방으로 신나게 내달리는 목소리들. 그들의 엄청난 무용함에 얼이 빠진 하얀 목소리들의 무리.

마틸드가 아버지를 돌아보았다. 그는 방 한가운데서 두 팔을 늘어뜨리고 방바닥으로 고개를 떨군 채 등을 돌리고 서 있었다. "이 꼴을 보자고 그 모든 세월을 보내고 그 모든 난리를 쳤군요!" 그녀가 갑자기 동요하여 마음 깊은 곳에서 목소리를 내 부르짖었다. 삼십오 년 전 그녀가 어머니의 침상 앞에서 보았던 모습 그대로의 아버지가 이제 막 그녀의 눈앞에 나타났기 때문이었다. 단지 그의 두 어깨가 더 넓어졌고, 또한 더 축 늘어져 있다는 점이 달랐다. 그날 그때처럼 그는 또 울음을 터뜨릴 참인가? 그녀가 아버지에 대하여 품은 사랑은 이제 오직 난폭함, 그리고 무한한 연민일 뿐이었다. 그것이 그녀의 내면에서 심장을 쥐어짜며 싸움을 벌이고 있었다. 그녀는 두 손으로 머리를 감쌌다. 방안이 빙글빙글 돌기 시작하고 벽들이 일렁이기 시작했다. 그랬다. 그녀는 약속을 지켰다. 그녀는 아버지에게 절대적으로 충실했고, 그의 눈앞에 함께 있었다. 사랑을 위해서도 죽음을 위해서도 그녀는 아버지를 떠난 적이 없었다. 그가 세상에 내놓은 열다섯 명의 아이들 가운데 온갖 역경을 무릅쓰고 그의 곁에 남은 유일한 존재가 그녀였다. 그러나 요컨대 그토록 충직함을 다한 결과 그녀에게 돌아온 보상은 무엇이던가?—오직 무관심과 온갖 배신들뿐. 그녀는 난폭한 심사가 연민을 이기고 분노로 변하는 것을 느꼈다. 이윽고 모든 것이 가차없는 비웃음의 감정으로 불타올랐다. 그녀는 고함지르지 않으려고 자신의 주먹을 깨물고 무릎을 꺾으며 풀썩 주저앉았고, 바로 그 순간 폭소가 터져나왔다. 그 긴긴 세월, 그 모든 사랑과 질투와 애도의 드라마를 다 겪은 끝에 겨우 여기로 온 것인가, 원점으로 돌아온 것인가! 그녀는 주먹으로 마룻바닥을 쾅쾅 두들겼고 폭소를 터뜨리며 머리를 흔들어댔다. 황금의 밤 늑대 낯짝이 그녀에게 다가와 말했다. "마틸드! 마틸드! 왜 그러냐? 그만해, 제발! 일어나, 그만하라고!……" 그녀의 웃음소리가 그를 아프게 했다. 그만큼 그 웃음소리는 거짓되고 몹쓸 인상을 주었다. 그가 곁에 무릎을 꿇고 앉아 그녀의 손을 잡았다. 그녀는 웃어대며 소리치기 시작했다. "내가 여기 있어요, 내가! 나는 언제나 여기 있다고요, 내가, 내가! 다른 모두가 다 사라졌을 때도 나는 여기 있다고요! 아니, 왜, 대체 왜? 아버지는 한 번도 나를 사랑하지 않았어요, 아버지도, 그 누구도! 하! 내가 여기 있는데, 그 누구도 알고 싶어 하지 않았고 아무도 나를 사랑하지 않았어……" 풀어헤쳐진 그녀의 머리가 얼굴을 뒤덮으며 눈과 입 안으로 늘어졌다. 얼굴을 가로질러 앞으로 흘러내린 그녀의 흰 머리털이 눈물처럼 번득였다. 그녀는 아버지를 밀쳐내려고 손을 쳐들었지만, 손은 그의 어깨 위로 툭 떨어지면서 억세게 매달렸다. 그는 그녀를 품에 안고 자신의 몸에 기댄 채 울게 내버려두었다. 오열의 눈물이 그의 목을 따라 셔츠 속으로까지 뜨겁게 흘렀다.

이윽고 울음을 그친 그녀는 펄쩍 뛰다시피 몸을 일으키며 머리채를 힘차게 뒤로 넘겼고 단호한 목소리로 내뱉었다. "이제 다시 일을 시작해야죠! 모든 것을 새로 시작해야 하니까요." 한번 더, 그녀는 냉정을 되찾았다.

4

그리고 그들은 오직 공허와 가장 끔찍한 권태의 지배에 맞서 한 발 한 발 싸워나가야 한다는 일념으로 다시 일을 하기 시작했다.

그러나 그들에게 이내 새로운 동기가 주어졌다. 그 동기를 제공한 것은 어떤 젊은 여자였다. 그녀는 어느 날 저녁에 지닌 것이라고는 입은 옷과 뱃속에서 이제 막 꼼지락거리기 시작하는 아이뿐인 채로 찾아왔다. 그녀는 마을에서부터 걸어왔는데 하루종일 걸려서야 검은 땅에 도착했다. 마을 역시 불에 타버렸기 때문이었다. 폭격기들은 비행중에 작은 도시의 가옥 수보다 더 많은 폭탄을 쏟아부었다. 남은 것이라고는 또다시 버려진 채석장으로 변한 마을 안에 쌓인 돌무더기뿐이었다. 푸른색 진열장이 아름답던 보로메 서점에도 남은 것은 아무것도 없었다. 지붕도, 벽도, 책도, 심지어 잔해 속에 깔려버린 서점 주인과 그의 아내마저도. 오직 그들의 딸 폴린만이, 그녀가 바티스트에게서 얻은 아이와 함께 살아남았다. 그리하여 그녀가 의지할 곳을 얻고자 높은 농장으로 찾아온 것이었다. 황금의 밤 늑대 낮짝은 지난날 오르탕스와 쥘리에트를 거두었던 것처럼 그녀를 맞아들였다.

폴린이 찾아오면서, 언제나 그 많은 빈방들로 이리저리 떠돌던 입을 떠난 그 모든 목소리들이 이내 얼굴과 몸을 얻어 가지게 되었다. 그녀의 기다림이 얼마나 지극했던지 황금의 밤 늑대 낮짝마저 결국은 그 거센 열정 속으로 휩쓸려 들어갔다. 그녀는 그 엄청난 고독의 냉기에서 그를 구해냈다. 그녀는 바티스트가 돌아오리라 믿어 의심치 않았다. 그녀는 항상 되풀이하여 말했다. 지난번 전쟁이 끝났듯이 전쟁은 끝나게 되어 있다고. 사실 거의 도처에서 수군거리기 시작하지 않았는가? 패배의 순간이 다가오는 것을 느낄 때면 언제나 나타나는 어둡고 고통스러운 표정이 점령군의 얼굴에 떠올라 있다고 말이다. 적군이 저기, 동쪽 아주 멀리 펼쳐져 있는 광대한 눈의 사막 속으로 끝없이 빠져들어가다가 그만 숨이 차 헐떡거리게 되었다고, 그 속으로 나아가면 나아갈수록 패망으로 가는 길이라고 사람들은 이야기하고 있지 않은가? 바티스트와 타데는 전선에 가 있는 것이 아니었다. 그들은 다만 독일 어딘가에 있는 수용소로 끌려가서 노동을 하고 있을 뿐이었다. 그러므로 그들이 돌아오기를, 그 기원이 마침내, 그리고 어서 빨리, 현실이 되도록 있는 힘을 다하여 기다리고 또 기원해야 했다.

폴린의 집요한 희망은, 운명을 강요하여 멀리 떠난 사람들을 농장으로 돌아오도록 만들지는 못했을지언정 어떤 열기처럼 황금의 밤 늑대 낯짝에게로 전해졌고, 그 열기는 전쟁이 끝날 때까지 그의 마음속에서 꺼지지 않고 타올랐다. 저들이 그의 아들들을 대체 어디로, 정말이지 무엇 때문에 데리고 간 것인지조차 그로서는 알 수 없었으나, 그들마저도 죽이려고 데려간 것일 수는 없었다. 가택수색과 농장의 방화와 유혈사태가 있었던 날 뜰 안에서 벌어졌던 일은 일개 장교의 광기와 일련의 무서운 오해들로 빚어진 결과일 뿐이었다. 그것은 법이 아니었고, 그것은 계속

될 수도 되풀이될 수도 없는 하나의 끔찍한 사고였다. 그러는 사이 그는 자신이 이미 너무나도 잘 알고 있는 왼쪽 눈의 그 충격적인 통증을 최근 네 번씩이나 반복적으로 느끼면서도 그것에 대한 경계심을 갖지 않았고, 그 현상에 일체의 의미를 부여하기를 거부했다.

그랬기 때문에 어쩌면 그는 가끔 속으로 이렇게까지 생각하게 되었는지도 모른다. 그의 아이들은 적이 몸소 지키고 있는 그 수용소에 있으니 어쩌면 전쟁으로부터 더 안전하게 보호받고 있는 것이며 또 재난을 당한 그의 농장에 남아 있는 것보다 궁핍과 배고픔의 고통을 덜 느끼는 것이 아닐까?

포로수용소나 강제수용소가 어떤 것일지는 대충 상상할 수 있었지만 반면에 유대인들을 데려다 가두는 그 수용소들이 어떤 것일지, 그는 도저히 머릿속에 그려볼 수가 없었다. 사실 그는 유대인이라는 사실이 무엇을 의미하는지 진정으로 이해하지 못했고, 적이 퍼뜨린 반유대주의 선전은 그가 그때껏 한 번도 제기해본 적이 없는 그 문제에 대해 아무것도 가르쳐주는 바가 없었다. 그들이 처음 만났을 무렵의 어느 날, 루트는 분명히 이렇게 밝혔었다. "사실은 말이죠, 나는 유대인이에요." 사실 그랬다, 그는 알지 못했다. 그는 심지어 거기에 알아둬야 할 것이 있다는 생각마저 해보지 않았다. 당시 그들 사이에서 그가 느꼈던 유일한 차이는 그들의 나이였고 오직 그 차이만이 그 무렵 그의 마음을 괴롭혔다. 그러나 그것마저 결국 잊어버리고 말았다. 루트와의 결합이 주는 행복이 그들의 나이를 무한히 느리게 흐르는 민물처럼 섞어버렸던 것이다. 지금에 와서야 비로소 루트의 그 오래전 언급이 그의 머리에 되살아나 진정으로 그에게 질문을 던졌다. 그런데도 그는 그 부조리한 질문에 아무런 합당한 대답도 찾을 수 없었기에 언제나 똑같은 결론에 이르렀다. 루트는 그의 아내요 사랑하는 여자이니, 창기병의 증손자들이 그들이 그토록 점령하고자 하는 세상 저 끝의 눈 속에 파묻혀버리게 되면, 그녀가 네 아이들과 함께 그에게로 돌아올 것이라는 결론이었다.

그렇다, 정말이지 루트는 아이들과 함께 그에게 돌아와야 했다. 그리고 그건 오로지 그들만을 위해서가 아니라 저 두 사람을 위해서도 그랬다. 그는 아무래도 그 두 사람이 죽었다고 결론 내릴 수가 없었다. 그의 아들이나 늙은 장프랑수아티주드페르 이상으로 그는 브누아캉탱과 알마를 생각하던 터였다. 그는 그날 자신이 두 눈으로 본 광경을 믿을 수가 없었다. 브누아캉탱, 그의 가장 정다운 동반자. 그 덕분에 그의 마지막 사랑이 그에게 온 것이었다―온통 불꽃에 뒤덮였던 브누아캉탱. 그리고 알마, 시간보다 더 광대한 눈을 가진 영원한 어린아이, 눈보다 더 큰 마음을 지닌 소녀―피눈물을 노래하는 알마.

재가 되어버린 그 두 사람을 위하여, 그들 스스로의 사랑에 더하여 그들의 아이들이 살아가며 미처 맛보지 못한 사랑까지 그들이 이제부터 살며 맛볼 수 있도록, 그는 루트를 다시 찾아야 했다. 그는 자기가 위안을, 보상을 찾을 수 있는 곳은 오직 루트의 곁뿐이라는 것을 분명히 느꼈다. 그들만이 이제부터, 죽음에 맞서, 그들 자신의 가장 경이로운 부분들 중 하나일 수 있었고, 또 계속 그렇게 남아 있을 이들에게 얼굴을 되찾아줄 유일한 사람들이었기 때문이다. 그러면 다른 사람들도 그에게로 다시 돌아올 것이다. 블랑슈의 딸들이나 푸른 피의 아들들이나, 심지어 사랑 구멍의 깊은 숲속에서 잉태된 그의 다른 아들들―전쟁이 시작된 이후 그로서는 아무 소식도 듣지 못한 그 아이들까지도.

가을이 가까워올 무렵 폴린은 아들을 낳았다. 그녀는 아이를 장바티스트라고 불렀다. 농장에서의 이 새로운 출생은 거의 반세기 동안 있었던 다른 모든 페니엘 집안 아이들의 출생과 마찬가지로 황금의 밤 늑대 낯짝의 희망을 되살려주기에 충분했다. 그가 집의 벽들을 다시 세우고 문들을 돌쩌귀에 끼워서 제자리에 달고 창문마다 덧문을 다시 달아놓은 것이 그러니까 부질없는 짓은 아니었던 셈이다. 이제 더이상 텅 빈 공간과 바깥이 아니라 마침내 안을, 어떤 진정한 안을 포함하는 그 벽들 속에서

새로운 아기 울음소리가 솟아올랐고 새로운 몸이 꿈틀거리며 전
신으로 생명과 시간에 호소했다. 그 울음소리는 심지어 그의 첫
아이들이 태어날 때 들었던 울음소리보다 그에게 더 큰 감동을
주었다. 그 울음소리에서 그는 끝없이 다시 시작되는 이 세계의
쓰라리면서도 동시에 생명력 강한 아름다움을 전에 없이 감지할
수 있었다. 잠들지 못한 채 힘겹게 밤을 지키던 그 어처구니없는
기다림을 희망과 힘으로 풍요롭게 소생시키는, 진정으로 새로운
기원에서 솟아오르는 울음소리. 이제 그는 모든 가족들의 귀환
을 더이상 의심하지 않았다. 신생아의 울음소리는 그 귀환의 아
직 구체화되지 않은 예고에 다름 아니었다.

폴린은 황금의 밤 늑대 낯짝보다도 더, 자신의 아들에게서 두
사람 모두 결코 놓지 않는 그 끈질긴 희망의 전령을 보았다. 아
이는 어느 비 오던 날 벌거벗은 맨살로 꿈의 가장 먼 가장자리에
서 잉태된, 그녀의 젊음의 아기였다.

그날의 기억이 얼마나 생생한가─바티스트와 그녀는 자전거
를 타고 산책을 나갔었다. 그들은 도시를 벗어나 하늘과 땅이 서
로 맞닿는 지평선 저 끝에 펼쳐진 아주 어둡고도 빛나는 회색 반
점을 향하여, 마치 그 반점이 그들을 기다리고 있기나 한 것처럼,
그래서 그 반점이 있는 곳으로 어서 달려가야 한다는 듯 곧장 페

달을 밟았다. 그러나 그 반점은 그들이 그곳에 도달하기 전에 갑자기 하늘 전체 속으로 녹아 사라져버렸고 바람이 거대한 회색 덮개인 양 하늘을 뒤흔들기 시작하더니 새들이 혼비백산 비명을 질러대며 흩어졌다. "비가 올 것 같아. 어서 발길을 돌려 빨리 돌아가는 게 좋겠어." 바티스트가 발을 땅에 디디며 말했다. 그러나 바로 그 순간 첫 빗방울이 떨어졌다. 그의 이마에 툭 하고 떨어져 입안에까지 흘러든, 너무나 굵고 찬 빗방울이 그의 입술에 닿을 때, 거기서는 돌과 나무껍질 맛이 났다. 그러더니 그 맛이 즉시 그의 전신을 훑고 지나가면서 살과 심장을 거세고 달콤한 욕망으로 휘감아 후려치기 시작했다. 그녀가 갑자기 나직하지만 단호한 어조로 잘라 말했다. "아냐, 그냥 여기 있자! 빗줄기가 이제 아주 세차고 멋있어질 거야! 게다가 이미 너무 늦었는걸." 그러고서 그녀는 그의 손을 힘차게 그러쥐고 비탈 쪽으로 이끌었다. 드디어 비가 마구 쏟아지면서 그들의 어깨와 얼굴에 세차게 퍼부었다. 그들은 자전거를 길가에 던지듯 눕혔다. 그런 뒤 비탈의 경사면으로 미끄러져 구덩이 속으로 몸을 굴렸다. 구덩이 속 풀들은 벌써 흙탕물에 젖어 있었다. 그녀의 살갗이 비와 추위와 뜨거움의 혼합에, 또 애무와 키스에 너무나 목말랐으므로 그녀는 그만 벌거벗고 바티스트의 몸에, 그리고 물에 자신을 남김없이 다 내어주었다. 비탈의 가장자리에 자빠진 자전거의 바퀴 하나가 오랫동안 헛돌았다. 바티스트의 어깨 너머로, 그녀는 빗속에서 강철의 태양처럼 돌아가는 그 바퀴를 바라보았다.

그녀가 그의 아들을 수태한 것이 바로 거기, 아주 벌거벗었던 어느 날, 비와 이끼와 진흙탕으로 보드랍기만 하던 어떤 구덩이 속에서였다. 아이는 그 미친 사랑으로 아름답던 날의 기억, 생생하게 살아 있고 또 나날이 증식하는 기억이었다. 끝없이 쏟아지는 비를 통해 주변의 땅 전체에 널리 퍼지는 그녀의 사랑, 그녀의 욕망—그들의 머리 저 위에서는, 그들의 내면에서는, 무슨 거대한 북을 두드리듯 하늘이 둥둥둥둥 그 둔탁하고 어두운 울림으로 반향하고 있었다.

사실 그녀가 아들아이에게 '작은 북'이라는 별명을 붙인 것은 그런 연유에서였다. 그리고 그 작은 북은 희망의 전령, 사랑의 파수꾼 이상이었다. 그는 앞으로 올 승리와 되찾을 기쁨의 예고자였다. 세상 사람들이 저멀리 동부전선의 눈과 추위 속에서 패배한 적의 항복 소식을 접했던 바로 그날, 그는 그 어린 날의 마법적인 한마디 말 "엄마"를 처음으로 또렷하게 발음하지 않았던가? 그리고 적이 세계의 다른 곳에서 한번 더 패배하여 아프리카의 땅을 떠나던 바로 그날, 자신의 첫발을 떼어놓지 않았던가? 또 조금만 더 지나면 아이는 말을 할 것이고, 뛰고 노래하기 시작할 터였다. 그때가 되면 그들 자신의 땅도 마침내 점령자에게서 해방될 터였다. 그리고 바티스트가 집으로 돌아올 것이었다.

날이 갈수록 어린아이는 점점 더 자랐고 그들의 희망은 더욱더 부풀어올랐다. 실은 바로 그 시간에 점령자는 천년만년 지속되리라 믿었던 자신의 영광이 날로 퇴조하는 것을 느낀 나머지 그 반작용으로 대대적인 검거와 약탈과 처형을 자행하며 존재감을 과시하려 광분했지만 말이다. 수많은 마을들, 심지어 도시들마저 작은 촌락 같은 모습으로 변했다. 그만큼 많은 집들이 불에 타고 주민들이 떠나면서 거리들이 텅 비어버렸다. 전쟁은 이제 땅바닥에서 기어다니는 것으로는 더이상 성에 차지 않는지 날개를 달고 하늘까지 누볐다. 어둠에 닿을 듯 날아드는 그 모든 비행기들은 정말로 하늘과 하나가 된 것 같았다. 높은 곳에서 떨어져나온 일종의 구름처럼 비행기들은 아래로 내려오면서 강철과 불의 비를 뿌렸고, 심지어 어떤 때는 이상한 흰 새떼들을 쏟아부어 그 새들이 나뭇가지에 걸리곤 했다. 새들 중 한 마리가 어느 날 밤 높은 농장의 집 지붕 위에 정통으로 떨어졌는데 추락 중 다리에 부상을 입었다. 황금의 밤 늑대 낯짝은 부상당한 부위를 치료하는 동안 그를 집에 숨겼다. 그는 농장에 사는 어느 누구도 알아듣지 못하는 언어를 사용했지만 그래도 자기가 무엇을 찾으려고 온 것인지를 그들에게 이해시킬 수 있었다. 그가 건강을 회복하자 황금의 밤 늑대 낮짝은 밤에 그를 죽음의 메아리 숲으로 데리고 갔다. 그때 숲에는 야생동물들과 여전히 남아 있는 늑대들의 기억뿐 아니라, 역사와 단절된 채 조용히 은신하고 지내는 인간들의 무리도 숨어 있었다. 적이 그들을 추격하고 간혹 그들을 몰살할 요량으로 몇몇을 붙잡아보았지만 완전히 소탕하기란 불가능했다. 그 인근에서 기차가 끊임없이 탈선했고, 교량이 폭파되었으며, 수송차들이 폭발했고, 병사들이 죽어 넘어졌다. 위도-전쟁에서 만사의 흐름은 항상 이렇게 뒤죽박죽이었으니, 어느 것 하나 파괴에 의하지 않고는 건설되지 않았다.

오직 땅만이 요지부동 변함없는 그대로였다─불가사의한 힘을 타고났기에 그 영원한 순환의 주기들을 한 치의 어긋남도 없이 따를 준비가 된, 수백수천 년 무한정으로 긴 시간을 묵은 몸. 움직임 없는 유형지의 극한적 경계에서 마침내 황금의 밤 늑대 낮짝에게 나타난 것은 바로 그것이었다. 그것은 그가 나무를 한 짐 짊어지고 들판을 가로질러 돌아오던 어느 날 무서운 섬광처럼 번쩍이며 단번에 그의 정신을 압도했다. 그 때문에 맛본, 숨이 멎을 것 같은 놀라움에 충격을 받은 그는 발걸음을 멈추었다. 신에 대한 있을 법하지 않은 생각이 그의 마음속에 되살아났다. 그러나 그것은 일체의 빛과 시간의 저 너머에 둥지를 튼 무슨 거대한 새처럼 그토록 오랫동안 세상 저 높은 꼭대기 절벽 위에 자리잡은, 그리고 일 년에 한 번씩 인간의 이마 위로 철철 흐르는 그 신이 아니었다. 그렇다고 그것은 폴린이 믿는 신, 그녀가 매일같이 아들의 침대 곁에서 무릎 꿇고 비는 살과 자비의 그 신도 아니었다. 그것은 흙속에 녹아든 돌과 나무뿌리들과 진흙탕으로 된, 얼굴도 없고 이름도 없는 신이었다. 숲과 산이 되어 일어서는가 하면 강이 되어 흐르거나 또는 바람이 되고 비가 되고 물결이 되어 달리기도 하는 신—땅. 하여 인간들이란 끝없는 몽상에 감싸인 너무나도 알쏭달쏭한 그 몸이 다소간 넉넉하게 펼쳐 보이는 몸짓들에 불과했다. 그러니 그 자신, 빅토르플랑드랭 페니엘은 미완성의 곡선들을 그리고, 지나는 길에 그 자신의 일생보다 한없이 더 넓고 긴 그 꿈의 파편들을 뿌려놓은 다음, 밤의 저 깊은 곳을 향하여 서서히 다시 추락하는 그 무거운 몸짓이 아니면 무엇이란 말인가?

그는 수천수만 가지 다른 몸짓들 가운데 하나의 몸짓일 뿐이었다. 그리고 전쟁, 수확과 춘분, 혹은 여자들의 월경처럼 끊임없이 되돌아오는 전쟁처럼, 그것 역시—그 자신이 그렇듯 혼란스러운 잠 속에서 끝없이 꿈틀거리는 그 신—땅의 어떤 몸짓이므로—성스러운 것일 터였다. 그러나 죽은 자들은 산 자들보다, 사랑이나 숲, 강 혹은 전쟁보다 더 성스러웠다. 죽은 자들은 언제나 미완성이긴 하지만 완료된 몸짓들, 대지의 품속으로 물러난 몸짓이었으니까. 그들은 신-땅의 잠 그 자체, 그의 환영을 초월하는 부드러움이었다.

그는 지고 있던 마른 가지들을 바닥에 내려놓고 들판 한가운데 못박혀 선 채, 무거움과 가벼움이 기막히게 뒤섞여 자신의 몸속에서 빙빙 돌아가는 것 말고는 아무것도 느끼지 못했다. 그것은 또한 하찮음과 중대함의 뒤섞임이기도 했다. 그는 오랫동안 자신의 주위를 살펴보았고 마치 자신을 에워싸고 있는 그 공간 전체를 보다 잘 가늠해보려는 듯 엄청난 힘을 들여 숨을 쉬었다. 너도 밤나무 잎을 스치는 한줄기 바람보다 더 나을 것이 없는 자취만을 남긴 채 어느 날 그 자신도 사라지고 없게 될 그 공간을. 그가 그것, 자신의 온 존재가 두 발 속으로 굴러떨어지는 것 같은 그 이상한 느낌을 받은 것은 바로 그 순간이었다. 따지고 보면 이 세상에서 그의 실재는 그 얼마 되지 않는 발바닥 면적을 초과하지 못할 터였다. 그리하여 그는 마치 진창 속으로 녹아들어간 모든 죽은 자들에게 호소하려는 듯, 그 신-땅을 잠시 그 맹목의 잠에서 끌어내리려는 듯, 둔탁하고 묵직하게 발을 굴러 땅바닥을 꽝꽝 때리기 시작했다. 이윽고 그는 다시 발걸음을, 희망과 함께 내디뎠다. 내디디는 걸음마다 살아 있는, 그리고 아직도 무한하게 욕망하는 인간으로서의 몸이 지닌 떳떳한 무게를 느꼈다. 그는 더이상 자신이 위도-전쟁에 내몰렸던 그 새로운 계절의 초기처럼 강으로부터, 땅과 사랑으로부터 버림받은 것이 아니라, 단지 그 자신이 조금 전 예감한—그리고 깨어나고 싶은 그 어두컴컴하고 미친 꿈의 맨 가장자리로 구부러졌을 뿐이란 걸 느꼈다.

5

여러 해 동안 세상을 전쟁터로 지명하고 사람들을 떼죽음으로 몰아넣은 그 난폭한 짓거리 때문에 온통 마비 상태에 빠져 있던 신-땅을 긴 잠에서 구해낸 것은 황금의 밤 늑대 낯짝의 발구름이었을까, 아니면 농장 주위를 기어다니는 작은 북의 귀여운 모습이었을까? 다시 사람들은 보란듯 여름의 넘쳐나는 빛을 있는 그대로 마주하려 들었다. "그들이 상륙했다!" "파리가 해방되었다!" "그들이 오고 있다……" 재편되고 있는 영토의 모든 구석구석으로부터 메아리치는 이런 말들에서 자신들이 힘을 얻었다고 느낀 까닭이었다.

적의 시간은 끝나가고 있었다. 점령자는 온 길을 되짚어, 드디어 국경의 정당한 범위를 인정하고 그의 국경 쪽으로 달아나고 있었다. 그러나 그는 도망가는 중에도 여전히 지나가는 마을들

아무데서나 닥치는 대로 발길을 멈추어 열성적으로 그곳에 남아 있는 돌들과 사람들을 초토화했다.

검은 땅도 사정은 마찬가지였다. 패주하던 어느 수송 행렬이 돌연 그곳에 멈추기로 결정했다. 트럭들이 줄지어 정렬했고 병사들이 내려서 종대로 줄 맞추어 서더니 완벽한 엄정성과 세련된 연출 감각을 발휘하여 세 막으로 구성된 오페라를 즉흥적으로 선보였다.

피와 재의 오페라였다. 제1막―그들은 우선 집집마다 지하실에서 다락방까지 샅샅이 수색한 다음 거주자들을 모조리 쫓아내어 길거리 우물 주위로 분산시켰다. 일단 이 임시변통 단역배우들의 위치 지정이 끝나자 그들은 제2막으로 옮겨갔다. 그들은 집집에 소이탄을 아낌없이 투척하여 극도로 거칠고 붉은 목소리들이 터져나오게 했다. 이제 무대장치가 멋지게 완성되고 벌겋게 달아오른 목소리들의 합창이 절정에 달하자 그들은 드라마의 주역들을 무대 전면으로 나서게 했다.

그들은 남자들, 아주 어리거나 늙은 남자들만 빨래터로 데려갔다. 그리고 이 남자들에게 명령하여 저수조 주변에 널린 지푸라기 가득한 작은 나무통 안에 꿇어앉아 빨랫방망이로 처음에는 물을, 다음에는 빨래터의 턱을 박자 맞추어 번갈아 두드리게 했다. 이제 제3막이 절정에 이르렀다. 밖에서는 무대장치가 여전히 높은 불꽃들을 쏘아올리고 있었다. 우물 주위에 모양이 일정하지 않은 하나의 덩어리를 이루며 한데 달라붙어 선 여자들은 미친 사람들 같은 표정으로 자기네 사내들이 빨래터에서 무릎 꿇고 앉아 두드려대는 이상한 리듬에 귀를 기울였다. 오직 작은 무리의 여자들만이 조금 떨어진 곳에 서 있었다. 검은 숄 위로 팔짱을 긴 채 말없이 뻣뻣한 자세로 서 있는 여섯 명의 여자들. 그 여자들에게는 이미 오래전부터 더이상 눈물 흘려 애도할 사내들이 없었다. 눈에서는 눈물이 말랐고 몸은 고독으로 삐걱거리며 가슴은 슬픔으로 풀을 먹여 뻣뻣해진 과부들이었다. 그 여자들은 자기들 과부 집의 저주가 마을 전체로 번져나가는 것을 무심하게 바라보고 있었다.

돌연 급격한 음색의 변화가 생겼다. 따다닥거리는 기관총소리가 이제 막 빨랫방망이의 소음 속으로 파고들면서 거의 동시에 그 소음을 잠재웠다. 몸뚱이들이 물속으로 떨어지며 내는 소리에 여자들이 날카로운 고음으로 엇나가며 내지르는 끔찍한 비명이 순간적으로 대위법을 이루며 솟아올랐다.

최종의 막이 완성되자 여전히 철저하게 침묵을 지키며 질서 있게 정렬해 있던 병사들이 자리에서 물러나 다시 길을 떠났다. 그들은 높은 농장까지는 찾아 올라가지 않았다. 시간이 많지 않았기 때문이다. 그들이 그 짤막한 오페라를 즉흥적으로 연출한 것은 오직 마지막 순간에, 반전되고 있는 역사의 페이지 하단에 새로운 승자들을 향한 지극히 오만한 멸시의 뜻을 간단히 수결하기 위함이었다.

해방자들이 도착했지만 그들로서는 더이상 해방할 것이 아무것도 없었다. 잿더미밖에 남지 않은 마을 한가운데 자리한 빨래터에서 정신이 혼미해진 채로, 옷을 다 입은 채로 허우적거리는 여자들을 발견했을 뿐이었다. 벌겋고 끈적거리는 물속에서 그 여자들은 우스꽝스럽게도 몸뚱이들이 엉겨 있는 무거운 빨래 보따리들을 꺼내려 기를 쓰고 있었다. 그 해방자들 가운데 니케즈가 있었다. 그는 높은 농장에 검거선풍이 불어닥치면서 압송되었지만 강제노역 수용소까지는 가지 않았다. 도중에 가축 수송 열차에서 뛰어내렸던 것이다. 밤중에 몇몇 다른 동료들과 함께 무작정 몸을 던졌다. 그런 다음 그는 즉시 앞만 보고 곧장 내달렸다. 기차가 긴 기적소리를 내면서 멈추고 그의 등뒤에서 끈질기게 총성이 울리기 시작했을 때도 뒤를 돌아보지 않았다. 짐승들을 수송하는 열차에 실려 여행을 하다보니 마치 거기서 동물적인 힘과 지능을 얻기라도 한 듯, 그는 사냥꾼에게 쫓기는 들개의 충동과 지구력과 본능을 다해 정신없이 달렸다. 그를 납치한 인간 사냥꾼들에게 훈련된 개들보다 더 힘세고 교활한 개. 그 훈련받은 개들 중 한 마리가 그를 따라잡아 다리를 물면서 주인들에게 그의 존재를 알리고 넘겨주려 하자 그는 놈에게로 휙 돌아서서 이번에는 자기가 개를 틀어잡았고, 놈의 목을 비틀어 숨통을 끊어버렸다.

그는 밤새도록 필사적으로 달렸다. 날이면 날마다 수천 마리의 또다른 죽음의 개들이 끊임없이 꽁무니에 따라붙기라도 하는 양, 그날 이후 그는 오로지 달리기만 한 것 같았다. 심지어, 마침내 바다에 이르러, 도망중에 만난 다른 어둠의 동반자들과 함께 배를 탔을 때조차도 계속하여 물위에서 달리는 기분이었다. 그리고 한밤중에 낙하산을 타고 그의 숲 한가운데로 떨어져 돌아왔을 때도 그는 여전히 하늘에서 달리는 느낌이었다. 전쟁은 그를 결코 뒤돌아보는 일 없이, 결코 멈추어 쉬는 일 없이 항구적으로 달리는 질주자로 만들었다. 달리기에 미쳐버린 그 지구력이 적이 쳐놓은 모든 함정들에서 그를 구해주었다.

그러나 이제 마침내 그 질주의 방향이 역전되었다. 이제 그는 더이상 적의 앞에서가 아니라 뒤에서 달렸다. 그는 사냥꾼, 추적자가 되었다. 그리하여 바로 그런 모습으로 자신의 고향 마을인 검은 땅에 돌아온 것이다. 그렇지만 자신이 충분히 빨리 달리는 법을 배우지 못했음을 인정해야 했다. 이번에는 적의 속도가 그보다 두 배나 더 빨랐기 때문이다. 땅에 미처 발을 딛기도 전에 그는 돌이킬 수 없을 만큼 너무 늦게 왔다는 것을 깨달았다. 검은 땅의 집들 열일곱 개 가운데 남은 것은 저기 보호림 가장자리, 가장 외따로 떨어져 높은 곳에 올라앉은 넓은 농장 단 하나뿐이었다. 다른 모든 집들은 연기가 피어오르는 폐허였다. 처음으로 그는 달리기에서 졌고, 승리한 주자로서, 해방자로서 자기 부모의 집에 입성하지 못했다. 그는 자신이 돌연 무거워졌다는 것을, 백 번도 더 재난에서 살아남은 산 사람으로서의 자기 몸이 너무나 무겁고 고통스러울 정도로 거추장스럽다는 것을 느꼈다.

그는 우물 옆에 못박힌 듯 선 채, 외침과 울음과 물 튀기는 소리가 온통 요란한 오래된 빨래터 쪽으로는 한 발도 떼어놓을 수 없었다. 그의 몸이 더이상 말을 듣지 않았다. 두 가지 일을 한꺼번에 할 수조차 없었다. 눈으로 보고 발로 걷는 것은 서로 양립할 수 없는 행위였다. 그는 물끄러미 바라보았고, 몸을 움직일 수가 없었다. 빨래터로 들어왔던 어느 병사들은 즉시 되돌아나와서 벽에다 대고 토하기 시작했다.

이번에는 여자들이 나왔다. 모두 그가 아는 여자들이었건만 그중 누구 하나 알아볼 수가 없었다. 모두가 다 같이 겪은 광기에 얼굴이 흉하게 변했고 옷은 무슨 끔찍한 합동 해산 자리에서 일어선 것처럼 피로 물들고 더럽혀져 있었다. 그들 가운데 그의 어머니가, 아니 적어도 그의 어머니의 기괴하고 끔찍한 분신이 있었다. 온통 헝클어진 머리로 뻘건 물을 줄줄 흘리며 뒤뚱거리는 늙고 뚱뚱한 여자. 그녀는 숨을 헐떡거리며 경련을 일으키듯이 허공에 대고 손을 휘저었다. 그는 너무나도 격렬하게 구토가 치밀어올라 몸을 비틀거리며 우물 벽을 짚고 몸을 가누지 않으면 안 되었다. 이 미쳐버린 태곳적의 어머니가 낳은 것은 대체 무엇인가?

그녀는 그를 알아보지도 못한 채 그의 앞을 지나쳤다. 눈으로 보고 발로 걷는다는 것이 모든 사람들에게 다 양립할 수 없는 행위가 되어버린 것인가? 그녀는 걸어갔고, 아무것도 보지 못했다. 그는 그녀를 부르고 싶었지만 비명뿐 어떤 말도 목구멍 밖으로 나오지 않았다. 그 자신도 놀란, 갓난아기의 울음 같은 기이한 비명. 그의 비명은 그 소리가 빠져들어간 우물 속으로 삼켜져 어둡고도 엄청난, 허공에서 변질된 메아리가 되어 울렸다.

어머니는 그 비명소리가 아니라 메아리를 들었다. 그녀는 발걸음을 멈추어 뒤를 돌아보았고, 마침내 우물 벽에 기댄 채 웅크리고 있는 그 젊은이의 몸이 자신의 아들이라는 것을 알아차렸다. 그녀는 그에게 달려들어 어깨를 잡고 흔들다가 이윽고 얼굴에 대고 그의 이름을 소리쳐 불러대며 억지로 그의 고개를 쳐들었다. "니케즈! 니케즈!……" 우물이 우울한 목소리로 되풀이했다.

그가 그녀를 향해 다시 눈을 떴다. 이번에는 그녀를 알아보았다. 그 정다운 눈길과 사랑어린 미소를 띤, 분명 그의 어머니였다. 그녀는 자신의 얼굴, 진정한 그 얼굴을 되찾았다. 그는 그녀의 가슴에 머리를 파묻으며 그녀 쪽으로 몸을 웅크렸다. 흥건히 젖은 어머니의 옷에서 역겹고 불쾌한 냄새가 났다. 아버지와 젊은 형제의 피가 한데 섞인 냄새였다. 그는 그 냄새를 밀어내고 아주 감미롭고 미지근한 어머니의 가슴 냄새만 맡으려 애를 썼다.

높은 농장은 화를 면했다. 황금의 밤 늑대 낯짝은 피난할 곳을 찾지 못한 생존자들에게 그의 집을 개방했다. 여전히 연장들과 가축들 없이 텅 빈 헛간과 외양간에 공동 침실을 마련했고, 거기에 여자들이 그들의 아이들과 같이 자리를 잡았다. 니케즈와 더불어 그는 이제부터 이 마을의 유일한 남자였다. 그는 여전히 자신의 다른 아들들 다섯과 루트, 그리고 루트에게서 낳은 어린아이들의 소식을 듣지 못하고 있었다. 제정신이 아닌 이 여자들 무리의 족장이 된 그는 그곳의 모든 과부들과 고아들보다 더 큰 박탈감을 느꼈다. 자기 가족들이 돌아오기를 그토록 기다렸고 지금도 기다리다보니 마음은 인내심을 잃고 욕망은 도를 지나쳐 반항심으로 솟구쳤다.

달이 바뀌고 한동안 돌아오는 사람이 있었지만 그것도 이내 끊기고 말았다. 가장 먼저 돌아온 것은 바티스트였다. 그는 니케즈처럼 기차에서 뛰어내릴 용기도 없었고 갇혀 있던 수용소 밖으로 탈출을 시도하지도 못했다. 타데는 감금 초기에 탈출했는데 그후 그가 어떻게 되었는지 아는 이는 아무도 없었다.

바티스트는 오랜 감금 생활을 감내하며 시키는 대로 꾸벅꾸벅 강제노동에 임했다. 대체 그가 무엇 때문에, 또 어디로 도망칠 수 있었겠는가? 이 세상에서 그가 살아갈 유일한 터전은 오직 하나뿐이었으니 그건 바로 폴린이었다.

폴린은 그의 터전이었고 그의 땅이었고 그의 광대무변함이었다. 그녀를 벗어난 곳에는 공간도, 심지어 시간도 없었다. 그녀를 다시 찾기 위하여 도망친다 해도, 적이 주인이 되어 지배하는 곳에 그녀가 있는 이상 그것은 완전한 실패였으리라. 그는 즉시 체포되었을 것이고 그녀와는 또다시 헤어졌을 것이다. 그로서는 방황하는 신세가 되어 고통을 더하느니 차라리 귀양살이를 참고 견디는 편이 나았다. 모험을 했다간 그녀에 대한 광기가 도를 넘을 것 같았기 때문이다. 도망을 다니면서도 그는 도처에서, 숲속의 나무 한 그루 한 그루마다, 골목 구석마다 그녀를 찾아다녔으리라. 무엇보다 죽음을 당할 위험이 있었다. 그건 안 될 일이었다. 그건 그가 그녀를 영원히 잃는다는 뜻이었으니까. 그녀와 멀리 떨어져 사는 것도 죽는 것도 마찬가지로 못할 노릇이었기에, 그는 일체의 실감할 수 있는 시간을 피하고 스스로에게 완전한 부재를 강요하면서 기다림 속에 칩거했다. 심지어 그는 자신의 안에서 느껴지는 배고픔, 추위, 피로, 질병의 고통에도 개의치 않았다. 그런 고통은 오로지 폴린에게 사로잡힌 그의 생각이 미치지 못하는, 망각된 몸의 텅 빈 영역 어딘가에서 일어나는 일이었다. 그의 동료들은 마침내 그에게 '그녀에게 미친 놈'이라는 별명을 붙여주었다. 그만큼 잠자면서까지도 그가 말할 줄 아는 것은 그녀 이야기뿐이었다. 자는 동안, 사실 그는 말을 한다기보다 그녀의 이름만을 외쳐댔다고 해야 옳으리라. 욕망 못지않게 고통 때문에 그는 그녀의 이름을 외쳤다. 밤은 매번 그의 꿈속에서 폴린의 벌거벗은 몸을 비와 사랑과 쾌락에 맡겨진 채로 눕혀두기 때문이었다. 고함이 터져나오도록 그의 마음과 몸속에 어른거리는 것은 바로 물이 흥건한, 손에 만져지지 않을 만큼 온통 벌거벗은 그 몸, 그 살갗이었다.

그런데 바로 그가, 자신의 사랑에 절대적으로 일편단심이었다는 것 말고는 아무런 명예도 얻지 못한 채, 그녀에게 미친 놈이라는 별명 말고는 아무런 전투의 공적도 없이, 돌아왔다. 그는 오랫동안 자신의 몸과 떨어져 있던 그림자, 지금 막 그 몸을 되찾고 살과 목숨을 다시 얻은 기쁨을 못 이겨 진절머리치며 전율하는 그림자처럼 돌아오고 있었다.

그러나 그가 다시 찾은 것은 이중의 몸이었다. 폴린이 사내아이를 품에 안고 그에게로 왔다. 그녀가 그에게 아기를 내밀며 말했다. "여기 좀 봐, 당신을 기다린 건 나, 그러니까 우리 둘이었어. 난 당신이 돌아올 줄 알았어. 이 아이 덕분에 난 믿어 의심치 않았어, 희망을 잃지 않았다고. 우리 아들은 당신을 너무나 닮았어! 난 이 아이가 크는 것을 지켜봤어, 그리고 이 아이를 통해 당신이 내게 돌아오는 것을 보고 있었어."

타데는 오랜 시간이 지나서도 돌아오지 않았다. 그렇지만 그는 다음과 같이 간단한 말들이 적힌 엽서로 자신의 늦은 귀환을 미리 알렸다. "나는 살아 있어요. 비록 살아가는 법을 다시 익혀야 할 처지지만요. 난 돌아갈 거예요. 그러나 그게 언제가 될지는 모르겠어요. 돌아갈 수 있게 되기 전에 긴 여행을 해야 하거든요. 그리고 그전에는 병을 치료해야 하고요. 키스를 보내며— 그런데 가족들 중에서 내게 키스해줄 사람이 몇이나 남았나요?"

엽서는 황금의 밤 늑대 낯짝, 바티스트, 폴린, 마틸드의 손에서 손으로 옮겨갔다. 각자 그 내용 중 특정한 한마디 말에 시선을 멈추며 차례로 놀라워했다. 살아 있다면서 왜 살아가는 법을 다시 익혀야 한다는 거지? 그가 말하는 우회는 무엇이며 그가 치료해야 하는 병은 무엇일까? 그리고 또 그는 대체 보덴호 언저리에서 뭘 하고 있는 것일까? 엽서는 린다우에서 부친 것이었다.

그러나 또다른 질문들이 황금의 밤 늑대 낯짝을 괴롭혔다. 그는 여전히 루트와 그의 아이들 소식을 듣지 못하고 있었다. 이제 평화가 다시 찾아왔는데 왜 그녀는 돌아오지 않는 것일까? 왜 하다못해 엽서 한 장 써 보내지 않는 것일까? 타데가 말하는 우회란 어쩌면 그녀를 찾아가기 위한 것일까? 그녀를.

바티스트와 폴린은 타데가 돌아오기를 기다렸다가 결혼식을 올리기로 결정했다. 그가 그들 만남의 증인이었으니 그들의 결합의 증인도 되어주기를 그들은 원했다. 그리고 작은 북 역시 그 기다림에 가담하기로 했다. 그는 살아가는 법을 다시 배워야 한다고 말하는 삼촌을 다시 아주 조그만 아기, 자신만큼이나 어린 아기로 되돌아간 어른으로 상상했다.

작은 북이 본, 그 돌아온 이는 아주 어린 사람이 아니었다. 그는 키도 그의 아버지와 똑같았고 서로 혼동될 만큼 아버지와 닮았다. 그러나 그는 아이 둘을 달고 돌아왔다. 열두 살짜리 여자아이와 다섯 살쯤 된 사내아이였다. 그들의 이름은 행동만큼이나 이상했다. 이름이 치펠레와 클로모라는 그 아이들은 말을 한다기보다는 이해할 수 없는 언어로 속닥거렸고, 마치 서로를 잃어버릴까봐 두려운 듯 붙잡은 손을 한시도 놓지 않았다. 두 눈을 고집스레 내리깔고 있는 것으로 보아 대낮의 빛을, 또 얼굴 보이기를 두려워하는 것 같았다.

"이 아이들의 아버지에게 약속을 했어요. 내가 만약 이 아이들을 찾는다면 데리고 가서 옆에 두고 키우겠다고요. 이 아이들은 이제 세상에서 의지할 사람이 하나도 없어요." 타데가 아이들을 소개하며 말했다.

아이들의 아버지는 그의 동료였다. 그들은 같은 매트 위에서 잤고, 같은 식기로 밥을 먹었고, 일 년이 넘는 세월 동안 치욕과 추위 속에서 같은 옷을 입고 지냈고, 느린 단말마의 고통을 함께 견뎠다. 그러나 동료는 죽었고 그는 살아남았다. 동료는 어느 날 아침 점호 때 선 채로 죽었다. 불러도 대답이 없자 그의 번호는 사라진 번호 대장에 편입되었다. 다하우 수용소에서의 일이었다. 그때 타데는 매일같이, 시도 때도 없이 부르는 또다른 점호, 수용소의 죽음의 선고에 저항하기 위하여 그의 약속으로 단단히 무장했다.

전쟁이 니케즈를 질주하도록, 바티스트를 부동의 자세로 만들었다면 타데는 우회하게 만들었다. 그는 탈출하자마자 지하운동 대열에 합류했고 어떤 배신자의 밀고로 적이 그들을 포위하던 날까지 함께 싸웠다. 거의 전원이 목숨을 잃었지만 그에게만은 죽음이 아주 먼 쪽으로 우회해 갔다. 그는 강제수용소로 끌려갔다. 그런데 죽음은 우회를 거듭한 끝에 결국은 그를 잊어버렸거나, 아니면 적어도 시야에서 놓쳐버렸다. 죽음은 이제 저멀리 있었다. 그러나 생명 역시 거의 죽음 못지않게 멀리 있었다. 그는 저기 잿빛 바닷가의 궁벽한 작은 마을까지 가서 생명을 찾아 헤매야 했다. 그렇게 해서 그는, 비록 극도로 허약하고 아직 겁에 질린 상태로나마 그 생명을 발견했다. 생명은 어느 주막집 지하실 깊숙이, 자루와 상자와 술통 들로 쌓은 벽 뒤에 이 년도 넘게 숨어 살아온 눈이 새파란 이 아이들의 내리깐 이중의 눈길 속에 흐릿하게 살아남아 있었다.

그 아이들을 이처럼 주막집 깊숙한 곳에 숨겨준 사람은 오래전부터 그들의 가족들을 위해 일해오다가 주인들이 불순분자로 몰려 노예 신세로 전락하자 더이상 그들을 위하여 일하지 못하게 된 여자 하인이었다. 그녀는 매일 저녁 식탁을 치우고 남은 접시에서 몰래 덜어온 음식을 그들에게 가져다주었다. 그들은 이렇게 남은 음식과 공포, 그리고 또한 침묵으로 연명했다. 그 눅눅하고 어둠이 가득 고인 누추한 골방에서 놀이도 웃음도 말도 다 까먹었으니 말이다. 그리고 끝에 가서는 심지어 괴로움과 욕망마저도 다 잊었다. 그들은 어린이의 삶을, 생명을 잊어버렸다.

여러 달이 흐르는 동안 이제 그들은 밤새들의 시각과 청각을 갖춘 어둠의 존재들로 변했다. 그리하여 지금도 그들은 그 기나긴 칩거 생활의 한없이 느리고 더듬거리는 몸짓, 겁먹은 눈, 거의 벙어리나 다름없는 입을 버리지 못한 채 그대로 간직하고 있었다. 타테보다도 더, 그들은 살아가는 방법을 다시 익히지 않으면 안 되었다.

어린아이 특유의 생기로 빛나는 작은 북은 그들에게서 기대했던 친구의 면모를 발견할 수 없었다. 그러나 뭐라고 중얼거리는 듯 마는 듯하고 추위에 떠는, 어느 것 하나, 심지어 어린 티마저 갖추지 못한 이 어둠의 존재들이 가진 한 가지 특전이 있었다. 그들이 작은 북으로서는 전혀 끼어들 수 없는, 심지어 접근조차 할 수 없는 격한 사랑으로 결속된 남매라는 점이었다.

치펠레와 클로모를 이어주는 그토록 깊은 그 사랑이 그에게는 수수께끼요 매혹이었다. 아버지를, 그리고 덤으로 삼촌까지 다시 찾았다는 사실도 별로 중요하지 않았다. 그가 원하는 것은 바로 귀여운 여동생이었다. 그 여동생을 그는 이상화된, 동시에 축소된 상태의 어머니의 모습으로 상상했다. 그리고 그 여동생의 아름다움과 사랑은 오로지 그 자신에게만 결부된 것이어야 했다.

머지않아 그는 자신의 욕망에 기인하여 어머니를 끊임없이 들볶아댔다. "엄마, 나 예쁜 여동생이 하나 있어야겠어!" 이렇게 졸라대는 그의 생떼는 이상하리만큼 부드럽고도 끈질기게 성가신 것이어서 어머니도 놀랐다.

폴린은 마침내 바티스트와 결혼했다. 그리고 그녀는 아들이 그토록 바라던 아이를 잉태했다. 작은 북은 이번에는 더이상 기다림을 놀이로 삼지 않고 세심하고 극도로 조심스럽게 밤을 지키며 보냈다. 이제 태어날 아기는 이미 그의 아기, 그리고 누이였다.

한편 루트와 그의 아이들에 대해 말하자면, 침묵으로 더욱 심화된 그들의 부재는 그래도 마침내 어떤 정당성을 갖추게 되었다. 그들의 사라짐이 하나의 이름을 얻은 것이다. 그러나 발음하기도 상상하기도 너무나 어려워서 황금의 밤 늑대 낯짝에게는 까다롭기 짝이 없는 이름이었다. 그는 전에 타데가 린다우에서 보낸 엽서 이상으로 그 이름을 두고 이리저리 궁리해보았다. 그러나 그 뜻이 무엇이건 간에, 그 이름에 그의 가슴은 점점 더 쓰라리게 긁혔다.

왜냐하면 그 이름에는 다른 많은 이름들이 그렇듯 온통 철조망과 검은 연기와 망루와 개의 송곳니와 사람의 뼈가 삐죽삐죽 솟아나 있었기 때문이다.

작센하우젠.* 루트, 실베스트르, 사뮈엘, 이본, 쉬잔의 이름들을 단번에 획 지워버리는 절멸의 이름. 결정적인 이름.

---

* 독일 오라니엔부르크에 세워진 나치 강제수용소가 있던 곳. 작센하우젠수용소에 1936년에서 1945년까지 약 20만 명이 수용되었고, 8만 4000명이 이곳에서 사망했다.

6

그들은 영광을 약속받았고, 또 그들은 충성과 용맹을 맹세했다. 그들은 약속된 영광과 맹세한 충성을 위하여 광대한 평원을 향하여 진군했다. 그러나 오직 바람만이 그 평원을 강타했고 추위만이 그곳에서 그들을 기다리고 있었다.

그들이 출발하던 때는 큰백조들 또한 다른 땅들을 향하여 이동하기 위해 떼를 지어 한데 모여들 무렵이었다. 그리고 사람들은 끝내 그 큰백조들과 합류하지도, 그들이 날아가는 곳에 이르지도 못했다. 그곳에서는 모든 일이 언제나 더 먼 곳에서 일어나고 있었으니까. 추위로 인한 불모지는 끝없이 확장되어갔고 그하얀 지역들, 미칠 지경으로 하얀 지역들은 불가능의 궁극으로까지 밀려나갔다. 사람들은 가장 혹독한 추위와 가장 광막한 고독이 깃든 고장의 경계인 큰 강 이편에서 발걸음을 멈추어야 했다. 경계 저 너머에는 떠돌이 백조들이 한데 모여 있었다.

그렇지만 사람들과 백조들은 같은 방위를 향하여—정동正東으로 이동하고 있었다. 비슷하게 낭랑하고 비슷하게 거친 노랫소리에 맞추어 한쪽은 열심히 걸어서, 다른 한쪽은 열심히 날아서. 그들의 거동 역시 같은 것이었으니, 한쪽은 휴대한 무기에 짓눌려 둔해지고 이내 추위와 부상 때문에 속도가 느려지는 한편 다른 한쪽은 지상의 끔찍한 인력에서 벗어나기 위하여 서툴게 저어대는 너무 큰 날개 때문에 부자유스러워졌다. 그들은 또한 동시에 눈 때문에 더욱 매서운 바람에 맞서서, 살을 마비시키는 동상에 맞서서, 몸과 몸을 꼭 붙인 채 싸웠다. 그러나 긴긴 행군 동안 사람들은 경직된 몸짓과 피투성이 몸뚱이로, 두 눈은 소금기에 긁힌 끔찍한 얼음 짐승의 모습으로 줄곧 흉하게 일그러진 반면에, 힘겨운 질주 끝에 마침내 지상의 인력에서 벗어나고 부리로 쪼아 깨야 했던 호수의 얼어붙은 물위에서 마디마디 휴식하며 비상하는 동안 저 백조들은 반은 공기에 살고 반은 물에 사는 멋들어진 동물로 끊임없이 둔갑했다. 심장이 하늘과 바다에 푸르게 물든 저 무한의 장천 속 세속 천사들로.

사람들은 걸었다. 그들은 노래했고 죽었다. 그들의 젊음은 피의 색깔이었고 그들의 심장은 오직 한 가지 사랑─온통 폭력 그 자체인 천사와 맨주먹으로 싸우는 투쟁의 사랑밖에 몰랐다. 그리고 그들의 사랑이 너무나 거만하고 너무나 기꺼이 야만화되었으며 너무나 잔혹하게 홀려버렸기에, 그들은 자기들이 인간이라는 사실을 잊어버렸다. 그들은 자기들이 인간 이상인 줄 알았지만 실상은 마음이 오만방자하고 이마에는 검은 낙인이 찍혀 있으며 몸은 무기들로 뒤덮인 전사들에 불과했다.

그들은 해골 깃발 펄럭이며 행진했고, 껄껄대고 웃으며 '악마
의 노래'를 불렀다.

SS, marschiert im Feindesland
Und singt ein Teufelslied……
……Wo wir sind, da ist immer vorne
Und der Teufel der lacht noch dazu.
Ha Ha Ha Ha Ha Ha Ha Ha Ha!
Wir kämpfen für Freiheit,
Wir kämpfen für Hitler……*

그러나 그들이 나아가 죽음을 퍼뜨리며 대의명분으로 삼았던
그이도, 그들이 우정어린 웃음을 간청하던 '악마'도 그들의 일에
아랑곳하지 않았다. 괴이하면서도 보잘것없는 지위의 광기 속에
쑤셔박힌 전자의 이름이 악취를 풍기고 속이 텅 빈 소리를 내기
시작했다. 후자의 웃음은 그들의 웃음을 무시했고 비명횡사 널
린 등뒤에서 껄껄대며 웃었다.

---

* 나치 친위대여 적의 땅에서 전진하자/악마의 노래를 부르며……/우리는 어디
에 있건 언제나 앞으로/바로 거기에서 악마는 여전히 웃고 있네. 하 하……/우
리는 자유를 위하여 투쟁한다./우리는 히틀러를 위하여 투쟁한다……(원주)

그들은 영광의 갑옷을 입은 줄 알았지만 실상은 가족들에게 버림받고 모든 사람들로부터 배척당한 살인자에 불과했다. 그런데도 그들은 그 사실을 몰랐고 알고자 하지도 않았다. 그들은 허공에 대고 그들의 무가치한 명예와 충성을 외치며 전진했다. "Wenn alle untreu werden/so daß immer noch auf Erden für/bleiben wir doch treu/euch Fähnlein sei"*

그러나 그들의 깃발은 머지않아 오로지 패주의 바람에 휘날릴 뿐이었고, 끊임없이 조기弔旗가 되어 펄럭였다. 동쪽의 우뚝 솟은 도시들은 화염에 휩싸인 채로도 그들에 맞서 사납게 저항했고, 그들은 그 도시들을 버리고 도망치며 서쪽을 향하여 발길을 돌렸다. 그러나 왔던 길을 되짚어 가는 것은 아니었다―그들은 귀환병이 아니었고, 사실 그들에게 귀환은 불가능했다. 그만큼 그들은 사랑과 투쟁의 이야기를 잘못 생각했던 것이며, 그들이 내딛는 한 걸음 한 걸음은 돌이킬 수 없을 정도의 헛걸음이었던 것이다.

그들은 바다를 향하여 떠났다. 그들에게는 여전히 조국이라

---

* "모두가 다 배반할 때도/언제나 세상에/단결의 깃발이 남아 있도록/우리는 끝까지 충성을 다하리."(원주)

할 만한 나라가 더는 없었다. 이제부터 그들에게는 어느 장소든 다 사막이요 전쟁이었다. 오직 하나의 도시만이 아직도 그들에게 제 이름을 소리쳐 알렸고 그들의 가슴속을 제 이름으로 울렸다. 그럼에도 그곳은 그들이 한 번도 가본 적 없는, 대륙 저 끝에, 이미 역사의 저 끝에 처박힌 도시였다. 그들의 믿음, 그들의 명예, 그들의 충성으로 드높은 그곳, 베를린.

그러나 되짚어 가고 밀리 돌아서 가는 그들의 행군은 끝이 없었다. 그들 주변의 벌판은 끝없이 넓었고 독하게 음울했다. 바람이 눈을 싣고 후려치듯 새된 소리를 내며 그 위를 달려가면 오직 침묵만이 가득했고 가없는 공허만이 펼쳐졌다.

그들은 오랫동안 걸었다. 어찌나 오랫동안 걸었는지 걸어가는 동안 잠을 잤고, 등에 무기와 눈을 진 그림자의 무리가 되어 숲과 안개와 어둠 속을 가로질러 미끄러졌다. 여러 날 여러 밤 동안 그들은 말 한 마디 없이 몽유병자처럼 걸었다. 그러나 그 같은 추위의 공간 속에서 그들이 무슨 말을 할 수 있었겠는가? 그들의 얼굴은 너무나도 굳은 얼음덩어리가 되었으니, 서리가 덮여 서걱거리는 입으로 내뱉을 수 있는 것은 오직 허여스름한 김과 솜 같은 헐떡임뿐이었다. 그들의 눈에서는 벌건 눈물이 피처럼 흘렀고 그 시선은 기억을 잃어가고 있었다. 그들은 편암의 호수와도 같이 번뜩이는 저 광막하고 어슴푸레한 벌판이 아닌 다른 풍경들이, 전나무와 자작나무가 아닌 다른 나무들이 땅 위에 존재할 수 있다는 것을 기억하지 못했다.

사실 나무들은 나무 이상의 것들, 때로는 불길하고 때로는 보호자처럼 품어주는 변덕쟁이 거인들이었다. 그들 주위에 빽빽하게 들어찬 전나무들 역시 마찬가지로 무심하게 그들에게 피난처가 되었다가 그들에게 총을 쏘아댔다. 아닌 게 아니라, 나무들은 가끔 재미삼아 적들이 숨어 있는 울창한 나뭇가지들 저편에서 그들을 향하여 사격을 해대곤 했다.

그들이 바닷가에 이른 것은 동장군이 서서히 물러나는 기미를 느낀 큰백조들이 르방섬들을 따라 다가오는 봄빛에 다시 푸르러가는 호수들의 물위로 요란한 소리를 내며 모여들 무렵이었다. 그리하여 새로운 이동의 그 끔찍한 수고로움에 박자 맞추듯 백조들이 내지르는 그 시끄러운 소리들 또한, 인간들이 기를 쓰고 불러대는 너무나도 무용한 용맹과 충성의 노래와 변함없이 닮아 있었다.

인간들이나 백조들이나 서쪽을 향하여 괴로움을 되씹으면서도, 저마다 전설 혹은 본능이 부르는 그들의 고장으로 돌아가고 있었다.

바람의 풍미와 회초리는 달라졌지만 사나움과 차가움은 그대로였다. 바람은 소금기를 품었고, 발트해의 소용돌이 속에서 난 바다의 기를 받아 엮은 빗줄기로 너무나도 긴 행군 끝에 겨우 살아남은 사내들을 후려쳤다. 바람에 실려 낮게 나는 바닷새들의 끈질긴 비명도 따라왔다.

그들은 모래벌판을 통과했다. 곳곳에 호수와 숲과 늪이 구멍처럼 뚫려 있는가 하면, 가옥들은 이엉으로 지붕을 이고 좁고도 매우 곧은 길이 난 마을들이 흩어져 있었다. 저쪽에서는 백조들이 벌써부터 툭 터진 하늘을 가로질러 내달으면서 돌아오는 봄을 축제로 맞이하고 있었건만 여기서는 봄이 좀체 모습을 드러내지 않았다. 눈이 채 녹지 않은 벌판은 황량했고, 마을들 역시 인적이 없었다. 초가지붕들에서는 연기가 나지 않았으며 텅 빈 골목들은 공허하게 울렸고 창문들은 죄다 닫혀 있었다. 버려진 농가들에서는 식탁과 침대가 습기에 젖어 내려앉은데다 추가 움직임을 멈춘 벽시계의 나무마저 축축했다. 황폐한 우리 저 안쪽에 버림받은 암소들은 흘러내린 우유로 상처 입은 거대한 젖을 덜렁거리며 고통스레 울어댔다. 어부들의 집 바람벽에는 무용해진 그물이 파도에 밀려온 커다란 죽은 해초 뭉치처럼 걸려 있었다. 바다, 땅, 도시들―모든 것이 다 삶을 토해내고 있었다.

농부들, 어부들, 마을 사람들, 모두가 다 달아나고 없었다. 그러나 도시 사람들, 특히 대도시 사람들은 더욱 정신없이 달아났으니, 악마의 졸병들이 피난하는 군중들의 흐름을 거슬러, 역사의 흐름을 거슬러, 여전히 노래 부르며, 그토록 분연히 그들을 향하여 진군하고 있었던 것이다.

Wo wir sind, das ist immer vorne
Und der Teufel der lacht noch dazu,
Ha Ha Ha Ha Ha Ha Ha!……

도시. 그들이 그토록 꿈꾸었던 대도시, 마침내 그들은 그곳으로 들어갔다. 그리고 어쩌면 포화 속에서 몸을 구부리고 걸어가던 몇몇 병사들은 그 사람을, 그들이 충성과 용맹을 맹세했던 그 키 작은 인물을 보리라 기대했거나 어쩌면 그를 볼 기회와 영예를 가졌을지도 모른다. 들리는 말에 의하면 그는 파괴된 그의 도시의 깊숙한 곳, 그의 콘크리트 궁전의 저 안쪽에서 죽었다고 했다.

마음속에 그런 희망을 품고 있었던 이들 중에 상급척탄병 가브리엘 페니엘과 상급척탄병 미카엘 페니엘이 있었다. 모험이 이제 끝나가고 있다는 것을 그들은 알고 있었다. 그리고 그것을 기뻐했다.

그들이 그토록 오랫동안 걷고 죽이고 싸웠던 것은, 그리고 추위와 포화와 피로를 견뎌냈던 것은 오로지 그곳, 그 시간에 이르기 위해서였다. 마침내 그곳에 와서, 그들이 자기들의 대각선 저쪽의 조국으로 삼은 이 대도시의 기막힌 폐허 가운데로 와서 죽기 위해서였다. 이곳에 와서, 높은 증오와 허무로 빛나는 눈을 가진 그들의 왕자를 위해, 그의 곁에서 죽기 위해서였다. 그들이 검은 땅의 숲을 떠난 것은, 그들의 가족과 고장을 부정한 것은 바로 그를 위해서였다. 그들이 땀과 눈과 신열과 비에 젖은 채 그토록 오랫동안 걸었던 것은 바로 그를 위해서였다. 이제 그들의 얼굴은 피가 철철 흐르고 피의 기쁨에 넘칠 것이었다. 오래전부터 가슴과 살 속에서 뜨겁게 불타던 그 사나운 피. 그들이 그 도시로 노래 부르며 들어간 것은 그 사람, 피와 재로 이룩한 위대한 과업의 그 연금술사, 이제 단죄받고 끝장났음을 그들도 알고 있는 그를 위해서였다.

그들의 마지막 전투는 채 일주일도 지속되지 않았다. 포석들이 뽑혀나간 거리들에서, 황폐해진 가옥들을 따라, 반쯤 붕괴된 지붕 꼭대기에서, 잔해만 남은 지하실 속에서 전개된 전투. 그 전투를 거치면서 대도시의 모든 기억, 모든 영광의 흔적이 다 소진되고, 그 이후 눈으로 볼 수 있고 판독할 수 있는 것이라곤 오직 패배와 상처만 남게 될 때까지 돌로 된 서적들로 빼곡한 거대한 도서관처럼 불타버렸다. 하늘은 벽돌과 먼지의 빛이었고, 거리는 불꽃의 빛, 벽들은 피의 빛이었으며, 사람들은 회반죽과 녹과 안개의 빛이었다.

두 페니엘 상급척탄병은 더이상 발을 멈추어 잠자고 마시고 먹을 틈도 없이 바리케이드에서 바리케이드로, 포치에서 포치로, 지붕에서 지붕으로 쫓아다녔다. 그들에게는 오로지 쏘고, 끊임없이 쏘고, 사살하고, 방화할 시간밖에 없었다. 영광과 승리의 위대한 꿈의 끝이 다가오고 있었기에 그들은 마지막 이미지들의 리듬을 재촉할 필요가 있었으며 그 꿈을 고조시키고, 불태우고, 소리 내며 타올라 폭발하게 할 필요가 있었다.

이미 그들은 병사도 아니었다. 그들은 투쟁과 방화에 취하여 파괴의 놀이에 열중한 비정규군들이었다. 돌을 두드리고 깨어 거기서 아직 알려지지 않은 어떤 형태, 어떤 마법의 힘을 이끌어내는 조각가처럼 그들은 파괴하고 또 파괴하고 끝없이 파괴하지 않으면 안 되었다. 도시의 벽들 사이에서, 흙 묻은 하늘에서, 그들 젊음의 마지막 시간들과 그들의 투쟁 사이에서, 그 사랑의 순수한 형태, 날것 그대로의 힘을 이끌어내기 위하여, 그들은 신속히, 파괴하지 않으면 안 되었다. 벼락의 돌. 그들이 태어난 이래, 아니 그들이 태어나기 오래전부터 그들의 가슴 가장 은밀한 곳에 와서 박힌 화살의 뾰족한 끝. 수천 년 묵은, 땅에서 난 것인 만큼이나 별에서 난, 핏빛 벼락의 돌, 피의 돌.

새벽이 밝아오고 있었다. 끊임없이 증강되는 적의 공격에 맞서서 프린츠 알브레히트 거리의 어떤 건물 사층에 단둘이 몸을 숨긴 채 방어하던 미카엘과 가브리엘은 돌연 사격을 중지했다. 그들은 이제 막 무엇인가, 딱히 꼬집어 말할 수 없는 무엇인가가 요란스러운 포성과 보랏빛 도는 그을음색의 어두운 하늘을 가로지르는 것을 느꼈다. 믿기지 않는 침묵, 순수한 투명에 가까운 그 무엇. 그것은 어딘지 모를 곳으로부터 와서 그들에게 달려들었다. 도시와 전쟁을 뚫고 오직 그들만을 향해서 곧장. 그리고 또다른 무엇인가가 그들에게 다가왔다. 그것은 엄청나게 큰 전차였다. 잔해들의 무더기와 불타버린 기계들의 해골이 어지럽게 널린 거리로 어렵게 길을 내며, 무슨 선사시대 동물의 코처럼 바람벽들의 냄새를 맡으려는 듯 거대한 포신을 휘저으며 서서히 전진해왔다. 전차는 그들의 손안에 있었다. 그저 사격하기만 하면 되는 것이었다. 쏘고 또 한 번 더 쏘고, 한 번 더 쏘면 되었다.

　그러나 두 페니엘 상급척탄병은 조준하지 않았다. 그들은 약속한 듯 무기를 내려놓았다. 그들의 두 손이 돌연 공허와 침묵의 욕망에 사로잡혔다. 그들은 서로 손을 마주잡고 가만히 선 채 거리의 잔해 더미 사이로 서서히 움직이는 저 큼직한 강철 짐승을 바라보면서—그 눈부신 투명이, 침묵이 그들의 얼굴로 흘러들고 가슴을 씻어주는 것을 느끼고 있었다. 그들이 선 인적 없는 큰 건물에서는 모든 소리들이, 심지어 가장 작은 소리들조차도 그들에게 뭐라고 말을 걸었다. 특히 갈라진 벽을 따라 물이 새어나오는 가느다란 소리가 그랬다. 그들은 잠시 눈을 감고 미소를 지었다. 대단한 부드러움이 그들의 가슴을 파고들었다. 그 투명함, 그 침묵, 그들은 이제 그게 무엇인지 알 수 있었다. 그것은 동생의 목소리였다.

저쪽 형제. 그들이 피를 훔쳐온 그 형제. 온통 하얀, 너무나 연약하고 너무나 외로운 동생. 그것은 신기할 정도로 높은 그의 목소리였다. 끊임없이 고음으로 높아지면서 침묵을 꿰뚫고 가장 순수한 빛을 향해 내닫는 목소리. 추위와 공허의 부드러움을 지닌 하얀 빛. 그들은 그토록 대단한 고요, 부드러움에 황홀해하며 미소를 그칠 줄 몰랐다. 달콤하게, 전신이 떨리는 느낌이었다. 정다움에, 하얀 열정에 사로잡힌 채.

저쪽의, 다른 동생의 목소리가 그들의 모든 폭력을, 그들이 흘린 모든 피가 아직 백일하에 드러내지 못한 것을 완전히 밖으로 끌어올렸다. 그들의 가슴 한복판에 세운 그 벼락의 돌. 그 피의, 외침의, 땅의 돌. 그 죽음의 돌. 이제 마침내 그 돌이 반짝이며 드러났다. 이제 마침내 그 돌이 암흑에서, 분노에서 빠져나와 그들의 심장을 가르는 칼날을 따라 그들에게 미소의, 그리고 눈물의 선물을 건네고 있었다.

전쟁과 증오의 반대쪽에서 오는, 저쪽, 다른 형제의 목소리. 그리하여 그들을 둘러싼 벽들, 온통 습기에 찬 물이 흐르는 황폐해진 벽들이 얼굴들로 변했다. 눈물 같은 얼굴들, 얼굴-눈물들. 눈에 띄지 않게 회벽과 피부의 땟국을 적시는 땀과 눈물. 그리하여 벽들은 커다란 유리창처럼 도시를 향하여 열렸다. 광란의 도시, 선고받은 도시, 전락한 도시. 폐허들은 모두 얼굴을 얻었고 죽은 이들은 모두 얼굴과 이름을 되찾았다. 라파엘의 목소리는 애원하며 끊임없이 날카롭게 높아졌다. 큰 용서와 절대적인 위안의 노래처럼. 어린 동생의 목소리, 순수한 자비의 악센트가. 모든 것을 다 잃고 끝장난 바로 그 순간에.

미카엘과 가브리엘은 이제 병사도 비정규군도 아니었다. 그들은 아무것도 아니었다. 그들은 다시 도시에서, 역사 속에서 길 잃은 두 아이들이 되었다. 꿈과 애정에 몸을 떠는 두 아이들. 그들은 아프도록 서로 손을 꼭 쥔 채 깨진 창문을 마주하고 서 있었다.

눈물과 미소의 돌. 이제 중요한 것은 더이상 파괴가 아니라 사라지는 것이었다. 형제의 목소리 속으로, 형제의 목소리와 함께. 맑게 비쳐 보이는 것. 변신의 목소리. 다른 쪽으로 미끄러져 들어가고, 사라짐의 신비 속으로 들어가는 것. 동의하고 포기하는 것.

폭발은 끔찍했다. 큼직한 짐승은 코를 흔들며 냄새를 맡은 끝에 마침내 먹잇감을 찾아내어 불을 토했다. 건물의 전면이 큰 유리판처럼 박살났고 지붕이 주저앉았다. 모든 것이 무너졌다. 두 페니엘 상급척탄병은 붕괴에 휘말리고 순식간에 추락해 지하실의 서까래들과 석고 덩어리들 밑에 깔렸다.

잔해에 깔려 으깨진 그들의 시신은 끝내 흔적조차 찾지 못했다. 그들은 자신들이 그토록 충성스럽게 찬양하고 봉사했던 그 사람처럼 대도시의 잿더미에, 역사와 망각의 잿더미에 순전한 파멸이요 순전한 환상이 되어 한데 섞였다.

7

황금의 밤 늑대 낯짝에 따르면 이제 더이상 세상은 없었다. 그에게 더이상 세상은 없었다. 루트와 네 아이들이 실종되면서 세상을 땅보다. 그 어느 것보다 더 낮은 세계로 던져버렸다. 그 세계는 그저 밤과 침묵조차 아닌, 암흑과 무언증이었다. 작센하우젠. 그 말이 다른 모든 말을 제외한 채 그의 정신에 밤낮으로 간단없이 망치질을 했다. 어떤 생각도, 어떤 이미지도 그의 마음속에서 모습을 갖추지 못했고 결코 자리잡지도 못했다. 작센하우젠. 그것은 그 자신의 심장이 내는 불투명한 소리처럼―그와 똑같이 맹목적인 리듬으로 두근거렸다. 여러 주 여러 달이 흘렀건만 속수무책이었다. 소리는 그 둔탁한 박자로 그토록 단조롭게 계속되었다. 작센하우젠. 작센하우젠.

황금의 밤 늑대 낮짝은 여러 날을 자기 방 한구석에 놓인 작은 장의자에 앉아 벽만 보고 보냈다. 그의 낮들과 그의 밤들을. 그는 팔꿈치를 무릎에 괸 채 얼굴을 두 손 안에 묻고 있었다. 그의 머리는 공허함으로 너무나 무거웠고, 그칠 줄 모르는 그 내면의 망치질 소리로 이제 더는 똑바로 가누어지지도 않았다. 그가 머리를 손에서 놓으면 머리는 이내 무엇으로도 멈추지 못하는 시계추처럼 천천히 앞뒤로 일렁거리기 시작했다. 그는 더이상 배고픈 줄도 몰랐고 잠도 오지 않았고 목마른 줄도 몰랐다. 심지어 괴로운 줄도 몰랐다. 마치 고통의 한계 직전, 혹은 그 너머에 있는 듯했다. 그는 어떤 공백 지대로 넘어간 것이었다. 매시간, 매순간, 그는 끔찍한 시간의 흐름을 겪었다. 시간 밖으로 휘어진 시간, 체험적 지속성이 비워진 무의 시간. 작센하우젠. 그의 정신이 한계에 달했다. 그의 내면의 모든 것이 한계에 달했다. 그러나 그의 무엇도 굴하지 않았다. 아무런 영양도 섭취하지 못하고 잠도 자지 못했지만, 그의 몸은 저항하고 있었다. 그 몸은 마치 텅 빈 그의 방 벽들 한 모퉁이에 심겨진 나무줄기, 화석이 된 나무줄기 같았다.

사실 그는 달리 어쩔 도리가 없었다. 그는 자기 자신의 것이 아니었기에 더이상 생각하지도 느끼지도 못했다. 그는 당하고 있었다. 작센하우젠. 작센하우젠. 그는 절대적인 밤, 모든 것이 사라진 '밤'의 시련을 당하고 있었다. 파괴된 것의 밤, 그리하여 그는 순전한 불면에―부재로 가득한 광란의 현존에 맡겨졌다. 거기, 아무 곳도 아닌 거기서, 시간 시간마다, 시간이 아닌 시간에, 불가능 속에, 그는 깨어 있지 않을 수 없었다. 보이게 하지 않는 바로 그것을 보지 않을 수가, 모든 것을 보는 무 그 자체를 보지 않을 수가 없었다. 그는 밤을, 캄캄하면서도 동시에 투명한 잉크―모든 글쓰기 이전, 혹은 이후의 잉크 같은 밤을 보았다. 더이상 아무것도 쓰이지 않고 말해지지 않고 읽히지 않는 검은 잉크의 밤. 더는 아무 일도 일어나지 않는 몽매한 잉크의 밤.

사실, 이렇게 밤에 깨어 있는 것은 아마 그가 아니었을 것이다―그를 통해서, 그의 안에서 깨어 있는 것은 밤 그 자체였다. 그저 어떤 텅 빈 장소―밤 그 자체가, 그 자신의 광막함을, 자신의 침묵을 지키기 위한 초병이 되어 들어온 버려진 뼈와 가죽들의 초소였다. 작센하우젠. 밤. 밤. 그 밤.

마틸드와 그녀의 두 형제들, 그리고 니케즈가 농장을 복구하고 토지와 부락에 생명을 부여하는 일에 나섰다. 다시 한번 검은 땅이 재기하고 있었다. 몇몇 남자들이 강제수용소에서 돌아왔고 서서히 사람들은 재건을, 새로운 시작을 시도했다. 검은 땅에서 는 항상 이런 식이었다.

치펠레와 클로모는 마치 더듬더듬 손으로 짚어가듯 서서히 다시 삶으로 돌아왔다. 그들은 어린 시절과 사랑과 믿음을 다시 배웠다. 그러나 너무나도 주저하며, 또 거칠게 배웠다. 그들은 두 개의 말없는 그림자들처럼 타데를 따라다녔다. 아직 다른 사람 들에게는 감히 접근하지 못했고 그 모든 이방인들과도 아직 어 울리지 못했다. 그리고 언제나 그들은 말없이 아주 심각한 태도 로 서로 손을 잡고 있었다. 그들의 가느다란 실루엣은 작은 북 의 마음을 좀처럼 떠나지 않았다. 그는 꿈속에서까지 그들이 어 둠을 배경으로, 가까이 다가갈 수 없는 존재가 되어 지나가는 광 경을 보았다. 그러나 어떤 다른 얼굴도 지금 그에게로 오고 있었 다. 그 존재는 그에게, 오직 그에게, 유독 그에게만 미소를 지었 다. 금발의 땋은머리, 가늘고 긴 낙엽색 눈을 가진 어떤 소녀의 얼굴이 창유리 너머에서 그를 바라보고 있었다. 정말로, 언제나 어린 누이가 그의 꿈속에서, 유리에 김이 서린 창문 너머 나타나 곤 했다. 그 창문을 열려고, 아니 적어도 거기에 서린 김을 닦으 려고 다가가자마자 그는 소스라쳐 잠에서 깨어났다. 그러나 절망하지 않았다. 그는 기다렸다. 곧 그녀가 거기에, 오직 그의 것이 되어, 오로지 그만의 것이 되어, 와 있을 것이었다.

로즈에게서 새로 편지가 왔다. 이번 편지는 아주 짧았다. "비올레트의 임종의 순간은 끝났어요. 임종이 오 년간 계속된 셈이죠. 고통과 피의 오 년. 그애는 마치 아무 일도 없었다는 듯이 미소 지으며 아주 곱게 숨을 거두었어요. 죽음 속에서 미소 짓고 있었으니까요. 그 무엇도 그 미소를 지우지 못했어요. 그애의 관자놀이에서 흐르던 피가 돌연 멈추었어요. 그리고 그 놀라운 일이 일어났어요. 그 반점마저 사라져버린 거예요. 그게 떨어져버렸어요—갈망이 마른 장미 꽃잎처럼 그애의 관자놀이에서 떨어져버렸어요. 이곳 수녀님들은 기적을 말씀하시며 신기해해요. 그러나 나는 기적을 믿지 않아요. 그건 아무 의미가 없어요. 그건 너무 늦게 왔어요. 나는 더이상 아무것도 믿지 않아요. 나는 그저 비올레트와 함께하기 위해서 수녀원에 들어왔을 뿐이에요. 그애와 떨어지지 않으려고 수녀원에 남았을 뿐이에요. 그애가 죽었으니 나는 더이상 남아 있고 싶지 않아요. 서원으로부터 풀어달라고 요청했어요. 이제 곧 떠날 겁니다. 그게 언제가 될지 아직은 몰라요. 카르멜에서 나가면 무엇을 할지도 아직은 몰라요. 그러나 이제 그런 건 전혀 중요하지 않아요."

그 죽음에 관한 소식에 가장 충격을 받은 것은 마틸드, 차갑고 거만한 마틸드였다. 블랑슈의 두 딸을 키운 것은 그녀였다. 그리고 무엇보다, 페니엘 집안 자식에게 갑자기 자신의 쌍둥이를, 자신의 분신을 잃는다는 것이 무엇을 의미하는지를 그녀는 잘 알았다. 오직 그녀만이, 십 년이 넘는 세월 동안 버림받고 고독에 맡겨지는 그 위로할 길 없는 통렬한 슬픔을 견디느라 로즈엘로이즈가 감당해야 했던 절망을 이해했다. 비올레트오노린이 마르고와 거의 같은 나이에, 십 년 간격으로 얼마 전 죽었다. 그 부름, 그 반복이 마틸드의 마음을 깊이 흔들어놓았다. 그러나 그녀는 새로이 차오르는 냉혹함과 고독으로 다시 한번 마음을 다잡았다. 그 어느 때보다 더 그녀는 혼자였다. 다른 사람들은 이제 두 번 다시 그녀의 마음속으로 들어오지 못할 것이다. 언제나 그렇듯 그녀에게 남은 것은 오직 아버지뿐이었다. 그녀의 그 기막힌 아버지—그녀의 불가능한 사랑이자 증오이며 질투로 싸늘하게 얼어붙은 정열. 사실 그녀는 아무도 황금의 밤 늑대 낮짝의 방에 접근하지 못하게 했다. 오직 그녀만이 하루 세 번 그를 찾아 올라갔다. 그는 거기 그의 작은 장의자에 벽을 향해 앉은 채 두 손에 얼굴을 묻고 웅크리고 있었다. 그는 거기서 원하는 시간만큼 얼마든지, 필요한 시간만큼 얼마든지 지냈다. 그녀는 그를 알았다. 그는 다시 일어날 것이었다. 그는 그녀처럼, 검은 땅의 들처럼 언제나 다시 일어났다. 그들의 힘은 무궁무진했고 삶을 향한 그들의 인내심은 무한했다. 그는 다시 일어날 것이고, 또다시 그녀를 떠날 것이고, 다시 한번 그녀를 배반할 것이었다. 그녀는 그걸 알고 있었다. 그리고 그녀가 그를 그토록 증오하는 것은, 그리고 그에게서 떨어지지 못하는 것은 바로 그것 때문이었다. 슬픔에 의하여 그녀의 아기가 된, 그녀의 아버지. 그녀의 것. 부재와 침묵으로 찍어낸, 미친, 그녀의 아기. 그러나 그녀에게 맡겨진 한동안에는 오직 그녀만의 것.

미카엘과 가브리엘은 한 번도 주목의 대상이 되지 않았다. 그들이 어떻게 되었는지 누구도 알지 못했고 누구도 알고 싶어하지 않았다. 그들이 샤를마뉴 연대에 들어갔다는, 그들이 그들의 나라와 민족을 배반했다는 소식을 들은 것으로 족했다. 사람들은 더이상 그들에 대하여 이야기하는 법이 없었고 그들의 이름은 가족의 기억으로부터 뽑혀나갔으며 그들의 추억은 잿더미 속으로 던져졌다. 그들은 영원히 배척당한 자들로 지목되어 공백 속으로 추방당했다. 그들의 형제인 라파엘 역시 흔적을 찾을 수 없었다.

그에 대한 이상한 소문들이 돌아다녔다. 그러나 신문들을 통해 너무나 멀리서 전해온 소문들이었다. 들리는 말에 의하면 5월

초 어느 날 저녁 뉴욕에서, 그가 몬테베르디의 〈오르페오〉에서 스페란차 역을 맡아 공연하던 중에 목소리를, 정신을 잃었다는 것이었다. 그날 저녁 그의 목소리는 전에 없이 너무나도 순수하고 멋졌다고 했다. 무엇보다도 마음을 흔드는 목소리였다고 말이다. 관객들은 물론 연주자들과 무대 위의 사람들도, 그리고 무대 뒤의 다른 가수들까지도, 한동안 거의 혼이 나간 듯한 침묵이 공간 전체에 솟아오르도록 숨을 쉬지 못할 정도였다. 들리는 말에 의하면, 심지어 자기가 맡은 역의 열정에 미칠 듯 빠져든 오르페우스는 "Dove, ah, dove, te'n vai……"*로 시작하는 자기 차례가 오자 비탄에 미칠 듯 고조된 목소리로, 노래했다기보다는 오히려 절규했다는 것이다. 바로 그에 앞서 스페란차는 그에게 이렇게 자신의 마지막 말을 노래하고 사라진 참이었다.

Lasciate ogni speranza, voi ch'entrate.

Dunque, se stabilito hai pur nel core

Di porre il piè nella città dolente,

Da te me'n fuggo e torno

A l'usato soggiorno.**

---

* "어디서, 아, 어디서 그대 혼절하는가?"(원주)

그래서 객석의 모든 이들은 저 카운터테너가 바로 거기, 자신들의 눈앞에서 진짜로 사라지고 있다는 것을, 그가 자신의 역할에서 벗어나고, 그가 맡았던 역할인 스페란차까지 거역하고 있다는 것을 느꼈다.*** 그가 오르페우스의 앞에서 떠나고 있음을, 눈물과 재의 도시로 뚫고 들어가는 것은 다름 아닌 그임을 모두가 다 느꼈다. 그러나 그가 그 무슨 에우리디케를 찾아 그렇게 떠나가는 것인지, 그 어느 불가능과 불가시의 지역으로 가는지는 그 누구도 알지 못했을 것이다.

그는 공간을, 모든 사람들의 몸을 통과하여 사라졌다. 그의 목소리, 너무나 멀리까지 퍼져나가고 너무나 높이 솟아오른 그 목소리가 그 공간을 떠나버렸다. 그날 저녁 공연 이후 목소리도 이성도 다 잃은 그가 뉴욕의 변두리에서 구걸하며 떠돌아다닌다는 얘기가 아직도 회자되었다. 입을 벌리고, 말없는 입을 벌리고— 언제나 한쪽은 검은색, 다른 한쪽은 밀짚색인, 어디서 나타난 것인지 알 수 없는 개 두 마리를 꽁무니에 매단 채 골목을 따라 걸

** 모든 희망을 버리시기를, 그리로 들어가는 그대여!/부디 그대 가슴속에 눈물의 도시로 뚫고 들어가려는 욕망은/요지부동 변치 않고 남아 있기를./나 이제 떠나서/가족들이 사는 곳으로 돌아가리니.(원주)

*** '스페란차'는 이탈리아어로 '희망'이라는 뜻이다.

어와서 곧장 앞으로 다가오는 그 백인 거지가 바로 그라고.

그런데 라파엘의 목소리 역시 구걸하는 목소리로 변했다. 그
목소리는 온 세상으로, 바다와 숲과 들판과 도시 들을 가로질러,
너무나 창백하고 너무나 나직해서 아무도 귀기울이지 않는—기
억이 재가 되고 입이 지쳐 침묵이 되고 가슴이 끝장난 사람들은
예외겠지만—숨소리가 되어 돌아다니고 있었다. 탄식하는 바람
소리가 되어.

Dunque, se stabilito hai pur nel core
Di porre il piè nella città dolente,
Da te me'n fuggo e torno
A l'usato soggiorno……

정말로, 그것은 더이상 진정으로 목소리조차 아닌, 목소리의
희미한 가장자리, 점점이 이어진 메아리들의 흔적 같은 것이었
다. 온통 풀어헤쳐진 그 목소리가 구걸하는 것은 목소리에 귀를
기울여줄 어떤 가슴, 그것이 사무치게 들어가고 싶은, 마침내 가
서 쉬고 싶은 가슴이었다.

Dunque, se stabilito hai pur nel core

Di porre il piè nella città dolente……

떠돌아다니는 동안 그 구걸하는 목소리에게 묵어갈 곳을 제공한 사람들은 그 목소리보다 하나도 나을 게 없는 이들이었다. 그들은 이미 오래전부터 모든 바람, 모든 공허와 침묵들로 길이 난 이들이었다. 재와 먼지의 사람들.

그 목소리는 검은 땅에까지 왔다. 여러 날 동안 목소리는 땅바닥과 벽을 쓸며 높은 농장 주변을 배회하다가 이윽고 어느 날 밤 문 밑으로 새어들어왔다. 목소리는 이 방 저 방으로 돌아다녔고, 계단을 올라, 방안으로 잠입했다. 그렇지만 목소리는 저마다의 꿈속에 틀어박힌 사람들의 잠 속으로 들어가는 통로를 결코 찾지 못했다. 허나 그들 가운데 그 소리를 들은 이가 하나 있었다. 사실 그는 자고 있는 게 아니었으니, 그저 입을 꾹 다문 채 바닥에 딱 붙다시피 앉아서 머리를 두 손 안에 파묻고 있었다.

목소리는 몸서리처럼 그의 등을 타고 목덜미까지 올라오더니 거기서 가슴을 에는 듯한 속삭임으로 그의 목에 휘감겼다. 남자는 소스라치며 대단히 써늘한 기운이 허리에서 목덜미로, 목덜미에서 이마로 확 퍼지는 것을 느꼈다. 그는 손을 벌렸고, 얼굴을 쳐들었고, 오랫동안 졸다가 깨어난 사람처럼 깜짝 놀라 주위를 둘러보았다.

밖은 밤이었다. 잉크처럼 검고도 투명한 밤, 높이 뜬 별들이 반짝이며 흩어져 있는 아름다운 밤이었다. 방안은 어두웠다. 그는 귀를 기울였다. 그러나 목소리는 벌써 그의 피에 녹아든 뒤였다. 그러는 동안 어떤 다른 소리가 들리는 것 같았다. 그 소리는 폴린과 바티스트의 방 쪽에서 다가오고 있었다. 여자의 신음소리. 그는 천천히 일어나 몸의 균형을 잡았다. 그런 뒤 신을 벗어놓고 가만가만 방을 벗어났다. 그는 계단을 내려가 집 밖으로 나간 다음 문을 꼭 닫았다. 밤은 정말로 아름답고 밝고 싸늘했다. 그는 헛간으로 들어가 뭔가를 찾았다. 어느 때보다도 어둠 속에서 앞이 잘 보였다. 그는 주머니 속에 들어 있는 작은 종이봉투 하나를 꼭 누르며 다시 밖으로 나왔다. 그러고는 죽음의 메아리 숲 쪽으로 향했다. 그의 그림자가 주변에서 빙빙 돌아다녔다. 짙은 황금색이었다. 그는 맨발로, 모자도 쓰지 않고, 오직 바지와 무명 셔츠만 걸친 채 걸어갔다.

……Da te me'n fuggo e torno

A l'usato soggiorno……

그는 춥지 않았다. 추위는 그의 핏속을 흘렀다. 그의 피였다.

그는 숲속으로 들어갔다. 여기서는 어둠이 아주 짙었지만 풀이며 나무껍질이며 벌레의 작은 세부 하나하나까지 다 보였다. 밤이 그의 눈 속에 들어 있었다. 그는 숲속의 빈터까지 나아갔다. 거기서 발걸음을 멈추고 땅바닥에 앉아 툭 튀어나온 큼직한 바위에 몸을 기댔다. 그는 주머니에서 종이봉투를 꺼내서 열고 그 안에 담겨 있는 붉은 밀알들을 한 줌씩 털어넣고 입안에서 물컹물컹해지도록, 그래서 구역질이 날 때까지 먹기 시작했다. 그는 기진맥진하여 쓰러졌다. 그의 머리가 이끼 속으로, 축축한 나뭇잎들과 마른 가지들 속으로 떨어졌다. 그의 이마에서 땀이 비 오듯 흘렀다.

밤 밤 그 밤

나무뿌리들 사이에서 한 여자가 일어난다.

그녀는 짙은 붉은색 옷을 입고 있다. 거친, 핏빛의 붉은색.

그녀는 걸으면서 엉덩이를 흔든다.

그가 그녀를 등뒤에서 본다.

그는 그녀만 본다. 그녀가 그의 시야를 온통 가린다.

그가 보는 것은 오직 그것―물결처럼, 골반의 흔들림에 리듬을 부여하는 핏빛 천 안쪽에서 아주 부드럽게 일렁이는, 정말이지 기막히게 멋진 그녀의 엉덩이.

그녀가 주머니에 손을 넣고 뒤적거리다가,

그 속에서 물건들을 꺼낸다.

온갖 물건들을

꺼내서는 차례로 던진다.

리본, 열쇠, 은식기, 샹들리에, 초록색 자색 구슬, 여자 머리카락, 장갑, 과일, 여자 신발, 낫 들.

아주 여러 가지 것들이다. 그렇지만

그녀의 붉은 옷의 주머니들은 계속 비어 있는 것 같다.

여자는 끊임없이 물건들을 던지고,

끊임없이 그의 시야를 가린다.

바람이 인다. 엄청난 바람이.

검은 하늘을, 사프란빛이 도는 노란 구름들이

길게 가로지른다.

키 크고 구부정한 한 남자가 지평선을 향해 걷는다,

하늘을 등지고.

그는 다른 한 남자를,

아니 어쩌면 한 여자를

어깨에 떠메고 간다.

그들은 바람과 싸워야 한다.

붉은 옷의 여자가 사라졌다.

여전히 뒷모습으로.

이번에 그녀가 주머니에서 꺼내 던지는 것은

사진들

그리고 작은 석상들.

그리고 또 램프들도,

검은 풀 속에서

도깨비불처럼

흐린 주황색 불이 켜지는

유리와 색종이로 된 램프들도.

어떤 역. 밤이다.

그냥 보통의 어떤 시골 역.

기차가 도착한다,

긴 객차들의 행렬을 달고.

기차는 어찌나 긴지

플랫폼을 넘어선다.

마지막 객차들은

들판 한가운데에 선다.

큼직한 쇠 빗장들로 굳게 잠긴, 목재로 된 낡은 객차들이다.
가축들이나 물자를 수송하는 객차들. 기관차가 기적을 울리고 또 울리며 토해내는 잿빛의 희뿌연 연기가 기차 옆구리를 따라 굼실거린다. 기차의 몸통 아래쪽 레일과 풀들 사이마다, 도처에서 연기가 뿜어져나온다. 연기는 인적 없는 플랫폼의 바닥에 바싹 붙어 떠돌고 기관차는 탄식하듯 소리지른다/객차의 칸막이 벽들이 숨찬 가축들의 허리처럼 움직이고 헐떡거린다/그을음으로 꺼멓게 변한 이끼투성이 나무널판장들이 흔들리며 가볍게 삐걱거린다/수많은 눈들 수천 개의 눈들이 널판장 뒤에서 반짝인다 모두가 같은 시선이다 아주 동그랗고 아주 텅 비고 고정되어 움직일 줄 모르는 단 하나의 시선

　　　그는 객차들을 따라 뛰어간다
　　　희뿌연 연기 속으로
　　　젖은 칸막이벽들을 손으로 쓸면서
　　　나무가 너무 썩고 너무 물렁해서
　　　이끼 냄새 케이크 냄새가 난다
　　　그는 객차 안으로 들어가보려고 애를 쓰지만
　　　아무런 문도 창문도 찾을 수 없다
　　　그는 벌어진 널판장 사이를 들여다보지만
　　　그의 눈에 보이는 것은 항상
　　같은 것

얼굴 없는 시선들

　　　육신 없는 몸짓들

　　　허공 속에 밤 속에 버려진

　모두가 똑같아

　　　그는 찾지 못한다 그가 찾는 것을

　　　찾는 사람들을

　그의 가족들을

　그는 도시로, 커다란 도시로 들어간다 그는 일종의 뗏목을 타고 강을 따라 그리로 들어간다 어찌나 납작한지 거의 수면 높이인 뗏목 아무것도 비치지 않는 끈적한 검은 강물 주위에는 폐허와 잿더미뿐 건물들의 벽이 이상하게 기울어져 있다가 갑자기 소리 없이 무너진다 완벽한 침묵이 지배한다 그는 저쪽 다리 위에서 한 남자가 다른 한 남자를 아니 어쩌면 한 여자를 높고 야윈 어깨에 떠메고 가는 것을 또다시 본다 둘 다 몸을 기울이고 있다 그들의 팔다리는 길고 뼈가 앙상한데 허공 속에서 멋없이 흔들린다 거칠거칠한 검은 실루엣들 뒤로 비슷한 다른 실루엣들이 따르거나 교차한다 그의 뗏목은 차고 더러운 물의 다소 매캐한 냄새 속에서 이 다리에서 저 다리로 천천히 떠간다 그는 똑같은 남자를 똑같은 장면을 다시 본다

이 다리에서 저 다리로 밤이 짙어가고

　　　그의 고통이 더해간다

거기, 그의 가슴이, 그의 배가

불 지지듯 뜨겁다

불이 타오른다

　　　작고 붉은 밀알들이 그에게

　　　불을 질렀다

피에

살에

　　　그는 땅바닥에 뒹군다

　　　거센 충격이 그의 두 어깨를 흔든다

　　　여기 그가 경련하며 몸부림친다

뗏목이 눈에 보이지 않는 소용돌이에 말려들어 제자리에서 돈
다 문득 수많은 소리들이 도시에 일어난다 모든 창문들을 두드
리며 기세 좋게 울리는 종소리들 철교 위를 달리는 기차 소리 좁
은 길들을 따라 내리달리는 요란한 전차 소리 달을 향해 짖어대
는 개들 아이들 울부짖는 소리 남자들 여자들의 외치는 소리 자
동차 경적과 뱃고동 소리

　　그러나 곧 한 가지 소리가 다른 모든 것들을 압도한다

　　하이힐을 신은 한 여자의 발소리가 터널 아래로 서둘러 지나

간다

두드리는 소리 울리는 소리

그녀의 두 눈은 땀으로 온통 흐려져 있다

모든 영상이 뒤틀려 보인다

영상들은 겹쳐지고 날뛰며 서로서로 찢어놓는다

밤의 진창이 납덩이같이 달라붙어

그는 점점 더 자신이 무거워지는 것을 느낀다

창자 속에서 지옥불이 타오르고

땅이 기울어 모든 것이 뒤집힌다

그는 바닥을 구르다 튀어나온 바위에 부딪혀 어깨를 다친다

걸쭉한 붉은 밀죽이 송두리째 작열하는 용암이 되어 그의 목구멍으로 치밀어올라 다시 그의 입안을 가득 채운다 바위에 이마를 대고 그는 토하기 시작한다

오랫동안

그의 걸쭉한 붉은 밀죽

인적 없는 광장에서 춤을 춤추며

골반을 흔드는 여자의 옷은 붉어

땀이 그녀의 전신에 철철 흐른다

그는 손가락들을 땅바닥에 깊이 박는다

그는 목이 탄다

그는 땅을 깨문다
혹은 그의 주먹을
그는 모른다
전에 없던 힘으로 바람이 다시 인다
그러나 그의 몸에서
오직 그의 몸에서만

그는 책을 한 권 본다
엄청나게 큰
검은 가죽 장정의
사람처럼 큰 책
사람 어깨를 가진 책
경련하는 책
때로는 둔탁하게 때로는 몹시 날카롭게
윙윙대는 바람소리로 요란하게 울리는
그 책이
병든 짐승처럼
몸을 뒤틀고 비튼다
책장들이 펄럭인다
책의 말들이 바람에 긁힌다

침이 되어 검은 사혈로 흐른다

그것이 그의 입에서 흐른다. 그가 헐떡인다. 그는 고통받는다. 그는 말한다고 부른다고 호명한다고 생각한다. 아니다 아무것도. 그는 헐떡인다 침흘린다 토한다. 끈적한 검은 피.

그는 다시 등을 깔고 돌아눕는다 숨이 막혀 컥컥대며 눈을 뜨고 있으려 애쓴다.

밤. 밤, 그 밤.

숲속의 빈터가 천천히 돈다, 환상적인 실루엣을 가진 미친 아이들이 말을 타고 도는 나무들과 동물들의 거대한 회전목마.

그의 써늘한 땀에 다른 물이 섞인다,

이번에는 뜨거운 물이. 눈물.

그리고 여기 늙은 황금의 밤 늑대 낮짝이 울면서 그의 할머니를 부르기 시작한다.

"비탈리! 비탈리!……"

그가 나지막이 부른다 마치 가장 오래된 이름만이 망각에, 매장에 저항했다는 듯이.

그러나 그 이름은 거기, 아주 가까운 곳에서, 더없이 따뜻하게 대답한다.

"나 여기 있다. 자거라. 이제 그만 자거라……"

그리고 그 이름은 금빛 그림자를 던져 그를 덮는다.

그리고 그의 목덜미 아래서, 그가 땅을 파낸, 흙을 깨문 바로
그 자리에서,

튀어나온 바위 아래서

물이 솟는다.

맑은 물, 그리고 아주 신선한 물이

그의 머리를 적시고

그의 얼굴을 씻어주고

그의 입을 축여준다

　　　"자거라, 자거라 내 아가야, 내 어린 아가야……"

비탈리의 목소리가 되풀이한다.

같은 시간이었다—죽음의 메아리 숲속 빈터에서, 빅토르플
랑드랭 페니엘, 일명 황금의 밤 늑대 낯짝의 목덜미 밑에서 샘이
솟아났을 때, 거기, 높은 농장에서는 폴린이 둘째 아이를 낳았다.

아들이었다. 힘과 생기가 가득한, 꿀과 호박 색의 온통 헝클어
진 머리털을 가진 예쁜 사내아이. 그는 튜바의 노래 같은 고함을
내질렀고, 그의 아버지가 안아올리자 마치 미리부터 모든 어둠
을 다 물리치듯 허공에 발과 손을 신나게 내저었다.

그 아이는 샤를빅토르라는 이름을 얻었다.

페니엘 가계에서 마지막으로 태어난 아이였다. 전후의 아이. 모든 전쟁들이 지나간 뒤의 아이. 그 위로 '밤의 책'이 — '이름들과 외침들의 책'이 다시 덮였다.

그러나 책은 완성과 침묵을 위해 덮이는 것이 아니었다.

마지막 말은 존재하지 않는다. 마지막 이름은, 마지막 외침은 없다.

책은 되돌아오고 있었다. 책은 꽃잎 지듯 거꾸로 넘겨지고, 뜯겨 해체되고, 그런 다음 다시 시작할 것이었다. 다른 단어들, 새로운 얼굴들로.

샤를빅토르 페니엘, 후일 모두가 '호박색 밤'이라 부르게 될 그는 이제 자신의 차례가 되어 밤 속에서 싸울 운명이었다. 밤의 한밤에.

옮긴이의 말

실비 제르맹과 로제 그르니에

내가 갈리마르 출판사에서 로제 그르니에 씨로부터 처음으로 "천재적인" 소설가 실비 제르맹에 대한 이야기를 들은 것은 2003년경이었다. 현재 이 작가는 30여 편의 소설과 에세이를 발표했고 페미나상과 장 지오노 상을 비롯한 수다한 문학상을 수상했을 뿐 아니라 벨기에 왕립 아카데미 회원으로, 명성은 프랑스 국경을 넘어 전 세계에 널리 알려져 있다. 그녀가 무명이었던 시절에 투고한 단편소설 원고를 처음으로 주목하고 단편 대신 장편을 써보라고 충고하면서 마침내 그녀가 첫 소설 『밤의 책』으로 화려하게 등단하게 만든 인물이 바로 로제 그르니에라는 사실은 실비 제르맹의 데뷔 시절 이야기를 할 때마다 등장하는 에피소드 중 하나다. 로제 그르니에 씨의 호의적인 평가에 자극되어 나는 이 작가의 여러 저작들을 읽게 되었고 2006년에는 우선 그녀의 어두운 환상과 시적 기적이 마음을 흔드는 소설 『프라하 거리에서 울고 다니는 여자』("그 여자가 책 속으로 들어왔다." 이런 문장으로 시작하는)를 번역하여 실비 제르맹이라는 작가를 처음으로 우리 독자들에게 소개한 바 있다. 그리고 출간 즉시 국제 라이온스 클럽 상 등 여섯 개 상을 독차지한 문제작 『밤의 책』을 번역하기로 결정하고 문학동네와 출판 계약을 맺은 것이 2009년이었다. 그런데 십 년도 더 지나 이제야 번역을 끝내어 책을 내게 되었다. 계약과 동시에 번역에 착수했지만 작업은 더디고 매번 다른 일들에 우선순위가 밀렸다. 그러는 동안 실비 제르맹의 소설 여러 권이 이미 다른 역자들의 손에 의하여 번역되어 나왔다. 내가 게으름을 피우는 그 오랜 시간 동안에도 판권을 거두어가지 않고 참아준 갈리마르, 그리고 계약을 파기하지 않고 기다려준 문학동네의 인내심과 관대함에 감탄하고 감사할 따름이다. 2017년 파리를 방문했을 때 너무 기침이 심해서 전처럼 식사 초대는 할 수 없다면서 간단히 차나 마시자며 바크가街의 집으로 불러주었던 그르니에 씨가 타계했다는 소식을 국내 신문에서 접한 것은 그로부터 불과 몇 달 뒤인 11월 초였다. 2018년 여

름에야 파리의 페르라셰즈 묘지를 찾아가 "율리시스의 눈물"이
라는 간결한 명문이 흐리게 새겨진 하얀 대리석 앞에서 고개를
숙이며 나는 이제 『밤의 책』의 번역을 꼭 끝내야겠다고 마음을
다잡았다. 어느 면 이 책의 번역을 뒤늦게나마 마무리하도록 독
려해준 것도 따지고 보면 실비 제르맹이라는 작가의 존재를 내
게 처음으로 귀띔해준 로제 그르니에 씨가 된 셈이다. 길고 파란
많은 순항 끝에 고향으로 돌아온 율리시스를 눈물 흘리게 만든
존재에 늘 따뜻한 시선을 보내던 로제 그르니에 씨의 하얀 무덤
돌 위에 이 책을 올려놓아보고 싶은…… 부질없는 한순간의 상
념이 책의 페이지를 연다.

『밤의 책』과 『호박색 밤』

『밤의 책』의 시작과 끝에는 기이하게도 이 소설의 이야기 어
디에도 등장하지 않는 한 인물의 이름이 호명되고 있다. 소설
을 개막하는 처음 두 페이지의 시적인 서장 끝에서 실명으로, 그
리고 미래형으로 소환되는 최초의 인물. "밤의 한밤에" 싸우게
될 운명인, 일명 '호박색 밤' '샤를빅토르 페니엘'이다. 그는 같
은 책의 마지막 페이지 끝에서도 다시 한번, 미래시제로 호명된

다. 그 인물이 그제야 비로소 세상에 태어난 것이다. "빅토르플랑드랭 페니엘, 일명 황금의 밤 늑대 낯짝의 목덜미 밑에서 샘이 솟아났을 때, 거기, 높은 농장에서는 폴린이 둘째 아이를 낳았다. 아들이었다. 힘과 생기가 가득한, 꿀과 호박 색의 온통 헝클어진 머리털을 가진 예쁜 사내아이. 그는 튜바의 노래 같은 고함을 내질렀고, 그의 아버지가 안아올리자 마치 미리부터 모든 어둠을 다 물리치듯 허공에 발과 손을 신나게 내저었다. 그 아이는 샤를빅토르라는 이름을 얻었다. 그가 페니엘 가계에서 마지막으로 태어난 아이였다. 전후의 아이. 모든 전쟁들이 지나간 뒤의 아이. (…) 샤를빅토르 페니엘, 후일 모두가 '호박색 밤'이라 부르게 될 그는 이제 자신의 차례가 되어 밤 속에서 싸울 운명이었다. 밤의 한밤에."(462~463쪽) 이 인물이 '호박색 밤'이라는 별명을 얻어 가지게 된 것은 그의 머리털이 꿀의 색, 즉 투명한 황색인 '호박색'이었기 때문임도 여기서 밝혀진다.

이 기이한 인물의 때 이른 호명은 무엇을 의미하는 것일까? 이는 곧 소설 『밤의 책』이 그뒤에 이어질 이야기 『호박색 밤』의 긴 예고편이라는 의미다. 『밤의 책』은 이 년 뒤에 발표된 『호박색 밤』과 떼어놓고 생각할 수 없는 소설이다. 왜냐하면 『밤의 책』은 뒤이은 책의 이야기에 등장하는 주인공이 속한 페니엘 가계의 혈통을 소개하기 위하여 바닥을 알 수 없는 태곳적 밤의 시원으로 거슬러올라가 그의 부모와 조부모 시절의 삶을 서술하는, 다시 말해서 『호박색 밤』의 서곡과 같은 역할을 담당하기 때문이다.

작가는 1991년 3월 〈마가진 리테레르〉와의 인터뷰에서 이 데뷔작을 집필할 당시의 사정을 이렇게 설명한다. "내가 처음으로 펴낸 그 두 권의 책은 본래 한 권의 소설이 되어야 할 것이었다. 그냥 『호박색 밤』이라는 제목의 소설 한 권이면 되는 것이었다. 그 소설은 알제리전쟁과 고문의 문제를 다루는 것이었으니 그때 이미 악의 문제는 내 마음을 사로잡고 있었다고 할 수 있다. 그러나 나는 그 소설의 주인공인 '호박색 밤'이라는 인물의 혈통을 따져서 그 조상들의 족보를 만들어보고 싶었다. 사실 처음 책을 쓰고자 했을 때 그의 혈통을 따라올라가 족보를 밝히는 이야기는 그저 열 페이지 정도면 족할 것 같았는데 정작 집필 과정에서 그만 『밤의 책』이라는 독립된 한 권의 책으로 늘어나버렸다. 그것은 시간적으로 매우 먼 과거까지 소급해 올라갔다. 1870년 보불전쟁 때까지."

실비 제르맹은 원서 기준 도합 800여 페이지에 달하는 이 두 권의 소설에서 보불전쟁으로부터 1950년대 알제리전쟁에 이르

기까지 거의 한 세기 가까운 세월 동안 페니엘 가계의 인물들이
여러 세대에 걸쳐 물려주고 물려받아온 연쇄적 악과 불행과 고
난의 파란만장한 역사를 그려 보인다. 그러나 종래에 우리가 익
히 보아온 가족소설이나 역사소설과는 달리 작가는 지극히 구체
적인 역사적 현실과 신기한 초자연적 현상이나 미신, 전설, 신화
의 세계 사이를 넘나드는 그녀만의 고유한 마법적 리얼리즘을
구사하며 기나긴 세월과 누대에 걸쳐 환난과 고통이 전승되는
이야기를 방대한 서사시적 벽화로 펼쳐놓는다.

　같은 인터뷰에서 작가는 말한다. "나는 항상 모든 것을 콩트나
우화의 모습으로 경험했다. 그러나 내가 글을 쓸 때 내면에서 솟
구쳐오르는 우화는 어떤 무의식적 과정의 일부다. 나의 경우, 글
을 쓰노라면, 거의 잉크 그 자체에 자극받아 갑작스럽게 촉발된
기억이 쇄도 범람한다고 할 수 있다. 단순히 개인적인 기억만이
아니다. 그것은 흔히 개인을 초월하여 가족, 집단, 그리고 그 나
라 전체까지 확대되는 기억들이다. 이렇게 하여 나의 첫 두 작품
인 『밤의 책』과 『호박색 밤』 속으로 수다한 전쟁의 기억들이 홍
수처럼 밀려든 것이다."

　이 이야기에 등장하는 페니엘 가계에는 그 혈통만의 고유한
신체적 특징이 있다. 『밤의 책』의 주인공 빅토르플랑드랭이 일생
동안 차례로 만난 여러 여자들과의 사이에서 얻게 된 열일곱 명

의 자녀들이 그에게서 물려받은 신체적 특징이 그것이다. 즉 그 자녀들은 모두 왼쪽 눈에 황금빛 반점이 있는데 이것은 곧 '페니엘 가문에서 물려받은 힘'(가령 블랑슈가 쌍둥이 딸 로즈엘로이즈와 비올레트오노린을 낳을 때)을 입증한다. 그 신체적 특징 때문에 빅토르플랑드랭은 '황금의 밤'이라는 별명을 얻게 된 것이다. 그의 눈에서 그 반점들 중 하나가 사라지면 그것은 그의 아이들 중 누군가가 사망했음을 깨닫게 하는 신호가 된다.

밤과 외침

소설 『밤의 책』의 첫 페이지를 펼치면 돌연 어떤 "외침" 소리가 어둠을 뚫고 솟아오른다. 그것은 이제 막 태어난 아기의 울음소리가 아니라 어느 "어머니의 외침"이다. 이 외침은 고통의 절규다.

"9월 어느 날 저녁,
어머니의 외침을 통해서
그의 어린 시절을 독차지한 밤은 재와 소금과 피의 맛과
더불어 그의 가슴속으로 밀어닥쳐

연년세세 그의 삶을 가로지르며—그리고

역사를 거슬러 그의 이름을 부르며,

다시는 그를 떠나지 않았다."

1) 외침

"세상의 출현을 주재한 시간 밖의 밤, 그리고 바람과 불이 그 낱장을 넘겨본 어떤 거대한 육신의 책인 양 세상의 역사를 연, 전대미문의 침묵의 외침."(12쪽)

바람과 불에 책장이 펄럭이며 넘어가는 거대한 "육신의 책"인 이 『밤의 책』은 과연 어둠과 침묵을 가르며 솟아오른 "외침"의 역사를 서술하는 동시에 물, 불, 공기, 땅이라는 4원소를 이기고 치대며 새로운 천지창조 과정을 모방한다. "시간 밖의 밤"이라는 저 가늠할 길 없는 깊이의 어둠 속 어딘가에서 시작된 새로운 천지창조의 역정은 페니엘이라는 한 가계의 사람들을 사납게 파도치는 '원양'의 바다에서 느리게 흐르는 '민물'의 운하로, 다시 그 민물에서 '뭍'으로 내몬다. 우리의 주인공 빅토르플랑드랭 페니엘은 태초의 낙원과도 같은 민물의 세상을 떠나 우선 땅의 어두운 내장인 탄광의 갱도를 통과한 다음, 늑대가 배회하는 숲을 지나 사람들이 사는 변두리 마을 '검은 땅'으로 접어든다. 이 여정은 다시 비탈길을 따라 더 상승하여 '높은 농장'이라는, 세상과 멀리 떨어진 섬과도 같은 외딴집에 당도한다. 그 신화적 통과의례의 행로는 바다에서 민물로, 물에서 뭍으로, 숲에서 땅으로, 평지에서 높은 언덕 위의 농가로, 그리고 수많은 전쟁의 진창과 참호와 불비를 통과하고, 그 밤과 외침의 역사는 마침내 모든 존재들을 불 바람으로 다 태운 다음 '재'로 돌아간다. 그 잿더미에서 아이가 태어나 새로운 생명을 외친다.

여기서 말하는 "어머니의 외침"의 정체는 대체 무엇일까? 기이하게도 그 대답은 여기 이 『밤의 책』이 아니라 그 속편 『호박색 밤』의 처음 몇 페이지를 펼쳐보고서야 비로소 얻을 수 있다. 그것은 '호박색 밤'이라는 별명을 가진 그 소설의 주인공 샤를빅토르의 어머니 폴린이 토해내는 절규다. 그녀가 첫 아들 장바티스트(샤를빅토르의 형)의 죽음을 목도하며 내지르는 이 비통한 외침은 그녀가 미쳐버렸다는 신호다. 실비 제르맹의 작품 전체를 관통하는 것은 바로 이 원초적 외침의 다양한 변형들이다. 그 외침은 세상에 태어나는 아기의 울음소리 속에서 메아리친다. 가령 『밤의 책』 첫 장에서 테오도르포스탱이 그에 앞서 태어났던 모든 아기들의 죽음을 딛고 살아나 어머니 비탈리의 뱃속에서 내지르는 외침이 그렇다. 그것은 또한 인간이 살아가면서 겪는 모든 참화의 고통과 비탄을 이기지 못하여 토해내는 절규이기도 하다. 일생 동안 아들 샤를빅토르의 가슴속에서 메아리치게 될 어머니 폴린의 외침은 『호박색 밤』을 도입하는 방대한 '서곡'의 전편에 걸쳐 그 구체적인 과정이 서술 전개되는, 누대에 걸친 악과 고통들의 진원이다. 그런데 여기서 말하는 "『호박색 밤』을 도입하는 방대한 서곡"이란 앞에서 지적했듯이 실비 제르맹의 데뷔 소설인 이 『밤의 책』이다.

작가는 한 인터뷰에서 자신의 전 작품세계 속에서 이 데뷔작이 차지하는 모태적 성격을 이렇게 설명했다. "『밤의 책』은 나의 최고의 소설이다. 그 속에 모든 것이 다 들어 있다. 그 책은 천사와의 씨름이라는 주제를 바탕으로 구성되어 있다. 천사들은 멋있다. 나는 천사들의 싸움에 대하여 이야기하고 싶었다. 그 첫 책을 다 쓰고 나서도 샤를빅토르라는 인물은 여전히 완성되지 않은 채 남아 있었다. 그래서 또 한 권의 책을 써야 했다. 첫 책에서 나는 사람들의 삶이 전쟁으로 인해 어떻게 망쳐질 수 있는가를 보여주고 싶었다. 폭력은 밖에서 온다. 그들이 저지르는 폭력적 행위들은 전쟁의 폭력으로부터 생긴다. 그것은 분노의 행위들이다. 내가 학교에 다니며 공부하던 때는 전쟁들이 다 끝난 뒤였다. 분노가 시대 분위기에 의하여 생성되는 것도 아니었다. 그러나 분노는 사라지지 않고 상존했다. 샤를빅토르의 무상행위는 바로 그런 것이다. 두 권의 책은 이 년 간격을 두고 발표되었다. 두번째 책이 완성되는 데 시간이 걸렸기 때문이다.『밤의 책』에 보이는 인용은『호박색 밤』에서 일어나게 될 사건들을 예고할 생각으로 넣은 것이 아니다. 나는 다만 두번째 책에서 그 인용을 다시 한번 더 옮겨 썼을 뿐이다."(2002년 4월 쿠프만 튀링스와의 인터뷰에서)

실비 제르맹은 박사학위 논문에서 이미 한계적 현상과 여러 세대에 걸친 저주라는 시각에서, '외침'이란 "말과 침묵, 의미와 무의미, 존재와 비존재, 가청계와 비가청계의 접점에서 솟아나와", 개인에게서 모든 것을 박탈하고 그의 "내면에 제거할 수 없는 무덤을 파놓는 힘"이라고 해석하고 있다. "외침: 우리는 항상 '돌출부'로서, 즉 자신의 내면에 아무런 받침점이 없이, 토대도 안정성도 없이 외친다. 우리는 항상 어둠과 욕망과 상실의 화상을 입고 결핍에 찍어눌린 벌거벗은 맨살의 저 깊숙한 곳으로부터 외침을 토해낸다. 우리는 항상 땅과 사람들로부터 멀리 떨어진 저 아득한 가장자리로부터 쇄도하는 시간과 인간들의 가장 근원적 근접함 속에서 허공에 대고 외친다. 외침과 더불어 '박탈'의 문제가 제기된다. 왜냐하면 외침 속에서는 기원의 메아리가 울려퍼지며 끝없이 연장되고 있지만 그 외침은 그것을 토해내는 자의 것이 아니다. 그것을 토해내는 자는 자신에게서 분리되고 자신에게서 뜯겨 쫓겨나고 그 속에는 다른 존재가 들어앉아 있기에, 이미 그 자신의 것이 아니기 때문이다." 그래서 외침은 흔히 저 바닥을 알 수 없는 '밤'과 관련되어 있다.

그 외침은 『호박색 밤』에서 밤과 결합되어 끊임없이 주인공의 내면을 사로잡는 그 '유령'이다. "영원히 두려움과 기다림의 형틀을 씌워 그를 붙잡은 그 밤은, 그의 살 속으로 들어와 뿌리를 내리고 싸움을 치르는 그 외침은, 이미 그보다 무한히 더 먼 곳으로부터 오는 것이었다."(11~12쪽) 그런가 하면 『밤의 책』 첫머리의 같은 문장 속에서 외침은 "역사를 거슬러 그의 이름을 부르며" 과거로 소급한다. 그러므로 외침은 아득한 원초적 시간으로 거슬러올라가는 흐름과 먼 미래로 나아가는 흐름, 그 두 가지 사이의 긴장 속에서 전개되고 있다고 할 수 있다.

2) 밤

『밤의 책』과 『호박색 밤』, 이 두 권의 소설은 둘 다 각기 여섯 개 장으로 구분되어 있고 각 장의 제목이 한결같이 '밤'이라는 공통점을 지녔다. 즉 『밤의 책』은 '물의 밤' '땅의 밤' '장미들의 밤'

'피의 밤' '재의 밤' '밤 밤 그 밤'의 여섯 개 장으로 구성되어 있고, 『호박색 밤』은 '나무들의 밤' '바람의 밤' '돌들의 밤' '입들의 밤' '천사의 밤' '다른 밤'의 여섯 개 장으로 이루어져 있다.*

'밤'은 실비 제르맹의 모든 소설에 공통적으로 떠도는 강력하고 개성적인 이미지다. 심지어 그녀가 소설가가 되기 전에 발표한 박사논문에서도 역시 각 장은 '시간의 밤' '잉크병의 밤' '시선의 밤'과 같은 부제를 달고 있다. 그녀는 그 학위논문에서 밤을 이렇게 묘사한다. "밤은 일체의 확신을 훼손하고 자명한 것, 확실한 것, 기득 경험을 거부하며 모든 것을 문제적인 것으로 만들어버린다. 그렇게 함으로써 모든 것을 뒤집고 모든 문제를 더욱 문제적으로 자극한다." 밤은 악이나 환난, 재앙과 관련이 깊지만 동시에 긍정적인 함축도 없지 않다. 가령 빅토르플랑드랭의 왼쪽 눈에 박힌 금빛 반점은 어둠 속에서도 앞을 볼 수 있는 능력을 부여한다. 밤의 끝에는 그 어둠의 균열, 틈, 상처를 통해서 결국 동트는 새벽빛이 스며들게 마련이다. 이것이 실비 제르맹의 세계가 기대하는 '은총'의 한 모습일지도 모른다.

한편 『밤의 책』을 구성하는 여섯 개 밤은 창세기 천지창조의

---

* 이 소설의 원제는 'Le livre des nuits'이므로 엄밀히 말해서 여섯 가지의 '밤들의 책'으로 번역해야 마땅하지만 우리말의 복수 표현이 갖는 의미의 유동성과 구차한 어감을 피하여 '밤의 책'으로 옮겼다.

일곱 날, 다시 말해서 여섯 밤을 상기시키기도 하고 각 마지막 장의 '에필로그'를 제외한다면 다섯 개 막으로 구성된 고전비극의 구조를 연상시키는 면도 없지 않다.

『밤의 책』의 중심을 차지하며 신비신학적인 이미지를 환기시키는 제3장 '장미들의 밤'은 앞의 두 개의 장('물의 밤'과 '땅의 밤')과 마지막 두 개의 장('피의 밤'과 '재의 밤')을 양쪽 대칭으로 갈라놓고 있다. 이 같은 배치는 의미심장한 원소들의 상징구조가 이 소설의 대칭적 형식과 내용을 떠받치고 있다는 사실을 암시한다. 소설은 페니엘 가계의 인물들이 가장 낮고 가장 멀고 가장 사나운 '대양'의 물로부터 온 여인 비탈리에서 시작하여 느린 흐름의 '민물'인 운하라는 원초적 낙원 같은 침묵의 세계에서 역사 이전의 삶을 이어가다가 페니엘이 죽은 다음, '땅'의 세계로 올라오고, 그 땅을 일구며 살다가 신비신학의 고난과 시련에 찬 관문들을 거쳐 피와 불로 상승하는 범우주적 궤적을 밟아가고 있음을 보여준다. 특히 마지막 장인 '밤 밤 그 밤'에서는 불과 바람이 그 절정에 이르면서 모든 것이 불에 타 재가 되어 가라앉는 쇼아의 대참사에 이르는 것을 볼 수 있다.

특히 '물'의 세계에서 '땅'의 세계로의 이동은 주목할 만하다. 가계 최초의 두 인물 페니엘과 그의 아내 비탈리를 보자. 비탈리 페니엘은 아버지와 오빠들이 고기잡이배를 타고 바다로 나갔다가 "어머니의 광란하는 몸속에서 환상의 메아리"가 되어 돌아온 뒤(난파와 죽음의 암시) "너무 사나운 그 물의 세계를 버리고 어느 민물의 사내" 페니엘을 따라와 느리게 흐르는 운하에서 배를 타고 오르내리며 고요한 태곳적 삶을 살아간다. 그들 부부 사이에서 태어나 유일하게 살아남은 아들 테오도르포스탱(그에 앞선 여섯 아이들은 "울음소리 한번 크게 내지르지 못한 채 태어난 그날로 죽었다")이 죽자 그의 아들이며 이 소설 전체의 주인공이라 할 수 있는 빅토르플랑드랭, 일명 '황금의 밤 늑대 낯짝'은 혈혈단신으로 '물'의 세계를 떠나 낯선 '땅'의 세계로 옮아온다.

거시적으로 보면 『밤의 책』과 그 속편인 『호박색 밤』 전체에 걸친 페니엘 가문의 파란만장한 대서사시는 세 개의 토막으로 구분할 수 있다. 『밤의 책』의 첫 장인 '물의 밤'은 그 자체로서 이 가계 조상들의 삶을 그린 첫째 토막에 해당한다. 그다음 두번째 토막은 페니엘과 비탈리의 손자 빅토르플랑드랭의 백 년에 걸친 기나긴 생애에 해당한다. 그리고 그 마지막 토막은 그의 손자 샤를빅토르의 삶을 그린 이야기인 『호박색 밤』이다. 이런 각도에서 볼 때 이 소설의 첫번째 '물의 밤'에는 이미 방대한 환상적 서사시의 모든 주제적 요소들이 그 싹의 모습으로 내장되어 있다고 볼 수 있다. 가령, 페니엘 집안의 태곳적 선사시대인 침묵의 세계—근원적 '부조리의 악'이 잠재해 있는, 시간을 초월한 원초적 세계—와 '도덕적 악'에 오염된 인간적 역사의 세계 사이의 대립관계. 그리고 '말'의 부재가 특징이라고 할, 신의 세계와 근접한 근원적 침묵의 긍정적 개념. 친자관계, 강간, 근친상간, 인간의 불행들에 무관심한 신의 침묵, 존재의 표상으로서의 '얼굴', 시선, 목소리 등의 개념…… 이러한 중요한 주제들이 이 첫 장에 암시적으로 산재하고 있는가 하면 성장하기를 거부하며 어린 시절 속에 갇혀 있고자 하는 인물 에르미니빅투아르 같은 피터팬 전설 또한 발견할 수 있는 대목도 이 '물의 세계'다.

소설 전체는 물론 페니엘 가계의 역사를 그리고 있지만 대부분의 이야기는 빅토르플랑드랭이라는 인물에 초점을 맞추고 있다. 소설의 제1장에서 세상에 태어나 유년기를 보낸 그는 물의 세계를 떠나 '높은 농장'이라는 땅의 세계로 진입한 이후 모든 다른 '밤'들의 중심이 된다. 그의 아버지 테오도르포스탱은 전쟁(보불전쟁)에 끌려들어가 자신의 얼굴, 즉 존재 자체가 완전히 훼손되는(얼굴이 두 쪽으로 갈라져 괴물같이 변한다) 참혹한 경험 때문에, 자기의 자식은 결코 군에 징집되지 일이 없도록 다섯 살 어린 나이의 아들 빅토르플랑드랭의 오른쪽 손가락 두 개를 잘라버린다. 그러나 그렇다고 해서 그뒤에 이어지는 여러 차례의 참혹한 전쟁들이 그를 피해 가는 것은 아니다. 그는 그의 가족, 열일곱 명에 달하는 그의 자식들을 통해서 전쟁들의 참화의 간접적 희생자가 된다. 소설의 각 홀수 장들은 이어지는 전쟁이 가져온 극도의 재난 이야기로 채워진다. '물의 밤'이 테오도르포스탱이 겪는 보불전쟁 마지막 시기의 이야기라면 '장미들의 밤'은 제1차세계대전, '재의 밤'은 제2차세계대전과 쇼아의 드라마다. 그렇다고 해서 다른 짝수 장들, 즉 '땅의 밤'과 '피의 밤'에 악과 고통이 없는 것은 아니다. 왜냐하면 빅토르플랑드랭의 삶은 성서에 나오는 욥의 삶처럼 온갖 시련들로 점철된 통과의례적인 성격을 다분히 갖춘 행로를 보여주기 때문이다.

신화적 소설과 역사의 시간

실비 제르맹은 구체적인 역사적 현실과 신기한 초자연적 현상이나 미신, 전설, 신화의 세계를 넘나들며 그녀만의 고유한 마법적 리얼리즘을 구사하는 가운데 방대한 서사시적 벽화를 그린다. 이 소설에 흥미로운 신화적인 차원을 부여하는 요소들은 서사시, 성서적 일화들, 옛날이야기, 환상, 미신 등 초자연적 세계의 다양하고도 흥미로운 모습으로 변주된다.

1) 호명 : 사람과 장소들의 이름과 성, 이명, 별명.

이야기의 서두에 처음 등장하는 인물들의 이름은 최초의 인간 아담처럼 지극히 단순하다. 성뿐인 인물 페니엘*, 가계의 시조 격인 이 인물은 자식을 낳자 사명을 다하고 자신의 기원으로 회귀하듯 즉시 퇴장한다. 실비 제르맹의 모든 인물들 중에서 가장 '신'에 가깝다.

비탈리는 생명을 준다는 의미의 이름으로, 낳는 대로 아이가 다 죽다 결국 일곱번째 아이(테오도르포스탱)에게만 생명을 준다. 그러나 어머니, 할머니로서 그녀는 이름값을 넉넉히 하고도 남는다. 그녀는 죽는 날까지 소설의 주인공인 그의 손자를 뒤에서 호위한다. 빅토르플랑드랭은 그녀의 곁을 떠날 때 마치 가문에서 물려받은 유일한 유산이요 부적인 양 할머니의 '미소'를 지니고 '땅'의 세계로 향한다. 그 미소는 손자의 주위에 후광과 같은 그림자를 만들며 그를 지켜준다. 실비 제르맹의 세계에서 비탈리는 보통 인간들과는 달리, 현재뿐만 아니라 과거와 미래, 죽은 사람들, 눈에 보이지 않는 존재 등 현실 밖의 세계와 소통하

---

* 페니엘(Péniel)이라는 이름은 「창세기」의 한 장면에서 빌려온 것으로, 히브리 말로 '하느님의 얼굴'을 의미한다. 성서에서 야곱은 고향으로 돌아가는 길에 어떤 '사람'과 밤새도록 씨름을 하여 이기는데 그 사람은 다름 아닌 하느님이 보낸 천사임이 밝혀진다. 페니엘(성서 표기상은 '브니엘')은 바로 야곱이 천사와 씨름(실비 제르맹 소설의 주제가 바로 캄캄한 밤 동안 계속된 일종의 '천사와의 싸움'이다)하여 이긴 장소의 이름이다.

며 현실 밖 세계의 존재를 암시하는 초인적 능력을 드러내는 최초의 '할머니'다. '물의 밤'을 마감하며 세상에서 사라지는 순간 그녀의 모습은 성모마리아의 승천을 연상시킨다. "비탈리가 있던 자리에는 떠오르는 햇빛을 받아 금빛으로 물든 안개처럼 가벼운 빛이 떨리고 있었다. 그가 의자에서 일어나 할머니를 부르자 즉시 그 빛은 바닥으로 미끄러지더니 방안을 가로질러 돌아와 그의 그림자 속으로 녹아들었다."(83쪽)

페니엘과 비탈리가 이처럼 단순 간결한 이름만을 가지는 것은 그들이 이 가계의 드러난 출발점으로서의 조상들이기 때문이다. 그들에 앞선 혈통은 그야말로 저 깊은 밤의 기원 속에 묻혀 있다. 반면에 그 후손들은 대부분 여러 가지 의미의 이름들이 결합된 훨씬 더 복잡한 이름들을 지녔다. 그들의 아들 테오도르포스탱은 두 가지 이름이 이중으로 결합된 인명이다.

페니엘의 손자이며 소설의 주인공인 빅토르플랑드랭 역시 현실(새로운 땅의 정복자로서의 '빅토르')과 아득한 옛날이야기나 전설 같은 외딴 고장(프랑스 북동부 벨기에와 맞닿은 국경지방)의 운하 이름과 관련된 비현실(플랑드랭)을 결합시킨 그 이중의 이름 외에, 이명, 별명까지 추가된 긴 이름으로 호명된다. 신체적 특징(왼쪽 눈에 박힌 열일곱 개*의 금빛 반점)에서 온 별명인 '황금의 밤', 그리고 모든 인간들이 다 두려워하는 늑대와의 친화 혹은 동일시라는 예외적 행동과 '악마의 자식'과도 같은 신화적 가면에서 얻은 별명 '늑대 낯짝'이 그것이다. 그는 태어날 때 그의 할머니가 예언했듯이, 무수한 시련들에도 불구하고, 할머니의 초인적인 비호를 받아 두 권의 긴 소설에 걸쳐 백 년이라는 생애를 살아낸다. 그는 또한 거울 앞에 서면 거울이 흐려지면서 자신의 그림자가 사라져버리는 기이한 인물이다. 즉 그는 고독한 삶에도 불구하고 오직 타자와의 만남과 '타자의 시선'을 통해서만 자신을 인식할 수 있는 것이다.

'높은 농장'의 두 일꾼들 역시 길고 태곳적 삶을 암시하는 복합적인 이름과 별명이 각각 장프랑수아티주드페르(쇠막대기 장프랑수아), 마티외라프랑부아즈(산딸기 마티외)다. 한편 아버지 테로도르포스탱과의 사이에서 성폭행, 근친상간으로 동생이자 아들 빅토르플랑드랭을 낳고 죽은 에르미니빅투아르, 그녀의 쌍둥이 오빠 오노레피르맹, 블랑슈가 낳은 딸들로 신비신학적 인물인 로즈엘로이즈(수녀원에서는 로즈드생피에르), 그녀의 쌍둥이 언니 비올레트오노린(수녀원에서는 비올레트뒤생쉬에르), 그리고 백작에게 학대당하는 모든 여자아이들, 그중에서도 나중에

---

* 17이라는 숫자는 소설 속에서 여러 번 반복된다. '황금의 밤 늑대 낯짝'은 모두 열일곱 명의 아이를 낳고 '검은 땅' 마을의 가옥 수도 모두 열일곱 채다.

빅토르플랑드랭의 세번째 아내로서 '푸른 피'라는 별명으로 불리게 될, 그 역시 성폭행의 피해자인 엘맹트프레장타시옹뒤세녜르마리 등 모든 인물들이 이중 삼중의 이름을 지녔다.

그리고 지명의 경우 역시 구전하는 환상이나 전설적 이야기들 같은 태곳적 뉘앙스를 풍긴다. 가령 '검은 땅' '높은 농장' 같은 지명들은 아득한 옛날이야기의 분위기를 자아내는 요소들이다. "검은 땅에는 단 한 뙈기라도 그 성질과 역사를 규정하는 어떤 고유한 이름을 가지지 않은 땅이 없었다. 그래서 그곳에는 '달빛의 못' '늑대 목욕' '연기 나는 늪' '산돼지 우물' '번덕 개울'이 있었다. 집들 근처 모험 가득한 숲의 몇몇 자락들은 '사랑 구멍' '아침의 작은' '죽음의 메아리' 등의 이름으로 불렸다. 빅토르플랑드랭이 늑대를 만난 것은 바로 셋 가운데 가장 빽빽하고 깊은 죽음의 메아리에서였다. 열일곱 채의 집들 하나하나에도 마찬가지로 이름이 있었다. 심지어 폐허가 되어버린 집들도 그랬다. 한편 이 모든 곳의 주민들 또한 대부분이 자신들의 이름에 덧붙인 이명 혹은 별명이 있었다. 높은 농장은 '황제 만세 발쿠르'의 집이었다가 '황금의 밤'이라 불리는 페니엘의 집이 되었다."(111~112쪽)

더군다나 빅토르플랑드랭이 땅의 세계로 옮겨와서 삶의 터전으로 삼는 높은 농장은 여러 사람들이 모여 사는 촌락이나 도시

사회와 역사로부터 멀리 격리된 높은 지역에 외따로 떨어져 있다는 지리적인 위상으로 인하여 마술과 미신과 전설이 지배하는 고풍스러운 별세계의 상징성을 가진다.

그러나 페니엘 집안의 한가하고 평화로운 삶 속으로 여러 차례의 전쟁들이 폭력을 가해오면서부터 우화와 전설과 통과의례의 모습으로 구전되어온 그 이야기 속으로 역사가 관통하게 된다. '물의 밤'에서 뜨고 지는 해와 순환 회귀하는 계절들의 원형적 시간은 1870년 보불전쟁에서 1945년의 제2차세계대전에 이르는 격동과 더불어 선적인 역사의 시간으로 변한다. 그러나 상당히 오랫동안 태곳적의 시간과 역사적인 시간은 공존한다. 외따로 떨어진 높은 농장의 페니엘 사람들이 외부 세계와 접촉하게 되는 것은 대개 어떤 악이나 폭력적 불상사를 통해서다. '늑대'로 상징되는 이방인을 공격하기 위하여 농장으로 쳐들어오는 아랫마을 사람들, 아비 없이 태어난 자식이라고 자신의 조카딸을 학대하는 신부, 타지에서 와 마르고에게 청혼하고서도 결혼식에 나타나지 않고 사라진 학교 교사, 그리고 무엇보다 원소들의 시간과 역사의 시간이 맞물려 폭발하며 묵시록적인 장면을 연출하는 전쟁들이 그것이다. 테오도르포스탱의 눈에 비친 보불전쟁의 한순간은 역사적인 동시에 우주적인 차원을 실감나게 드러낸다.

낮인지 밤인지조차 분간할 수 없을 지경이었으니, 지평선
의 사방팔방에서 끊임없이 쏟아지는 총탄과 피와 비명들이 범
위를 점점 조여오며 공간과 시간, 하늘과 땅을 거대한 수렁으
로 변화시켜놓고 있었다. 8월의 지독한 더위가 엄습할 무렵
늘 그러하듯, 간혹 저녁 무렵 엄청난 폭우가 퍼부어대기 시작
하면 보랏빛 광선과 사나운 노란색 얼룩무늬로 투닥거리는 빗
소리와 기관총소리가, 쿵쾅거리는 천둥소리와 대포 소리가 한
데 뒤섞였다. 그럴 때면 세계의 혼란이 극에 달하면서 사람들
과 말들과 나무들과 천지의 온갖 원소들을 서로 분간할 수 없
게 한데 뒤엉킨 대 파산의 도가니 속으로 처넣었다. (49쪽)

　　빅토르플랑드랭에게 외부 세계, 즉 역사의 세계와의 가장 직
접적인 접촉의 기회는 그가 척추 장애를 가진 손자 브누아캉탱
을 데리고 처음으로 감행한 파리 여행에서 유대인 루트와 그의
딸 알마를 만났을 때다. 이것은 곧 집단의 세계와 세계대전, 그
리고 쇼아의 참상으로 인도한다.

　　2) 복합적인 인명, 지명들 외에도 이야기의 성격을 특징짓는
다양한 초현실 초자연적, 환상적, 미신적 요소들은 여러 가지다.

가령 빅토르플랑드랭이 물의 세계에서 땅의 세계로 떠날 때 지니고 가는 두 가지 부적들, 즉 장차 이 인물을 후광이 되어 보호해줄 할머니 비탈리의 미소, 그리고 그의 아버지 테오도르포스탱이 뒤늦게 회한과 화해의 표시인 양 흘린 눈물방울들이 변하여 만들어진 일곱 개의 우윳빛 진주를 예로 들 수 있다.

빅토르플랑드랭의 열일곱 명에 달하는 자녀들은 왼쪽 눈에 황금빛 반점이 나 있다는 유전적 표시 외에도 모두가 예외 없이 쌍둥이, 혹은 세쌍둥이라는 특징을 공유하고 있다. 이는 부정적인 면이 아니라 두 아이가 서로 상호보완적인 존재임을 말해준다. 첫번째 아내 멜라니가 낳은 쌍둥이 사내아이들 오귀스탱과 마튀랭, 여자 쌍둥이 마틸드와 마르고가 대표적인 예이다. 오귀스탱이 문자와 문학을 좋아하는 반면 마튀랭은 땅과 나무와 짐승들을 좋아한다. 전자의 세계가 정적인 사랑과 글쓰기의 세계라면 후자는 관능적 사랑, 문자를 통해서는 표현할 수 없는 그림의 세계를 대표한다. 그리하여 쌍둥이 형제는 전쟁터에서 샴고양이들처럼 언제나 함께 붙어다니다가 마튀랭이 전사하자 오귀스탱은 두 사람분의 "엄청나게 큰" 인간이 되어 돌아와서 스스로를 둘 중 어느 한 쪽도 아닌 '두 형제'라고 불러주기를 요구하며 기이한 이중의 존재로 살아간다. 멜라니가 뒤이어 낳은 쌍둥이 딸 마틸드와 마르고 역시 여러 가지 면에서 서로 상호보완적인 분신 관계라는 점은 마찬가지다. "다시 한번 빅토르플랑드랭은 마치 거울에 비친 듯 둘로 갈라진 단 하나의 인물을 대하고 있다는 그 이상한 느낌을 받았다. 그러나 그는 이 거울 속에서도 마찬가지로 거울 놀이에 끼어든 미세한 균열들을 분간할 수 있었다. 한쪽 마틸드의 경우는 모든 것이 다 단단한 바위를 깎아서 만들어놓은 것 같은 반면, 다른 한쪽 마르고의 경우는 부드러운 점토로 빚어놓은 것 같았다. 이처럼 실체를 알 수 없는 차이를 바탕으로 쌍둥이 남자아이들과 여자아이들의 친밀감과 애착은 가장 강력하게 서로 결속되어 있었고, 그들 각자는 자신에게 결여된 거의 아무것도 아닌 그 무엇을 자신의 분신에게서 찾으려 애쓰며 그것을 사랑했다."(128~129쪽)

페니엘 가계의 인물들이 이처럼 환상적이고 신비한 면을 보이는 것은 그들이 마술적이고 아득한 태곳적의 다른 현실에, 오래된 기억과 옛날이야기와 전설, 혹은 미신의 세계에 속한다는 사실뿐만 아니라 어떤 다른 제2의 시선이 열어 보이는 세계, 새들과 짐승들과 바람과 소통하는 세계에 몸담고 있음을 말함으로써 인간의 역사를 초월하는 새로운 우주적 차원으로 이 방대한 서사시를 끌어올리는 역할을 한다. 가령 테오도르포스탱이 말들의 눈에서 "세상의 감춰진 이면, 죽음 속으로 흘러드는 삶의 신비스러운 못, 그리고 아름다움과 고요와 행복이 깃드는 항구라고나 할 신의 거처"를 발견한다는 것은 그런 예에 속한다.

실비 제르맹은 어떤 인터뷰에서 이렇게 말했다. "역사가가 아니고서 역사 이야기를 하다보면 어쩔 수 없이 약간은 우화 같아진다. 나는 한 번도 전쟁에 대하여 연구를 해본 적이 없다. 첫 소설의 이야기가 벌어지는 무대를 아르덴 지방으로 정한 것은 거의 본능적이었다. 사실 나는 그 지방을 잘 알지 못하지만 국경 지역인 것이다. 수많은 전쟁이 벌어질 때 그 첫번째 관문에서 살고 있다는 것은 끔찍한 일일 것 같았기 때문이다. 엄청난 전쟁들의 범위 밖에 있는 그런 조그만 마을들쯤이야 누가 신경을 쓰겠는가? 그들은 역사의 밖으로 소외되어 있다. 그 망각의 문제가 내 눈에 들어왔다."

각 장의 머리에 붙은 '프롤로그'

『밤의 책』은 전체 여섯 개 장으로 구분되어 있는데 그중 처음 다섯 개 장의 도입부는 모두 짧은 산문시를 연상시키는 머리말, 즉 일종의 '프롤로그'의 구실을 하고 있다. 가장 길이가 짧은 마지막 6장 '밤 밤 그 밤'은 주인공 빅토르플랑드랭의 내적 독백을 시적 표현들로 옮겨놓은 것으로 보이는데, 그 마지막 부분에 이르러 폴린의 둘째 아들 샤를빅토르가 태어나면서 그의 이야기는 이 소설의 속편 격인『호박색 밤』과 연결된다.

각 장의 이야기들은 자연스럽게 서로 이어지고 있지만 그 도입부인 프롤로그는 매번 서술의 흐름을 잠시 끊어놓으며 새로운 차원에서 독자의 주목을 유도한다. 이 텍스트들은 흔히 시적인 암시를 통해서 해당 장의 주제를 제시하기도 하고 이야기의 핵심을 강조해 보이기도 한다.

제1장 '물의 밤'에서는 프롤로그가 처음으로 인물들을 등장시키고 그들이 처한 상황을 소개하면서 전체 이야기의 도입부로서 구실한다. 첫머리의 "그 시절en ce temps-là"이라는 표현은 구약 성서에서 자주 볼 수 있는 시간 부사구로 텍스트 전체를 지배하는 옛날이야기 같은 분위기와 동시에 성서의 종교적 암시를 유도한다. 과연 '물의 밤'의 프롤로그는「창세기」의 세계와 무관하지 않다.「창세기」의 한 장면에서 빌려온 페니엘이라는 집안의 성이 그렇다. 이 성이 함축하고 있는 '천사와의 씨름'은 주인공 및 그의 가족 구성원들이 누대에 걸쳐 삶, 신, 혹은 자기 자신과 벌이는 힘겨운 싸움을 상징하는 것으로『밤의 책』과『호박색 밤』전체를 지배하는 주제 그 자체다.

제1장 '물의 밤'의 프롤로그가 암시하는 또하나의 창세기적 이미지는 바로 이 세계의 원초적 침묵이다. 여기서의 침묵은 매

우 긍정적인 의미(침묵의 부정적 의미는 인간의 고통에 대한 신의 침묵, 즉 신의 무심함일 것이다)로 신이 지배하는 세계 특유의, 말의 부재를 의미한다. 이 침묵은 제4장 '피의 밤' 프롤로그에서도 다시 한번 반복된다. 이때의 침묵은 인간의 말과 대립되는 원초적 지복의 상태를 가리킨다. "신은 세상과 세상 만물을 창조했지만 아무것에도 이름을 붙이지 않았다. 신중을 기하여 신은 침묵을 지켰고 그의 모든 피조물이 극도로 순수하고 꾸밈없는 빛 속에서 단순히 존재 그 자체로 반짝이도록 했다. 그렇게 신은 이름 붙이지 않은 이 무수한 것들을 인간의 재량에 맡겼고, 인간은 그 점토질의 마비 상태에서 깨어나는 즉시 주변의 모든 것에 이름을 붙이기 시작했다."(257쪽) 이는 역사 이전의, 일종의 시간 밖의 시간 속에서 페니엘 집안사람들이 몸담아 살아가는 침묵의 세계다. 페니엘의 "난공불락의 침묵"이나 비탈리의 "빛나는 미소"의 세계가 그것이다. 그들 사이에서 태어난 아이가 배우는 말 또한 침묵을 닮았다. "아버지의 침묵에는 엄청난 고요와 부드러움이 배어 있었기에 그의 곁에서 아이는 사람들이 노래를 배우듯 말을 배웠다. 아이의 목소리는 그 침묵의 바탕 위에 엄숙하면서도 가벼운 음색과 물결의 일렁임과도 같은 억양을 만들어냈다. 언제나 금방이라도 침묵 속으로 사그라지려는 것 같았고, 제 숨결의 수런거림 속으로 자취를 감추려는 듯 기이한

울림을 지닌 목소리였다."(24~25쪽)

행복한 침묵에 감싸인 태곳적 시간은 예기치 않게 밀어닥치는 전쟁들과 더불어 페니엘 집안의 사람들이 맞이하게 되는 '역사의 시간'들과 강한 대조를 보인다. 빅토르플랑드랭의 원초적이고 신화적인 영혼과 그가 마주치는 세상 사람들의 미신적이고 호전적인 대립관계는 제2장 '땅의 밤'의 처음 몇 페이지에서 강조되고 있다. 또 한번 "그 시절"이라는 성서적 표현으로 시작되는 이 프롤로그에서는 사람들이 "다중의 몸을 가진" 짐승이며 "악마의 작품"인 늑대 앞에서 공포를 느낀 나머지 "성당의 계단 위에서 축성받은 장총에 성모와 성자의 메달을 녹여 만든 총알을 장전"하여 그 짐승을 물리치려고 한다.

처음 두 장의 태곳적의 원초적인 영혼과 종교적 미신에 이어 제3장 '장미들의 밤'에서는 신비종교적 분위기의 프롤로그가 등장한다. 작가는 여기서 크나큰 사랑을 요청하는 신의 뜻에 부응할 능력이 없기에 그 대신 "꽃을 던지는" 방법, 즉 가장 사소한 일들도 "사랑으로" 행하는 해법을 찾아낸 성녀 테레즈 드 리지외의 말을 인용한다. 그러나 이 프롤로그에서 강조한 것은 특히 삶이라는 장미꽃에 돋아난 길고 날카로운 가시들과 처녀의 죽음이다. 이러한 고난은 다른 사람의 고통을 보면 이마에서 땀이 나듯 피가 흐르는 기이한 처녀 비올레트오노린을 통해서 체험된다. 이 장의 프롤로그가 암시하는 가시는 '장미'가 '피'로 환원되는 이미지로 나타나는데 이러한 변환은 제4장 '피의 밤'의 프롤로그에서 더욱 확장된다. 원초적인 침묵의 세계에서 말의 세계로 옮겨오면, "단 하나의 글자가 단어 전체를 공략하여" 그 단어를 "완전히 뒤집어놓을 수" 있는 말의 유희라는 문제가 제기된다. '장미'를 의미하는 단어 'rose'가 과도한 욕망에 불타기 시작하면 그 철자의 위치가 바뀌면서 'eros(에로스)'가 되기도 하고, 'rose'의 천부적 능력을 감행하는 'oser(감행하다)'라는 동사로 변하기도 한다. 이러한 '감행'은 "장미의 상처" "능욕하는, 그리고 능욕당한 장미", 즉 숲속에서의 두번째 성폭행을 암시한다. 이리하여 마침내 장미는 피가 되고 장미는 어둠이 되고 밤이 된다. 인간이 원초적인 신의 침묵을 파괴하고 창조된 세계 속에 악을 불러들이는 것은 이처럼 '말'을 통해서다. 제5장 '재의 밤'의 프롤로그에서 저자는 이러한 성찰을 연장한다.

"실제로 명명의 자유와 닮은꼴 놀이의 자유를 극단적으로 왜곡하여 그것을 완전히 변질시키는 사람들이 있었다. 사실상 그들은 모든 것에 이름을 붙이고, 모든 사물에 오직 다른꼴 놀이만 새겨지는 검은 피로 안감을 납땜질하여 붙였다. 그들은 피에 재와 무無로 운을 맞추었다."(360쪽)

처음 두 장에서 보았던 '그 시절'이란 표현으로 시작되는 마지막 제6장의 프롤로그는 다시 페니엘 집안에 초점을 맞춘다. 전체를 지배하는 분위기는 어두운 회색이다. 재와 안개와 비의 세계. 회색빛 물이 흐르는 강과 흐린 하늘. 이 회색이 이윽고 붉은 빛으로 변하면서 이제 곧 세상을 뒤덮어버릴 전쟁을 예고한다.

이처럼 각 장의 프롤로그들은 차츰 그 고유의 색채를 잃으면서 마지막 밤, 즉 황금의 밤의 고통이 절정에 달하는 가운데 쇼아의 처절한 어둠에 이른다. 이 환상적인 대서사시의 전체적인 운동은 원초적인 에덴의 세계가 말의 불확실과 애매함에 의하여 더럽혀지고 그 내적 논리에 따라 필연적으로 역사의 대재난에 이름을 보여준다. 여기에 대처할 수 있는 것은 오직 신비신학을 암시하는 시적 서술뿐인 듯하다.

악과 고통

『밤의 책』과 『호박색 밤』에서 악과 생물학적 혈통의 전승 문제 사이의 긴밀한 관련은 실제로 이야기 그 자체만이 아니라 실비 제르맹의 문체와 관련해서도 의미하는 바가 크다. 실비 제르맹의 영적 관심사는 그녀에게 깊은 공감을 주었던 철학자 시몬 배유의 번뜩이는 직관을 통해 어느 면 이해할 수 있을 것이다. 실비 제르맹의 작품세계의 신비적 차원을 이해하고자 할 때 우리는 시몬 배유의 『중력과 은총』(1947)의 몇 대목에서 그 시사점을 발견할 수 있다. 사실 『얼굴에 대한 전망들: 위반; 탈 창조; 변모』*라는 다소 난해한 제목을 붙인 그의 박사학위 논문에서 실비 제르맹은 악의 문제에 대한 성찰을 위하여 시몬 배유의 용어들을 차용한다. "악과는 타협하는 것이 불가능하다. 악과의 균형을 통해서 그 악을 상쇄할 수는 없다. 악에는 오직 불균형으로 맞설 수밖에 없다. 악의 무게에 대한 균형추는 단 한 가지밖에 없으니 그것은 곧 용서라고 하는 순수한 은총이다."(실비 제르맹의 박사학위 논문, 1981, 218쪽) 그런데 『밤의 책』과 『호박색 밤』에서 주인공들을 치명적으로 짓누르고 있는 유전적 계승은 "물질적 중력의 법칙들과 유사한 법칙들에 의하여 관장되는" 것처럼 보인다. 한편, '은총'은 그것을 받아들이기 위하여 빈곳—'빈틈들'과 '침묵들'—이 존재한다는 조건하에서만 작동하는, 허구의 또다른 유효한 힘이다. 그러나 아직 『밤의 책』의 차원에서 은총이나 그 선행 조건인 빈곳, 빈틈, 침묵을 말하기에는 이

---

* Perspectives sur le visage : transgression : dé-création : trans-figuration.

르다. 은총의 가능성은『호박색 밤』이 막을 내릴 무렵에나 기대해볼 수 있을 것이다.

실비 제르맹이 우선 관심을 보이는 쪽은 어떤 악의 경험이 드러내 보이는 역설적인 변증법이다. 악의 경험은 세대간의 유대를 훼손하여 끝내는 끊어버리는 것 같지만 동시에 그 유대를 더욱 강화한다. 이것이 바로 악의 경험의 역설이다. 왜냐하면 악의 경험은 개인들을 무의식의 저 깊고 음산한 지하묘지*로 소외시킴으로써 겉으로는 세대간의 유대가 단절된 것 같지만 각 개인은 그 무서운 영향에서 벗어나지 못하는 것이다. 아버지 테오도르포스탱과 아들 빅토르플랑드랭의 부자관계가 그 대표적인 예다. 페니엘 가문의 비극적 운명을 결정적으로 봉인하는 원죄인 근친상간으로 태어난 인물이 소설의 주인공 빅토르플랑드랭이다. 아버지는 자신의 아들 역시 자신처럼 전장으로 끌려나가 화를 입는 것이 두려워 다섯 살 먹은 아들에 대하여 그 아이를 살

---

* 알랭 굴레는 실비 제르맹 고유의 세계를 이해하기 위해서 "cryptophore(마음 속에 지하묘지를 지닌 자)"라는 개념을 제시한다. 그에 의하면 페니엘 가문 사람들을 위시하여 실비 제르맹의 많은 인물들이 마음 깊은 곳에 일종의 비밀스러운 지하묘지 같은 것을 떠안고 있다는 것이다. 즉 그들의 무의식 깊은 곳에 그들의 조상들로부터 받은 어떤 오류, 악, 저주 혹은 트라우마를 내장하고 있어서 그들은 혈연관계로부터 벗어나고자 몸부림치지만 자기도 모르게 그들의 운명에 영향을 가하는 그 지하묘지에서 쉽게 벗어나지 못한다는 것이다.

리기 위한 끔찍한 과업을 실천에 옮긴다. '살리기 위한 과업'이
라는 이 모순적 표현이 아버지의 행동의 역설을 말해준다. 아버
지는 아들이 징집을 피할 수 있도록 아이의 검지와 엄지를 잘라
버린다. 아버지는 아이의 신체를 절단함으로써 아들의 사랑과
신뢰를 잃지만 그의 미래의 삶을 보장한다. 이득은 손실을 통해
서, 사랑은 폭력을 통해서, 부자관계의 연장은 그 관계의 절단이
라는 조건하에서 성립된다는 역설적 변증법이다. 아들을 아끼고
자 하다가 테오도르포스탱은 아들의 운명을 자신과 분리시키기
는커녕 더욱 단단하게 결속시키고 만다. 이리하여 악의 논리가
부자관계의 전승의 논리와 하나가 되어버린다.

한편 소설 속에서 빅토르플랑드랭은 자기 자식들이 전쟁에 끌
려 나가지 않도록 자신의 장애를 물려주지 못함을 안타까워하
면서(자신의 절단된 손가락은 유전이 아니라 일종의 거세 행위
였다) 자신의 아버지에 대하여 "용서까지는 아니라 해도 일말의
연민 같은 것"을 느낀다.

실비 제르맹은 다음 소설 『호박색 밤』에서 통과 의례적인 여
로의 끝에 이르러, 악과 불행의 악순환의 고리를 끊기 위하여,
또한 동시에 타자와의 관계를 활성화하고 신과의 초월적 관계
가 이루어지도록 '호박색 밤'이 어떻게 그 '무거운 피의 유대'를
해체하는지 보여준다. 결국, 이 작가가 문학에 부과하는 '사명'

은 온전히 접두어 'trans'—이것은 그녀의 텍스트가 그것 자체를 초월하는 어떤 저 너머를 향한 긴장을 드러내는 지점인데—속에 내포되어 있는 만큼, 비어 있음, 빈틈, 침묵, 삭제를 형상화하고자 애쓰는 노력의 표현이 바로 그녀의 바로크적 글쓰기라는 것을 알 수 있다.

김화영

지은이 **실비 제르맹**
1954년 프랑스 샤토루 출생. 소르본대학교에서 철학을 전공했다. 첫 장편소설 『밤의 책』
(1985)을 시작으로 역사에 뿌리를 둔 상상력 가득한 작품세계를 창조해왔다. 『분노의 날
들』(1989)로 페미나상을, 『마그누스』(2005)로 '고등학생들이 선정하는 공쿠르상'을 수상했
다. 『호박색 밤』『프라하 거리에서 울고 다니는 여자』『숨겨진 삶』 등을 발표했다.

옮긴이 **김화영**
서울대 불문학과를 졸업하고 동 대학원에서 석사, 프랑스 엑상프로방스대학에서 알베르
카뮈론으로 문학박사 학위를 받았다. 삼십여 년간 고려대 불문학과 교수를 거쳐 현재 같은
대학 명예교수로 있다. 지은 책으로 『바람을 담는 집』『시간의 파도로 지은 城』『문학 상상
력의 연구』『소설의 숲에서 길을 묻다』『발자크와 플로베르』 등이 있고, 알베르 카뮈 전집,
『다다를 수 없는 나라』『어린 왕자』『섬』『마담 보바리』『방드르디, 태평양의 끝』, 모디아노
의 『어두운 상점들의 거리』『추억을 완성하기 위하여』 등을 우리말로 옮겼다.

문학동네 세계문학
밤의 책

1판 1쇄 2020년 4월 24일 | 1판 3쇄 2023년 2월 27일

지은이 실비 제르맹 | 옮긴이 김화영
책임편집 김미혜 | 편집 홍상희 고선향 이현정
디자인 강혜림 이원경 | 저작권 박지영 형소진 김하림
마케팅 정민호 이숙재 김도윤 한민아 이민경 안남영 왕지경 김수현 황승현 김혜원
브랜딩 함유지 함근아 김희숙 고보미 박민재 정승민
제작 강신은 김동욱 임현식 | 제작처 상지사

펴낸곳 (주)문학동네 | 펴낸이 김소영
출판등록 1993년 10월 22일 제2003-000045호
주소 10881 경기도 파주시 회동길 210
전자우편 editor@munhak.com | 대표전화 031) 955-8888 | 팩스 031) 955-8855
문의전화 031) 955-1927(마케팅) 031) 955-8860(편집)
문학동네카페 http://cafe.naver.com/mhdn
인스타그램 @munhakdongne | 트위터 @munhakdongne
북클럽문학동네 http://bookclubmunhak.com

ISBN 978-89-546-7140-8 03860

www.munhak.com